LES VOYAGES EXTRAORDINAIRES

— COURONNÉS PAR L'ACADÉMIE FRANÇAISE —

JULES VERNE

LE SPHINX DES GLACES

BIBLIOTHÈQUE
D'ÉDUCATION ET DE RÉCRÉATION
J. HETZEL ET C¹ᵉ, 18, RUE JACOB
PARIS

LE

SPHINX DES GLACES

JULES VERNE

Le SPHINX DES GLACES

COLLECTION HETZEL

LES VOYAGES EXTRAORDINAIRES

Couronnés par l'Académie française.

LE

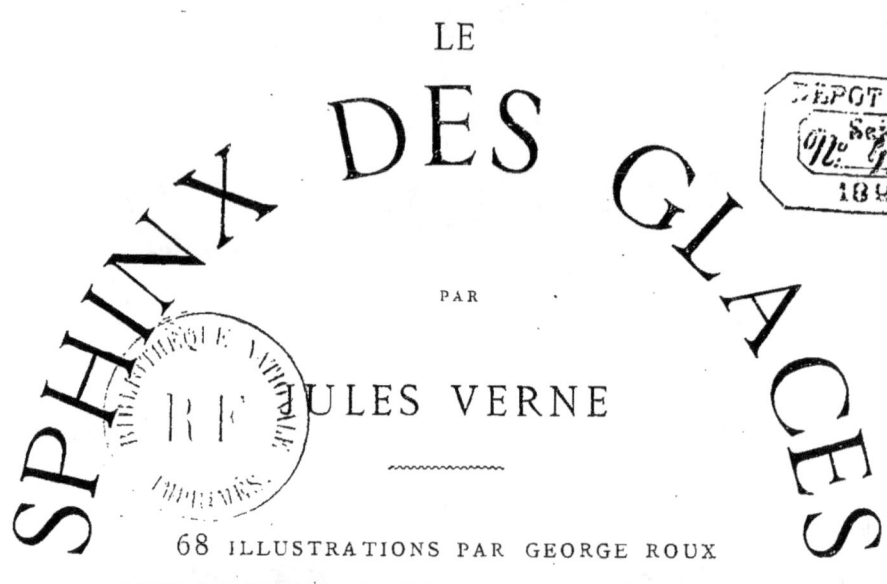

SPHINX DES GLACES

PAR

JULES VERNE

68 ILLUSTRATIONS PAR GEORGE ROUX

DONT 20 GRANDES GRAVURES EN CHROMOTYPOGRAPHIE
UNE CARTE

BIBLIOTHÈQUE
D'ÉDUCATION ET DE RÉCRÉATION
J. HETZEL ET Cⁱᵉ, 18, RUE JACOB

PARIS

LE SPHINX DES GLACES

PREMIÈRE PARTIE

A la mémoire d'Edgar Poe.
A mes amis d'Amérique.

I

LES ILES KERGUELEN.

Personne n'ajoutera foi, sans doute, à ce récit intitulé le *Sphinx des Glaces.* N'importe, il est bon, à mon avis, qu'il soit livré au public. Libre à lui d'y croire ou de n'y point croire.

Il serait difficile, pour le début de ces merveilleuses et terribles aventures, d'imaginer un lieu mieux approprié que les îles de la Désolation — nom qui leur fut donné, en 1779, par le capitaine Cook. Eh bien, après ce que j'en ai vu pendant un séjour de quelques semaines, je puis affirmer qu'elles méritent l'appellation lamentable qui leur vient du célèbre navigateur anglais. Iles de la Désolation, cela dit tout.

Je sais que l'on tient, dans les nomenclatures géographiques, au nom de Kerguelen, généralement adopté pour ce groupe situé par 49°54' de latitude sud et 69°6' de longitude est. Ce qui le justifie, c'est que, dès l'année 1772, le baron français Kerguelen fut le premier à signaler ces îles dans la partie méridionale de l'océan Indien. En effet, lors de ce voyage, le chef d'escadre avait cru découvrir un continent nouveau sur la limite des mers antarctiques; mais, au cours d'une seconde expédition, il dut reconnaître son erreur. Il n'y avait là qu'un archipel. Que l'on veuille bien s'en rapporter à moi, Iles de la Désolation est le seul nom qui convienne à ce groupe de trois cents îles ou ilots, au milieu de ces immenses solitudes océaniques que troublent presque incessamment les grandes tempêtes australes.

Cependant le groupe est habité, et même, à la date du 2 août 1839, depuis deux mois, grâce à ma présence à Christmas-Harbour, le nombre des quelques Européens et Américains qui formaient le principal noyau de la population kerguelénne s'était accru d'une unité. Il est vrai, je n'attendais plus que l'occasion de le quitter, ayant achevé les études géologiques et minéralogiques qui m'y avaient conduit pendant ce voyage.

Ce port de Christmas appartient à la plus importante des îles de cet archipel dont la superficie mesure quatre mille cinq cents kilomètres carrés, — soit la moitié de celle de la Corse. Il est assez sûr, d'accès franc et facile. Les bâtiments peuvent y mouiller par quatre brasses d'eau. Après avoir doublé, au nord, le cap François que le Table-Mount domine de douze cents pieds, regardez à travers l'arcade de basalte, largement évidée à sa pointe. Vous apercevrez une étroite baie, couverte par des ilots contre les furieux vents de l'est et de l'ouest. Au fond se découpe Christmas-Harbour. Que votre navire y donne directement en se tenant sur tribord. Lorsqu'il sera rendu à son poste de mouillage, il pourra rester sur une seule ancre, avec facilité d'évitage, tant que la baie ne sera pas prise par les glaces.

D'ailleurs, les Kerguelen possèdent d'autres fiords, et par centaines. Leurs côtes sont déchiquetées, effilochées comme le bas de jupe d'une pauvresse, surtout la partie comprise entre le nord et le sud-est. Les îlets et les îlots y fourmillent. Le sol, d'origine volcanique, se compose de quartz, mélangé d'une pierre bleuâtre. L'été venu, il y pousse des mousses verdoyantes, des lichens grisâtres, diverses plantes phanérogames, de rudes et solides saxifrages. Un seul arbuste y végète, une espèce de chou d'un goût très âcre, qu'on chercherait vainement en d'autres pays.

Ce sont bien là les surfaces qui conviennent, dans leurs rookerys, à l'habitat des pingouins royaux ou autres, dont les bandes innombrables peuplent ces parages. Vêtus de jaune et de blanc, la tête rejetée en arrière, leurs ailes figurant les manches d'une robe, ces stupides volatiles ressemblent de loin à une file de moines processionnant le long des grèves.

Ajoutons que les Kerguelen offrent de multiples refuges aux veaux marins à fourrure, aux phoques à trompe, aux éléphants de mer. La chasse ou la pêche de ces amphibies, assez fructueuses, peuvent alimenter un certain commerce qui attirait alors de nombreux navires.

Ce jour-là, je me promenais sur le port, lorsque mon aubergiste m'accosta et me dit :

« A moins que je ne me trompe, le temps commence à vous paraître long, monsieur Jeorling ? »

C'était un gros et grand Américain, installé depuis une vingtaine d'années à Christmas-Harbour, et qui tenait l'unique auberge du port.

« Long, en effet, vous répondrai-je, maitre Atkins, à la condition que vous ne serez pas blessé de ma réponse.

— En aucune façon, répliqua le brave homme. Vous imaginez bien que je suis fait à ces réparties-là comme les roches du cap François aux houles du large.

— Et vous y résistez comme lui...

— Sans doute! Du jour où vous avez débarqué à Christmas-Harbour, où vous êtes descendu chez Fenimore Atkins, à l'enseigne du *Cormoran-Vert*, je me suis dit : Dans une quinzaine, si ce n'est dans la huitaine, mon hôte en aura assez, et regrettera d'avoir débarqué aux Kerguelen...

— Non, maitre Atkins, et je ne regrette jamais rien de ce que j'ai fait!

— Bonne habitude, monsieur!

— D'ailleurs, à parcourir ce groupe, j'ai gagné d'y observer des choses curieuses. J'ai traversé ses vastes plaines ondulées, coupées de tourbières, tapissées de mousses dures, et j'en rapporterai de curieux échantillons minéralogiques et géologiques. J'ai pris part à vos pêches de veaux marins et de phoques. J'ai visité vos rookerys où les pingouins et les albatros vivent en bons camarades, et cela m'a semblé digne d'observation. Vous m'avez servi, de temps en temps, du pétrel-balthazard, assaisonné de votre main, et qui est très acceptable quand on est doué d'un bel appétit. Enfin j'ai trouvé un excellent accueil au *Cormoran-Vert*, et je vous en suis fort reconnaissant... Mais, si je sais compter, voici deux mois que le trois-mâts chilien *Pénas* m'a déposé à Christmas-Harbour, en plein hiver...

— Et vous avez envie, s'écria l'aubergiste, de retourner dans votre pays, qui est le mien, monsieur Jeorling, de regagner le Connecticut, de revoir Hartford, notre capitale...

— Sans doute, maitre Atkins, car depuis trois ans bientôt je cours

LE TEMPS COMMENCE A VOUS PARAITRE LONG, MONSIEUR JEORLING? » (Page .3)

le monde... Il faudra bien s'arrêter un jour ou l'autre... prendre racine...

— Eh! eh! quand on a pris racine, répliqua l'Américain en clignant de l'œil, on finit par pousser des branches!

— Très juste! maître Atkins. Toutefois comme je n'ai plus de famille, il est très probable que je clôturerai la lignée de mes ancêtres! Ce n'est pas à quarante ans que la fantaisie me viendra de pousser des branches, ainsi que vous l'avez fait, mon cher hôtelier, car vous êtes un arbre, vous, et un bel arbre...

— Un chêne, — et même un chêne-vert, si vous le voulez bien, monsieur Jeorling.

— Et vous avez eu raison d'obéir aux lois de la nature! Or, si la nature nous a donné des jambes pour marcher...

— Elle nous a donné aussi de quoi nous asseoir! répartit en riant d'un bon gros rire Fenimore Atkins. C'est pourquoi je suis confortablement assis à Christmas-Harbour. Ma commère Betsey m'a gratifié d'une dizaine d'enfants, qui me gratifieront de petits-enfants à leur tour, lesquels me grimperont aux mollets comme de jeunes chats...

— Vous ne retournerez jamais au pays natal?...

— Qu'y ferais-je, monsieur Jeorling, et qu'y aurais-je fait?... De la misère!... Au contraire, ici, dans ces Iles de la Désolation, où je n'ai jamais eu l'occasion de me désoler, l'aisance est venue pour moi et les miens.

— Sans doute, maître Atkins, et je vous en félicite, puisque vous êtes heureux... Toutefois il n'est pas impossible que le désir vous attrape un jour...

— De me déplanter, monsieur Jeorling!... Allons donc!... Un chêne, vous ai-je dit, et essayez donc de déplanter un chêne, lorsqu'il s'est enraciné jusqu'à mi-tronc dans la silice des Kerguelen! »

Il faisait plaisir à entendre, ce digne Américain, si complètement acclimaté sur cet archipel, si vigoureusement trempé dans les rudes intempéries de son climat. Il vivait là, avec sa famille, comme les pingouins dans leurs rookerys, — la mère, une vaillante matrone, les fils, tous solides, en florissante santé, ignorant les angines ou les dilatations de l'estomac. Les affaires marchaient. Le *Cormoran-Vert*, convenablement achalandé, avait la pratique de tous les navires, baleiniers et autres, qui relâchaient aux Kerguelen. Il les fournissait de suifs, de graisses, de goudron, de brai, d'épices, de sucre, de thé, de conserves, de wisky, de gin, de brandevin. On eût vainement cherché une seconde auberge à Christmas-Harbour. Quant aux fils de Fenimore Atkins, ils étaient charpentiers, voiliers, pêcheurs, et chassaient les amphibies au fond de toutes les passes durant la saison chaude. C'étaient de braves gens, qui avaient, sans tant d'ambages, obéi à leur destinée...

« Enfin, maître Atkins, pour conclure, déclarai-je, je suis enchanté d'être venu aux Kerguelen, et j'en emporterai un bon souvenir... Pourtant, je ne serais pas fâché de reprendre la mer...

— Allons, monsieur Jeorling, un peu de patience! me dit ce philosophe. Il ne faut jamais désirer ni hâter l'heure d'une séparation. N'oubliez pas, d'ailleurs, que les beaux jours ne tarderont pas à revenir... Dans cinq ou six semaines...

— En attendant, me suis-je écrié, les monts et les plaines, les roches et les grèves, sont couverts d'une épaisse couche de neige, et le soleil n'a pas la force de dissoudre les brumes de l'horizon...

— Par exemple, monsieur Jeorling! On voit déjà percer le gazon sauvage sous la chemise blanche!... Regardez bien...

— A la loupe, alors!... Entre nous, Atkins, oseriez-vous prétendre que les glaces n'embâclent pas encore vos baies, en ce mois d'août, qui est le février de notre hémisphère nord?...

— J'en conviens, monsieur Jeorling. Mais, patience, je vous le répète!... L'hiver a été doux, cette année... Les bâtiments vont se montrer au large, dans l'est ou dans l'ouest, car la saison de pêche est prochaine.

— Le ciel vous entende, maître Atkins, et puisse-t-il guider à bon port le navire qui ne saurait tarder... la goélette *Halbrane!*...

« — Capitaine Len Guy, répliqua l'aubergiste. C'est un fier marin, quoique Anglais — il y a des braves gens partout, — et qui s'approvisionne au *Cormoran-Vert*.

— Vous pensez que l'*Halbrane*...

— Sera signalée avant huit jours par le travers du cap François, monsieur Jeorling, ou bien, alors, c'est qu'il n'y aurait plus de capitaine Len Guy, et s'il n'y avait plus de capitaine Len Guy, c'est que l'*Halbrane* aurait sombré sous voiles entre les Kerguelen et le cap de Bonne-Espérance ! »

Là-dessus, après un geste superbe, indiquant que pareille éventualité était hors de toute vraisemblance, me quitta maître Fenimore Atkins.

Du reste, j'espérais que les prévisions de mon aubergiste ne tarderaient pas à se réaliser, car le temps me durait. A l'en croire, se révélaient déjà les symptômes de la belle-saison — belle pour ces parages s'entend. Que le gisement de l'île principale soit à peu près le même en latitude que celui de Paris en Europe et de Québec au Canada, soit ! Mais c'est de l'hémisphère méridional qu'il s'agit, et, on ne l'ignore pas, grâce à l'orbe elliptique que décrit la terre et dont le soleil occupe un des foyers, cet hémisphère est plus froid en hiver que l'hémisphère septentrional, et aussi plus chaud que lui en été. Ce qui est certain, c'est que la période hivernale est terrible aux Kerguelen à cause des tempêtes, et que la mer s'y prend pendant plusieurs mois, bien que la température n'y soit pas d'une rigueur extraordinaire, — étant en moyenne de deux degrés centigrades pour l'hiver, et de sept pour l'été, comme aux Falklands ou au cap Horn.

Il va sans dire que, durant cette période, Christmas-Harbour et les autres ports n'abritent plus un seul bâtiment. A l'époque dont je parle, les steamers étaient rares encore. Quant aux voiliers, soucieux de ne point se laisser bloquer par les glaces, ils allaient chercher les ports de l'Amérique du Sud, à la côte occidentale du Chili, ou ceux de l'Afrique, — plus généralement Cape-Town du cap de Bonne-Espérance. Quelques chaloupes, les unes prises dans les eaux solidifiées, les autres gîtées sur les grèves et engivrées jusqu'à la pomme de leur mât, c'était tout ce qu'offrait à mes regards la surface de Christmas-Harbour.

Cependant, si les différences de température ne sont pas considérables aux Kerguelen, le climat y est humide et froid. Très fréquemment, surtout dans la partie occidendale, le groupe reçoit l'assaut des bourrasques du nord ou de l'ouest, mêlées de grêle et de pluies. Vers l'est, le ciel est plus clair, bien que la lumière y soit à demi voilée, et, de ce côté, la limite des neiges sur les croupes montagneuses se tient à cinquante toises au-dessus de la mer.

Donc, après les deux mois que je venais de passer dans l'archipel des Kerguelen, je n'attendais plus que l'occasion d'en repartir à bord de la goélette *Halbrane*, dont mon enthousiaste aubergiste ne cessait de me vanter les qualités au double point de vue sociable et maritime.

« Vous ne sauriez trouver mieux! me répétait-il matin et soir. De tous les capitaines au long cours de la marine anglaise, pas un n'est comparable à mon ami Len Guy, ni pour l'audace, ni pour l'acquit du métier!... S'il se montrait plus causeur, plus communicatif, il serait parfait! »

Aussi avais-je résolu de m'en tenir aux recommandations de maître Atkins. Mon passage serait retenu dès que la goélette aurait mouillé à Christmas-Harbour. Après une relâche de six à sept jours, elle reprendrait la mer, le cap sur Tristan d'Acunha, où elle portait un chargement de minerai d'étain et de cuivre.

Mon projet était de rester quelques semaines de la belle saison dans cette dernière île. De là, je comptais repartir pour le Connecticut. Cependant je n'oubliais pas de réserver la part qui revient au hasard dans les propositions humaines, car il est sage, comme l'a dit Edgar Poe, de toujours « calculer avec l'imprévu, l'inattendu, l'inconcevable, que les faits collatéraux, contingents, fortuits, accidentels, méritent d'obtenir une très large part, et que le hasard doit incessamment être la matière d'un calcul rigoureux. »

Soudain, l'albatros s'éleva d'une large envergure. (Page 12.)

Et si je cite notre grand auteur américain, c'est que, quoique je sois un esprit très pratique, d'un caractère très sérieux, d'une nature peu imaginative, je n'en admire pas moins ce génial poëte des étrangetés humaines.

Du reste, pour en revenir à l'*Halbrane*, ou plutôt aux occasions qui me seraient offertes de m'embarquer à Christmas-Harbour, je n'avais à craindre aucune déconvenue. A cette époque, les Kerguelen étaient annuellement visitées par quantité de navires — au moins cinq cents. La pêche des cétacés donnait de fructueux résultats, et on en jugera par ce fait qu'un éléphant de mer peut fournir une tonne d'huile, c'est-à-dire un rendement égal à celui de mille pingouins. Il est vrai, depuis ces dernières années, les bâtiments ne sont plus qu'une douzaine à rallier cet archipel, tant la destruction abusive des cétacés en a réduit le chiffre.

Donc, aucune inquiétude à concevoir sur les facilités qui me seraient offertes de quitter Christmas-Harbour, quand bien même, l'*Halbrane* manquant à son rendez-vous, le capitaine Len Guy ne viendrait pas serrer la main de son compère Atkins.

Chaque jour, je me promenais aux environs du port. Le soleil commençait à prendre de la force. Les roches, terrasses ou colonnades volcaniques, se déshabillaient peu à peu de leur blanche toilette d'hiver. Sur les grèves, à l'aplomb des falaises basaltiques, naissait une mousse de couleur vineuse, et, au large, serpentaient des rubans de ces longues algues de cinquante à soixante yards. En plaine, vers le fond de la baie, quelques graminées levaient leur pointe timide — entre autres le phanérogame lyella, qui est d'origine andine, puis ceux que produit la flore de la terre fuégienne, et aussi l'unique arbuste de ce sol, dont j'ai parlé, ce chou gigantesque, si précieux par ses vertus antiscorbutiques.

En ce qui concerne les mammifères terrestres, — car les mammifères marins pullulent dans ces parages, — je n'en avais pas rencontré un seul, non plus que batraciens ou reptiles. Quelques insectes uniquement, — papillons ou autres, — et encore n'ont-ils point d'ailes, pour cette raison que, avant qu'ils pussent s'en servir, les courants atmosphériques les emporteraient à la surface des lames roulantes de ces mers.

Une ou deux fois, j'avais embarqué sur une de ces chaloupes solides sur lesquelles les pêcheurs affrontent les coups de vent qui battent comme des catapultes les roches des Kerguelen. Avec ces bateaux-là, on pourrait tenter la traversée de Cape-Town, et atteindre ce port, si on y mettait le temps. Que l'on se rassure, mon intention n'était point de quitter Christmas-Harbour dans ces conditions... Non! « j'espérais » la goélette *Halbrane*, et la goélette *Halbrane* ne pouvait tarder.

Au cours de ces promenades d'une baie à l'autre, j'avais curieusement saisi les divers aspects de cette côte tourmentée, de cette ossature bizarre, prodigieuse, toute de formation ignée, qui trouait le suaire blanc de l'hiver et laissait passer les membres bleuâtres de son squelette...

Quelle impatience me prenait, parfois, malgré les sages conseils de mon aubergiste, si heureux de son existence dans sa maison de Christmas-Harbour! C'est qu'ils sont rares, en ce monde, ceux que la pratique de la vie a rendus philosophes. D'ailleurs, chez Fenimore Atkins, le système musculaire l'emportait sur le système nerveux. Peut-être aussi possédait-il moins d'intelligence que d'instinct. Ces gens-là sont mieux armés contre les à-coups de la vie, et il est possible, en somme, que leurs chances de rencontrer le bonheur ici-bas soient plus sérieuses.

« Et l'*Halbrane*?... lui redisais-je chaque matin.

— L'*Halbrane*, monsieur Jeorling?... me répondait-il d'un ton affirmatif. Bien sûr, elle arrivera aujourd'hui, et si ce n'est pas aujourd'hui, ce sera demain!... Il y aura certainement un jour, n'est-ce pas, qui sera la veille de celui où le pavillon du capitaine Len Guy se déploiera à l'ouvert de Christmas-Harbour! »

Assurément, afin d'accroître le champ de vue, je n'aurais eu qu'à faire l'ascension du Table-Mount. Pour une altitude de douze cents pieds, on obtient un rayon de trente-quatre à trente-cinq milles, et, même à travers la brume, peut-être la goélette serait-elle aperçue vingt-quatre heures plus tôt? Mais gravir cette montagne, dont la neige boursouflait encore les flancs jusqu'à sa cime, un fou seul y aurait pu songer.

En courant les grèves, il m'arrivait de mettre en fuite nombre d'amphibies, qui plongeaient sous les eaux nouvelles. Les pingouins, impassibles et lourds, ne décampaient point à mon approche. N'était l'air stupide qui les caractérise, on serait tenté de leur adresser la parole, à la condition de parler leur langue criarde et assourdissante. Quant aux pétrels noirs, aux puffins noirs et blancs, aux grèbes, aux sternes, aux macreuses, ils fuyaient à tire d'aile.

Un jour, il me fut donné d'assister au départ d'un albatros, que les pingouins saluèrent de leurs meilleures croasseries, — comme un ami qui, sans doute, les abandonnait pour toujours. Ces puissants volateurs peuvent fournir des étapes de deux cents lieues, sans prendre un moment de repos, et avec une telle rapidité qu'ils franchissent de longs espaces en quelques heures.

Cet albatros, immobile sur une haute roche, à l'extrémité de la baie de Christmas-Harbour, regardait la mer dont le ressac brisait avec violence sur les écueils.

Soudain, l'oiseau s'éleva d'une large envergure, les pattes repliées, la tête longuement allongée comme une guibre de navire, jetant son cri aigu, et, quelques instants après, réduit à un point noir au milieu des hautes zones, il disparaissait derrière le rideau brumeux du sud.

Les avis étaient partagés... (Page 15.)

II

LA GOÉLETTE *HALBRANE.*

Trois cents tonnes de jauge, une mâture inclinée qui lui permet de
pincer le vent, très rapide sous l'allure du plus près, une surface

vélique comprenant — au mât de misaine, misaine-goélette, fortune, hunier et perroquet, — au grand mât, brigantine et flèche, — à l'avant, trinquette, grand et petit foc, — tel était le schooner attendu à Christmas-Harbour, telle est la goélette *Halbrane.*

A bord, il y avait un capitaine, un mat ou lieutenant, un bosseman ou maître d'équipage, un coy ou cuisinier, de plus, huit matelots, — au total, douze hommes, ce qui est suffisant pour la manœuvre. Solidement construit, membrure et bordage chevillés en cuivre, largement voilé, les façons d'arrière assez dégagées, ce bâtiment, très marin, très maniable, approprié à la navigation entre les quarantième et soixantième parallèles sud, faisait honneur aux chantiers de Birkenhead.

Ces renseignements m'avaient été donnés par maître Atkins, et avec quel accompagnement d'éloges!

Le capitaine Len Guy, de Liverpool, était, pour les trois cinquièmes, propriétaire de l'*Halbrane* qu'il commandait depuis six années environ. Il trafiquait dans les mers méridionales de l'Afrique et de l'Amérique, allant d'îles en îles et d'un continent à l'autre. Si sa goélette ne possédait qu'une douzaine d'hommes, c'est qu'elle se consacrait uniquement au commerce. Pour la chasse des amphibies, phoques et veaux marins, il eût fallu un équipage plus nombreux avec les engins, harpons, foënes, lignes, exigés pour ces rudes opérations. J'ajoute qu'au milieu de ces parages peu sûrs, fréquentés à cette époque par des pirates, et aux approches des îles qui doivent être tenues en défiance, une agression n'eût pas pris l'*Halbrane* au dépourvu : quatre pierriers, une suffisante quantité de boulets et de paquets de mitraille, une soute aux poudres convenablement garnie, des fusils, des pistolets, des carabines accrochés aux râteliers, enfin des filets de bastingage, cela garantissait sa sécurité. En outre, les hommes de quart ne dormaient jamais que d'un œil. Naviguer sur ces mers, sans avoir pris ces précautions, aurait été de rare imprudence.

Ce matin-là, 7 août, encore couché, à demi-sommeillant, je fus tiré de mon lit par la grosse voix de l'aubergiste et par les coups de poing dont il ébranlait ma porte.

« Monsieur Jeorling, êtes-vous réveillé?...

— Sans doute, maître Atkins, et comment ne le serait-on pas avec tout ce tapage! — Qu'y a-t-il?...

— Un navire à six milles au large dans le nord-est, et le cap sur Christmas!...

— Serait-ce l'*Halbrane*?... m'écriai-je en rejetant vivement mes couvertures.

— Nous le saurons dans quelques heures, monsieur Jeorling. En tout cas, voilà le premier bateau de l'année, et il n'est que juste de lui faire bon accueil. »

Je m'habillai en un tour de main et rejoignis Fenimore Atkins sur le quai, à l'endroit où l'horizon se présentait aux regards sous un angle très ouvert, entre les deux pointes de la baie de Christmas-Harbour.

Le temps était assez clair, le large dégagé des dernières brumes, la mer tranquille sous petite brise. Le ciel, d'ailleurs, grâce aux vents réguliers, est plus lumineux de ce côté des Kerguelen qu'à l'opposé.

Une vingtaine d'habitants — pêcheurs pour la plupart — entouraient maître Atkins, lequel était sans contredit le personnage le plus considérable et le plus considéré de l'archipel, — en conséquence le plus écouté.

Le vent favorisait alors l'entrée de la baie. Mais, la marée étant basse, le navire signalé — un schooner — évoluait sans hâte sous ses basses voiles, attendant le plein du flot.

Le groupe discutait, et, très impatient, je suivais la discussion sans m'y mêler. Les avis étaient partagés et appuyés avec un égal entêtement.

Je dois l'avouer, — et cela me chagrinait, — la majorité tenait contre l'opinion que ce schooner fût la goélette *Halbrane*. Deux ou trois seulement se déclaraient pour l'affirmative, et, avec eux, le maître du *Cormoran-Vert*.

« C'est l'*Halbrane!* répétait-il. Le capitaine Len Guy ne pas arriver le premier aux Kerguelen... allons donc!... C'est lui, et j'en suis aussi certain que s'il était là, sa main dans la mienne, et traitant de cent piculs de pommes de terre pour renouveler sa provision!

— Vous avez de la brume dans les paupières, monsieur Atkins! répliqua l'un des pêcheurs.

— Pas tant que toi dans le cerveau! répondit aigrement l'aubergiste.

— Ce bâtiment-là n'a pas la coupe d'un anglais, déclara un autre. Avec son avant effilé et sa tonture accusée, je le croirais de construction américaine.

— Non... c'est un anglais, répartit M. Atkins, et je serais capable de dire de quels chantiers il est sorti... oui... les chantiers de Birkenhead à Liverpool, d'où l'*Halbrane* a été lancée!

— Point! affirma un vieux marin. Ce schooner-là a été mis sur tains à Baltimore, chez Nipper et Stronge, et ce sont les eaux de la Chesapeake qui ont étrenné sa quille.

— Dis donc les eaux de la Mersey, abominable nigaud! répliqua maître Atkins. Tiens, essuie tes lunettes, et regarde un peu le pavillon qui monte à sa corne.

— Anglais! » s'écria tout le groupe.

Et, en effet, le pavillon du Royaume-Uni venait de déployer son étamine rouge, frappée à l'angle du yacht britannique.

Plus de doute, c'était bien un navire anglais qui se dirigeait vers la passe de Christmas-Harbour. Mais, ce point établi, il ne s'en suivait pas nécessairement que ce fût la goélette du capitaine Len Guy.

Deux heures après, cela n'aurait pu faire l'objet d'un débat. Avant midi, l'*Halbrane* avait pris son mouillage par quatre brasses au milieu de Christmas-Harbour.

Grande démonstration — gestes et paroles — de maître Atkins à l'égard du capitaine de l'*Halbrane*, qui me parut être moins expansif.

Un homme de quarante-cinq ans, complexion sanguine, membrure

solide comme celle de sa goélette, tête forte, chevelure déjà gri-
sonnante, yeux noirs dont la prunelle brillait avec des ardeurs de
braise sous des sourcils épais, teint hâlé, lèvres serrées qui découvraient une denture fortement emplantée dans des mâchoires puissantes, menton prolongé par la barbiche en gros poils roux, bras et
jambes de toute vigueur, tel m'apparut le capitaine Len Guy. Physionomie non pas dure, plutôt impassible, celle d'un individu très
renfermé, qui ne livre pas volontiers ses secrets, — ainsi que cela
me fut raconté le jour même par quelqu'un de mieux informé que
maître Atkins, bien que mon hôtelier se prétendit grand ami du capitaine. La vérité est que personne ne pouvait se flatter d'avoir
pénétré cette nature assez rébarbative.

Autant mentionner tout de suite que l'individu auquel j'ai fait allusion était le bosseman de l'*Halbrane*, un nommé Hurliguerly, natif
de l'île de Wight, quarante-quatre ans, moyenne taille, trapu, vigoureux, les bras écartés du corps, les jambes arquées, la tête en boule
sur un cou de taureau, la poitrine large à contenir deux paires
de poumons, — et je me demandai s'il ne les possédait pas, tant il
dépensait d'air dans l'acte de la respiration, — toujours soufflant,
toujours parlant, l'œil goguenard, la mine rieuse, avec un réseau
de rides sous les yeux, produites par l'incessante contraction du
grand zygomatique. Notons une boucle — une seule — qui pendait
au lobe de son oreille gauche. Quel contraste avec le commandant de la goélette, et comment deux êtres si dissemblables parve-
naient-ils à s'entendre! Ils s'entendaient pourtant, puisque, depuis
une quinzaine d'années, ils avaient navigué ensemble, — d'abord
sur le brick *Power*, qui avait été remplacé par le schooner *Halbrane*,
six ans avant le début de cette histoire.

Hurliguerly, dès son arrivée, apprit par Fenimore Atkins que, si le
capitaine Len Guy y consentait, je prendrais passage à son bord.
Aussi fut-ce sans présentation ni préparation que le bosseman s'approcha de moi dans l'après-midi. Il connaissait déjà mon nom et
m'accosta en ces termes :

« Monsieur Jeorling, je vous salue.

— Je vous salue de même, mon ami, répondis-je. Que me voulez-vous?...

— Vous offrir mes services...

— Vos services?... A quel propos?...

— A propos de l'intention que vous avez d'embarquer sur l'*Halbrane*...

— Qui êtes-vous?...

— Le bosseman Hurliguerly, ainsi dénommé et porté sur l'état nominatif de l'équipage, et, en outre, le fidèle compagnon du capitaine Len Guy, qui l'écoute volontiers, bien qu'il ait la réputation de n'écouter personne. »

La pensée me vint alors que je ferais bien d'utiliser un homme si prompt à obliger, lequel ne paraissait pas le moins du monde douter de son influence sur le capitaine Len Guy.

Je répondis donc :

« Eh bien, mon ami, causons, si vos fonctions ne vous réclament pas en ce moment...

— J'ai deux heures devant moi, monsieur Jeorling. D'ailleurs, peu de travail aujourd'hui. Demain, quelques marchandises à débarquer, quelques provisions à renouveler... Tout cela, c'est temps de repos pour l'équipage... Si vous êtes libre... comme je le suis... »

Et, ce disant, il agitait sa main vers le fond du port dans une direction qui lui était familière.

« Ne sommes-nous pas bien ici pour causer?... observai-je en le retenant.

— Causer, monsieur Jeorling, causer debout... et le gosier sec... lorsqu'il est si facile de s'asseoir dans un coin du *Cormoran-Vert*, devant deux tasses de thé au wisky...

— Je ne bois point, bosseman.

— Soit... je boirai pour nous deux. Oh! ne croyez pas que vous ayez affaire à un ivrogne!... Non!... Jamais plus qu'il ne faut, mais autant qu'il faut! »

Je suivis ce marin évidemment habitué à nager dans les eaux des cabarets. Et, tandis que maître Atkins s'occupait, sur le pont de la goélette, à débattre ses prix d'achats et de ventes, nous prîmes place dans la grande salle de son auberge. Tout d'abord, je dis au bosseman :

« C'est précisément sur Atkins que je comptais pour me mettre en rapport avec le capitaine Len Guy, car il le connaît très particulièrement... si je ne me trompe...

— Peuh! fit Hurliguerly. Fenimore Atkins est un brave homme, et il a l'estime du capitaine. En somme, il ne me vaut pas!... Laissez-moi me démarcher, monsieur Jeorling...

— Est-ce donc une affaire si difficile à traiter, bosseman, et n'y a-t-il pas une cabine de libre à bord de l'*Halbrane* ?... La plus petite me conviendra, et je paierai...

— Très bien, monsieur Jeorling! Il y a une cabine, en abord du rouf, qui n'a jamais servi à personne, et puisque vous ne regardez pas à vider votre poche, si cela est nécessaire... Toutefois, — entre nous, — il convient d'être plus malin que vous ne le pensez et que ne l'est mon vieil Atkins pour décider le capitaine Len Guy à prendre un passager!... Oui! ce n'est pas trop de toute la malice du bon garçon qui est en train de boire à votre santé, en regrettant que vous ne lui rendiez pas la pareille! »

Et de quel dardement de l'œil droit, tandis qu'il fermait l'œil gauche, Hurliguerly accompagna cette déclaration! Il semblait que toute la vivacité que possédaient ses deux yeux eût passé à travers la prunelle d'un seul! Inutile d'ajouter que la queue de cette belle phrase se noya dans un verre de wisky, dont le bosseman n'en était pas à apprécier l'excellence, puisque le *Cormoran-Vert* ne se fournissait qu'à la cambuse de l'*Halbrane*.

Puis, ce diable d'homme tira de sa veste une pipe noire et courte, la bourra, la couronna d'un capuchon de tabac, l'alluma, après l'avoir fortement implantée dans l'interstice de deux molaires au coin de sa bouche, et il s'entourbillonna d'une telle fumée, comme un steamer en pleine chauffe, que sa tête disparaissait derrière un nuage grisâtre.

« Monsieur Hurliguerly?... dis-je.

— Monsieur Jeorling...

— Pourquoi votre capitaine répugnerait-il à m'accepter?...

— Parce que ce n'est pas dans ses idées de prendre des passagers à son bord, et jusqu'ici il a toujours refusé les propositions de ce genre.

— Quelle raison, je vous le demande...

— Eh! parce qu'il veut n'être point embarrassé dans ses allures, aller où il lui plaît, rebrousser chemin pour peu que cela lui convienne, au nord ou au sud, au couchant ou au levant, sans en donner de motifs à personne! Ces mers du sud, il ne les quitte jamais, monsieur Jeorling, et voilà belles années que nous les courons ensemble entre l'Australie à l'est et l'Amérique à l'ouest, allant d'Hobart-Town aux Kerguelen, à Tristan d'Acunha, aux Falklands; ne relâchant que le temps de vendre notre cargaison, quelquefois pointant jusqu'à la mer antarctique. Dans ces conditions, vous le comprenez, un passager pourrait être gênant, et, d'ailleurs, lequel voudrait embarquer sur l'*Halbrane*, puisqu'elle n'aime pas à taquiner la brise, et va un peu où le vent la pousse! »

Je me demandai si le bosseman ne cherchait point à faire de sa goélette un bâtiment mystérieux, naviguant au hasard, ne s'arrêtant guère en ses relâches, une sorte de navire errant des hautes latitudes, sous le commandement d'un capitaine fantasmatique. Quoi qu'il en soit, je lui dis :

« Enfin l'*Halbrane* va quitter les Kerguelen dans quatre ou cinq jours?...

— Sûr...

— Et, cette fois, elle mettra le cap à l'ouest pour gagner Tristan d'Acunha?...

— Probable.

— Eh bien, bosseman, cette probabilité me suffira, et, puisque vous m'offrez vos bons offices, décidez le capitaine Len Guy à m'accepter comme passager...

« C'EST COMME SI C'ÉTAIT FAIT! » (Page 21.)

— C'est comme si c'était fait!

— A merveille, Hurliguerly, et vous n'aurez pas lieu de vous en repentir.

— Eh! monsieur Jeorling, répliqua ce singulier maître d'équipage, en secouant la tête comme s'il fût sorti de l'eau, je n'ai jamais à me repentir de rien, et je sais bien qu'en vous rendant service, je ne m'en repentirai point. Maintenant, si vous le permettez, je vais prendre congé de vous, sans même attendre le retour de l'ami Atkins, et regagner mon bord. »

Après avoir vidé d'un coup son dernier verre de wisky — je crus que le verre allait disparaître dans le gosier avec la liqueur, — Hurliguerly m'adressa un sourire de protection. Puis, son gros torse se balançant sur le double arc de ses jambes, empanaché de l'âcre fumée qui s'échappait du fourneau de sa pipe, il sortit et laissa porter au nord-est du *Cormoran-Vert*.

Devant la table, je restai sous l'empire de réflexions assez contradictoires. Au vrai, qu'était ce capitaine Len Guy? Maître Atkins me l'avait donné comme un bon marin doublé d'un brave homme. Qu'il fût l'un et l'autre, rien ne m'autorisait à en douter, original toutefois, d'après ce que venait de me dire le bosseman. Jamais, je l'avoue, il ne m'était venu à l'esprit que la proposition d'embarquer sur l'*Halbrane* pût soulever quelque difficulté, du moment que j'entendais ne point regarder au prix, et me contenter de la vie du bord. Quelle raison le capitaine Len Guy aurait-il de m'opposer un refus?... Était-il admissible qu'il ne voulût pas se lier par un engagement, ni être obligé de se rendre à tel endroit, si, au cours de sa navigation, il lui venait la fantaisie d'aller à tel autre?... Ou bien, avait-il des motifs particuliers pour se défier d'un étranger, eu égard à son genre de navigation?... Faisait-il donc la contrebande ou la traite, — commerce encore très exercé à cette époque dans les mers du sud?... Explication plausible après tout, bien que mon digne aubergiste répondît de l'*Halbrane* et de son capitaine. Honnête navire, honnête commandant, Fenimore Atkins se portait garant de l'un et de l'autre!... C'était bien quelque chose, s'il ne s'illusionnait pas sur leur compte à tous deux!... En somme, il ne connaissait le capitaine Len Guy que pour le voir, une fois l'an, relâcher aux Kerguelen, où il ne se livrait qu'à des opérations régulières, lesquelles ne pouvaient laisser prise à aucune suspicion...

D'autre part, je me demandais si, dans le but de donner plus d'importance à ses offres de service, le bosseman n'avait pas cherché à se faire valoir... Peut-être le capitaine Len Guy serait-il très satisfait, très heureux d'avoir à son bord un passager aussi accommodant que j'avais la prétention de l'être, et qui ne regarderait pas au prix du passage?...

Une heure plus tard, je rencontrai l'aubergiste sur le port et je le mis au courant.

« Ah! ce satané Hurliguerly, s'écria-t-il, toujours le même!... A l'en croire, le capitaine Len Guy ne se moucherait pas sans le consulter!... Voyez-vous, c'est un drôle d'homme, ce bosseman, monsieur Jeorling, pas méchant, pas bête, mais tireur de dollars ou de guinées en diable!... Si vous tombez entre ses mains, gare à votre bourse!... Boutonnez votre poche ou votre gousset, et ne vous laissez pas attraper!

— Merci du conseil, Atkins. Dites-moi, vous avez déjà causé avec le capitaine Len Guy?... Lui avez-vous parlé?...

— Pas encore, monsieur Jeorling... Nous avons le temps... L'*Halbrane* ne fait que d'arriver et n'a pas même évité sur son ancre au jusant...

— Soit, mais... vous le comprenez... je désire être fixé le plus tôt possible...

— Un peu de patience!

— J'ai hâte de savoir à quoi m'en tenir...

— Eh! il n'y a rien à craindre, monsieur Jeorling!... Les choses iront toutes seules!... D'ailleurs, à défaut de l'*Halbrane*, vous ne seriez point embarrassé... Avec la saison de pêche, Christmas-Harbour comptera bientôt plus de navires qu'il n'y a de maisons autour du *Cormoran-Vert!...* Rapportez-vous-en à moi... Je me charge de votre embarquement ! »

Dans tout cela, rien que des mots, le bosseman d'un côté, maître Atkins de l'autre. Aussi, malgré leurs belles promesses, je résolus de m'adresser directement au capitaine Len Guy, si peu abordable qu'il fût, et de l'entretenir de mon projet, dès que je le rencontrerais seul.

L'occasion ne s'offrit que le lendemain. Jusque-là, j'avais flâné le long du quai, examinant le schooner, un navire de construction remarquable et de grande solidité. Et c'est une qualité indispensable dans ces mers où les glaces dérivent parfois au delà du cinquantième parallèle.

C'était l'après-midi. Lorsque je m'approchai du capitaine Len Guy, je compris qu'il aurait préféré m'éviter.

A Christmas-Harbour, il va de soi que cette petite population de pêcheurs ne se renouvelle guère. Peut-être, sur les bâtiments, assez nombreux à cette époque, je le répète, quelques Kerguéléens prennent-ils du service pour remplacer des absents ou des disparus. Au fond, cette population ne se modifie pas, et le capitaine Len Guy devait la connaître individu par individu.

Dans quelques semaines, il eût pu s'y tromper, alors que toute la flottille aurait versé son personnel sur les quais où régnerait une animation peu habituelle, qui finirait avec la saison. Mais, à cette date, en ce mois d'août, l'*Halbrane,* profitant d'un hiver dont la douceur avait été véritablement exceptionnelle, était seule au milieu du port.

Il était donc impossible que le capitaine Len Guy n'eût pas deviné en moi un étranger, lors même que le bosseman et l'aubergiste n'eussent pas encore fait de démarche à mon sujet.

Or, son attitude ne pouvait signifier que ceci : ou ma proposition lui avait été communiquée, et il n'entendait pas y donner suite, — ou ni Hurliguerly ni Atkins ne lui avaient parlé depuis la veille. Dans ce dernier cas, s'il s'éloignait de moi, c'est qu'il obéissait à sa nature peu communicative, c'est qu'il ne lui convenait pas d'entrer en relation avec un inconnu.

Cependant l'impatience me saisit. Si ce hérisson me refusait, eh bien! j'en serais pour un refus. L'obliger à me prendre à son bord malgré lui, je n'en avais pas la prétention. Je n'étais même pas son compatriote. D'ailleurs, aucun consul ni agent américain ne résidait aux Kerguelen, près duquel j'aurais pu me plaindre. Avant tout, il importait que je fusse fixé, et, si je me heurtais à un non! du capitaine Len Guy, j'en serais quitte pour attendre l'arrivée d'un autre navire plus complaisant, — ce qui ne me retarderait que de deux ou trois semaines.

Au moment où j'allais l'accoster, le lieutenant du bord vint rejoindre son capitaine. Celui-ci profita de l'occasion pour s'éloigner, et, faisant signe à l'officier de le suivre, il contourna le fond du port et disparut à l'angle d'une roche, en remontant la baie sur sa rive septentrionale.

» Au diable! pensai-je. J'ai tout lieu de croire qu'il me sera difficile d'arriver à mes fins! Mais ce n'est que partie remise. Demain, dans la matinée, j'irai à bord de l'*Halbrane*. Qu'il le veuille ou qu'il ne le veuille pas, il faudra bien que ce Len Guy m'entende, et qu'il me réponde oui ou non! »

D'ailleurs, il se pouvait que, vers l'heure du dîner, le capitaine Len Guy vînt au *Cormoran-Vert*, où, d'habitude, les marins déjeunaient et dînaient durant les relâches. Après quelques mois de mer, on aime à varier un menu généralement réduit au biscuit et à la viande salée.

La santé l'exige même, et tandis que des vivres frais sont mis à la disposition des équipages, les officiers se trouvent mieux de manger à l'auberge. Je ne doutais pas que mon ami Atkins fût préparé à recevoir convenablement le capitaine, le lieutenant et aussi le bosseman de la goélette.

J'attendis donc, je ne me mis à table que fort tard. J'en fus pour une déception.

Non! ni le capitaine Len Guy ni personne du bord ne vinrent honorer de leur présence le *Cormoran-Vert.* Je dus dîner seul, comme je le faisais chaque jour depuis deux mois déjà, car, on se le figure aisément, les clients de maître Atkins ne se renouvelaient guère pendant la mauvaise saison.

Le repas terminé, vers sept heures et demie, la nuit faite, j'allai me promener sur le port, du côté des maisons.

Le quai était désert. Les fenêtres de l'auberge donnaient un peu de clarté. De l'équipage de l'*Halbrane,* pas un homme à terre. Les canots avaient rallié, et, au bout de leur bosse, se balançaient dans le clapotis de la mer montante.

C'était, vraiment, comme un poste de caserne, ce schooner, où l'on consignait les matelots dès le coucher du soleil. Cette mesure devait singulièrement contrarier ce bavard et ce buveur d'Hurliguerly, trop enclin, je le supposais, à courir d'un cabaret à l'autre, au cours des relâches. Je ne l'aperçus pas plus que son capitaine aux alentours du *Cormoran-Vert.*

Je restai jusqu'à neuf heures, faisant les cent pas par le travers de la goélette. Graduellement la masse du navire s'était assombrie. Les eaux de la baie ne réfléchaient plus qu'un tire-bouchon de lumière, celle du fanal de l'avant, suspendu à l'étai de misaine.

Je revins à l'auberge, où je trouvai Fenimore Atkins fumant sa pipe près de la porte.

« Atkins, lui dis-je, il paraît que le capitaine Len Guy n'aime point à fréquenter votre auberge ?...

— Il y vient quelquefois le dimanche, et c'est aujourd'hui samedi, monsieur Jeorling...

— Vous ne lui avez pas parlé ?...

— Si... me répondit mon hôtelier, d'un ton qui dénotait un visible embarras.

— Vous lui avez annoncé qu'une personne de votre connaissance désirait s'embarquer sur l'*Halbrane* ?...

— Oui.

— Et qu'a-t-il répondu ?...

— Pas comme je l'aurais voulu ni comme vous le désirez, monsieur Jeorling...

— Il refuse ?...

— A peu près, si c'est un refus que de m'avoir dit : « Atkins, ma goélette n'est pas faite pour recevoir des passagers... Je n'en ai jamais pris, et ne compte point en jamais prendre. »

Un changement singulier s'opéra dans l'attitude du capitaine. (Page 31.)

III

LE CAPITAINE LEN GUY.

Je dormis mal. A plusieurs reprises, je « rêvai que je rêvais ».
Or, — c'est une observation d'Edgar Poe, — quand on soupçonne
que l'on rêve, on se réveille presque aussitôt.

Je me réveillai donc, et toujours très monté contre ce capitaine Len Guy. L'idée de m'embarquer sur l'*Halbrane*, à son départ des Kerguelen, était enracinée dans ma tête. Maître Atkins n'avait cessé de me vanter ce navire, invariablement le premier de l'année à rallier Christmas-Harbour. Comptant les jours, comptant les heures, que de fois je m'étais vu à bord de cette goélette, au large de l'archipel, cap à l'ouest, en direction sur la côte américaine ! Mon aubergiste ne mettait pas en doute la complaisance du capitaine Len Guy, qui serait d'accord avec son intérêt. On ne voit guère un navire de commerce refuser un passager, lorsque cela ne doit pas le contraindre à modifier son itinéraire, et s'il peut retirer un bon prix du passage. Qui aurait cru cela?...

Aussi, grosse colère que je sentais couver en moi contre ce peu complaisant personnage. Ma bile s'échauffait, mes nerfs se tendaient. Un obstacle venait de surgir sur ma route, et devant lequel je me cabrais.

Ce fut une mauvaise nuit d'indignation fiévreuse, et le calme ne me revint qu'au lever du jour.

Au surplus, j'avais résolu de m'expliquer avec le capitaine Len Guy, sur son déplorable procédé. Peut-être n'obtiendrais-je rien, mais, du moins, j'aurais dit ce que j'avais sur le cœur.

Maître Atkins avait parlé pour recevoir la réponse que l'on sait. Quant à cet obligeant Hurliguerly, si pressé de m'offrir son influence et ses services, s'était-il hasardé à tenir sa promesse?... Je ne savais, ne l'ayant point rencontré. En tout cas, il n'avait pu être plus heureux que l'hôtelier du *Cormoran-Vert*.

Je sortis vers huit heures du matin. Il faisait un temps de chien, comme disent les Français, — ou pour employer une expression plus juste, — un chien de temps. De la pluie, mêlée de neige, une bourrasque tombant de l'ouest par-dessus les montagnes du fond, des nuages dégringolant des basses zones, une avalanche d'air et d'eau. Que le capitaine Len Guy fût descendu à terre pour se tremper jusqu'aux os dans les rafales, ce n'était point à supposer.

En effet, personne sur le quai. Quelques barques de pêche avaient quitté le port avant la tourmente, et, sans doute, s'étaient mises à l'abri au fond des criques que ni la mer ni le vent ne pouvaient battre. Quant à me rendre à bord de l'*Halbrane*, je n'aurais pu le faire sans héler une de ses embarcations, et le bosseman n'eût pas pris sur lui de me l'envoyer.

« D'ailleurs, pensai-je, sur le pont de sa goélette, le capitaine est chez lui, et, pour ce que je compte lui répondre s'il s'obstine dans son inqualifiable refus, mieux vaut un terrain neutre. Je vais le guetter de ma fenêtre, et, si son canot le met à quai, il ne parviendra pas à m'éviter cette fois. »

De retour au *Cormoran-Vert*, je me postai derrière ma vitre ruisselante dont j'essuyai la buée, ne m'inquiétant guère de la bourrasque qui s'engouffrait à travers la cheminée et chassait les cendres de l'âtre.

J'attendis, nerveux, impatient, rongeant mon frein, dans un état d'irritation croissante.

Deux heures s'écoulèrent. Et, ainsi que cela arrive fréquemment grâce à l'instabilité des vents des Kerguelen, ce fut le temps qui se calma avant moi.

Vers onze heures, les hauts nuages de l'est prirent le dessus, et la tourmente alla s'épuiser à l'opposé des montagnes.

J'ouvris ma fenêtre.

En ce moment, une des embarcations de l'*Halbrane* se prépara à larguer sa bosse. Un matelot y descendit, arma deux avirons en couple, tandis qu'un homme s'asseyait, à l'arrière, sans tenir les tireveilles du gouvernail. Du reste, une cinquantaine de toises entre le schooner et le quai, pas davantage. Le canot accosta. L'homme sauta à terre.

C'était le capitaine Len Guy.

En quelques secondes, j'eus franchi le seuil de l'auberge, et je m'arrêtai devant le capitaine, très empêché, quoi qu'il en eût, de parer l'abordage.

« Monsieur... » lui dis-je, d'un ton sec et froid — froid comme le temps depuis que les vents soufflaient de l'est.

Le capitaine Len Guy me regarda fixement, et je fus frappé de la tristesse de ses yeux d'un noir d'encre. Puis, la voix basse, les paroles à peine chuchotées :

« Vous êtes étranger?... me demanda-t-il...

— Étranger aux Kerguelen... oui, répondis-je.

— De nationalité anglaise?...

— Non... américaine? »

Il me salua d'un geste bref, et je lui rendis le même salut.

« Monsieur, repris-je, j'ai lieu de croire que maître Atkins, du *Cormoran-Vert*, vous a touché quelques mots d'une proposition à mon sujet. Cette proposition, ce me semble, méritait un accueil favorable de la part d'un...

— La proposition d'embarquer sur ma goélette?... répondit le capitaine Len Guy.

— Précisément.

— Je regrette, monsieur, de n'avoir pu donner suite à cette demande...

— Me direz-vous pourquoi?...

— Parce que je n'ai pas l'habitude d'avoir des passagers à mon bord, — première raison.

— Et la seconde, capitaine?...

— Parce que l'itinéraire de l'*Halbrane* n'est jamais arrêté d'avance. Elle part pour un port et va à un autre, suivant que j'y trouve mon avantage. Apprenez, monsieur, que je ne suis point au service d'un armateur. La goélette m'appartient en grande partie, et je n'ai d'ordre à recevoir de personne pour ses traversées.

— Alors il ne dépend que de vous, monsieur, de m'accorder passage...

— Soit, mais je ne puis vous répondre que par un refus — à mon extrême regret.

— Peut-être changerez-vous d'avis, capitaine, lorsque vous saurez que peu m'importe la destination de votre goélette... Il n'est pas déraisonnable de supposer qu'elle ira quelque part...

— Quelque part, en effet... »

Et, à ce moment, il me sembla que le capitaine Len Guy jetait un long regard vers l'horizon du sud.

« Eh bien, monsieur, repris-je, aller ici ou là m'est presque indifférent... Ce que je désirais avant tout, c'était de quitter les Kerguelen par la plus prochaine occasion qui me serait offerte... »

Le capitaine Len Guy ne répondit pas, et demeura pensif, sans chercher à me fausser compagnie.

« Vous me faites l'honneur de m'écouter, monsieur?... demandai-je d'un ton assez vif.

— Oui, monsieur.

— J'ajouterai donc que, sauf erreur, et si l'itinéraire de votre goélette n'a pas été modifié, vous aviez l'intention de partir de Christmas-Harbour pour Tristan d'Acunha...

— Peut-être à Tristan d'Acunha... peut-être au Cap... peut-être... aux Falklands... peut-être ailleurs...

— Eh bien, capitaine Guy, c'est précisément ailleurs où je désire aller! » répliquai-je ironiquement, en faisant effort pour contenir mon irritation.

Alors un changement singulier s'opéra dans l'attitude du capitaine Len Guy. Sa voix s'altéra, devint plus dure, plus cassante. En termes nets et précis, il me fit comprendre que toute insistance était inutile, que notre entretien avait déjà trop duré, que le temps le pressait, que ses affaires l'appelaient au bureau du port... enfin que nous nous étions dit, et de très suffisante façon, tout ce que nous pouvions avoir à nous dire...

J'avais étendu le bras pour le retenir — le saisir serait un mot plus juste, — et la conversation, mal commencée, risquait de plus mal finir, lorsque ce bizarre personnage se retourna vers moi, et d'un ton adouci, il s'exprima de la sorte :

« Croyez bien, monsieur, qu'il m'en coûte de n'être point en état

de vous satisfaire, et de montrer peu d'obligeance envers un Américain. Mais je ne saurais modifier ma conduite. Au cours de la navigation de l'*Halbrane*, il peut survenir tel ou tel incident imprévu qui
rendrait gênante la présence d'un passager... même aussi accommodant que vous l'êtes... Ce serait m'exposer à ne pouvoir profiter de
chances que je recherche...

— Je vous ai dit, capitaine, et je vous le répète, que si mon intention est de retourner en Amérique, au Connecticut, il m'est indifférent
que ce soit en trois mois ou en six, par un chemin plutôt que par un
autre, — et dût votre goélette s'enfoncer au milieu des mers antarctiques...

— Les mers antarctiques ! » s'écria le capitaine Len Guy d'une
voix interrogatrice, tandis que son regard me fouillait le cœur
comme s'il eût été armé d'une pointe.

« Pourquoi parlez-vous des mers antarctiques?... reprit-il en me
saisissant la main.

— Mais comme je vous aurais parlé des mers boréales... du pôle
nord aussi bien que du pôle sud... »

Le capitaine Len Guy ne répondit pas, et je crus voir une larme
glisser de ses yeux. Puis, se rejetant dans un autre ordre d'idées,
désireux de couper court à quelque cuisant souvenir, évoqué par ma
réponse :

« Ce pôle sud, dit-il, qui oserait s'aventurer...

— L'atteindre est difficile... et cela serait sans utilité, répliquai-je.
Il se rencontre pourtant des caractères assez aventureux pour se
lancer dans de telles entreprises.

— Oui... aventureux !... murmura le capitaine Len Guy.

— Et, tenez, repris-je, voici que les États-Unis font encore une
tentative avec la division de Charles Wilkes, le *Vancouver*, le *Peacock*, le *Porpoise*, le *Flying-Fish* et plusieurs conserves...

— Les États-Unis, monsieur Jeorling?... Vous affirmez qu'une
expédition est envoyée par le gouvernement fédéral dans les mers
australes?...

Le bosseman vint serrer la main de l'aubergiste. (Page 40.)

— Le fait est certain, et, l'année dernière, avant mon départ d'Amérique, j'apprenais que cette division venait de prendre la mer. Il y a un an de cela, et il est fort possible que l'audacieux Wilkes ait poussé ses reconnaissances plus loin que les autres découvreurs ne l'avaient fait avant lui. »

Le capitaine Len Guy était redevenu silencieux, et il ne sortit de cette inexplicable préoccupation que pour dire :

« Dans tous les cas, si Wilkes parvient à franchir le cercle polaire, puis la banquise, il est douteux qu'il dépasse de plus hautes latitudes que...

— Que ses prédécesseurs Bellingshausen, Forster, Kendall, Biscoe, Morrell, Kemp, Belleny... répondis-je.

— Et que... ajouta le capitaine Len Guy.

— De qui voulez-vous parler?... demandai-je.

— Vous êtes originaire du Connecticut, monsieur?... dit brusquement le capitaine Len Guy.

— Du Connecticut.

— Et plus spécialement?...

— D'Hartford.

— Connaissez-vous l'île Nantucket?...

— Je l'ai visitée à plusieurs reprises.

— Vous le savez, je pense, dit le capitaine Len Guy en me regardant, les yeux dans les yeux, c'est là que votre romancier Edgar Poe a fait naître son héros, Arthur Gordon Pym...

— En effet, répondis-je, — cela me revient à la mémoire, — le début de ce roman est placé à l'île Nantucket.

— Vous dites... ce roman?... C'est bien le mot dont vous vous êtes servi?...

— Sans doute, capitaine...

— Oui... et vous parlez comme tout le monde!.. Mais, pardon, monsieur, je ne puis attendre plus longtemps... Je regrette... très sincèrement de ne pouvoir vous rendre ce service... Ne croyez pas que la réflexion puisse modifier mes idées relativement à votre proposition... D'ailleurs, vous n'aurez que quelques jours à attendre... La saison va s'ouvrir... Les navires de commerce, les baleiniers relâcheront à Christmas-Harbour, et il vous sera loisible d'embarquer sur l'un d'eux... avec la certitude d'aller là où vos convenances vous appellent... Je regrette, monsieur, je regrette, vivement... et vous donne bien le salut! »

Sur ces derniers mots, le capitaine Len Guy se retira, et l'entretien finit tout autrement que je ne le supposais... je veux dire d'une façon polie quoique formelle.

Comme il ne sert à rien de s'entêter contre l'impossible, j'abandonnai l'espoir de naviguer à bord de l'*Halbrane*, tout en gardant rancune à son maudit commandant. Et pourquoi ne l'avouerai-je pas? Ma curiosité était éveillée. Je sentais un mystère au fond de cette âme de marin, et il m'aurait plu de le pénétrer. Le tour imprévu de notre conversation, ce nom d'Arthur Pym prononcé d'une façon si inopinée, les interrogations sur l'île Nantucket, l'effet produit par cette nouvelle qu'une campagne à travers les mers australes se poursuivait alors sous le commandement de Wilkes, cette affirmation que le navigateur américain ne s'avancerait pas plus avant dans le sud que... De qui donc avait voulu parler le capitaine Len Guy?... Tout cela était matière à réflexions pour un esprit aussi positif que le mien...

Ce jour-là, maître Atkins voulut savoir si le capitaine Len Guy s'était montré de meilleure composition... Avais-je obtenu l'autorisation d'occuper une des cabines de la goélette?... Je dus avouer à mon hôtelier que je n'avais pas été plus heureux que lui dans mes négociations... Cela ne laissa pas de le surprendre. Il ne comprenait rien aux refus du capitaine, à son entêtement... Il ne le reconnaissait plus... D'où provenait ce changement?... Et, — ce qui le touchait d'une façon plus directe, — c'est que, par contradiction avec ce qui se faisait pendant les relâches, le *Cormoran-Vert* n'avait été fréquenté ni des hommes de l'*Halbrane* ni de leur officier. Il semblait que l'équipage obéissait à un ordre. Deux ou trois fois seulement, le bosseman vint s'installer dans la salle de l'auberge, et ce fut tout. De là, gros désappointement de maître Atkins.

En ce qui concerne Hurliguerly, après s'être si imprudemment avancé, je compris qu'il ne tenait plus à continuer avec moi des relations à tout le moins inutiles. Avait-il tenté d'ébranler son chef, je ne saurais le dire, et, en somme, il en eût été, à coup sûr, pour son insistance.

Pendant les trois jours qui suivirent, 10, 11 et 12 août, les travaux de ravitaillement et de réparation furent poussés à bord de la goélette. On voyait l'équipage allant et venant sur le pont, — les matelots visiter la mâture, changer les manœuvres courantes, raidir les haubans et galhaubans qui avaient molli pendant la dernière traversée, repeindre les hauts et les bastingages détériorés sous les paquets de mer, réenverguer des voiles neuves, raccommoder les vieilles dont on pourrait encore se servir par beau temps, calfater çà et là les coutures du bordé et du pont à grands coups de maillet.

Ce travail s'accomplissait avec régularité, sans ces cris, ces interpellations, ces querelles, trop ordinaires parmi les marins au mouillage. L'*Halbrane* devait être bien commandée, son équipage très tenu, très discipliné, silencieux même. Peut-être le bosseman contrastait-il avec ses camarades, car il m'avait paru porté à rire, à plaisanter, à bavarder surtout, — à moins qu'il ne fût démangé de la langue que lorsqu'il descendait à terre.

Enfin, on apprit que le départ de la goélette était fixé au 15 août, et, la veille, je n'avais pas encore lieu de penser que le capitaine Len Guy fût revenu sur son refus si catégorique.

Du reste, je n'y songeais guère, ayant pris mon parti de ce contretemps. Toute envie de récriminer m'était passée. Je n'eusse pas permis à maître Atkins de tenter une autre démarche. Lorsque le capitaine Len Guy et moi, nous nous rencontrions sur le quai, c'était comme des gens qui ne se connaissent même pas, qui ne se sont jamais vus. Il passait d'un côté, moi de l'autre. Je dois observer, cependant, qu'une ou deux fois, quelque hésitation se manifesta dans son attitude... Il semblait qu'il voulût m'adresser la parole... qu'il y fût poussé par un secret instinct... Il ne l'avait point fait, et je n'étais pas un homme à provoquer une explication nouvelle... Au surplus, — j'en fus informé le jour même, — Fenimore Atkins, contre ma formelle défense, avait sollicité le capitaine Len Guy à mon sujet sans rien obtenir. C'était une affaire « classée », comme on dit, et pourtant tel n'était pas l'avis du bosseman...

En effet, Hurliguerly, interpellé par l'hôtelier du *Cormoran-Vert*, contestait que la partie fût définitivement perdue.

« Il est très possible, répétait-il, que le capitaine n'ait pas lâché son dernier mot! »

Mais s'appuyer sur les dires de ce hâbleur, c'eût été introduire un terme faux dans une équation, et, je l'affirme, le prochain départ du schooner m'était indifférent. Je ne songeais plus qu'à guetter l'apparition de quelque autre navire au large.

« Encore une semaine ou deux, me répétait mon aubergiste, et vous serez plus heureux, monsieur Jeorling, que vous ne l'avez été avec le capitaine Len Guy. Il s'en trouvera plus d'un qui ne demandera pas mieux...

— Sans doute, Atkins, mais n'oubliez pas que la plupart des bâtiments à destination de la pêche aux Kerguelen, y séjournent pendant cinq ou six mois, et si je dois attendre de tels délais pour reprendre la mer...

— Pas tous, monsieur Jeorling, pas tous!... Il en est qui ne font que toucher à Christmas-Harbour... Une bonne occasion se présentera, et vous n'aurez point à vous repentir d'avoir manqué votre embarquement sur l'*Halbrane*... »

Je ne sais si j'aurai à m'en repentir ou non, mais, — ce qui est certain, — c'est qu'il était écrit là-haut que je quitterais les Kerguelen comme passager de la goélette, et qu'elle allait m'entraîner dans la plus extraordinaire des aventures dont les annales maritimes devaient retentir à cette époque.

Dans la soirée du 14 août, vers sept heures et demie, lorsque la nuit enveloppait déjà l'île, je flânais, après mon dîner, sur le quai au nord de la baie. Le temps était sec, le ciel pointillé d'étoiles, l'air vif, le froid piquant. En ces conditions, ma promenade ne pouvait se prolonger.

Donc, une demi-heure plus tard, je me dirigeais vers le *Cormoran-Vert*, lorsqu'un individu me croisa, hésita, revint sur ses pas et s'arrêta.

L'obscurité était assez profonde pour qu'il ne me fût pas aisé de le reconnaître. Mais, à sa voix, à son chuchotement caractéristique, pas d'erreur possible. Le capitaine Len Guy était devant moi.

« Monsieur Jeorling, me dit-il, c'est demain que l'*Halbrane* doit mettre à la voile... demain matin... avec le jusant...

— A quoi bon me le faire savoir, répliquai-je, puisque vous refusez...

— Monsieur... j'ai réfléchi, et si vous n'avez pas changé d'idée, trouvez-vous à bord à sept heures...

— Ma foi, capitaine, répondis-je, je ne m'attendais guère à ce revirement de votre part...

— J'ai réfléchi, je vous le répète, et j'ajoute que l'*Halbrane* fera directement route sur Tristan d'Acunha, — ce qui vous convient... je suppose?...

— C'est au mieux, capitaine. Demain matin, à sept heures, je serai à bord...

— Où votre cabine est préparée.

— Quant au prix du passage... dis-je.

— Nous le réglerons plus tard, répliqua le capitaine Len Guy, et à votre satisfaction. A demain donc...

— A demain. »

Mon bras s'était tendu vers cet homme bizarre pour sceller notre engagement. Sans doute, l'obscurité l'empêcha de voir ce geste, car il n'y répondit pas, et, s'éloignant d'un pas rapide, il rejoignit son canot, qui le ramena en quelques coups d'aviron.

Très surpris, je l'étais, et maître Atkins le fut au même degré que moi, lorsque, de retour dans la salle du *Cormoran-Vert*, je l'eus mis au courant.

« Allons, me répondit-il, ce vieux renard d'Hurliguerly avait décidément raison!... Cela n'empêche pas que son diable de capitaine ne soit plus capricieux qu'une fille mal élevée!... Pourvu qu'il ne change pas d'idée au moment de partir ! »

Hypothèse inadmissible, et, en y réfléchissant, je pensai que cette façon d'agir ne comportait ni fantaisie ni caprice. Si le capitaine Len Guy était revenu sur son refus, c'est qu'il avait un intérêt quelconque à ce que je fusse son passager. A mon avis, ce revirement devait tenir à ce que je lui avais dit relativement au Connecticut et à l'île Nantucket. Maintenant, en quoi cela pouvait-il l'intéresser, je laissais à l'avenir le soin de me l'apprendre.

Mes préparatifs furent rapidement terminés. Je suis, d'ailleurs, de ces voyageurs pratiques qui ne s'encombrent jamais de bagages, et feraient le tour du monde une sacoche au côté et une valise à la main. Le plus gros de mon matériel consistait en ces vêtements fourrés, dont l'indispensabilité s'impose à quiconque navigue à travers les hautes latitudes. Lorsque l'on parcourt l'Atlantique méridional, c'est le moins que de telles précautions soient prises par prudence.

Le lendemain, 15, avant le lever du jour, je fis mes adieux au brave et digne Atkins. Je n'avais eu qu'à me louer des attentions et de l'obligeance de mon compatriote, exilé sur ces îles de la Désolation, où les siens et lui vivaient heureux en somme. Le serviable aubergiste parut très sensible aux remerciements que je lui adressai. Ayant souci de mon intérêt, il avait hâte de me savoir à bord, craignant toujours — c'est l'expression dont il se servit — que le capitaine Len Guy eût « changé ses amures » depuis la veille. Il me le répéta même avec insistance, et m'avoua que, pendant la nuit, il s'était mis plusieurs fois à sa fenêtre, afin de s'assurer que l'*Halbrane* était toujours à son mouillage au milieu de Christmas-Harbour. Il ne fut délivré de ses inquiétudes — que je ne partageais aucunement, — qu'à l'heure où l'aube commença de poindre.

Maître Atkins voulut m'accompagner à bord, afin de prendre congé du capitaine Len Guy et du bosseman. Un canot attendait au quai, et il nous transporta tous les deux à l'échelle de la goélette, déjà évitée de jusant.

La première personne que je rencontrai sur le pont fut Hurliguerly. Il me lança un coup d'œil de triomphe. C'était aussi clair que s'il m'eût dit :

« Hein! vous le voyez!... Notre difficultueux capitaine a fini par vous accepter... Et à qui devez-vous cela, si ce n'est à ce brave homme de bosseman, qui vous a servi de son mieux et n'a point surfait son influence?... »

Était-ce la vérité?... J'avais de fortes raisons pour ne pas l'admettre sans grande réserve. Peu importait, après tout. L'*Halbrane* allait lever l'ancre et j'étais à bord.

Le capitaine Len Guy se montra presque aussitôt sur le pont. Ce dont je ne songeai point à m'étonner autrement, c'est qu'il ne parut même pas remarquer ma présence.

Les préparatifs de l'appareillage étaient commencés, voiles retirées de leurs étuis, manœuvres prêtes, drisses et écoutes parées. Le lieutenant, à l'avant, surveillait le virage du cabestan, et l'ancre ne tarderait pas de venir à pic.

Maître Atkins s'approcha alors du capitaine Len Guy et, d'une voix engageante :

« A l'année prochaine! dit-il. :

— S'il plait à Dieu, monsieur Atkins! »

Leurs mains se pressèrent. Puis le bosseman vint à son tour vigoureusement serrer celle de l'aubergiste du *Cormoran-Vert*, que le canot ramena à quai.

A huit heures, dès que le jusant fut bien établi, l'*Halbrane* éventa ses basses voiles, prit les amures à bâbord, évolua pour redescendre la baie de Christmas-Harbour sous une petite brise de nord, et, une fois au large, mit le cap au nord-ouest.

Avec les dernières heures de l'après-midi disparurent les cimes blanches du Table-Mount et de l'Havergal, sommets aigus, qui s'élèvent, l'un à deux, l'autre à trois mille pieds au-dessus du niveau de la mer.

Jem West était né sur mer. (Page 43.)

IV

DES ILES KERGUELEN A L'ILE DU PRINCE-ÉDOUARD.

Jamais, peut-être, traversée n'offrit un début plus heureux! Et,
par une chance inespérée, au lieu que l'incompréhensible refus du

capitaine Len Guy m'eût laissé, pour quelques semaines encore, à Christmas-Harbour, voici qu'une jolie brise m'entraînait loin de ce groupe, vent sous vergue, sur une mer à peine clapotante, avec une vitesse de huit à neuf milles à l'heure.

L'intérieur de l'*Halbrane* répondait à son extérieur. Tenue parfaite, propreté minutieuse de galiote hollandaise, dans le rouf comme dans le poste de l'équipage.

A l'avant du rouf, à bâbord, se trouvait la cabine du capitaine Len Guy, lequel, par un châssis vitré qui se rabattait, pouvait surveiller le pont et, au besoin, transmettre ses ordres aux hommes de quart, postés entre le grand mât et le mât de misaine. A tribord, disposition identique pour la cabine du lieutenant. Toutes deux possédaient un cadre étroit, une armoire de médiocre capacité, un fauteuil paillé, une table fixée au plancher, une lampe de roulis suspendue au-dessus, divers instruments nautiques, baromètre, thermomètre à mercure, sextant, montre marine renfermée dans la sciure de sa boîte de chêne, et qui n'en sortait qu'au moment où le capitaine se disposait à prendre hauteur.

Deux autres cabines étaient ménagées à l'arrière du rouf, dont la partie médiane servait de carré, avec la table à manger entre des bancs de bois à dossiers mobiles

L'une de ces cabines avait été préparée pour me recevoir. Elle était éclairée par deux châssis qui s'ouvraient l'un sur la coursive latérale au rouf, l'autre sur l'arrière. En cet endroit, l'homme de barre se tenait debout devant la roue du gouvernail, au-dessus de laquelle passait le gui de la brigantine, lequel se prolongeait de plusieurs pieds au delà du couronnement, — ce qui rendait la goélette très ardente.

Ma cabine mesurait huit pieds sur cinq. Habitué aux nécessités de la navigation, il ne m'en fallait pas davantage comme espace, — ni comme mobilier : une table, une armoire, un fauteuil canné, une toilette sur pied de fer, un cadre dont le maigre matelas aurait sans doute provoqué quelques récriminations chez un passager moins

accommodant. Il ne s'agissait, d'ailleurs, que d'une traversée relativement courte, puisque l'*Halbrane* me débarquerait à Tristan
d'Acunha. J'entrai donc en possession de cette cabine que je ne
devais pas occuper plus de quatre à cinq semaines.

Sur l'avant du mât de misaine, assez rapproché du centre, — ce
qui allongeait le bordé de la trinquette, — était amarrée la cuisine par
des saisines solides. Au delà s'ouvrait le capot, doublé de grosse
toile cirée. Par une échelle il donnait accès au poste de l'équipage
et à l'entrepont. Par mauvais temps, on rabaissait hermétiquement ce
capot, et le poste était à l'abri des paquets de mer qui se brisaient
contre les joues du navire.

Les huit hommes de l'équipage avaient nom Martin Holt, maître
voilier; Hardie, maître calfat; Rogers, Drap, Francis, Gratian,
Burry, Stern, matelots de vingt-cinq à trente-cinq ans d'âge, tous
Anglais des côtes de la Manche et du canal Saint-Georges, tous très
entendus à leur métier, tous remarquablement disciplinés sous une
main de fer.

J'ai à le noter dès le début : l'homme, d'une énergie exceptionnelle,
auquel ils obéissaient sur un mot, sur un geste, ce n'était pas le capitaine de l'*Halbrane*, c'était le second officier, le lieutenant Jem West,
à cette époque dans sa trente-deuxième année.

Je n'ai jamais rencontré, au cours de mes voyages à travers les
océans, un caractère de pareille trempe. Jem West était né sur
mer, n'ayant vécu, pendant son enfance, qu'à bord d'une gabare, dont
son père était le patron et sur laquelle vivait toute la famille. A aucune époque de son existence, il n'avait respiré d'autre air que l'air
salin de la Manche, de l'Atlantique ou du Pacifique. Durant les
relâches, il ne débarquait que pour les nécessités de son service,
fût-ce à l'État ou au commerce. S'agissait-il de quitter un navire pour
un autre, il y portait son sac de toile, et n'en bougeait plus. Marin
dans l'âme, ce métier était toute sa vie. Lorsqu'il ne naviguait pas
au réel, il naviguait à l'imaginaire. Après avoir été mousse, novice,
matelot, il devint quartier-maître, puis maître, puis lieutenant, et

maintenant il remplissait les fonctions de second de l'*Halbrane*, sous le commandement du capitaine Len Guy.

Jem West n'avait même pas l'ambition d'arriver plus haut; il ne cherchait pas à faire fortune; il ne s'occupait ni d'acheter ni de vendre une cargaison. L'arrimer, oui, parce que l'arrimage est de première considération pour qu'un bâtiment porte bien sa toile. Quant aux détails de la navigation, de la science maritime, l'installation du gréement, l'utilisation de l'énergie vélique, la manœuvre sous toutes les allures, les appareillages, les mouillages, la lutte contre les éléments, les observations de longitude et de latitude, bref tout ce qui concerne cet admirable engin qu'est le navire à voile, Jem West s'y entendait comme pas un.

Voici maintenant le lieutenant au physique : taille moyenne, plutôt maigre, tout nerfs et tout muscles, membres vigoureux, d'une agilité de gymnaste, un regard de marin d'une extraordinaire portée et d'une pénétration surprenante, la figure hâlée, les cheveux drus et courts, les joues et le menton imberbes, les traits réguliers, la physionomie dénotant l'énergie, l'audace et la force physique à leur maximum de tension.

Jem West parlait peu, — seulement lorsqu'on l'interrogeait. Il donnait ses ordres d'une voix claire, en mots nets, ne les répétant pas, de manière à être compris du premier coup, — et on le comprenait.

J'appelle l'attention sur ce type d'officier de la marine marchande, qui était dévoué corps et âme au capitaine Len Guy comme à la goélette *Halbrane*. Il semblait qu'il fût un des organes essentiels de son navire, que cet assemblage de bois, de fer, de toile, de cuivre, de chanvre, tînt de lui sa puissance vitale, qu'il y eût identification complète entre l'un construit par l'homme, et l'autre créé par Dieu. Et si l'*Halbrane* avait un cœur, c'était dans la poitrine de Jem West qu'il battait.

Je compléterai les renseignements sur le personnel, en citant le cuisinier du bord, — un nègre de la côte d'Afrique, nommé Endicott, âgé d'une trentaine d'années, et qui remplissait depuis huit ans les fonctions de coy ou de coq sous les ordres du capitaine Len Guy. Le bosseman et lui s'entendaient à merveille et causaient le plus souvent ensemble en vrais camarades. Il faut dire que Hurliguerly se prétendait possesseur de merveilleuses recettes culinaires dont Endicott essayait quelquefois, sans jamais attirer l'attention des indifférents convives du carré.

L'*Halbrane* était partie dans d'excellentes conditions. Il faisait un froid vif, car, sous le quarante-huitième parallèle sud, au mois d'août, c'est encore l'hiver qui enveloppe cette portion du Pacifique. Mais la mer était belle, la brise très franchement établie à l'est-sud-est. Si ce temps durait, — ce qui était à prévoir et à souhaiter, — nous n'aurions pas à changer une seule fois nos amures, et seulement à mollir les écoutes en douceur, pour nous élever jusqu'au travers de Tristan d'Acunha.

La vie à bord était très régulière, très simple, et — ce qui est acceptable en mer, — d'une monotonie non dépourvue de charme. La navigation, c'est le repos dans le mouvement, le bercement dans le rêve, et je ne me plaignais pas de mon isolement. Peut-être ma curiosité eût-elle demandé à se satisfaire sur un seul point : pourquoi le capitaine Len Guy était-il revenu sur son premier refus à mon égard?... Interroger là-dessus le lieutenant eût été peine perdue. D'ailleurs, connaissait-il les secrets de son chef?... Cela ne relevait pas directement de son service, et, je l'ai marqué, il ne s'occupait de rien en dehors de ses fonctions. Et puis, des réponses monosyllabiques de Jem West qu'aurais-je pu tirer?... Entre nous, pendant les deux repas du matin et le repas du soir, il ne s'échangeait pas dix paroles. Je dois avouer, toutefois, que je surprenais souvent le regard du capitaine Len Guy obstinément fixé sur ma personne, comme s'il avait le désir de m'interroger. Il semblait qu'il eût quelque chose à apprendre de moi, tandis que c'était moi, au contraire, qui avais quelque chose à apprendre de lui. La vérité est que l'on restait muet de part et d'autre.

Au surplus, si j'eusse été démangé de causerie, il aurait suffi de m'a-
dresser au bosseman. Toujours prêt à moudre des phrases, celui-là !
Mais qu'aurait-il pu me dire de nature à m'intéresser ? J'ajouterai qu'il
ne manquait jamais de me souhaiter le bonjour et le bonsoir avec une
invariable prolixité. Puis... étais-je content de la vie du bord ?... La
cuisine me convenait-elle ?... Voulais-je qu'il recommandât certains
plats de sa façon à ce moricaud d'Endicott ?...

« Je vous remercie, Hurliguerly, lui répondis-je un jour. L'ordinaire me suffit... Il est très acceptable... et je n'étais pas mieux traité
chez votre ami du *Cormoran-Vert*.

— Ah ! ce diable d'Atkins !... Un brave homme au fond...

— C'est bien mon avis.

— Conçoit-on, monsieur Jeorling, que lui, un Américain, ait consenti à se reléguer aux Kerguelen avec sa famille ?...

— Et pourquoi pas ?...

— Et qu'il s'y trouve heureux !...

— Ce n'est point déjà tant sot, bosseman !

— Bon ! si Atkins me proposait de changer avec lui, il serait le mal
venu, car je me flatte d'avoir une vie agréable !

— Mes compliments, Hurliguerly !

— Eh ! savez-vous bien, monsieur Jeorling, que d'avoir mis son
sac à bord d'un navire comme l'*Halbrane*, c'est une chance qui
ne se rencontre pas deux fois dans l'existence !... Notre capitaine ne
parle pas beaucoup, c'est vrai, notre lieutenant use encore moins sa
langue...

— Je m'en suis aperçu, déclarai-je.

— N'importe ! monsieur Jeorling, ce sont deux fiers marins, je
vous en donne l'assurance ! Vous les regretterez, quand vous débar-
querez à Tristan...

— Je suis heureux de vous l'entendre dire, bosseman.

— Et remarquez que cela ne tardera guère avec cette brise du sud-
est par la hanche et une mer qui ne lève que lorsque cachalots
et baleines veulent bien la secouer en dessous ! Vous le verrez,

monsieur Jeorling, nous ne dépenserons pas dix jours à dévorer les treize cents milles qui séparent les Kerguelen des îles du Prince-Édouard, ni quinze pour les deux mille trois cents qui séparent ces dernières de Tristan d'Acunha !

— Inutile de se prononcer, bosseman. Il faut que le temps persiste, et qui veut mentir n'a qu'à prédire le temps... C'est un dicton de marin, bon à connaître ! »

Quoi qu'il en soit, le temps persista. Aussi, le 18 août, dans l'après-midi, la vigie signalait-elle, tribord devant, les montagnes du groupe Crozet, par 42° 59′ de latitude sud et 48° de longitude est, dont la hauteur est comprise entre six cents et sept cents toises au-dessus du niveau de la mer.

Le lendemain, on laissa sur bâbord les îles Possession et Schveine, fréquentées seulement pendant la saison de pêche. Pour uniques habitants, à cette époque, rien que des oiseaux, des troupes de pingouins, des bandes de ces chionis dont le vol imite celui du pigeon, et que, pour ce motif, les baleiniers ont nommé « white-pigeons ». A travers les capricieuses criques du mont Crozet s'épanchait le trop plein des glaciers en épaisses nappes, lentes et rugueuses, et pendant quelques heures encore je pus apercevoir ses contours. Puis tout se réduisit à une dernière blancheur. tracée à la ligne d'horizon sur laquelle s'arrondissaient de neigeuses coupoles du groupe.

L'approche d'une terre est un incident maritime qui a toujours son intérêt. L'idée me vint que le capitaine Len Guy aurait eu là l'occasion de rompre le silence vis-à-vis de son passager... Il ne le fit point.

Si les pronostics du bosseman se réalisaient, trois jours ne s'écouleraient pas sans que les pics de l'île Marion et de l'île du Prince-Édouard fussent relevés dans le nord-ouest. On ne devait pas y relâcher, d'ailleurs. C'était aux aiguades de Tristan d'Acunha que l'*Halbrane* renouvellerait sa provision d'eau.

Je pensais donc que la monotonie de notre traversée ne serait interrompue par aucun incident de mer ou autre. Or, dans la matinée du 20, Jem West étant de quart, après la première observation d'angle horaire, le capitaine Len Guy, à mon extrême surprise, monta sur le pont, suivit une des coursives latérales au rouf, et vint se poster à l'arrière, devant l'habitacle, dont il regarda le cadran, plutôt par habitude que par nécessité.

Assis près du couronnement, avais-je été seulement aperçu du capitaine?... Je n'aurais pu le dire, et il est certain que ma présence n'attira point son attention.

J'étais, pour ma part, très résolu à ne pas plus m'occuper de lui qu'il ne s'occupait de moi, et je restai accoudé contre la lisse.

Le capitaine Len Guy fit quelques pas, se pencha au-dessus du bastingage, observa le long sillage traînant à l'arrière, qui ressemblait à un ruban de dentelle blanche étroit et plat, tant les fines façons de la goélette se dérobaient rapidement à la résistance des eaux.

En cet endroit, on ne pouvait alors être entendu que d'une seule personne, — l'homme de barre, le matelot Stern, qui, la main sur les poignées de la roue, maintenait l'*Halbrane* contre les capricieuses embardées que provoque l'allure du grand largue.

Il paraît, toutefois, que, de cela, le capitaine Len Guy ne s'inquiétait guère, car il s'approcha de moi et, de sa voix toujours chuchotante, me dit :

« Monsieur... j'aurais à vous parler...

— Je suis prêt à vous entendre, capitaine.

— Je ne l'ai pas fait jusqu'à aujourd'hui... étant d'un naturel peu causeur... je l'avoue... Et puis... auriez-vous pris intérêt à ma conversation?...

— Vous avez tort d'en douter, répliquai-je, et votre conversation ne peut qu'être des plus intéressantes. »

Je pense qu'il ne vit rien d'ironique dans cette réponse, — ou, du moins, il ne le témoigna pas.

« Je vous écoute, » ajoutai-je.

Le capitaine Len Guy sembla hésiter, montrant l'attitude d'un homme qui, sur le point de parler, se demande s'il ne ferait pas mieux de se taire.

« Monsieur Jeorling, demanda-t-il, avez-vous cherché à savoir pour quelle raison j'avais changé d'avis au sujet de votre embarquement?...

— J'ai cherché, en effet, et je n'ai pas trouvé, capitaine. Peut-être, en votre qualité d'Anglais... n'ayant point affaire à un compatriote... ne teniez-vous pas...

— Monsieur Jeorling, c'est précisément parce que vous êtes américain que je me suis décidé, en fin de compte, à vous offrir passage sur l'*Halbrane*...

— Parce que je suis américain?... répondis-je assez surpris de l'aveu.

— Et aussi... parce que vous êtes du Connecticut...

— J'avoue ne pas encore comprendre...

— Vous aurez compris si j'ajoute que, dans ma pensée, puisque vous étiez du Connecticut, puisque vous aviez visité l'île Nantucket, il était possible que vous eussiez connu la famille d'Arthur Gordon Pym...

— Ce héros dont notre romancier Edgar Poe a raconté les surprenantes aventures?...

— Lui-même, monsieur, — récit qu'il a fait d'après le manuscrit où étaient relatés les détails de cet extraordinaire et désastreux voyage à travers la mer antarctique! »

Je crus rêver à entendre le capitaine Len Guy parler de la sorte!... Comment... il croyait à l'existence d'un manuscrit d'Arthur Pym?... Mais le roman d'Edgar Poe était-il autre chose qu'une fiction, une œuvre d'imagination du plus prodigieux de nos écrivains d'Amérique?... Et voici qu'un homme de bon sens admettait cette fiction comme une réalité...

Je demeurai sans répondre, me demandant *in petto* à qui j'avais affaire.

« Vous avez entendu ma question?... reprit le capitaine Len Guy en insistant.

— Oui... sans doute... capitaine... sans doute... et je ne sais si j'ai bien saisi...

7

— Je vais la répéter en termes plus clairs, monsieur Jeorling, car je désire une réponse formelle.

— Je serais heureux de vous satisfaire.

— Je vous demande donc si, au Connecticut, vous avez connu personnellement la famille Pym, qui habitait l'île Nantucket, et était alliée à l'un des plus honorables attorneys de l'État. Le père d'Arthur Pym, fournisseur de la marine, passait pour être l'un des principaux négociants de l'île. C'est son fils qui a été lancé dans les aventures dont Edgar Poe a recueilli de sa propre bouche l'étrange enchaînement...

— Et il aurait pu être plus étrange encore, capitaine, puisque toute cette histoire est sortie de la puissante imagination de notre grand poète... C'est de pure invention...

— De pure invention !... »

Et, en prononçant ces trois mots, le capitaine Len Guy, haussant par trois fois les épaules, fit de chaque syllabe la note d'une gamme ascendante.

« Ainsi, reprit-il, vous ne croyez pas, monsieur Jeorling...

— Ni moi ni personne n'y croit, capitaine Guy, et vous êtes le premier que j'aurai entendu soutenir qu'il ne s'agit pas d'un simple roman...

— Écoutez-moi donc, monsieur Jeorling, car, si ce « roman », — comme vous le qualifiez, — n'a paru que l'année dernière, il n'en est pas moins une réalité. Si onze ans se sont écoulés depuis les faits qu'il rapporte, ils n'en sont pas moins vrais, et on attend toujours le mot d'une énigme, qui ne sera jamais révélé peut-être !... »

Décidément, il était fou, le capitaine Len Guy, et sous l'influence d'une crise qui produisait le déséquilibrement de ses facultés mentales !... Par bonheur, s'il avait perdu la raison, Jem West ne serait pas gêné de le remplacer dans le commandement de la goélette ! Je n'avais, au surplus, qu'à l'écouter, et, comme je connaissais le roman d'Edgar Poe pour l'avoir lu et relu, j'étais curieux de savoir ce qu'allait en dire le capitaine.

« Et maintenant, monsieur Jeorling, — reprit-il d'un ton plus accentué, avec un tremblement de la voix qui dénotait une certaine irritation nerveuse, — il est possible que vous n'ayez pas connu la famille Pym, que vous ne l'ayez rencontrée ni à Hartford ni à Nantucket...

— Ni ailleurs, répondis-je.

— Soit ! mais gardez-vous d'affirmer que cette famille n'a pas existé, qu'Arthur Gordon Pym n'est qu'un personnage fictif, que son voyage n'est qu'un voyage imaginaire !... Oui !... gardez-vous de cela comme de nier les dogmes de notre sainte religion !... Est-ce qu'un homme — fût-ce votre Edgar Poe, — eût été capable d'inventer, de créer ?... »

A la violence croissante du capitaine Len Guy, je compris la nécessité de respecter sa monomanie et d'accepter ses dires sans discussion.

« A présent, monsieur, affirma-t-il, retenez bien les faits que je vais préciser... Ils sont probants, et il n'y a pas à discuter des faits. Vous en tirerez les conséquences qu'il vous plaira... Je l'espère, vous ne me ferez pas regretter d'avoir accepté votre passage à bord de l'*Halbrane !* »

J'étais averti, bien averti, et fis un signe d'acquiescement. Des faits... des faits sortis d'une cervelle à demi détraquée ?... Cela promettait d'être curieux.

« Lorsque le récit d'Edgard Poe parut en 1838, je me trouvais à New-York, reprit le capitaine Len Guy. Immédiatement, je partis pour Baltimore où demeurait la famille de l'écrivain, dont le grand-père avait servi comme quartier-maître général pendant la guerre de l'Indépendance. Vous admettez, je suppose, l'existence de la famille Poe, si vous niez celle de la famille Pym ?... »

Je restai muet, préférant ne plus interrompre les divagations de mon interlocuteur.

« Je m'enquis, continua-t-il, de certains détails relatifs à Edgar Poe... On m'enseigna sa demeure... Je me présentai chez lui...

Première déception : il avait quitté l'Amérique à cette époque, et je
ne pus le voir... »

La pensée me vint que cela était fâcheux, car, étant donnée la merveilleuse aptitude que possédait Edgar Poe pour l'étude des divers
genres de folie, il eût trouvé dans notre capitaine un type des plus
réussis !

« Par malheur, poursuivit le capitaine Len Guy, si je n'avais pu
rencontrer Edgar Poe, il m'était impossible d'en référer à Arthur
Gordon Pym... Ce hardi pionnier des terres antarctiques était mort.
Ainsi que l'avait déclaré le poète américain, à la fin du récit de ses
aventures, cette mort était déjà connue du public, grâce aux com-
munications de la presse quotidienne. »

Ce que disait le capitaine Len Guy était vrai ; mais, d'accord avec tous
les lecteurs du roman, je pensais que cette déclaration n'était qu'un
artifice du romancier. A mon avis, ne pouvant ou n'osant dénouer une
si extraordinaire œuvre d'imagination, l'auteur donnait à entendre
que les trois derniers chapitres ne lui avaient pas été livrés par Arthur
Pym, lequel avait terminé son existence dans des circonstances sou-
daines et déplorables, qu'il ne faisait, d'ailleurs, pas connaître.

« Donc, continua le capitaine Len Guy, Edgar Poe étant absent,
Arthur Pym étant mort, je n'avais plus qu'une chose à faire : retrouver l'homme qui avait été le compagnon de voyage d'Arthur Pym,
ce Dirk Peters qui l'avait suivi jusqu'au dernier rideau des hautes
latitudes, et d'où tous deux étaient revenus... comment ?... on
l'ignore !... Arthur Pym et Dirk Peters avaient-ils effectué leur
retour ensemble ?... Le récit ne s'expliquait pas à cet égard, et il y
avait là, comme en maint endroit, des points obscurs. Toutefois,
Edgar Poe déclarait que Dirk Peters serait en mesure de fournir
quelques renseignements relatifs aux chapitres non communiqués,
qu'il résidait dans l'Illinois. Je partis aussitôt pour l'Illinois...
j'arrivai à Springfield... je m'informai de cet homme, qui était un
métis d'origine indienne... Il habitait la bourgade de Vandalia...
Je m'y rendis...

Alors le capitaine Len Guy se rapprocha. (Page 56.)

— Et il n'y était pas ?... ne pus-je me retenir de répondre en souriant.

— Seconde déception : il n'y était pas, ou plutôt, il n'y était plus, monsieur Jeorling. Depuis un certain nombre d'années déjà, ce Dirk Peters avait quitté l'Illinois et même les États-Unis pour aller... on ne sait où. Mais j'ai causé, à Vandalia, avec des gens qui l'avaient connu, chez lesquels il demeurait en dernier lieu, auxquels il avait

raconté ses aventures — sans jamais s'être expliqué sur leur dénouement dont il est seul maintenant à posséder le secret ! »

Comment... ce Dirk Peters avait existé... existait encore ?... Je
fus sur le point de me laisser prendre aux déclarations si affirma-
tives du commandant de l'*Halbrane!*... Oui! un instant de plus, je
m'emballais à mon tour !...

Voilà donc quelle absurde histoire occupait le cerveau du capitaine
Len Guy, à quel état de détraquement intellectuel il en était arrivé !...

Il se figurait avoir fait ce voyage en Illinois, avoir vu, à Vandalia, les
gens qui avaient connu Dirk Peters !... Que ce personnage eût disparu, je le crois bien, puisqu'il n'avait jamais existé... que dans le
cerveau du romancier !

Cependant, je ne voulus point contrarier le capitaine Len Guy, ni
provoquer un redoublement de la crise.

Aussi eus-je l'air d'ajouter foi à tout ce qu'il déclarait, même quand
il ajouta :

« Vous n'ignorez pas, monsieur Jeorling, que, dans le récit, il est
question d'une bouteille, renfermant une lettre cachetée, que le capitaine de la goélette sur laquelle Arthur Pym était embarqué avait
déposée au pied de l'un des pics des Kerguelen?...

— Cela est raconté, en effet... répondis-je.

— Eh bien, à l'un de mes derniers voyages, j'ai recherché la
place où devait être cette bouteille... je l'y ai trouvée ainsi que la
lettre... et cette lettre disait que le capitaine et son passager Arthur
Pym feraient tous leurs efforts pour atteindre les extrêmes limites
de la mer antarctique... »

— Vous avez trouvé cette bouteille?... demandai-je assez vivement.

— Oui.

— Et la lettre... qu'elle contenait?...

— Oui. »

Je regardai le capitaine Len Guy... Il en était positivement, comme
certains monomanes, à croire à ses propres inventions. Je fus sur le

point de lui répliquer : Voyons cette lettre... mais je me ravisai... N'était-il pas capable de l'avoir écrite lui-même ?...

Et alors je répondis :

« Il est vraiment regrettable, capitaine, que vous n'ayez pu rencontrer Dirk Peters à Vandalia !... Il vous aurait appris, du moins, dans quelles conditions Arthur Pym et lui étaient revenus de si loin... Souvenez-vous... à l'avant-dernier chapitre... tous deux sont là... Leur canot est devant le rideau de brumes blanches... Il se précipite dans le gouffre de la cataracte... au moment où se dresse une figure humaine voilée... Puis, il n'y a plus rien... rien que deux lignes de points suspensifs...

— Effectivement, monsieur, il est très fâcheux que je n'aie pu mettre la main sur Dirk Peters !... C'eût été intéressant d'apprendre quel avait été le dénouement de ces aventures ! Mais, à mon avis, il m'aurait peut-être paru plus intéressant d'être fixé sur le sort des autres...

— Les autres ?... m'écriai-je un peu malgré moi. De qui voulez-vous parler ?...

— Du capitaine et de l'équipage de la goélette anglaise qui avait recueilli Arthur Pym et Dirk Peters, après l'épouvantable naufrage du *Grampus*, et qui les conduisit à travers l'océan polaire jusqu'à l'île Tsalal...

— Monsieur Len Guy, fis-je observer, comme si je ne mettais plus en doute la réalité du roman d'Edgar Poe, est-ce que ces hommes n'avaient pas tous péri, les uns lors de l'attaque de la goélette, les autres dans un éboulement artificiel provoqué par les indigènes de Tsalal ?...

— Qui sait, monsieur Jeorling, répliqua le capitaine Len Guy d'une voix altérée par l'émotion, qui sait si quelques-uns de ces malheureux n'ont pas survécu, soit au massacre, soit à l'éboulement, si un ou plusieurs n'ont pu échapper aux indigènes ?...

— Dans tous les cas, répliquai-je, il serait difficile d'admettre que ceux qui auraient survécu fussent encore vivants...

— Et pourquoi?...

— Parce que les faits dont nous parlons se seraient passés il y a plus de onze ans...

— Monsieur, répondit le capitaine Len Guy, puisque Arthur Pym et Dirk Peters ont pu s'avancer au delà de l'île Tsalal plus loin que le quatre-vingt-troisième parallèle, puisqu'ils ont trouvé le moyen de vivre au milieu de ces contrées antarctiques, pourquoi leurs compagnons, s'ils ne sont pas tombés sous les coups des indigènes, s'ils ont été assez heureux pour gagner les îles voisines entrevues au cours du voyage... pourquoi ces infortunés, mes compatriotes, ne seraient-ils pas parvenus à y vivre?... Pourquoi quelques-uns n'attendraient-ils pas encore leur délivrance?...

— Votre pitié vous égare, capitaine, répondis-je en essayant de le calmer. Il serait impossible...

— Impossible, monsieur!... Et si un fait se produisait, si un témoignage irrécusable sollicitait le monde civilisé, si l'on découvrait une preuve matérielle de l'existence de ces malheureux, abandonnés aux confins de la terre, à qui parlerait d'aller à leur secours, oserait-on crier : Impossible? »

Et, en ce moment, — ce qui m'évita de lui répondre, car il ne m'aurait pas entendu, — le capitaine Len Guy, dont la poitrine était gonflée de sanglots, se tourna vers le sud, comme s'il eût essayé d'en percer du regard les lointains horizons.

En somme, je me demandais à quelle circonstance de sa vie le capitaine Len Guy devait d'être tombé dans un tel trouble mental. Était-ce par un sentiment d'humanité, poussé jusqu'à la folie, qu'il s'intéressait à des naufragés qui n'avaient jamais fait naufrage... pour cette bonne raison qu'ils n'avaient jamais existé?...

Alors le capitaine Len Guy se rapprocha, me posa la main sur l'épaule, et me chuchota à l'oreille :

« Non, monsieur Jeorling, non, le dernier mot n'est pas dit sur ce qui concerne l'équipage de la *Jane!*... »

Et il se retira.

La *Jane*, c'était, dans le roman d'Edgar Poe, le nom de la goélette qui avait recueilli Arthur Pym et Dirk Peters sur les débris du *Grampus*, et, pour la première fois, le capitaine Len Guy venait de le prononcer au terme de cet entretien.

« Au fait, pensai-je alors, ce nom de Guy, c'était aussi celui du capitaine de la *Jane*... un navire de nationalité anglaise comme lui!... Eh bien, qu'est-ce que cela prouve, et quelle conséquence en prétendrait-on tirer?... Le capitaine de la *Jane* n'a jamais vécu que dans l'imagination d'Edgar Poe, tandis que le capitaine de l'*Halbrane* est vivant... bien vivant... Tous deux n'ont de commun que ce nom de Guy très répandu dans la Grande-Bretagne. Mais, j'y songe, c'est, sans doute, la similitude des noms qui aura troublé la cervelle de notre malheureux capitaine!... Il se sera figuré qu'il appartenait à la famille du commandant de la *Jane!*... Oui! voilà ce qui l'a conduit où il en est, et pourquoi il s'apitoie sur le sort de naufragés imaginaires! »

Il eût été intéressant de savoir si Jem West était au courant de cette situation, si son chef lui avait jamais parlé de ces « folies » dont il venait de m'entretenir. Or c'était là une question délicate, puisqu'elle touchait à l'état mental du capitaine Len Guy. D'ailleurs, avec le lieutenant, toute conversation ne laissait pas d'être difficile, et, en outre, sur ce sujet, elle présentait certains dangers...

Je me réservai donc. Après tout, ne devais-je pas débarquer à Tristan d'Acunha, et ma traversée à bord de la goélette n'allait-elle pas finir dans quelques jours?... Mais, en vérité, que je dusse me rencontrer un jour avec un homme qui tînt pour des réalités les fictions du roman d'Edgar Poe, jamais je ne me serais attendu à pareille chose!

Le surlendemain, 22 août, dès les naissantes blancheurs de l'aube, ayant laissé à bâbord l'île Marion et le volcan que son extrémité méridionale dresse à une altitude de quatre mille pieds, on aperçut les premiers linéaments de l'île du Prince-Édouard, par 46°53' de latitude sud, et 37°46′ de longitude est. Cette ile nous resta sur tribord ; puis, à douze heures de là, ses dernières hauteurs s'effacèrent dans les brumes du soir.

Le lendemain, l'*Halbrane* mit le cap en direction du nord-ouest, vers le parallèle le plus septentrional de l'hémisphère sud qu'elle devait atteindre au cours de cette campagne.

Arthur Pym ne tarda pas à apparaître. (Page 69.)

V

LE ROMAN D'EDGAR POE.

Voici, très succinctement, l'analyse du célèbre ouvrage de notre romancier américain, qui avait été publié à Richmond sous ce titre :

Aventures d'Arthur Gordon Pym.

Il est indispensable que je le résume en ce chapitre. On verra s'il
y avait lieu de douter que les aventures de ce héros de roman
fussent imaginaires. Et, d'ailleurs, parmi les nombreux lecteurs de
cet ouvrage, en est-il un seul qui ait jamais cru à sa réalité, — si ce
n'est le capitaine Len Guy?...

Edgar Poe a mis le récit dans la bouche de son principal personnage. Dès la préface du livre, Arthur Pym raconte qu'au retour de son voyage aux mers antarctiques, il rencontra, parmi les
gentlemen de la Virginie qui prenaient intérêt aux découvertes géographiques, Edgar Poe, alors éditeur du *Southern Literary Messenger*, à Richmond. A l'entendre, Edgar Poe aurait reçu de lui
l'autorisation de publier dans son journal, « sous le manteau de la
fiction », la première partie de ses aventures. Cette publication ayant
été favorablement accueillie du public, un volume suivit, qui comprenait la totalité du voyage et qui fut lancé sous la signature d'Edgar Poe.

Ainsi qu'il ressortait de mon entretien avec le capitaine Len Guy,
Arthur Gordon Pym naquit à Nantucket, où il fréquenta l'école de
New-Bedford jusqu'à l'âge de seize ans.

Ayant quitté cette école pour l'Académie de M. E. Ronald, ce fut
là qu'il se lia avec le fils d'un capitaine de navire, Auguste Barnard,
de deux ans plus âgé que lui. Ce jeune homme avait déjà accompagné son père sur un baleinier dans les mers du sud, et ne cessait
d'enflammer l'imagination d'Arthur Pym par le narré de sa campagne maritime.

C'est donc de cette intimité des deux jeunes gens que seraient
nés l'irrésistible vocation d'Arthur Pym pour les voyages aventureux,
et cet instinct qui l'attirait plus spécialement vers les hautes zones
de l'Antarctide.

La première équipée d'Auguste Barnard et d'Arthur Pym, ce fut une excursion à bord d'un petit sloop, l'*Ariel*, canot à demi ponté, qui appartenait à la famille du dernier. Un soir, tous deux très gris, par un temps assez froid du mois d'octobre, ils s'embarquèrent furtivement, hissèrent le foc, la grande voile, et, portant plein, s'élancèrent vers le large, avec une brise fraîche du sud-ouest.

Survint une violente tempête, alors qu'aidé du jusant, l'*Ariel* avait déjà perdu la terre de vue. Les deux imprudents étaient toujours ivres. Personne à la barre, pas un ris dans la toile. Aussi, sous le coup de furieuses rafales, la mâture du canot fut-elle emportée. Puis, un peu plus tard, apparut un grand navire qui passa sur l'*Ariel*, comme l'*Ariel* aurait passé sur une plume flottante.

A la suite de cette collision, Arthur Pym donne les plus précis détails sur le sauvetage de son compagnon et de lui, — sauvetage qui fut opéré dans des conditions très difficiles. Enfin, grâce au second du *Pingouin*, de New-London, qui arriva sur le lieu de la catastrophe, les deux camarades furent recueillis à moitié morts et ramenés à Nantucket.

Que cette aventure ait les caractères de la véracité, que même elle soit vraie, je n'y contredis point. C'était une habile préparation aux chapitres qui allaient suivre. Également, dans ceux-ci et jusqu'au jour où Arthur Pym franchit le cercle polaire, le récit peut, à la rigueur, être tenu pour véridique. Il s'opère là une succession de faits dont l'admissibilité n'est point en désaccord avec la vraisemblance. Mais, au delà du cercle polaire, au-dessus de la banquise australe, c'est tout autre chose, et, si l'auteur n'a pas fait œuvre de pure imagination, je veux être... Continuons.

Cette première aventure n'avait point refroidi les deux jeunes gens. Arthur Pym s'enthousiasmait de plus en plus aux histoires de mer que lui racontait Auguste Barnard, bien qu'il ait soupçonné, depuis, qu'elles étaient « pleines d'exagération ».

Huit mois après l'affaire de l'*Ariel*, — juin 1827, — le brick *Grampus* fut équipé, par la maison Lloyd et Vredenburg, pour la pêche de la baleine dans les mers du sud. Ce n'était qu'une vieille carcasse,

mal réparée, ce brick, dont M. Barnard, le père d'Auguste, eut le
commandement. Son fils, qui devait l'accompagner dans ce voyage,
engagea vivement Arthur Pym à le suivre. Celui-ci n'eût pas mieux
demandé ; mais sa famille, sa mère surtout, ne se fussent jamais dé-
cidées à le laisser partir.

Cela n'était pas pour arrêter un garçon entreprenant, peu soucieux
de se soumettre aux volontés paternelles. Les instances d'Auguste lui
brûlaient le cerveau. Aussi résolut-il d'embarquer secrètement sur
le *Grampus*, car M. Barnard ne l'aurait point autorisé à braver la
défense de sa famille. Se disant invité par un ami à passer quelques
jours dans sa maison de New-Bedfort, il prit congé de ses parents et
se mit en route. Quarante-huit heures avant le départ du brick, s'étant
glissé à bord, il occupait une cachette qui lui avait été préparée par
Auguste à l'insu de son père comme de tout l'équipage.

La cabine d'Auguste Barnard communiquait par une trappe avec
la cale du *Grampus*, encombrée de barils, de balles, des mille objets
d'une cargaison. C'est par cette trappe qu'Arthur Pym avait gagné
sa cachette, — une simple caisse dont une des parois glissait latéralement. Cette caisse contenait un matelas, des couvertures, une
cruche d'eau, et, en fait de vivres, biscuits, saucissons, quartier de
mouton rôti, quelques bouteilles de cordiaux et de liqueurs, — de
quoi écrire aussi. Arthur Pym, muni d'une lanterne, d'une provision
de bougies et de phosphore, resta trois jours et trois nuits dans sa
cachette. Auguste Barnard ne put venir le visiter qu'au moment où
le *Grampus* allait appareiller.

Une heure après, Arthur Pym commença à sentir le roulis et le
tangage du brick. Mal à son aise au fond de cette caisse étroite, il
en sortit, et, se guidant dans l'obscurité au moyen d'une corde tendue, à travers la cale, jusqu'à la trappe de la cabine de son camarade,
il parvint à se débrouiller au milieu de ce chaos. Puis, ayant regagné
sa caisse, il mangea et s'endormit.

Plusieurs jours s'écoulèrent sans qu'Auguste Barnard eût reparu.
Ou il n'avait pas pu redescendre dans la calle, ou il ne l'avait pas

osé, craignant de trahir la présence d'Arthur Pym, et ne pensant pas que le moment fût venu de tout avouer à M. Barnard.

Arthur Pym, cependant, en cette atmosphère chaude et viciée, commençait à souffrir. Des cauchemars intenses troublaient son cerveau. Il se sentait délirer. En vain cherchait-il, à travers l'encombrement de la cale, quelque endroit où il aurait pu respirer plus à l'aise. Ce fut dans un de ces cauchemars qu'il crut se voir entre les griffes d'un lion des Tropiques, et, au paroxysme de l'épouvante, il allait se trahir par des cris, lorsqu'il perdit connaissance.

La vérité est qu'il ne rêvait pas. Ce n'était point un lion qu'Arthur Pym sentait sur sa poitrine, c'était un jeune chien, blanc de poil, Tigre, son terre-neuve, qui avait été introduit à bord par Auguste Barnard, sans avoir été aperçu de personne, — circonstance assez invraisemblable, il faut en convenir. En ce moment, le fidèle animal, qui avait pu rejoindre son maître, lui léchait le visage et les mains avec toutes les marques d'une joie extravagante.

Le prisonnier avait donc un compagnon. Par malheur, pendant son évanouissement, ledit compagnon avait bu l'eau de la cruche, et, lorsque Arthur Pym voulut se désaltérer, elle n'en contenait plus une seule goutte. Sa lanterne éteinte, — car l'évanouissement avait duré plusieurs jours, — ne trouvant plus ni le phosphore ni les bougies, il résolut de reprendre contact avec Auguste Barnard. Sorti de sa cachette, la corde le conduisit vers la trappe, bien qu'il fût d'une extrême faiblesse par suffocation et inanition. Mais, au cours de son trajet, une des caisses de la cale, déséquilibrée par le roulis, vint à tomber et lui ferma tout passage. Que d'efforts il employa à franchir cet obstacle, et, en pure perte, puisque, parvenu à la trappe, placée sous la cabine d'Auguste Barnard, il ne put la soulever. En effet, avec son couteau introduit à travers l'un des joints, il sentit qu'une pesante masse de fer reposait sur la trappe, comme si l'on avait voulu la condamner. Aussi dut-il renoncer à son projet, et, se traînant à peine, retourner vers la caisse, où il tomba épuisé, tandis que Tigre le couvrait de ses caresses.

.. Le maître et le chien mouraient de soif, et, lorsque Arthur Pym étendait sa main, il trouvait Tigre couché sur le dos, ses pattes en l'air, avec une légère érection du poil. Ce fut, en le tâtant de la sorte, que sa main rencontra une ficelle nouée autour du corps du chien. A cette ficelle était attachée une bande de papier, précisément sous l'épaule gauche de l'animal.

Arthur Pym se sentait au dernier degré de la faiblesse. Sa vie intellectuelle était presque anéantie. Cependant, après plusieurs tentatives infructueuses pour se procurer de la lumière, il parvint à frotter le papier d'un peu de phosphore, et, alors, — on ne saurait se figurer quels minutieux détails se succèdent dans ce récit d'Edgar Poe, — ces mots effrayants apparurent... les sept derniers mots d'une phrase, qu'une légère lueur éclaira pendant un quart de seconde :

... sang... restez caché... votre vie en dépend...

Que l'on imagine la situation d'Arthur Pym, à fond de cale, entre les parois de cette caisse, sans lumière, sans eau, n'ayant plus que d'ardentes liqueurs pour étancher sa soif !... Et cette recommandation, qui lui arrivait, de rester caché, précédée du mot sang, — ce mot suprême, ce roi des mots, si riche de mystère, de souffrance, de terreur !... Y a-t-il donc eu lutte à bord du *Grampus* ?... Le brick a-t-il été attaqué par des pirates ?... Est-ce une révolte de l'équipage ?... Depuis combien de temps dure cet état de choses ?...

On pourrait croire que, dans l'effroyable de cette situation, le prodigieux poète a épuisé les ressources de ses facultés imaginatives ?... Il n'en est rien... Sa génialité débordante l'a entraîné plus loin encore !...

En effet, voici qu'Arthur Pym, étendu sur son matelas, en proie à une sorte de léthargie, entend un sifflement singulier, un souffle continu... C'est Tigre qui halète... c'est Tigre dont les yeux étincellent au milieu de l'ombre... c'est Tigre dont les dents grincent... c'est Tigre qui est enragé...

Au comble de l'épouvante, Arthur Pym reprit assez de force pour échapper aux morsures de l'animal qui s'était précipité sur lui.

Des bandes d'oiseaux gigantesques... (Page 78.)

Après s'être enveloppé d'une couverture que déchirèrent les crocs blancs du chien, il s'élança hors de la caisse dont la porte se referma sur Tigre, qui se débattait entre les panneaux...

Arthur Pym parvint à se glisser à travers l'arrimage de la cale. La tête lui tournant alors, il tomba contre une malle, tandis que son couteau lui échappait de la main.

Au moment où il allait peut-être exhaler son dernier soupir, il entendit prononcer son nom... Une bouteille d'eau, portée à sa bouche, se vidait entre ses lèvres... Il revenait à la vie, après avoir aspiré longuement, d'une haleine, cette boisson exquise, — volupté la plus parfaite de toutes...

A quelques instants de là, en un coin de la cale, aux clartés d'une lanterne sourde, Auguste Barnard faisait à son camarade le récit de ce qui s'était passé à bord depuis le départ du brick.

Jusqu'ici, je le répète, cette histoire est admissible; mais nous ne sommes pas encore aux événements dont « l'extraordinaireté » défie toute vraisemblance.

L'équipage du *Grampus* se montait à trente-six hommes, compris Barnard père et fils. Après que le brick eut mis à la voile, le 20 juin, plusieurs tentatives avaient été faites par Auguste Barnard pour rejoindre Arthur Pym dans sa cachette, — tentatives vaines. A trois ou quatre jours de là, une révolte éclatait à bord. C'était le maître-coq qui la dirigeait, — un nègre comme notre Endicott de l'*Halbrane*, lequel, je me hâte de le dire, n'est pas homme à jamais se rebeller.

De nombreux incidents sont rapportés dans le roman, massacres qui coûtèrent la vie à la plupart des matelots restés fidèles au capitaine Barnard, puis, par le travers des Bermudes, abandon, dans une des petites baleinières, dudit capitaine et de quatre hommes, dont on ne devait plus avoir aucune nouvelle.

Auguste Barnard n'eût point été épargné, sans l'intervention du maître-cordier du *Grampus*, Dirk Peters, un métis de la tribu des Upsarokas, fils d'un marchand de pelleteries et d'une Indienne des Montagnes-Noires, — celui-là même que le capitaine Len Guy avait eu la prétention de retrouver dans l'Illinois...

Le *Grampus* fit route au sud-ouest, sous le commandement du second, dont l'intention était de se livrer à la piraterie en courant les mers du sud.

A la suite de ces événements, Auguste Barnard aurait bien voulu rejoindre Arthur Pym. Mais on l'avait enfermé dans la chambre de l'équipage, les fers aux pieds et aux mains, et le maître-coq lui affirma qu'il n'en sortirait que « quand le brick ne serait plus un brick ». Cependant, quelques jours après, Auguste Barnard parvint à se délivrer de ses menottes, à découper la mince cloison qui le séparait de la cale, et, suivi de Tigre, il essaya d'arriver jusqu'à la cachette de son camarade. S'il ne put y réussir, le chien, par bonheur, avait « senti » Arthur Pym, ce qui donna à Auguste Barnard l'idée d'attacher au cou de Tigre un billet contenant ces mots : « *Je griffonne ceci avec du sang… restez caché… votre vie en dépend…* »

Ce billet, on le sait, Arthur Pym l'avait reçu. Ce fut alors que, mourant de faim et de soif, il se glissa dans la cale, où le bruit du couteau, qui lui échappa des mains, attira l'attention de son camarade, lequel put enfin arriver jusqu'à lui.

Après avoir raconté ces choses à Arthur Pym, Auguste Barnard ajouta que la division régnait parmi les révoltés. Les uns voulaient conduire le *Grampus* vers les îles du Cap-Vert ; les autres, — et Dirk Peters se prononçait dans ce sens, — étaient décidés à faire voile vers les îles du Pacifique.

Quant au chien Tigre que son maître avait cru enragé, il ne l'était pas. C'était une soif dévorante qui l'avait mis en cet état de surexcitation, et, finalement, peut-être aurait-il été atteint d'hydrophobie, si Auguste Barnard ne l'avait ramené au gaillard d'avant.

Vient alors une importante digression sur l'arrimage des marchandises dans les navires de commerce, — arrimage d'où dépend en grande partie la sécurité du bord. Or, celui du *Grampus* ayant été très négligemment établi, le matériel se déplaçant à chaque oscillation, Arthur Pym ne pouvait sans danger demeurer dans la cale. Heureusement, avec l'aide d'Auguste Barnard, il parvint à gagner un coin de l'entrepont, près du poste de l'équipage.

Cependant le métis ne cessait de témoigner grande amitié au fils du capitaine Barnard. Aussi ce dernier se demandait-il si l'on ne pourrait compter sur le maître-cordier pour essayer de reprendre possession du navire ?…

Treize jours s'étaient écoulés depuis le départ de Nantucket, lorsque, le 4 juillet, une violente discussion éclata entre les révoltés, à propos d'un petit brick signalé au large, que les uns voulaient poursuivre, les autres laisser échapper. Il s'ensuivit la mort d'un matelot appartenant au parti du maître-coq, auquel s'était rallié Dirk Peters, — parti opposé à celui du second.

Il n'y avait plus que treize hommes à bord, en comptant Arthur Pym.

Ce fut dans ces circonstances qu'une effroyable tempête vint bouleverser ces parages. Le *Grampus*, horriblement secoué, faisait de l'eau par ses coutures. Il fallut constamment manœuvrer la pompe et même appliquer une voile sous l'avant de la coque pour éviter de remplir.

Cette tempête prit fin le 9 juillet, et, ce jour-là, Dirk Peters ayant manifesté l'intention de se débarrasser du second, Auguste Barnard l'assura de son concours, sans lui révéler, toutefois, la présence d'Arthur Pym à bord.

Le lendemain, un des matelots fidèles au maître-coq, le nommé Rogers, mourut dans des spasmes, et l'on ne mit pas en doute que le second l'eût empoisonné. Le maître-coq ne comptait plus alors que quatre hommes, — dont Dirk Peters. Le second en avait cinq, et probablement finirait par l'emporter sur l'autre parti.

Il n'y avait pas une heure à perdre. Aussi le métis ayant déclaré à Auguste Barnard que le moment était venu d'agir, celui-ci lui apprit alors tout ce qui concernait Arthur Pym.

Or, tandis que tous deux s'entretenaient des moyens à employer pour rentrer en possession du navire, une irrésistible rafale le coucha sur le flanc. Le *Grampus* ne se releva pas sans avoir embarqué une énorme masse d'eau; puis il parvint à prendre la cape sous la misaine au bas ris.

L'occasion parut favorable pour commencer la lutte, bien que les révoltés eussent fait la paix entre eux. Et, pourtant, le poste ne contenait que trois hommes, Dirk Peters, Auguste Barnard et Arthur

Pym, alors que la chambre en renfermait neuf. Seul, le maître-cordier possédait deux pistolets et un couteau marin. De là, nécessité d'agir avec prudence.

Arthur Pym, dont les révoltés ne pouvaient soupçonner la présence à bord, eut alors l'idée d'une supercherie qui avait quelque chance de réussir. Comme le cadavre du matelot empoisonné gisait encore sur le pont, il se dit que si, ayant revêtu ses habits, il apparaissait au milieu de ces matelots superstitieux, peut-être l'épouvante les mettrait-elle à la merci de Dirk Peters...

Il faisait nuit noire, lorsque le métis se dirigea vers l'arrière. Doué d'une force prodigieuse, il se précipita sur l'homme de barre et, d'un seul coup, l'envoya par-dessus le bastingage.

Auguste Barnard et Arthur Pym le rejoignirent aussitôt, tous deux armés d'une bringuebale de pompe. Laissant Dirk Peters à la place du timonier, Arthur Pym, déguisé de manière à avoir l'apparence du mort, et son camarade allèrent se poster près du capot d'échelle de la chambre. Le second, le maître-coq, tous étaient là, les uns dormant, les autres buvant ou causant, pistolets et fusils à portée de leur main.

La tempête faisait rage et il était impossible de se tenir debout sur le pont.

A ce moment, le second donna ordre d'aller chercher Auguste Barnard et Dirk Peters, — ordre qui fut transmis à l'homme de barre, lequel n'était autre que le maître-cordier. Celui-ci et le fils Barnard descendirent dans la chambre, où Arthur Pym ne tarda pas à apparaître.

L'effet de cette apparition fut prodigieux. Épouvanté à la vue du matelot ressuscité, le second se releva, battit l'air des mains, et retomba raide mort. Alors Dirk Peters se précipita sur les autres, secondé d'Auguste Barnard, d'Arthur Pym et du chien Tigre. En quelques instants, tous furent assommés ou étranglés, — sauf le matelot Richard Parker auquel on fit grâce de la vie.

Et maintenant, au plus fort de la tourmente, ils n'étaient plus que quatre hommes pour diriger le brick, qui fatiguait horriblement avec sept pieds d'eau dans sa cale. Il fallut couper le grand mât, et, le matin venu, abattre le mât de misaine. Journée épouvantable et nuit plus épouvantable encore! Si Dirk Peters et ses trois compagnons ne se fussent solidement attachés aux débris du guindeau, ils auraient été emportés par un coup de mer qui enfonça les écoutilles du *Grampus.*

Suit alors, dans le roman, la minutieuse série d'incidents que devait engendrer cette situation, depuis le 14 juillet jusqu'au 7 août : pêche aux vivres dans la cale noyée d'eau; arrivée d'un brick mystérieux, qui, chargé de cadavres, empeste l'atmosphère et passe, comme un énorme cercueil, au gré d'un vent de mort; tortures de la faim et de la soif; impossibilité de parvenir à la soute aux provisions; tirage à la courte-paille où le sort décide que Richard Parker sera sacrifié pour sauver la vie aux trois autres; mort de ce malheureux frappé par Dirk Peters... dévoré... Enfin, quelques aliments, un jambon, une jarre d'olives sont retirés de la cale, puis une petite tortue... Sous le déplacement de sa cargaison, le *Grampus* donne une gîte de plus en plus prononcée... Par l'effroyable chaleur qui embrase ces parages, les tortures de la soif arrivent au dernier degré de ce qu'un homme peut souffrir... Auguste Barnard meurt le 1er août... Le brick chavire dans la nuit du 3 au 4... Arthur Pym et le métis, réfugiés sur la carène renversée, en sont réduits à se nourrir des cyrrhopodes dont la coque est couverte, au milieu des bandes de requins qui les guettent... Finalement paraît la goélette *Jane*, de Liverpool, capitaine William Guy, alors que les naufragés du *Grampus* n'avaient pas dérivé de moins de vingt-cinq degrés vers le sud...

Évidemment, il ne répugne pas à la raison d'admettre la réalité de ces faits, bien que l'outrance des situations soit portée aux dernières limites, — ce qui ne saurait surprendre sous la plume prestigieuse du poète américain. Mais, à partir de ce moment, on va voir si la moindre vraisemblance est observée dans la succession des incidents qui suivent.

Arthur Pym et Dirk Peters, recueillis à bord de la goélette an-

glaise, furent bien traités. Quinze jours après, remis de leurs souf-
frances, ils ne s'en souvenaient plus, — « tant la puissance d'oubli est
proportionnée à l'énergie du contraste ». Avec des alternatives de
beau et de mauvais temps, la *Jane* arriva le 13 octobre en vue de l'île
du Prince-Édouard, puis aux îles Crozet par une direction opposée
à celle de l'*Halbrane*, puis aux îles Kerguelen que je venais de
quitter onze jours avant.

Trois semaines furent employées à la chasse des veaux marins
dont la goélette fit bonne cargaison. Ce fut pendant cette relâche
que le capitaine de la *Jane* déposa cette bouteille dans laquelle
son homonyme de l'*Halbrane* prétendait avoir retrouvé une lettre
où William Guy annonçait son intention de visiter les mers australes.

Le 12 novembre, la goélette quitta les Kerguelen et remonta à
l'ouest vers Tristan d'Acunha, ainsi que nous le faisions en ce moment. Elle atteignit l'île quinze jours plus tard, y stationna une
semaine, et, à la date du 5 décembre, partit pour reconnaître les
Auroras par 53°15' de latitude sud et 47°58' de longitude ouest, — îles
introuvables qu'elle ne put trouver.

Le 12 décembre, pointe de la *Jane* vers le pôle antarctique. Le
26, relèvement des premiers ice-bergs au delà du soixante-treizième
degré, et reconnaissance de la banquise.

Du 1er au 14 janvier 1828, évolutions difficiles, passage du cercle
polaire au milieu des glaces, puis doublement de la banquise, et
navigation à la surface d'une mer libre, — la fameuse mer libre,
découverte par 81°21' de latitude sud et 42° de longitude ouest, la
température étant de 47° Fahrenheit (8°33 C. sur zéro), et celle de
l'eau étant à 34° (1°11 C. sur zéro).

Edgar Poe, on en conviendra, est là en pleine fantaisie. Jamais
navigateur ne s'était élevé à de telles latitudes, — pas même le
capitaine James Weddell, de la marine britannique, qui ne dépassa
guère le soixante-quatorzième parallèle en 1822.

Mais, si cette pointe de la *Jane* est déjà difficile à admettre, combien davantage le sont les incidents qui allaient suivre! Et, ces incidents extraordinaires, Arthur Pym — autrement dit Edgar Poe — les raconte avec une inconsciente naïveté, à laquelle personne ne pouvait se méprendre. En vérité, il ne doutait pas de s'élever jusqu'au pôle!...

Et d'abord, on ne voit plus un seul ice-berg sur cette mer fantastique. D'innombrables bandes d'oiseaux volent à sa surface, — entre autres un pélican qui est abattu d'un coup de fusil... On rencontre sur un glaçon, — il y en avait donc encor?? — un ours de l'espèce arctique, et d'une dimension ultra-gigantesque... Enfin la terre est signalée par tribord devant... C'est un ilot d'une lieue de circonférence, auquel fut donné le nom d'ilot Bennet, en l'honneur de l'associé du capitaine dans la propriété de la *Jane*.

Cet ilot est situé par 82°50′ de latitude sud et 42°20′ de longitude ouest, dit Arthur Pym dans son journal. J'engage les hydrographes à ne point établir une carte des parages antarctiques sur de si fantaisistes données!

Naturellement, à mesure que la goélette gagnait au sud, la variation de la boussole diminuait, tandis que la température de l'air et de l'eau s'adoucissait, avec un ciel toujours clair et une brise constante de quelques points du nord.

Par malheur, des symptômes de scorbut s'étaient déclarés parmi l'équipage, et peut-être, sans l'insistance d'Arthur Pym, le capitaine William Guy eût-il viré cap pour cap.

Il va de soi que, sous cette latitude et au mois de janvier, on jouissait d'un jour perpétuel, et, en somme, la *Jane* fit bien de continuer son aventureuse campagne, puisque, le 18 janvier, par 83°20′ de latitude et 43°5′ de longitude, une terre fut aperçue.

C'était une île appartenant à un groupe nombreux, éparpillé dans l'ouest.

La goélette s'en étant rapprochée, mouilla par six brasses. Les embarcations furent armées. Arthur Pym et Dirk Peters descendirent dans l'une d'elles, et elle ne s'arrêta que devant quatre canots, char-

gés d'hommes armés, — des « hommes nouveaux », dit le récit.
Nouveaux, en effet, ces indigènes d'un noir de jais, vêtus de la
peau d'un animal noir, ayant une instinctive horreur de la « couleur blanche ». Je me demande à quel point devait être portée cette
horreur pendant l'hiver?... La neige, s'il en tombait, était-elle donc
noire, et les glaçons aussi, — s'il s'en formait?... Tout cela, pure
imagination!...

Bref, ces insulaires, sans manifester de dispositions hostiles, ne
cessaient de crier *anamoo-moo* et *lama-lama*. Lorsque leurs canots
eurent accosté la goélette, le chef Too-Wit obtint de monter à bord
avec une vingtaine de ses compagnons. De leur part, ce fut un prodigieux étonnement, car ils prenaient le navire pour une créature
vivante dont ils caressaient les agrès, la mâture et les bastingages.
Dirigée par eux, entre les récifs, à travers une baie dont le fond était
de sable noir, elle jeta l'ancre à un mille de la grève, et le capitaine
William Guy, ayant eu soin de retenir des otages à bord, débarqua
sur les roches du littoral.

Quelle île, à en croire Arthur Pym, cette île Tsalal! Les arbres n'y
ressemblaient à aucune des espèces des diverses zones de notre
globe. Les roches présentaient, dans leur composition, une stratification inconnue des minéralogistes modernes. Sur le lit des rios cou-
lait une substance liquide sans apparence de limpidité, striée de veines
distinctes, lesquelles ne se réunissaient point par une cohésion immédiate, quand on les séparait avec la lame d'un couteau!...

Il y eut trois milles à faire pour atteindre Klock-Klock, principale
bourgade de l'île. Là, rien que des habitations misérables, uniquement formées de peaux noires; des animaux domestiques ressemblant
au cochon vulgaire, une sorte de mouton à toison noire, des volailles
de vingt espèces, des albatros apprivoisés, des canards, des tortues
galapagos en grand nombre.

En arrivant à Klock-Klock, le capitaine William Guy et ses compagnons trouvèrent une population qu'Arthur Pym évalue à dix mille
âmes, hommes, femmes, enfants, sinon à craindre, du moins à tenir

à l'écart, tant ils étaient bruyants et démonstratifs. Enfin, après une assez longue halte à la maison de Too-Wit, on revint au rivage, où la biche de mer, — ce mollusque si recherché des Chinois, — plus abondante qu'en aucune autre portion des régions australes, devait fournir d'énormes cargaisons.

Ce fut à ce propos qu'on essaya de s'entendre avec Too-Wit. Le capitaine William Guy lui demanda d'autoriser la construction de hangars, où quelques-uns des hommes de la *Jane* prépareraient la biche de mer, tandis que la goélette continuerait sa route vers le pôle. Too-Wit accepta volontiers cette proposition, et conclut un marché d'après lequel les indigènes prêteraient leur concours pour la récolte du précieux mollusque.

Au bout d'un mois, les aménagements étant achevés, trois hommes furent désignés pour séjourner à Tsalal. Il n'y avait jamais eu lieu de concevoir le plus léger soupçon à l'égard des naturels. Avant de prendre congé, le capitaine William Guy voulut retourner une dernière fois au village de Klock-Klock, après avoir, par prudence, laissé six hommes à bord, les canons chargés, les filets de bastingages en place, l'ancre à pic. Ils devaient s'opposer à toute approche des indigènes.

Too-Wit, escorté d'une centaine de guerriers, se porta au devant des visiteurs. On remonta l'étroite gorge d'un ravin, entre des collines formées de pierre savonneuse, une sorte de stéatite, comme Arthur Pym n'en avait vu nulle part. Il fallut suivre mille sinuosités, le long de talus hauts de soixante à quatre-vingts pieds sur une largeur de quarante.

Le capitaine William Guy et les siens, sans trop de crainte, bien que l'endroit fût propice à une embuscade, marchaient serrés les uns contre les autres.

A droite, un peu en avant, se tenaient Arthur Pym, Dirk Peters et un matelot nommé Allen.

Arrivé devant une fissure qui s'ouvrait dans le flanc de la colline, Arthur Pym eut l'idée d'y pénétrer, afin de cueillir quelques noisettes qui pendaient en grappes à des coudriers rabougris. Cela fait, il allait revenir sur ses pas, quand il s'aperçut que le métis et Allen l'avaient accompagné. Tous trois se disposaient à regagner l'entrée de la fissure, lorsqu'une soudaine et violente secousse les renversa. Au même moment, les masses savonneuses de la colline s'effondrèrent, et la pensée leur vint qu'ils allaient être enterrés vivants...

Vivants... tous trois?... Non! Allen avait été si profondément enseveli sous les décombres qu'il ne respirait plus.

En se traînant sur les genoux, en s'ouvrant un chemin au couteau, en maniant leur bowie-knife, Arthur Pym et Dirk Peters parvinrent à atteindre certaines saillies d'argile schisteuse un peu plus résistante, puis une plate-forme naturelle à l'extrémité d'une ravine boisée, au-dessus de laquelle plafonnait une tranche de ciel bleu.

De là, leurs regards purent embrasser toute la contrée environnante.

Un éboulement venait de se produire, — éboulement artificiel, oui! artificiel, qui avait été provoqué par ces indigènes. Le capitaine William Guy et ses vingt-huit compagnons, écrasés sous plus d'un million de tonnes de terre et de pierre, avaient disparu.

Le pays fourmillait d'insulaires, venus des îles voisines, sans doute, et attirés par le désir de piller la *Jane*. Soixante-dix bateaux à balanciers se dirigeaient alors vers la goélette. Les six hommes restés à bord leur envoyèrent une première bordée mal ajustée, puis une seconde bordée de mitraille et de boulets ramés, dont l'effet fut terrible. Néanmoins, la *Jane* ayant été envahie, puis livrée aux flammes, ses défenseurs furent massacrés. Enfin se produisit une formidable explosion, lorsque les poudres prirent feu, — explosion qui détruisit un millier d'indigènes et en mutila autant, tandis que les autres s'enfuyaient, poussant le cri de *tékéli-li!... tékéli-li!*

Pendant la semaine suivante, Arthur Pym et Dirk Peters, vivant de noisettes, de chair de butors, de cochléarias, échappèrent aux naturels qui ne soupçonnaient pas leur présence. Ils se trouvaient au fond d'une sorte d'abîme noir, sans issue, creusé dans la stéatite et une sorte de marne à grains métalliques. En le parcourant, ils descendirent à travers une succession de gouffres. Edgar Poe en donne le croquis suivant leur plan géométral, dont l'ensemble reproduisait un mot de racine arabe, qui signifie « être blanc », et le mot égyptien ΠΦΥΓΡΗC, qui signifie « région du sud ».

On le voit, l'auteur américain est ici dans l'invraisemblable poussé jusqu'aux dernières limites. Du reste, non seulement j'avais lu et relu ce roman d'Arthur Gordon Pym, mais je connaissais aussi les autres ouvrages d'Edgar Poe. Je savais ce qu'il fallait penser de ce génie plus sensitif qu'intellectuel. Un de ses critiques n'a-t-il pas dit et eu raison de dire : « L'imagination, chez lui, est la reine des facultés,... une faculté quasi-divine, qui perçoit les rapports intimes et secrets des choses, les correspondances et les analogies... »

Ce qui est certain, c'est que jamais personne n'avait vu dans ces livres autre chose que des œuvres d'imagination !... Comment donc, à moins d'être fou, un homme tel que le capitaine Len Guy avait-il admis la réalité de faits purement irréels ?...

Je continue :

Arthur Pym et Dirk Peters ne pouvaient demeurer au milieu de ces abîmes, et, après nombre de tentatives, ils parvinrent à se laisser glisser sur une des pentes de la colline. Aussitôt cinq sauvages s'élancèrent sur eux. Mais, grâce à leurs pistolets, grâce à la vigueur extraordinaire du métis, quatre des insulaires furent tués. Le cinquième fut entraîné par les fugitifs, qui gagnèrent une embarcation amarrée au rivage et chargée de trois grosses tortues. Une vingtaine d'insulaires, lancés à leur poursuite, essayèrent vainement de les arrêter. Ils furent repoussés, et le canot, muni de ses pagaies, prit la mer en se dirigeant vers le sud.

Arthur Pym naviguait alors au delà du quatre-vingt-troisième degré de latitude australe. On était au début de mars, c'est-à-dire à l'approche de l'hiver antarctique. Cinq ou six îles se montraient vers l'ouest, qu'il importait d'éviter par prudence. L'opinion d'Arthur Pym était que la température s'adoucirait graduellement aux approches du pôle. A l'extrémité de deux pagaies, dressées en abord de l'embarcation, fut installée une voile faite avec les chemises liées ensemble de Dirk Peters et de son compagnon, — chemises blanches dont la couleur affecta d'épouvante l'indigène prisonnier, qui répondait au nom de Nu-Nu. Durant huit jours, se continua cette étrange navigation favorisée par une brise douce du nord, avec un jour permanent, sur une mer sans un morceau de glace, et, d'ailleurs, grâce à la température unie, élevée de l'eau, on n'en avait pas aperçu un seul depuis le parallèle de l'îlot Bennet.

C'est alors qu'Arthur Pym et Dirk Peters entrèrent dans une région de nouveauté et d'étonnement. A l'horizon se dressait une large barrière de vapeur grise et légère, empanachée de longues raies lumineuses, telles qu'en projettent les aurores polaires. Un courant de grande force venait en aide à la brise. L'embarcation filait sur une surface liquide excessivement chaude et d'apparence laiteuse, qui semblait être agitée par en dessous. Une cendre blanchâtre vint à tomber, — ce qui redoubla les terreurs de Nu-Nu, dont les lèvres se relevaient sur une denture noire...

Le 9 mars, il y eut redoublement de cette pluie et accroissement de la température de l'eau, que la main ne pouvait même plus supporter. L'immense rideau de vapeur, tendu sur le lointain périmètre de l'horizon méridional, ressemblait à une cataracte sans limites, roulant en silence du haut de quelque immense rempart perdu dans les hauteurs du ciel...

Douze jours après, ce sont les ténèbres qui planent sur ces parages, ténèbres sillonnées par les effluves lumineux s'échappant des profondeurs laiteuses de l'océan antarctique, où venait se fondre l'incessante averse cendreuse...

L'embarcation s'approchait de la cataracte avec une impétueuse vélocité, dont la raison n'est point indiquée dans le récit d'Arthur Pym. Parfois la nappe se fendait, laissant apercevoir en arrière un chaos d'images flottantes et indistinctes, secouées par de puissants courants d'air...

Au milieu de cet enténébrement effroyable passaient des bandes d'oiseaux gigantesques, d'une blancheur livide, poussant leur éternel *tékéli-li*, et c'est alors que le sauvage, aux suprêmes affres de l'épouvante, exhala son dernier soupir.

Et soudain, pris d'une folie de vitesse, le canot se précipite dans les étreintes de la cataracte, où un gouffre s'entr'ouvre comme pour l'y aspirer... Mais voici qu'en travers se dresse une figure humaine voilée, de proportion beaucoup plus vaste que celle d'aucun habitant de la terre... Et la couleur de la peau de l'homme était la blancheur parfaite de la neige...

Tel est ce bizarre roman, enfanté par le génie ultra-humain du plus grand poète du Nouveau-Monde. C'est ainsi qu'il se termine... ou plutôt qu'il ne se termine pas. A mon avis, dans l'impuissance d'imaginer un dénouement à de si extraordinaires aventures, on comprend qu'Edgar Poe ait interrompu leur récit par la mort « soudaine et déplorable de son héros », tout en laissant espérer que si l'on retrouve jamais les deux ou trois chapitres qui manquent, ils seront livrés au public.

Le visage du capitaine était aussi livide... (Page 87.)

VI

« COMME UN LINCEUL QUI S'ENTR'OUVRE ! »

La navigation de l'*Halbrane* ne cessait de s'opérer avec l'aide du courant et du vent. En quinze jours, si ils persistaient, la distance qui sépare l'île du Prince-Édouard de celle de Tristan d'Acunha, — deux mille trois cents milles environ, — serait franchie, et, comme l'avait annoncé le bosseman, il n'aurait pas été nécessaire de changer une seule fois les amures. L'invariable brise du sud-est bien établie, quelquefois au grand frais, n'exigeait qu'une diminution des voiles hautes.

Du reste, le capitaine Len Guy laissait à Jem West le soin de manœuvrer, et l'audacieux porte-toile, — que l'on me passe cette expression — ne se décidait à prendre des ris qu'à l'instant où la mâture menaçait de venir en bas. Mais je ne craignais rien, et il n'y avait aucune avarie à redouter avec un tel marin. Il avait trop l'œil à son affaire.

« Notre lieutenant n'a pas son pareil, me dit un jour Hurliguerly, et il mériterait de commander un vaisseau amiral!

— En effet, ai-je répondu, Jem West me paraît être un véritable homme de mer.

— Et aussi, quelle goélette, notre *Halbrane!* Félicitez-vous, monsieur Jeorling, et félicitez-moi puisque j'ai pu amener le capitaine Len Guy à changer d'avis à votre sujet!

— Si c'est vous qui avez obtenu ce résultat, bosseman, je vous en remercie.

— Et il y a de quoi, car il hésitait diantrement, notre capitaine, malgré les instances du compère Atkins! Mais je suis parvenu à lui faire entendre raison...

— Je ne l'oublierai pas, bosseman, je ne l'oublierai pas, puisque, grâce à votre intervention, au lieu de me morfondre aux Kerguelen, je ne tarderai pas à être en vue de Tristan d'Acunha...

— Dans quelques jours, monsieur Jeorling. Voyez-vous, d'après ce que j'ai ouï dire, on s'occupe maintenant en Angleterre et en Amérique de bateaux qui ont une machine dans le ventre, et des roues dont ils se servent comme un canard de ses pattes!... C'est bien, et l'on saura ce que ça vaut à l'usage. M'est avis, pourtant, que jamais ces bateaux-là ne pourront lutter avec une belle frégate de soixante, filant au plus près par fraîche brise ! Le vent, monsieur Jeorling, même quand il faut le pincer à cinq quarts, cela suffit et un marin n'a pas besoin de roulettes à sa coque ! »

Je n'avais point à contrarier les idées du bosseman relativement à l'emploi de la vapeur en navigation. On en était encore aux tâtonnements, et l'hélice n'avait pas remplacé les aubes. Quant à l'avenir, qui eût pu le prévoir?...

Et, en ce moment, il me revint à la mémoire que la *Jane* — cette *Jane* dont le capitaine Len Guy m'avait parlé comme si elle eût existé, comme s'il l'eût vue de ses propres yeux, — s'était rendue, précisément en quinze jours, de l'île du Prince-Édouard à Tristan d'Acunha. Il est vrai, Edgar Poe disposait à son gré des vents et de la mer.

Au surplus, pendant la quinzaine qui suivit, le capitaine Len Guy ne m'entretint plus d'Arthur Pym. Il ne semblait même pas qu'il m'eût jamais rien dit des aventures de ce héros des mers australes. S'il avait espéré, d'ailleurs, me convaincre de leur authenticité, il aurait fait preuve de médiocre intelligence. Je le répète, comment un homme de bon sens aurait-il consenti à discuter sérieusement sur cette matière? A moins d'avoir perdu la raison, d'être tout au moins un monomane sur ce cas spécial, comme l'était Len Guy, personne — je le répète pour la dixième fois, — personne ne pouvait voir autre chose qu'une œuvre d'imagination dans le récit d'Edgar Poe.

Qu'on y songe ! D'après ledit récit, une goélette anglaise se serait avancée jusqu'au quatre-vingt-quatrième degré de latitude sud, et ce voyage n'aurait pas pris l'importance d'un grand fait géographique?... Arthur Pym, revenu des profondeurs de l'Antarctide, n'eût pas été mis au-dessus des Cook, des Weddell, des Biscoe?... A lui comme à Dirk Peters, les deux passagers de la *Jane*, qui se seraient même élevés au-dessus dudit parallèle, on n'aurait pas rendu des honneurs publics?... Et que penser de cette mer libre découverte par eux... de cette vitesse extraordinaire des courants qui les entraînaient vers le pôle... de la température anormale de ces eaux, chauffées en dessous, que la main ne pouvait supporter... de ce rideau de vapeurs tendu à l'horizon... de cette cataracte gazeuse, qui s'entr'ouvre, et derrière laquelle apparaissent des figures de grandeur surhumaine?...

Et puis, sans parler de ces invraisemblances, comment Arthur Pym et le métis étaient revenus de si loin, comment leur embarcation tsalalienne les avait ramenés par delà le cercle polaire, comment, en fin de compte, ils furent recueillis et rapatriés, j'eusse été curieux de le savoir. Avec un fragile canot à pagaies, franchir une vingtaine de degrés, repasser la banquise, gagner les terres les plus proches, comment le journal d'Arthur Pym n'a-t-il pas mentionné les incidents de ce retour?... Mais, dira-t-on, Arthur Pym est mort avant d'avoir pu livrer les derniers chapitres de son récit... Soit! Est-il donc vraisemblable qu'il n'en ait dit mot à l'éditeur du *Southern Literary Messenger*?... Et pourquoi Dirk Peters, qui, pendant plusieurs années, aurait résidé dans l'Illinois, se serait-il tu sur le dénouement de ces aventures?... Est-ce qu'il aurait eu quelque intérêt à ne point parler?...

Il est vrai, le capitaine Len Guy, à l'entendre, s'était rendu à Vandalia, où, disait le roman, demeurait ce Dirk Peters, et il ne l'avait point rencontré... Je le crois bien! Comme Arthur Pym, il n'avait existé, je le répète, que dans la troublante imagination du poète américain... Et, on en conviendra, cela ne témoigne-t-il pas de l'extraordinaire puissance de ce génie, puisqu'il a pu imposer à quelques esprits comme réel ce qui n'était que fictif?...

Toutefois, je le comprenais, j'eusse été mal venu à discuter de nouveau avec le capitaine Len Guy, obsédé par cette idée fixe, et à reprendre une argumentation qui n'aurait pu le convaincre. Plus sombre, plus renfermé, il ne paraissait jamais sur le pont de la goélette à moins que cela ne fût nécessaire. Et alors ses regards parcouraient obstinément l'horizon méridional, qu'ils cherchaient à percer...

Et, peut-être, croyait-il voir cette nappe de vapeurs, zébrée de larges fentes, et les hauteurs du ciel épaissies d'impénétrables ténèbres, et des éclats lumineux jaillissant des profondeurs laiteuses de la mer, et le géant blanc lui montrant la route à travers les gouffres de la cataracte...

Singulier monomane, que notre capitaine ! Heureusement, sur tout autre sujet que celui-ci, son intelligence gardait sa lucidité. Quant à ses qualités de marin, elles restaient intactes, et les craintes que j'avais pu concevoir ne menaçaient pas de se réaliser.

Je dois le dire, ce qui me paraissait plus intéressant, c'était de découvrir la raison pour laquelle le capitaine Len Guy portait tant d'intérêt aux prétendus naufragés de la *Jane*. Même en tenant pour véridique le récit d'Arthur Pym, en admettant que la goélette anglaise eût traversé ces infranchissables parages, à quoi bon de si inutiles regrets ? Que quelques-uns des matelots de la *Jane*, son chef ou ses officiers eussent survécu à l'explosion et à l'engloutissement provoqué par les naturels de l'île Tsalal, pouvait-on raisonnablement espérer qu'ils fussent encore vivants ? Il y avait onze ans que les faits se seraient passés, d'après les dates indiquées par Arthur Pym, et dès lors, en admettant que ces malheureux eussent échappé aux insulaires, comment auraient-ils subvenu à leurs besoins dans de telles conditions, et ne devaient-ils pas avoir péri jusqu'au dernier ?...

Allons ! voici que je me mets à discuter sérieusement de semblables hypothèses, bien qu'elles ne reposent sur aucun fondement ? Un peu plus, j'allais croire à l'existence d'Arthur Pym, de Dirk Peters, de leurs compagnons, de la *Jane* perdue derrière les banquises de la mer australe ? Est-ce que la folie du capitaine Len Guy m'aurait gagné ? Et, de fait, tout à l'heure, est-ce que je ne me suis pas surpris à établir une comparaison entre la route qu'avait suivie la *Jane* en remontant vers l'ouest et celle que suivait l'*Halbrane* en ralliant les parages de Tristan d'Acunha ?...

Nous étions au 3 septembre. Si aucun retard ne se produisait, — et il n'aurait pu provenir que d'un incident de mer, — notre goélette

qu'une roche, car elles sont un jour ici, un autre là-bas, et comment les parer ?... »

Hurliguerly venait de s'approcher.

« Qu'en pensez-vous, bosseman ? » lui demandai-je, lorsqu'il se fut accoudé près de moi.

Hurliguerly regarda avec attention, et comme la goélette, servie par une fraîche brise, gagnait rapidement vers la masse, il devenait plus facile de se prononcer.

« A mon avis, monsieur Jeorling, répliqua le bosseman, ce que nous voyons-là n'est ni un souffleur, ni une épave, mais tout simplement un glaçon...

— Un glaçon ?... m'écriai-je.

— Hurliguerly ne se trompe pas, affirma Jem West. Il s'agit bien d'un glaçon, un morceau d'ice-berg que les courants ont entraîné...

— Comment, ai-je repris, entraîné jusqu'au quarante-cinquième parallèle ?...

— Cela se voit, monsieur, répondit le lieutenant, et les glaces remontent parfois jusque par le travers du Cap, à en croire un navigateur français, le capitaine Blosseville, qui en aurait rencontré à cette hauteur en 1828.

— Alors celui-là ne peut tarder à se fondre ?... déclarai-je, assez étonné que le lieutenant West m'eût honoré d'une aussi longue réponse.

— Il doit même s'être dissous en grande partie, affirma le lieutenant, et ce que nous voyons est certainement ce qui reste d'une montagne de glace qui devait peser des millions de tonnes. »

Le capitaine Len Guy venait de sortir du rouf. Lorsqu'il aperçut le groupe de matelots rangés autour de Jem West, il se dirigea vers l'avant.

Après quelques mots échangés à voix basse, le lieutenant lui passa sa longue-vue.

Len Guy la braqua sur l'objet flottant dont la goélette s'était rapprochée d'un mille environ, et, après l'avoir observé près d'une minute :

« C'est un glaçon, dit-il, et il est heureux qu'il se dissolve. L'*Halbrane* aurait pu se faire de graves avaries en se .jetant dessus pendant la nuit... »

Je fus frappé du soin que le capitaine Len Guy mettait à son observation. Il semblait que ses regards ne pussent quitter l'oculaire de la longue-vue, devenu, pour ainsi dire, la pupille de son œil. Il demeurait immobile, comme s'il eût été cloué au pont. Insensible au roulis et au tangage, les deux bras rigides, grâce à sa grande habitude, il maintenait imperturbablement le glaçon dans le champ de l'objectif. Son visage hâlé présentait çà et là des plaques hectiques, des taches de pâleur, et de ses lèvres s'échappaient de vagues paroles.

Quelques minutes s'écoulèrent. L'*Halbrane*, sous rapide allure, était sur le point de dépasser le glaçon en dérive.

« Laissez porter d'un quart, » dit le capitaine Len Guy, sans abaisser sa longue-vue.

Je devinai ce qui se passait dans l'esprit de cet homme sous l'obsession d'une idée fixe. Ce morceau de glace, arraché de la banquise australe, venait de ces parages où sa pensée l'entraînait sans cesse. Il voulait le voir de plus près... peut-être l'accoster... peut-être en recueillir quelque débris...

Cependant, sur l'ordre transmis par Jem West, le bosseman avait légèrement fait mollir les écoutes, et la goélette, arrivant d'un quart, se dirigea vers le glaçon. Nous n'en fûmes bientôt qu'à deux encablures, et je pus l'examiner.

Ainsi que cela avait été remarqué, la tumescence centrale fondait de toutes parts. Des filets liquides s'égouttaient le long de ses parois. Au mois de septembre de cette année si précoce, le soleil possédait assez de force pour provoquer la dissolution, l'activer, la précipiter même.

Assurément, avant la fin de la journée, il ne resterait plus rien de ce glaçon, entraîné par les courants jusqu'à la hauteur du quarante-cinquième parallèle.

Le capitaine Len Guy l'observait toujours, et sans qu'il eût besoin de recourir à sa longue-vue. On commençait même à distinguer un corps étranger qui, peu à peu, se dégageait à mesure que s'opérait la fusion, — une forme, de couleur noirâtre, étendue sur la couche blanche.

Et quelle fut notre surprise, mêlée d'horreur, lorsqu'on vit un bras apparaître, puis une jambe, puis un torse, puis une tête, non point en état de nudité, mais recouverts de vêtements sombres...

Un instant, je crus même que ces membres remuaient... que ces mains se tendaient vers nous...

L'équipage ne put retenir un cri.

Non! ce corps ne s'agitait pas, mais il glissait doucement sur la surface glacée...

Je regardai le capitaine Len Guy. Son visage était aussi livide que celui de ce cadavre, venu en dérive des lointaines latitudes de la zone australe!

Ce qu'il y avait à faire, on le fit à l'instant pour recueillir ce malheureux, — et qui sait si quelque souffle ne l'animait pas encore!... Dans tous les cas, ses poches contenaient peut-être quelque document qui permettrait d'établir son identité!... Puis, en les accompagnant d'une dernière prière, on abandonnerait ces restes humains aux profondeurs de l'Océan, ce cimetière des marins morts à la mer!...

Le canot fut descendu. Le bosseman y prit place avec les matelots Gratian et Francis, placés chacun à un des avirons. Par la disposition contrariée de sa voilure, ses focs et sa trinquette traversés, sa brigantine bordée à bloc, Jem West avait cassé l'erre de la goélette, presque immobile, s'élevant ou s'abaissant sur les longues lames.

Je suivais des yeux le canot, qui accosta la marge latérale du glaçon rongée par les eaux.

Hurliguerly prit pied à un endroit qui présentait encore quelque résistance. Gratian débarqua après lui, tandis que Francis maintenait le canot par la chaine du grappin.

Tous deux rampèrent alors jusqu'au cadavre, le tirèrent l'un par les jambes, l'autre par les bras, et l'embarquèrent.

En quelques coups d'avirons, le bosseman eut rejoint la goélette.

Le cadavre, congelé de la tête aux pieds, fut déposé à l'emplanture du mât de misaine.

Aussitôt le capitaine Len Guy alla vers lui et le considéra longuement, comme s'il eût cherché à le reconnaitre.

Ce corps était celui d'un marin, vêtu d'une grossière étoffe, pantalon de laine, vareuse rapiécetée, chemise d'épais molleton, ceinture entourant deux fois sa taille. Nul doute que sa mort remontât à plusieurs mois déjà, — peu après, probablement, que cet infortuné eût été entraîné par la dérive...

L'homme que nous avions ramené à bord ne devait pas avoir plus d'une quarantaine d'années, bien que ses cheveux fussent grisonnants. Sa maigreur était effrayante, — un squelette dont l'ossature saillait sous la peau. Il avait dû subir les affreuses tortures de la faim, pendant ce trajet d'au moins vingt degrés depuis le cercle polaire antarctique.

Le capitaine Len Guy venait de relever les cheveux de ce cadavre, conservé par le froid. Il lui redressa la tête, il chercha son regard sous les paupières collées l'une à l'autre, et enfin ce nom lui échappa avec un déchirement de sanglot :

« Patterson... Patterson !

— Patterson?... » m'écriai-je.

Et il me sembla que ce nom, si commun qu'il fût, tenait par quelque lien à ma mémoire!... Quand l'avais-je entendu prononcer, — ou bien ne l'avais-je pas lu quelque part?...

Alors le capitaine Len Guy, debout, parcourut lentement l'horizon des yeux, comme s'il allait donner l'ordre de mettre le cap au sud...

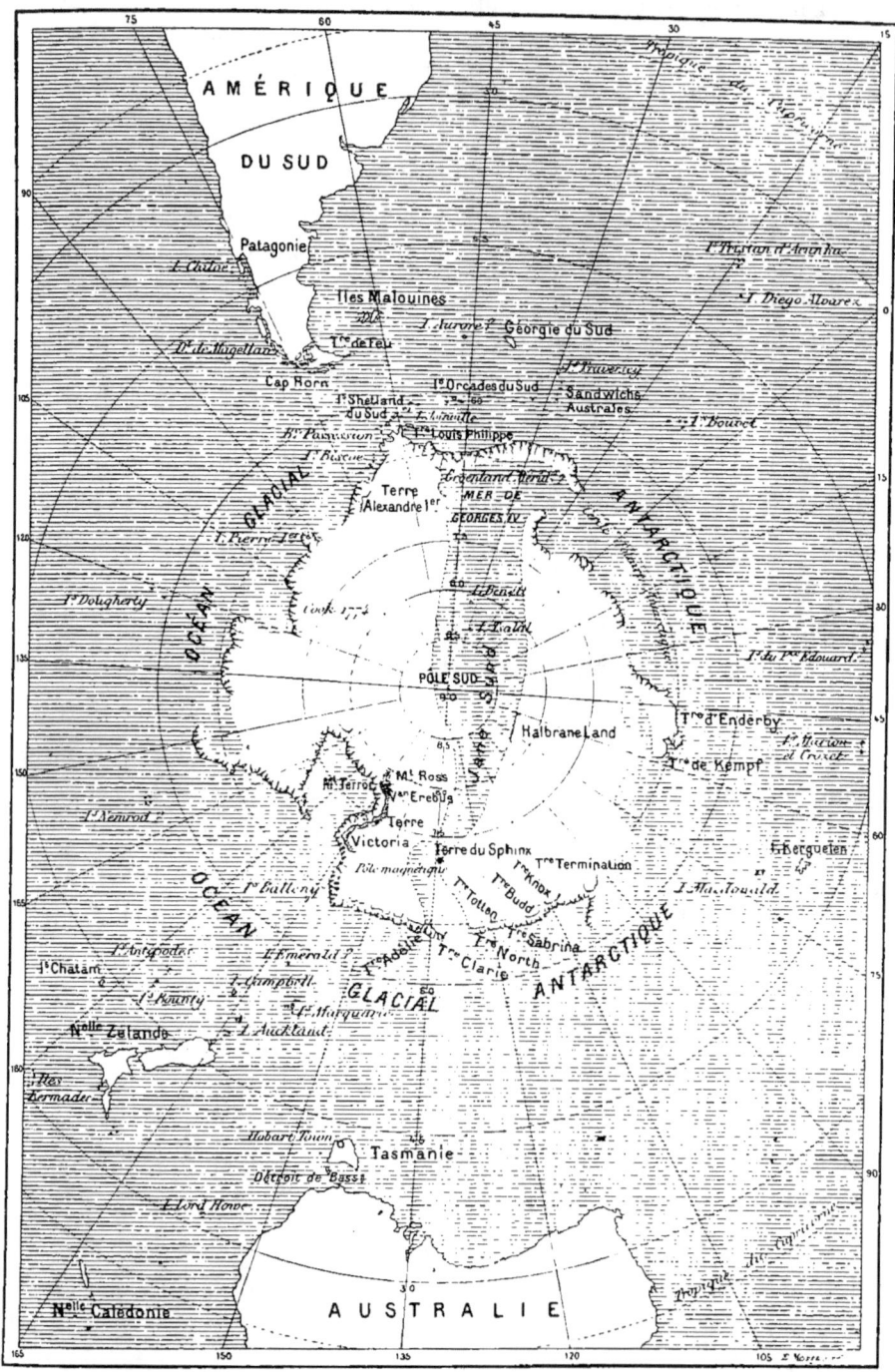

En ce moment, sur un mot de Jem West, le bosseman plongea sa main dans les poches du cadavre. Il en retira un couteau, un bout de fil de caret, une boîte à tabac vide, puis un carnet de cuir, muni d'un crayon métallique.

Le capitaine Len Guy se retourna, et, au moment où Hurliguerly tendait le carnet à James West :

« Donne, » dit-il.

Quelques feuillets étaient couverts d'une écriture que l'humidité avait presque entièrement effacée. Mais la dernière page portait des mots déchiffrables encore, et peut-on imaginer de quelle émotion je fus saisi, lorsque j'entendis le capitaine Len Guy lire d'une voix tremblante :

La Jane... île Tsalal... par quatre-vingt-trois... Là... depuis onze ans... Capitaine... cinq matelots survivants... Qu'on se hâte de les secourir... »

Et, sous ces lignes, un nom... une signature... le nom de Patterson...

Patterson!... Je me souvins alors!... C'était le second de la *Jane*... le second de cette goélette qui avait recueilli Arthur Pym et Dirk Peters sur l'épave du *Grampus*... la *Jane*, conduite jusqu'à cette latitude de l'île Tsalal... la *Jane* attaquée par les insulaires et anéantie par l'explosion!...

Tout cela était donc vrai!... Edgar Poe avait donc fait œuvre d'historien, non de romancier!... Il avait donc eu communication du journal d'Arthur Gordon Pym!... Des relations directes s'étaient donc établies entre eux!... Arthur Pym existait ou plutôt il avait existé... lui... un être réel!... Et il était mort — d'une mort soudaine et déplorable, dans des circonstances non révélées, avant qu'il eût complété le récit de son extraordinaire voyage!... Et jusqu'à quel parallèle s'était-il élevé en quittant l'île Tsalal avec son compagnon Dirk Peters, et comment tous deux avaient-ils pu être rapatriés en Amérique?...

Je crus que ma tête allait éclater, que je devenais fou, moi qui accusais le capitaine Len Guy de l'être!... Non! j'avais mal entendu... j'avais mal compris!... Cela n'était que pure extravagance de mon cerveau!...

Et, pourtant, comment récuser ce témoignage trouvé sur le corps du second de la *Jane*, de ce Patterson, dont le dire si affirmatif s'appuyait de dates certaines?... Et surtout, comment conserver un doute, après que Jem West, plus calme, fut parvenu à déchiffrer ces autres lambeaux de phrases :

« *Entraîné depuis le 3 juin dans le nord de l'île Tsalal... Là... encore... capitaine William Guy et cinq des hommes de la* Jane... *Mon glaçon dérive à travers la banquise... nourriture va me manquer... Depuis le 13 juin... épuisé mes dernières ressources... Aujourd'hui...* 16 *juin... plus rien...* »

Ainsi, il y avait près de trois mois que gisait le corps de Patterson à la surface de ce glaçon rencontré sur la route des Kerguelen à Tristan d'Acunha!... Ah! que n'avions-nous sauvé le second de la *Jane!*... Il eût pu dire ce qu'on ne savait pas, ce qu'on ne saurait jamais, peut-être, — le secret de cette effrayante aventure!

Enfin, il fallait me rendre à l'évidence. Le capitaine Len Guy, qui connaissait Patterson, venait d'en retrouver le cadavre glacé!... C'était bien lui qui accompagnait le capitaine de la *Jane*, lorsque, pendant une relâche, il avait enterré cette bouteille aux Kerguelen, et dans cette bouteille cette lettre à l'authenticité de laquelle je refusais de croire!... Oui!... depuis onze années, les survivants de la goélette anglaise étaient là-bas, sans espoir d'être jamais recueillis!...

Alors s'opéra dans mon esprit surexcité le rapprochement de deux noms, qui allait m'expliquer cet intérêt que portait notre capitaine à tout ce qui rappelait l'affaire Arthur Pym.

Len Guy se retourna vers moi, et, me regardant, ne prononça que ces mots :

« Y croyez-vous, maintenant?...

— J'y crois... j'y crois! balbutiai-je. Mais le capitaine William Guy de la *Jane*...

— Et le capitaine Len Guy de l'*Halbrane* sont frères! » s'écriat-il d'une voix tonnante, qui fut entendue de tout l'équipage.

Puis, lorsque nos yeux se reportèrent vers la place où flottait le glaçon, la double influence des rayons solaires et des eaux de cette latitude avait produit son effet, et il n'en restait plus trace à la surface de la mer.

VII

TRISTAN D'ACUNHA.

Quatre jours après, l'*Halbrane* relevait cette curieuse île de Tristan d'Acunha, dont on a pu dire qu'elle est comme la chaudière des
mers africaines.

Certes, c'était un fait bien extraordinaire, cette rencontre à plus de
cinq cents lieues du cercle antarctique, cette apparition du cadavre
de Patterson! A présent, voici que le capitaine de l'*Halbrane* et son
frère le capitaine de la *Jane* étaient rattachés l'un à l'autre par ce
revenant de l'expédition d'Arthur Pym!... Oui! cela doit sembler
invraisemblable... Et qu'est-ce donc, pourtant, auprès de ce que j'ai
à raconter encore?...

Au surplus, ce qui me paraissait, à moi, aller jusqu'aux limites de
l'invraisemblance, c'était que le roman du poète américain fût une
réalité. Mon esprit se révolta d'abord.... Je voulus fermer les yeux à
l'évidence!...

Finalement, il fallut se rendre, et mes derniers doutes s'en-
sevelirent avec le corps de Patterson dans les profondeurs de
l'Océan.

Et, non seulement le capitaine Len Guy s'enchaînait par les liens
du sang à cette dramatique et véridique histoire, mais, — comme je
l'appris bientôt, — notre maître-voilier s'y reliait aussi. En effet,
Martin Holt était le frère de l'un des meilleurs matelots du *Grampus*,
l'un de ceux qui avaient dû périr avant le sauvetage d'Arthur Pym et
de Dirk Peters opéré par la *Jane*.

Ainsi donc, entre le quatre-vingt-troisième et le quatre-vingt-
quatrième parallèles sud, sept marins anglais, actuellement réduits
à six, avaient vécu depuis onze ans sur l'île Tsalal, le capitaine
William Guy, le second Patterson et les cinq matelots de la *Jane*
qui avaient échappé — par quel miracle? — aux indigènes de Klock-
Klock!...

Et maintenant, qu'allait faire le capitaine Len Guy?. . Pas l'ombre
d'une hésitation à ce sujet, — il ferait tout pour sauver les survivants de la *Jane*... Il lancerait l'*Halbrane* vers le méridien désigné
par Arthur Pym... Il la conduirait jusqu'à l'île Tsalal, indiquée sur
le carnet de Patterson.... Son lieutenant Jem West irait où il lui
ordonnerait d'aller... Son équipage n'hésiterait pas à le suivre, et la
crainte des dangers que comporterait une expédition, peut-être au

delà des limites assignées aux forces humaines, ne saurait l'arrêter...
L'âme de leur capitaine serait en eux... le bras de leur lieutenant
dirigerait leurs bras...

Voilà donc pourquoi le capitaine Len Guy refusait d'accepter des
passagers à son bord, pourquoi il m'avait dit que ses itinéraires
n'étaient jamais assurés, espérant toujours qu'une occasion s'offrirait à lui de s'aventurer vers la mer glaciale!...

J'ai même lieu de croire que si l'*Halbrane* eût été prête dores
et déjà à entreprendre cette campagne, le capitaine Len Guy aurait
donné l'ordre de mettre le cap au sud?... Et, d'après les conditions
de mon embarquement, je n'eusse pu l'obliger à continuer sa route
pour me déposer à Tristan d'Acunha?...

Du reste, la nécessité s'imposait de refaire de l'eau dans cette
île, dont nous n'étions plus éloignés. Là, peut-être, aurait-on la
possibilité de mettre la goélette en état de lutter contre les ice-
bergs, d'atteindre la mer libre, puisque libre elle était au delà du
quatre-vingt-deuxième parallèle, de s'engager plus loin que ne
l'avaient fait les Cook, les Weddell, les Biscoe, les Kemp, pour tenter enfin ce que tentait alors le lieutenant Wilkes de la marine
américaine.

Eh bien, une fois à Tristan d'Acunha, j'attendrais le passage d'un
autre navire. D'ailleurs, lors même que l'*Halbrane* eût été prête
pour une telle expédition, la saison ne lui aurait pas encore permis de
franchir le cercle polaire. En effet, la première semaine de septembre n'était pas achevée, et deux mois au moins devaient s'écouler
avant que l'été austral eût rompu la banquise et provoqué la débâcle
des glaces.

Les navigateurs le savaient déjà à cette époque, — c'est depuis
la mi-novembre jusqu'au commencement de mars que ces audacieuses
tentatives peuvent être suivies de quelque succès. La température
est alors plus supportable, les tempêtes sont moins fréquentes, les
ice-bergs se détachent de la masse, la barrière se troue, et un jour
perpétuel baigne ce lointain domaine. Il y avait là des règles de

prudence dont l'*Halbrane* ferait sagement de ne point s'écarter.
Aussi, en cas que cela fût nécessaire, notre goélette, ayant renou-
velé sa provision d'eau aux aiguades de Tristan d'Acunha, approvisionnée de vivres frais, aurait le temps de rallier, soit aux Falklands,
soit à la côte américaine, un port mieux outillé, au point de vue
des réparations, que ceux de ce groupe isolé sur le désert du Sud-
Atlantique.

La grande ile, lorsque l'atmosphère est pure, est visible de quatre-
vingt-cinq à quatre-vingt-dix milles. Ces divers renseignements
sur Tristan d'Acunha, je les obtins du bosseman. Comme il l'avait
visitée à diverses reprises, il pouvait s'exprimer en connaissance de
cause.

Tristan d'Acunha gît au sud de la zone des vents réguliers du
sud-ouest. Son climat, doux et humide, comporte une température
modérée, qui ne s'abaisse pas au-dessous de vingt-cinq degrés Fahrenheit (environ 4° C. sous zéro) et ne s'élève pas au-dessus de
soixante-huit (20° C. sur zéro). Les vents dominants sont ceux de
l'ouest et du nord-ouest, et, pendant l'hiver, — août et septembre, —
ceux du sud.

L'île fut habitée, dès 1811, par l'Américain Lambert et plusieurs
autres de même origine, équipés pour la pêche des mammifères
marins. Après eux, vinrent s'y installer des soldats anglais, chargés
de surveiller les mers de Sainte-Hélène, et ils ne partirent que pos-
térieurement à la mort de Napoléon en 1821.

Que, quelque trente ou quarante ans plus tard, Tristan d'Acunha
ait compté une centaine d'habitants d'un assez beau type, issus
d'Européens, d'Américains et de Hollandais du Cap, que la répu-
blique y ait été établie avec un patriarche pour chef, — celui des pères
de famille qui possédait le plus d'enfants, — qu'enfin le groupe ait
fini par reconnaître la suzeraineté de la Grande-Bretagne, il n'en était
pas encore là en cette année 1839, pendant laquelle l'*Halbrane* se
préparait à y relâcher.

Au surplus, je devais bientôt constater, par mes observations personnelles, que la possession de Tristan d'Acunha ne valait pas d'être disputée. Pourtant, « Terre de vie » avait été son nom au XVIᵉ siècle. Si elle jouit d'une flore spéciale, cette flore est uniquement représentée par les fougères, les lycopodes, une graminée piquante, la spartine, qui tapisse la pente inférieure des montagnes. Quant à la aune domestique, les bœufs, les brebis, les pourceaux, composent sa seule richesse et sont l'objet de quelque commerce avec Sainte-Hélène. Il est vrai, pas un reptile, pas un insecte, et les forêts n'abritent qu'une sorte de félin peu dangereux, — un chat retourné à l'état sauvage.

Le seul arbre que possède l'île est un nerprun de dix-huit à vingt pieds. Du reste, les courants apportent assez de bois flotté pour suffire au chauffage. Je ne devais trouver, en fait de légumes, que des choux, des betteraves, des oignons, des navets, des citrouilles, et, en fait de fruits, poires, pêches et raisins de médiocre qualité. J'ajoute que l'amateur d'oiseaux serait réduit à ne chasser que la mouette, le pétrel, le pingouin et l'albatros. L'ornithologie de Tristan d'Acunha n'aurait pas d'autre échantillon à lui offrir.

C'est dans la matinée du 5 septembre que fut signalé le haut volcan de l'île principale, — un massif neigeux de douze cents toises, dont le cratère éteint forme la cuvette d'un petit lac. Le lendemain, en s'approchant, on put distinguer un vaste éboulis d'anciennes laves, disposé comme un champ de moraines.

A cette distance de gigantesques fucus zébraient la surface de la mer, véritable câbles végétaux d'une longueur qui varie de six cents à douze cents pieds, et dont la grosseur égale celle d'une barrique.

Je dois mentionner ici que, pendant les trois jours qui avaient suivi la rencontre du glaçon, le capitaine Len Guy ne s'était montré sur le pont que pour prendre hauteur. Il rentrait dans sa cabine après l'opération terminée, et je n'avais plus eu l'occasion de le revoir, sauf aux heures des repas. D'une taciturnité que l'on peut comparer au mutisme, il n'avait pas été possible de l'en tirer. Jem West lui-même n'y eût point réussi. Aussi m'étais-je tenu sur une absolue réserve. A mon avis, l'heure viendrait où Len Guy me reparlerait de son frère William, des tentatives qu'il comptait faire pour sauver ses compagnons et lui. Or, je le répète, étant donnée la saison, cette heure n'était pas arrivée, lorsque la goélette, le 6 septembre, vint jeter l'ancre par dix-huit brasses de profondeur près de la grande ile, sur la côte nord-ouest, à Ansiedlung, au fond de Falmouth-bay, — précisément à la place indiquée, dans le récit d'Arthur Pym, pour le mouillage de la *Jane*.

J'ai dit la grande ile, parce que le groupe de Tristan d'Acunha en comprend deux autres de moindre importance. A une huitaine de lieues dans le sud-ouest, gît l'ile Inaccessible, et au sud-est, à cinq lieues de celle-ci, l'ile Nightingale. L'ensemble de cet archipel se trouve par 37°5' de latitude méridionale et 13°4' de longitude occidentale.

Ces îles sont circulaires. Projetée en plan, Tristan d'Acunha ressemble à une ombrelle déployée d'une circonférence de quinze milles et dont l'armature, rayonnant vers le centre, est figurée par les crêtes régulières qui aboutissent au volcan central.

Ce groupe forme un domaine océanique à peu près indépendant. Il fut découvert par le Portugais qui lui a donné son nom. Après l'exploration des Hollandais en 1643 et celle des Français en 1767, quelques Américains vinrent s'y installer pour la pêche des veaux marins, qui abondent sur ces parages. Enfin des Anglais ne tardèrent pas à leur succéder.

A l'époque où la *Jane* y avait relâché, un ex-caporal de l'artillerie anglaise, nommé Glass, régnait sur une petite colonie de vingt-six individus, qui commerçaient avec le Cap, n'ayant pour tout bâtiment qu'une goélette de médiocre tonnage. A notre arrivée, ledit Glass comptait bien une cinquantaine de sujets, et, ainsi que l'avait marqué Arthur Pym, « en dehors de tout concours du gouvernement britannique ».

Une mer dont la profondeur est comprise entre douze cents et

quinze cents brasses·baigne ce groupe, longé par le courant équa-
torial qui dévie vers l'ouest. Il est soumis au régime des vents
réguliers du sud-ouest. Les tempêtes y sévissent rarement. Pendant
l'hiver, les glaces en dérive dépassent souvent son parallèle d'une
dizaine de degrés, mais ne descendent jamais par le travers de
Sainte-Hélène, — non plus que les grands souffleurs, peu enclins à
rechercher des eaux si chaudes.

Les trois îles, disposées en triangle, sont séparées les unes des
autres par diverses passes larges d'une dizaine de milles, aisément·
navigables. Leurs côtes sont franches, et, autour de Tristan d'A-
cunha, la mer mesure cent brasses de profondeur.

Ce fut avec l'ex-caporal que les relations s'établirent dès l'arrivée
de l'*Halbrane*. Il y mit beaucoup de bienveillance. Jem West, auquel
le capitaine Len Guy laissa le soin de remplir les caisses à eau, de
s'approvisionner de viande fraîche et de légumes variés, n'eut qu'à
se louer de l'obligeance de Glass, qui, d'ailleurs, s'attendait à être
payé d'un bon prix et le fut.

Du reste, on reconnut, dès notre arrivée, que l'*Halbrane* ne trouverait pas à Tristan d'Acunha les ressources nécessaires pour se
mettre en état d'entreprendre la campagne projetée dans l'océan
antarctique. Mais, au point de vue des ressources alimentaires, il est
certain que Tristan d'Acunha peut être utilement fréquentée·par les
navigateurs. Leurs prédécesseurs ont enrichi ce groupe de toutes les
espèces domestiques, moutons, porcs, bœufs, volailles, alors que le
capitaine américain Patten, commandant l'*Industry*, n'y avait aperçu
que quelques chèvres sauvages vers la fin du dernier siècle. Après
lui, le capitaine Colquhouin, du brick américain *Betsey*, y fit des plan-
tations d'oignons, de pommes de terre et autres sortes de légumes,
dont un sol fertile assure la prospérité. C'est du moins ce que raconte Arthur Pym dans son récit, et il n'y a pas lieu de lui refuser
créance.

On l'aura remarqué, je parle maintenant du héros d'Edgar Poe
comme d'un homme dont je n'ai plus à mettre en doute l'existence.

Aussi m'étonnais-je que le capitaine Len Guy ne m'eût pas de nouveau interpellé à ce sujet. Il est évident que les renseignements si formels déchiffrés sur le carnet de Patterson n'avaient point été fabriqués pour la circonstance, et j'aurais eu mauvaise grâce à ne pas reconnaître mon erreur.

Au surplus, si quelque hésitation me fût demeurée, un autre et irrécusable témoignage vint s'ajouter aux dires du second de la *Jane*.

Le lendemain du mouillage, j'avais débarqué à Ansiedlung, sur une belle plage de sable noirâtre. Je fis même cette réflexion qu'une telle plage n'eût point été déplacée à l'île Tsalal, où se rencontrait cette couleur de deuil, à l'exclusion de la couleur blanche qui causait aux insulaires de si violentes convulsions, suivies de prostration et de stupeur. Mais, en donnant pour certains ces effets extraordinaires, peut-être Arthur Pym avait-il été le jouet de quelque illusion?... D'ailleurs, on saurait à quoi s'en tenir, si l'*Halbrane* arrivait jamais en vue de l'île Tsalal...

Je rencontrai l'ex-caporal Glass, — un homme vigoureux, bien conservé, de physionomie assez rusée, je dois en convenir, et dont les soixante ans n'avaient point amoindri l'intelligente vivacité. Indépendamment du commerce avec le Cap et les Falklands, il faisait un important trafic de peaux de phoques, d'huile d'éléphants marins, et ses affaires prospéraient.

Comme il paraissait très désireux de bavarder, ce gouverneur nommé par lui-même et reconnu par la petite colonie, j'entamai sans peine, dès notre première entrevue, une conversation qui devait être intéressante par plus d'un côté.

« Avez-vous souvent des navires en relâche à Tristan d'Acunha? lui demandai-je.

— Tout autant qu'il nous en faut, monsieur, me répondit-il en se frottant les mains derrière le dos, — une habitude invétérée, paraît-il.

— Dans la belle saison?... ajoutai-je.

« QU'ENTENDEZ-VOUS PAR LE LARGE? » S'ÉCRIA L'EX-CAPORAL. (Page 101.)

— Oui... dans la belle saison, si tant est que nous en ayons une mauvaise en ces parages!

— Je vous en félicite, monsieur Glass. Mais ce qui est regrettable, c'est que Tristan d'Acunha n'ait pas un seul port, et quand un navire est obligé de mouiller au large...

— Au large, monsieur?... Qu'entendez-vous par le large? s'écria l'ex-caporal avec une animation qui indiquait un grand fond d'amour-propre.

— J'entends, monsieur Glass, que si vous possédiez des quais de débarquement...

— Et à quoi bon, monsieur, lorsque la nature nous a dessiné une baie comme celle-ci, où l'on est à l'abri des rafales, et lorsqu'il est facile d'accoster le nez contre les roches!... Non! Tristan n'a point de port, et Tristan peut s'en passer! »

Pourquoi aurais-je contrarié ce brave homme? Il était fier de son île comme le prince de Monaco a le droit d'être fier de sa principauté minuscule...

Je n'insistai point, et nous causâmes de choses et d'autres. Il m'offrit d'organiser une excursion au milieu des forêts épaisses qui montent jusqu'à mi-flanc du cône central.

Je le remerciai et m'excusai de ne point accepter son offre. Je saurais bien employer les heures de la relâche à quelques études minéralogiques. D'ailleurs, l'*Halbrane* devait déraper dès que son ravitaillement serait achevé.

« Il est singulièrement pressé, votre capitaine! me dit le gouverneur Glass.

— Vous trouvez?...

— Et si pressé que son lieutenant ne parle même pas de m'acheter des peaux ou de l'huile...

— Nous n'avons besoin que de vivres frais et d'eau douce, monsieur Glass.

— Eh bien, monsieur, répondit le gouverneur un peu dépité, ce que l'*Halbrane* n'emportera pas, d'autres navires l'emporteront!... »

Puis, reprenant :

« Et où va votre goélette en nous quittant?...

— Aux Falklands, afin de se réparer.

— Vous, monsieur... vous n'êtes que passager, je suppose!...

— Comme vous le dites, monsieur Glass, et j'avais même l'intention de séjourner à Tristan d'Acunha pendant quelques semaines... J'ai dû modifier ce projet...

— Je le regrette, monsieur, je le regrette! déclara le gouverneur. Nous aurions été heureux de vous offrir l'hospitalité, en attendant l'arrivée d'un autre navire...

— Hospitalité qui m'eût été très précieuse, répondis-je. Malheureusement, je ne pourrai profiter... »

En effet, ma résolution définitive était prise de ne point quitter la goélette. Dès que sa relâche serait terminée, elle mettrait le cap sur les Falklands, où s'effectueraient les préparatifs nécessités par une expédition dans les mers antarctiques. J'irais donc jusqu'aux Falklands, où je trouverais, sans éprouver trop de retard, à m'embarquer pour l'Amérique, et, assurément, le capitaine Len Guy ne refuserait point de m'y conduire.

Et alors, l'ex-caporal de me dire, en manifestant quelque contrariété :

« Au fait, je n'ai pas vu la couleur de ses cheveux ni le teint de son visage, à votre capitaine...

— Je ne pense pas que son intention soit de venir à terre, monsieur Glass.

— Est-ce qu'il est malade?...

— Pas que je sache! Mais peu vous importe, puisqu'il s'est fait remplacer par son lieutenant...

— Oh! guère causeur, celui-là!... Deux mots qu'on lui arrache de temps en temps!... Par bonheur, les piastres sortent plus facilement de sa bourse que les paroles de sa bouche!

— C'est l'important, monsieur Glass.

— Comme vous dites, monsieur?...

— Monsieur Jeorling, du Connecticut.

— Bon... voici que je sais votre nom... tandis que j'en suis encore à savoir celui du capitaine de l'*Halbranc*...

— Il se nomme Guy... Len Guy...

— Un Anglais?...

— Oui... un Anglais.

— Il aurait bien pu se déranger pour rendre visite à un compatriote, monsieur Jeorling!... Mais... attendez donc... j'ai déjà eu des relations avec un capitaine de ce nom... Guy... Guy...

— William Guy?... demandai-je.

— Précisément... William Guy...

— Lequel commandait la *Jane* ?...

— La *Jane*, en effet.

— Une goélette anglaise venue en relâche à Tristan d'Acunha, il y a onze ans?...

— Onze ans, monsieur Jeorling. Il y en avait déjà sept que j'étais installé sur l'île, où m'avait trouvé le capitaine Jeffrey, du *Berwick* de Londres, en l'année 1824. Je me rappelle ce William Guy... comme si je le voyais... un brave homme, très ouvert, lui, et auquel je livrai un chargement de peaux de phoques. Il avait l'air d'un gentleman... un peu fier... de bonne nature.

— Et la *Jane?*... interrogeai-je.

— Je la vois encore, à la place même où est mouillée l'*Halbrane*... au fond de la baie... un joli bâtiment de cent quatre-vingts tonnes... avec un avant effilé... effilé... Elle avait Liverpool pour port d'attache...

— Oui... cela est vrai... tout cela est vrai! répétai-je.

— Et la *Jane* continue-t-elle à naviguer, monsieur Jeorling?...

— Non, monsieur Glass.

— Est-ce qu'elle aurait péri?...

— Le fait n'est que trop certain, et la plus grande partie de son équipage a disparu avec elle !

— Me direz-vous comment ce malheur est arrivé, monsieur Jeorling?...

— Volontiers, monsieur Glass. Partie de Tristan d'Acunha, la *Jane*
fit voile vers le gisement des îles Auroras et autres, que William Guy
espérait reconnaitre d'après les renseignements...

— Qui venaient de moi-même, monsieur Jeorling! répliqua l'ex-
caporal. Eh bien... ces autres îles... puis-je savoir si la *Jane* les a
découvertes?...

— Non, pas plus que les Auroras, bien que William Guy fût
resté pendant plusieurs semaines sur ces parages, courant de l'est à
l'ouest, et ayant toujours une vigie en tête de mât...

— Il faut donc que ce gisement lui ait échappé, monsieur Jeorling,
car, à en croire plusieurs baleiniers qui ne peuvent être suspects,
ces iles existent, et il était même question de leur donner mon
nom...

— Ce qui eût été justice, répondis-je avec politesse.

— Et si on n'arrive pas à les découvrir un jour, ce sera vraiment
fâcheux, ajouta le gouverneur d'un ton qui dénotait une bonne dose
de vanité.

— C'est alors, repris-je, que le capitaine William Guy voulut
réaliser un projet mûri depuis longtemps déjà, et auquel le poussait
un certain passager qui se trouvait à bord de la *Jane*...

— Arthur Gordon Pym, s'écria Glass, et son compagnon un certain Dirk Peters... qui avaient été tous deux recueillis en mer par la
goélette...

— Vous les avez connus, monsieur Glass?... demandai-je vivement.

— Si je les ai connus, monsieur Jeorling!... Oh! c'était un personnage singulier, cet Arthur Pym, toujours avide de se lancer dans
les aventures, — un audacieux Américain... capable de partir pour la
lune!... Il n'y serait point allé, par hasard?...

— Non, monsieur Glass, mais, pendant son voyage, la goélette de
William Guy, paraît-il, a franchi le cercle polaire, elle a dépassé la
banquise, elle s'est avancée plus loin que ne l'avait fait aucun navire
avant elle...

— Voilà une campagne prodigieuse! s'écria Glass.

— Par malheur, répondis-je, la *Jane* n'est jamais revenue...

— Ainsi, monsieur Jeorling, Arthur Pym et Dirk Peters, — une sorte de métis indien d'une force terrible, capable de résister à six hommes, auraient péri?...

— Non, monsieur Glass, Arthur Pym et Dirk Peters ont échappé à la catastrophe dont la plupart de hommes de la *Jane* furent les victimes. Ils sont même revenus en Amérique... de quelle façon, je l'ignore. Depuis son retour, Arthur Pym est mort dans je ne sais quelles circonstances. Quant au métis, après avoir habité l'Illinois, il est parti un jour sans prévenir personne, et sa trace n'a pu être retrouvée.

— Et William Guy?... » demanda M. Glass.

Je racontai comment le cadavre de Patterson, le second de la *Jane*, venait d'être recueilli sur un glaçon, et j'ajoutai que tout portait à croire que le capitaine de la *Jane* et cinq de ses compagnons étaient encore vivants sur une île des régions australes, à moins de sept degrés du pôle.

« Ah! monsieur Jeorling, s'écria Glass, puisse-t-on sauver un jour William Guy et ses matelots, qui m'ont paru être de braves gens!

— C'est ce que l'*Halbrane* va certainement tenter, dès qu'elle aura été remise en état, car son capitaine Len Guy est le propre frère de William Guy...

— Pas possible, monsieur Jeorling! s'écria M. Glass. Eh bien, quoique je ne connaisse pas le capitaine Len Guy, j'ose affirmer que les deux frères ne se ressemblent point, — du moins dans la façon dont ils se sont comportés envers le gouverneur de Tristan d'Acunha! »

Je vis que l'ex-caporal était très mortifié de l'indifférence de Len Guy, qui ne lui avait pas même rendu visite. Que l'on y songe, le souverain de cette île indépendante, dont le pouvoir s'étendait jusqu'aux deux îles voisines, Inaccessible et Nightingale! Mais il se

14

consolait, sans doute, à la pensée de vendre sa marchandise vingt-cinq pour cent plus cher qu'elle ne valait.

Ce qui est certain, c'est que le capitaine Len Guy ne manifesta à aucun instant l'intention de débarquer. Cela était d'autant plus singulier qu'il ne devait pas ignorer que la *Jane* avait relâché sur cette côte nord-ouest de Tristan d'Acunha, avant de partir pour les mers australes. Et de se mettre en relation avec le dernier Européen qui eût serré la main de son frère, cela paraissait assez indiqué...

Néanmoins, Jem West et ses hommes furent seuls à descendre à terre. Là, c'est avec la plus grande hâte qu'ils s'occupèrent de décharger le minerai d'étain et de cuivre qui formait la cargaison de la goélette, et, ensuite, d'embarquer des provisions, de remplir les caisses à eau, etc.

Tout le temps, le capitaine Len Guy demeura à bord, sans même monter sur le pont, et, par le châssis vitré de sa cabine, je le voyais incessamment courbé sur sa table.

Des cartes étaient déployées, des livres étaient ouverts. Il n'y avait pas à douter que ces cartes fussent celles des régions australes, et ces livres, ceux qui racontaient les voyages des précurseurs de la *Jane* dans ces mystérieuses régions de l'Antarctide.

Sur cette table s'étalait aussi un volume, cent fois lu et relu! La plupart de ses pages étaient cornées, dont les marges portaient de multiples notes au crayon... Et, sur la couverture, brillait ce titre comme s'il eût été imprimé en lettres de feu : *Aventures d'Arthur Gordon Pym*.

« Sa présence vous eût été bien utile... » (Page 117.)

VIII

EN DIRECTION VERS LES FALKLANDS.

Le 8 septembre, dans la soirée, j'avais pris congé de Son Excellence le gouverneur général de l'archipel de Tristan d'Acunha, —

c'est le titre officiel que se donnait ce brave Glass, ex-caporal d'artillerie britannique. Le lendemain, avant le lever du jour, l'*Halbrane* mit à la voile.

Il va sans dire que j'avais obtenu du capitaine Len Guy de rester son passager jusqu'aux îles Falklands. C'était une traversée de deux mille milles, qui n'exigerait qu'une quinzaine de jours, pour peu qu'elle fût favorisée comme notre navigation venait de l'être entre les Kerguelen et Tristan d'Acunha. Le capitaine Len Guy n'avait point même paru surpris de ma demande : on eût dit qu'il l'attendait. Mais, ce à quoi je m'attendais de mon côté, c'était qu'il reprît la question Arthur Pym, dont il affectait de ne pas me reparler depuis que l'infortuné Patterson lui avait donné raison contre moi relativement au livre d'Edgar Poe.

Cependant, bien qu'il ne l'eût pas essayé jusqu'alors, peut-être se réservait-il de le faire en temps et lieu. Au surplus, cela ne pouvait en aucune façon influer sur ses projets ultérieurs, et il était résolu à conduire l'*Halbrane* dans les lointains parages où avait péri la *Jane*.

Après avoir contourné Herald-Point, les quelques maisonnettes d'Ansiedlung disparurent derrière l'extrémité de Falmouth-Bay. Le cap au sud-ouest, une belle brise de l'est permit alors de porter bon plein.

Pendant la matinée, la baie Elephanten, Hardy-Rock, West-Point, Cotton-Bay et le promontoire de Daley furent successivement laissés en arrière. Toutefois, il ne fallut pas moins de la journée entière pour perdre de vue le volcan de Tristan d'Acunha, d'une altitude de huit mille pieds, et dont les ombres du soir voilèrent enfin le faîte neigeux.

Au cours de cette semaine, la navigation s'accomplit dans des conditions très heureuses, et si elle se maintenait, le mois de septembre ne s'achèverait pas avant que nous eussions connaissance des premières hauteurs du groupe des Falklands. Cette traversée devait nous ramener notablement au sud, la goélette devant descendre du trente-huitième parallèle jusqu'au cinquante-cinquième degré de latitude.

Or, puisque le capitaine Len Guy a l'intention de s'engager dans les profondeurs antarctiques, il est utile, je crois, indispensable même, de rappeler sommairement les tentatives faites pour atteindre le pôle sud, ou tout au moins le vaste continent dont il se pourrait qu'il fût le point central. Il m'est d'autant plus aisé de résumer ces voyages, que le capitaine Len Guy avait mis à ma disposition des livres où ils sont racontés avec une grande abondance de détails — et aussi l'œuvre entière d'Edgar Poe, ces *Histoires extraordinaires*, que, sous l'influence de ces événements étranges, je relisais en proie à une véritable passion.

Il va de soi que si Arthur Pym a cru, lui aussi, devoir citer les principales découvertes des premiers navigateurs, il a dû s'arrêter à celles qui étaient antérieures à 1828. Or, comme j'écris douze ans après lui, il m'incombe de dire ce qu'avaient fait ses successeurs jusqu'au présent voyage de l'*Halbrane*, 1839-1840.

La zone qui, géographiquement, peut être comprise sous la dénomination générale d'Antarctide, semble être circonscrite par le soixantième parallèle austral.

En 1772, la *Résolution*, capitaine Cook, et l'*Adventure*, capitaine Furneaux, rencontrèrent les glaces sur le cinquante-huitième degré, étendues du nord-ouest au sud-est. En se glissant, non sans de très sérieux dangers, à travers un labyrinthe d'énormes blocs, ces deux navires atteignirent, à la mi-décembre, le soixante-quatrième parallèle, franchirent le cercle polaire en janvier, et furent arrêtés devant des masses de huit à vingt pieds d'épaisseur, par 67°15' de latitude, — ce qui est, à quelques minutes près, la limite du cercle antarctique[1].

L'année suivante, au mois de novembre, la tentative fut reprise par le capitaine Cook. Cette fois, profitant d'un fort courant, bravant

---

1. Soit 66°32'3".

les brouillards, les rafales et un froid très rigoureux encore, il dépassa d'un demi-degré environ le soixante-dixième parallèle, et vit sa route définitivement barrée par d'infranchissables packs, glaçons de deux cent cinquante à trois cents pieds qui se touchaient par leurs bords, et que dominaient de monstrueux ice-bergs, entre 71°10′ de latitude et 106°54′ de longitude ouest.

Le hardi capitaine anglais ne devait pas pénétrer plus avant au milieu des mers de l'Antarctide.

Trente ans après lui, en 1803, l'expédition russe des capitaines Krusenstern et Lisiansky, repoussée par les vents de sud, ne put s'élever au delà de 59°52′ de latitude par 70°15′ de longitude ouest, bien que le voyage fût fait en mars et qu'aucune glace n'eût fermé le passage.

En 1818, William Smith, puis Barnesfield découvrirent les South-Shetlands; Botwell, en 1820, reconnut les South-Orkneys; Palmer et autres chasseurs de phoques aperçurent les terres de la Trinité, mais ne s'aventurèrent pas plus loin.

En 1819, le *Vostok* et le *Mirni*, de la marine russe, sous les ordres du capitaine Bellingshausen et du lieutenant Lazarew, après avoir pris connaissance de l'île Georgia, et contourné la terre de Sandwich, s'avancèrent de six cents milles au sud jusqu'au soixante-dixième parallèle. Une seconde tentative, par 160° de longitude est, ne leur permit pas de s'avancer plus près du pôle. Toutefois, ils relevèrent les îles de Pierre Iᵉʳ et d'Alexandre Iᵉʳ, qui rejoignent peut-être la terre signalée par l'Américain Palmer.

Ce fut en 1822, que le capitaine James Weddell, de la marine anglaise, atteignit, si son récit n'est point exagéré, par 74°15′ de latitude, une mer dégagée de glaces — ce qui lui a fait nier l'existence d'un continent polaire. Je ferai remarquer, d'ailleurs, que la route de ce navigateur est celle que, six ans après lui, devait suivre la *Jane* d'Arthur Pym.

En 1823, l'Américain, Benjamin Morrell, sur la goélette *Wash*, entreprit, au mois de mars, une première campagne qui le porta par 69°15′ de latitude, puis par 70°14′, à la surface d'une mer libre, avec la température de l'air à quarante-sept degrés Fahrenheit (8°33 C. sur zéro) et celle de l'eau à quarante-quatre degrés (6°67 C. sur zéro), — observations qui concordent manifestement avec celles faites à bord de la *Jane* dans les parages de l'île Tsalal. Si les provisions ne lui eussent pas manqué, le capitaine Morrell affirme qu'il aurait atteint, sinon le pôle austral, du moins le quatre-vingt-cinquième parallèle. En 1829 et 1830, une seconde expédition sur l'*Antarctique* le conduisit par 116° de longitude, sans rencontrer d'obstacles jusqu'à 70°30', et il découvrit la terre Sud-Groënland.

Précisément à l'époque où Arthur Pym et William Guy remontaient plus avant que leurs devanciers, les Anglais Foster et Kendal, chargés par l'Amirauté de déterminer la figure de la Terre au moyen des oscillations du pendule en différents lieux, ne dépassèrent pas 64°45' de latitude méridionale.

En 1830, John Biscoe, commandant le *Tuba* et le *Lively*, appartenant aux frères Enderby, fut chargé d'explorer les régions australes en chassant la baleine et le phoque. En janvier 1831, il coupa le soixantième parallèle, atteignit 68°51', par 10° de longitude est, s'arrêta devant d'infranchissables glaces, découvrit, par 65°57' de latitude et 45° de longitude est, une terre considérable à laquelle il donna le nom d'Enderby, et qu'il ne put accoster. En 1832, une seconde campagne ne lui permit pas de franchir le soixante-sixième degré de plus de vingt-sept minutes. Il trouva cependant et dénomma l'île Adélaïde, en avant d'une terre haute et continue qui fut appelée Terre de Graham. De cette campagne, la Société royale géographique de Londres tira la conclusion qu'entre le quarante-septième et le soixante-neuvième degré de longitude est, se prolongeait un continent par le soixante-sixième et le soixante-septième degré de latitude. Toutefois, Arthur Pym a eu raison de soutenir que cette conclusion ne saurait être rationnelle, puisque Weddell avait navigué à travers ces prétendues terres, et que la *Jane* avait suivi cette direction, bien au delà du soixante-quatorzième parallèle.

En 1835, le lieutenant anglais Kemp quitta les Kerguelen. Après avoir relevé des apparences de terre, par 70° de longitude est, il rejoignit le soixante-sixième degré, reconnut une côte qui probablement se rattachait à la terre d'Enderby, et ne poussa pas plus loin sa pointe vers le sud.

Enfin, au début de cette année 1839, le capitaine Balleny, sur le navire *Élisabeth-Scott*, le 7 février, dépassait 67°7′ de latitude par 104°25′ de longitude ouest, et découvrait le chapelet d'iles qui porte son nom ; puis, en mars, par 65°10′ de latitude et 116°10′ de longitude est, il relevait la terre à laquelle on donna le nom de Sabrina. Ce marin, un simple baleinier, — cela je l'appris plus tard, — avait ainsi ajouté des indications précises qui, tout au moins en cette partie de l'océan austral, laissaient pressentir l'existence d'un continent polaire.

Enfin, comme je l'ai marqué déjà au commencement de ce récit, alors que l'*Halbrane* méditait une tentative qui devait l'entraîner plus loin que les navigateurs pendant la période de 1772 à 1839, le lieutenant Charles Wilkes de la marine des États-Unis, commandant une division de quatre bâtiments, le *Vincennes*, le *Peacock*, le *Porpoïse*, le *Flying-Fish* et plusieurs conserves, cherchait à se frayer passage vers le pôle par la longitude orientale du cent-deuxième degré. Bref, à cette époque, il restait encore à découvrir près de cinq millions de milles carrés de l'Antarctide.

Telles sont les campagnes qui ont précédé dans les mers australes celle de la goélette l'*Halbrane* sous les ordres du capitaine Len Guy. En résumé, les plus audacieux de ces découvreurs, ou les plus favorisés, si l'on veut, n'avaient dépassé, — Kemp que le soixante-sixième parallèle, Balleny que le soixante-septième, Biscoe que le soixante-huitième, Bellingshausen et Morrell que le soixante-dixième, Cook que le soixante et onzième, Weddell que le soixante-quatorzième... Et c'était au delà du quatre-vingt-troisième, à près de cinq cent cinquante milles plus loin qu'il fallait aller au secours des survivants de la *Jane!*...

Je dois l'avouer, depuis la rencontre du glaçon de Patterson, si

COOK VIT SA ROUTE DÉFINITIVEMENT BARRÉE. (Page 110.)

homme pratique que je fusse et de tempérament si peu imaginatif, je me sentais étrangement surexcité. Une nervosité singulière ne me laissait plus aucun repos. J'étais hanté par ces figures d'Arthur Pym et de ses compagnons abandonnés au milieu des déserts de l'Antarctide. En moi s'ébauchait le désir de prendre part à la campagne projetée par le capitaine Len Guy. J'y songeais sans cesse. En somme, rien ne me rappelait en Amérique. Que mon absence se prolongeât de six mois ou d'un an, peu importait. Il est vrai, restait à obtenir l'assentiment du commandant de l'*Halbrane*. Après tout, pourquoi se refuserait-il à me garder comme passager?... Est-ce que, de me prouver « matériellement » qu'il avait eu raison contre moi, de m'entraîner sur le théâtre d'une catastrophe que j'avais considérée comme fictive, de me montrer les débris de la *Jane* à Tsalal, de me débarquer sur cette île dont j'avais nié l'existence, de me placer en présence de son frère William, enfin, de me mettre face à face avec l'éclatante vérité, est-ce que cela ne serait pas une satisfaction bien humaine?...

Cependant je me réservais d'attendre, avant d'arrêter une résolution définitive, que l'occasion se fût présentée de parler au capitaine Len Guy.

Il n'y avait pas lieu de se presser, d'ailleurs. Après un temps à souhait pendant les dix jours qui suivirent notre départ de Tristan d'Acunha, survinrent vingt-quatre heures de calme. Puis la brise hâla le sud. L'*Halbrane*, marchant au plus près, dut réduire sa voilure, car il ventait grand frais. Impossible de compter, désormais, sur la centaine de milles que nous couvrions en moyenne d'un lever de soleil à l'autre. De ce fait, la durée de la traversée allait s'allonger au moins du double, et encore ne fallait-il pas attraper une de ces tempêtes qui obligent un navire à prendre la cape pour faire tête au vent où à fuir vent arrière.

Par bonheur, — et j'ai pu le constater, — la goélette tenait admirablement la mer. Rien à craindre pour sa solide mâture, même quand elle portait toute la toile. Du reste, si audacieux qu'il fût, et manœuvrier de premier ordre, le lieutenant fit prendre des ris, toutes les fois que la violence des rafales risquait de compromettre son navire. Il n'y avait point à redouter quelque imprudence ou quelque inhabileté de Jem West.

Du 22 septembre au 3 octobre, pendant douze jours, on fit évidemment peu de route. La dérive fut si sensible vers la côte américaine que, sans un courant qui, la dressant en dessous, maintint la goélette contre le vent, nous aurions probablement eu connaissance des terres de la Patagonie.

Durant cette période de mauvais temps, je cherchai vainement l'occasion de m'entretenir seul à seul avec le capitaine Len Guy. En dehors des repas, il restait confiné dans sa cabine, laissant, comme d'habitude, la direction du navire à son lieutenant, et ne paraissant sur le pont que pour faire le point, lorsque le soleil se montrait au milieu d'une éclaircie. J'ajoute que Jem West était admirablement secondé par son équipage, le bosseman en tête, et il eût été difficile de rencontrer une dizaine d'hommes plus habiles, plus hardis, plus résolus.

Dans la matinée du 4 octobre, l'état du ciel et de la mer se modifia d'une manière assez marquée. Le vent calmit, la grosse lame tomba peu à peu, et, le lendemain, la brise accusait une tendance à s'établir au nord-ouest.

Nous ne pouvions espérer un changement plus heureux. Les ris furent largués, et les hautes voiles hissées, hunier, perroquet, flèche, bien que le vent commençât à fraîchir. S'il tenait bon, la vigie, avant une dizaine de jours, signalerait les premières hauteurs des Falklands.

Du 5 au 10 octobre, la brise souffla avec la constance et la régularité d'un alizé. Il n'y eut ni à raidir ni à mollir une seule écoute. Bien que sa force eût diminué graduellement, sa direction ne cessa pas d'être favorable.

L'occasion que je cherchais de pressentir le capitaine Len Guy se présenta l'après-midi du 11. Ce fut lui-même qui me la fournit en m'interpellant dans les circonstances suivantes.

J'étais assis sous le vent du rouf, en abord de la coursive, lorsque le capitaine Len Guy sortit de sa cabine, tourna ses regards vers l'arrière, et prit place près de moi.

Évidemment, il désirait me parler, et de quoi, si ce n'est de ce qui l'absorbait tout entier. Aussi, d'une voix moins chuchotante que d'ordinaire, débuta-t-il en disant :

« Je n'ai pas encore eu le plaisir de causer avec vous, monsieur Jeorling, depuis notre départ de Tristan d'Acuñha...

— Je l'ai regretté, capitaine, répondis-je, en demeurant sur la réserve, de façon à le voir venir.

— Je vous prie de m'excuser, reprit-il. Tant de préoccupations me tourmentent!... Un plan de campagne à organiser... ne rien laisser à l'imprévu... Je vous prie de ne pas m'en vouloir...

— Je ne vous en veux pas, croyez-le bien...

— C'est entendu, monsieur Jeorling, et, aujourd'hui que je vous connais, que j'ai pu vous apprécier, je me félicite de vous avoir comme passager jusqu'à notre arrivée aux Falklands.

— Je suis fort reconnaissant, capitaine, de ce que vous avez fait pour moi, et cela m'encourage à... »

Le moment me semblait propice pour émettre ma proposition, lorsque le capitaine Len Guy m'interrompit.

« Eh bien, monsieur Jeorling, me demanda-t-il, êtes-vous maintenant fixé sur la réalité du voyage de la *Jane*, et considérez-vous toujours le livre d'Edgar Poe comme une œuvre de pure imagination?...

— Non, capitaine.

— Vous ne mettez plus en doute qu'Arthur Pym et Dirk Peters aient existé, ni que William Guy, mon frère, et cinq de ses compagnons soient vivants...

— Il faudrait que je fusse le plus incrédule des hommes, et je ne fais qu'un vœu : c'est que le ciel vous favorise et assure le salut des naufragés de la *Jane!*

— J'y emploierai tout mon zèle, monsieur Jeorling, et, par le Dieu puissant, j'y réussirai!

— Je l'espère, capitaine... j'en ai même la certitude... et si vous consentez...

— Est-ce que vous n'avez pas eu l'occasion de parler de tout cela avec un certain Glass, cet ex-caporal anglais qui se prétend le gouverneur de Tristan d'Acunha?... s'informa le capitaine Len Guy, sans me laisser achever.

— En effet, répliquai-je, et ce que m'a dit cet homme n'a pas peu contribué à changer mes doutes en certitudes...

— Ah! il vous a affirmé?...

— Oui... et se souvient parfaitement d'avoir vu la *Jane*, lorsqu'elle était en relâche, il y a onze ans...

— La *Jane*... mon frère?...

— Je tiens de lui qu'il a connu personnellement le capitaine William Guy...

— Et il a trafiqué avec la *Jane*?...

— Oui... comme il vient de trafiquer avec l'*Halbrane*...

— Elle était mouillée dans cette baie?...

— Au même endroit que votre goélette, capitaine.

— Et... Arthur Pym... Dirk Peters?...

— Il avait eu avec eux des rapports fréquents.

— A-t-il demandé ce qu'ils étaient devenus?...

— Sans doute, et je lui ai appris la mort d'Arthur Pym, qu'il considérait comme un audacieux... un téméraire... capable des plus aventureuses folies...

— Dites un fou et un fou dangereux, monsieur Jeorling. N'est-ce pas lui qui a entraîné mon malheureux frère dans cette funeste campagne?...

— Il y a, en effet, lieu de le croire d'après son récit...

— Et de ne jamais l'oublier! ajouta vivement le capitaine Len Guy.

— Ce Glass, repris-je, avait aussi connu le second de la *Jane*... Patterson...

— C'était un excellent marin, monsieur Jeorling, un cœur chaud...

d'un courage à toute épreuve !... Patterson n'avait que des amis...
Il était dévoué corps et âme à mon frère...

— Comme Jem West l'est pour vous, capitaine...

— Ah ! pourquoi faut-il que nous ayons retrouvé le malheureux
Patterson mort sur ce glaçon... mort depuis plusieurs semaines
déjà !...

— Sa présence vous eût été bien utile pour vos futures recherches,
observai-je.

— Oui, monsieur Jeorling, dit le capitaine Len Guy. Glass sait-il
où sont actuellement les naufragés de la *Jane*?...

— Je le lui ai appris, capitaine, ainsi que tout ce que vous avez
résolu de faire pour les sauver ! »

Je crus inutile d'ajouter que Glass avait été très surpris de ne pas
avoir reçu la visite du capitaine Len Guy, que l'ex-caporal, confit
dans sa prétentieuse vanité, attendait cette visite, et qu'il ne pensait
pas que ce fût à lui, gouverneur de Tristan d'Acunha, de commencer.

D'ailleurs, changeant alors le cours de la conversation, le capitaine
Len Guy me dit :

« Je voulais vous demander, monsieur Jeorling, si vous pensez
que tout soit exact dans le journal d'Arthur Pym, qui a été publié
par Edgar Poe...

— Il y a, je crois, nombre de réserves à faire, répondis-je, — étant
donné la singularité du héros de ces aventures, — tout au moins sur
l'étrangeté de certains phénomènes qu'il signale dans ces parages
au delà de l'île Tsalal. Et, précisément, en ce qui concerne William
Guy et plusieurs de ses compagnons, vous voyez qu'Arthur Pym s'est
à coup sûr trompé en affirmant qu'ils avaient péri dans l'éboulement
de la colline de Klock-Klock...

— Oh! il ne l'affirme pas, monsieur Jeorling! répliqua le capitaine Len Guy. Il dit simplement que, lorsque Dirk Péters et lui
eurent atteint l'ouverture à travers laquelle ils pouvaient apercevoir la campagne environnante, le secret du tremblement de terre

artificiel leur fut révélé. Or, comme la paroi de la colline avait été
précipitée dans le fond du ravin, le sort de mon frère et de vingt-
huit de ses hommes ne pouvait plus être l'objet d'un doute dans son
esprit. C'est pour ce motif qu'il fut conduit à penser que Dirk Peters
et lui étaient les seuls hommes blancs restés sur l'île Tsalal... Il ne
dit que cela... rien de plus !... Ce n'étaient que des suppositions...
très admissibles, vous en conviendrez... de simples suppositions...

— Je le reconnais, capitaine.

— Mais nous avons, maintenant, grâce au carnet de Patterson, la
certitude que mon frère et cinq de ses compagnons avaient échappé
à cet écrasement préparé par les naturels...

— C'est l'évidence même, capitaine. Quant à ce que sont devenus
les survivants de la *Jane*, s'ils ont été repris par les indigènes de
Tsalal dont ils seraient encore les prisonniers, ou s'ils sont libres,
les notes de Patterson n'en disent rien, ni des circonstances dans
lesquelles lui-même a été entraîné loin d'eux...

— Cela... nous le saurons, monsieur Jeorling... Oui! nous le saurons... L'essentiel, c'est que nous ayons assurance que mon frère
et six de ses matelots étaient vivants, il y a moins de quatre
mois, sur une partie quelconque de l'île Tsalal. Il ne s'agit plus à présent d'un roman signé Edgar Poe, mais d'un récit véridique signé
Patterson...

— Capitaine, dis-je alors, voulez-vous que je sois des vôtres
jusqu'à la fin de cette campagne de l'*Halbrane* à travers les mers
antarctiques?... »

Le capitaine Len Guy me regarda, — d'un regard pénétrant comme
une lame effilée. Il ne parut point autrement surpris de la proposition
que je venais de lui faire — qu'il attendait peut-être — et il ne prononça que ce seul mot :

« Volontiers! »

Plusieurs coutures furent étoupées. (Page 125.)

IX

MISE EN ÉTAT DE L'*HALBRANE*.

Formez un rectangle long de soixante-cinq lieues de l'est à l'ouest, large de quarante du nord au sud, enfermez-y deux grandes îles

et une centaine d'ilots entre 60°10′ et 64°36′ de longitude occidentale, et 51° et 52°45′ de latitude méridionale, — vous aurez le
groupe géographiquement dénommé Iles Falklands ou Malouines, à
trois cents milles du détroit de Magellan, et qui forme comme le
poste avancé des deux grands océans Atlantique et Pacifique.

En 1592, c'est John Davis qui découvrit cet archipel, c'est le pirate
Hawkins qui le visita en 1593, c'est Strong qui le baptisa en 1689, —
tous Anglais.

Près d'un siècle plus tard, les Français, expulsés de leurs établis-
sements du Canada, cherchèrent à fonder, dans ledit archipel, une
colonie de ravitaillement pour les navires du Pacifique. Or, comme
la plupart étaient des corsaires de Saint-Malo, ils baptisèrent ces
iles du nom de Malouines qu'elles portent avec celui de Falklands.
Leur compatriote Bougainville vint poser les premières assises
de la colonie en 1763, amenant vingt-sept individus, — dont cinq
femmes, — et, dix mois après, les colons étaient au nombre de cent
cinquante.

Cette prospérité ne manqua pas de provoquer les réclamations de
la Grande-Bretagne. L'Amirauté expédia le *Tamar* et le *Dauphin*,
sous les ordres du commandant Byron. En 1766, à la fin d'une campagne dans le détroit de Magellan, les Anglais mirent le cap sur
les Falklands, se contentèrent de reconnaître à l'ouest l'île de Port-
Egmont, et continuèrent leur voyage vers les mers du sud.

La colonie française ne devait pas réussir, et, d'ailleurs, les Espagnols firent valoir leurs droits en vertu d'une concession papale
antérieure. Aussi le gouvernement de Louis XV se décida-t-il à
reconnaître ces droits, moyennant indemnité pécuniaire, et Bougainville, en 1767, vint remettre les iles Falklands aux représentants du roi d'Espagne.

Tous ces échanges, ces « passes » de main en main, amenèrent ce
résultat inévitable en matière d'entreprises coloniales : c'est que les
Espagnols furent chassés par les Anglais. Donc, depuis 1833, ces
étonnants accapareurs sont les maîtres des Falklands.

Or, il y avait six ans que le groupe comptait parmi les possessions britanniques de l'Atlantique méridional, lorsque notre goélette rallia Port-Egmont, à la date du 16 octobre.

Les deux grandes îles, selon la position qu'elles occupent l'une par rapport à l'autre, se nomment East-Falkland ou Soledad, et West-Falkland. C'est au nord de la seconde que s'ouvre Port-Egmont.

Lorsque l'*Halbrane* fut mouillée au fond de ce port, le capitaine Len Guy donna congé à tout l'équipage pour une douzaine d'heures. Dès le lendemain, on commencerait la besogne par une visite minutieuse et indispensable de la coque et du gréement, en vue d'une navigation prolongée à travers les mers antarctiques.

Le capitaine Len Guy descendit aussitôt à terre, afin de conférer avec le gouverneur du groupe, — dont la nomination appartient à la Reine, — au sujet d'un prompt ravitaillement de la goélette. Il entendait ne point regarder à la dépense, car d'une économie faite mal à propos peut dépendre l'insuccès d'une si difficile campagne. Prêt, d'ailleurs, à l'aider de ma bourse, — je ne le lui laissai pas ignorer, — je comptais m'associer pour une part dans les frais de cette expédition.

Et, en effet, i'étais pris maintenant... pris par le prodigieux imprévu, le bizarre enchaînement de tous ces faits. Il me semblait, comme si j'eusse été le héros du *Domaine d'Arnheim*, « qu'un voyage » aux mers du sud convient à tout être auquel l'isolement complet, » la réclusion absolue, la difficulté d'entrer et de sortir seraient le » charme des charmes! » A force de lire ces œuvres fantastiques d'Edgar Poe, voilà où i'en étais arrivé!... Et puis, il s'agissait de porter secours à des malheureux, et j'eusse été enchanté de contribuer personnellement à leur salut...

Si le capitaine Len Guy débarqua ce jour-là, Jem West, suivant son habitude, ne quitta point le bord. Tandis que l'équipage se reposait, le second ne s'accordait aucun repos, et c'est à visiter la cale qu'il s'occupa jusqu'au soir.

Pour moi, je ne voulus débarquer que le lendemain. Durant la relâche, j'aurais tout le temps d'explorer les alentours de Port-Egmont et de m'y livrer à des recherches relatives à la minéralogie et à la géologie de l'île.

Il y avait donc là, pour ce causeur d'Hurliguerly, une excellente occasion de renouer conversation avec moi, et il ne négligea point d'en profiter.

« Mes très sincères et très vifs compliments, monsieur Jeorling, me dit-il en m'accostant.

— Et à quel propos, bosseman ?...

— A propos de ce que j'ai appris, c'est-à-dire que vous alliez nous suivre jusqu'au fin fond des mers antarctiques ?...

— Oh!... pas si loin, j'imagine, et il ne s'agit point de dépasser le quatre-vingt-quatrième parallèle...

— Que sait-on ! répondit le bosseman. Dans tous les cas, l'*Halbrane* va gagner plus de degrés en latitude qu'elle n'a de garcettes de ris à sa brigantine ou d'enfléchures à ses haubans ?...

— Nous le verrons bien !

— Et cela ne vous effraie pas, monsieur Jeorling ?...

— En aucune façon.

— Nous, pas davantage, croyez-le bien ! affirma Hurliguerly. Hé ! hé !... vous voyez que notre capitaine, s'il n'est pas causeur, a du bon !... Il n'est que de savoir le prendre !... Après vous avoir donné jusqu'à Tristan d'Acunha le passage qu'il vous refusait d'abord, voici qu'il vous l'accorde jusqu'au pôle...

— Il n'est pas question du pôle, bosseman !

— Bon ! on finira bien par l'atteindre un jour !...

— La chose n'est point faite. D'ailleurs, à mon avis, cela n'est pas de grand intérêt, et je n'ai pas l'ambition de le conquérir !... Dans tous les cas, c'est uniquement à l'île Tsalal...

— A l'île Tsalal... entendu ! répliqua Hurliguerly. Néanmoins, reconnaissez que notre capitaine ne s'en est pas moins montré fort accommodant à votre égard...

— Aussi lui en suis-je très obligé, bosseman — et à vous, me hâtai-je d'ajouter, puisque c'est à votre influence que je dois d'avoir fait cette traversée...

— Et celle que vous allez faire encore...

— Je n'en doute pas, bosseman. »

Il était possible que Hurliguerly — un brave homme au fond, et je le vis bien par la suite, — eût senti une pointe d'ironie dans ma réponse. Toutefois, il n'en laissa rien paraître, résolu à continuer envers moi son rôle de protecteur. Du reste, sa conversation ne pouvait que m'être profitable, car il connaissait les Falklands comme toutes ces îles du Sud-Atlantique qu'il visitait depuis tant d'années.

Il en résulta que j'étais suffisamment préparé et documenté, lorsque, le lendemain, le canot qui me transportait à terre vint accoster ce rivage, dont l'épais matelas d'herbes semble posé là pour amortir le choc des embarcations.

A cette époque, les Falklands n'étaient pas utilisées comme elles l'ont été depuis. C'est, plus tard, à la Soledad, que l'on a découvert le port Stanley — ce port que le géographe français Élisée Reclus a traité « d'idéal ». Abrité qu'il est sur toutes les aires du compas, il pourrait contenir les flottes de la Grande-Bretagne. C'était sur la côte nord de West-Falkland ou Falkland proprement dite, que l'*Halbrane* était allée chercher Port-Egmont.

Eh bien, si, depuis deux mois, j'eusse navigué, un bandeau aux yeux, sans avoir le sentiment de la direction suivie par la goélette, au cas que l'on m'eût demandé, dès les premières heures de cette relâche : Êtes-vous aux Falklands ou en Norvège ?... ma réponse aurait témoigné de quelque embarras.

Assurément, devant ces côtes découpées en criques profondes, devant ces montagnes escarpées aux flancs à pic, devant ces falaises où s'étagent les roches grisâtres, l'hésitation est permise. Il n'y a pas jusqu'à ce climat maritime, exempt des grands écarts de la chaleur et du froid, qui ne soit commun aux deux pays. En outre, les pluies fréquentes du ciel scandinave sont versées avec la même abondance par le ciel magellanique. Puis, ce sont des brouillards intenses au printemps et à l'automne, des vents d'une telle violence qu'ils arrachent les légumes des potagers.

Il est vrai, quelques promenades m'eussent suffi pour reconnaître que l'Équateur me séparait toujours des parages de l'Europe septentrionale.

En effet, aux environs de Port-Egmont, que j'explorai pendant les premiers jours, que me fut-il donné d'observer? Rien que les indices d'une végétation maladive, nulle part arborescente. Çà et là ne poussaient que de rares arbustes, au lieu de ces admirables sapinières des montagnes norvégiennes, — tels le bolax, une sorte de glaïeul, étroit comme un jonc de six à sept pieds, qui distille une gomme aromatique, des valérianes, des bomarées, des usnées, des fétuques, des cénomyces, des azorelles, des cytises rampants, des bionies, des stipas, des calcéolaires, des hépathiques, des violettes, des vinaigrettes, et des plants de ce céleri rouge et blanc, si bienfaisant contre les affections scorbutiques. Puis, à la surface d'un sol tourbeux, qui fléchit et se relève sous le pied, s'étendait un tapis bariolé de mousses, de sphaignes, d'againes, de lichens... Non! ce n'était pas cette contrée attrayante, où retentissent les échos des sagas, ce n'était pas ce poétique domaine d'Odin, des Erses et des Valkyries!

Sur les eaux profondes du détroit de Falkland, qui sépare les deux principales îles, s'étalaient d'extraordinaires végétations aquatiques, ces baudeux, que soutient un chapelet de petites ampoules gonflées d'air, et qui appartiennent uniquement à la flore falklandaise.

Reconnaissons aussi que les baies de cet archipel, où les baleines se raréfiaient déjà, étaient fréquentées par d'autres mammifères marins de taille énorme, — des phoques otaries à crinière de chèvre, longs de vingt-cinq pieds sur une vingtaine de circonférence, et, par bandes, des éléphants, loups ou lions de mer, de proportions non moins gigantesques. On ne saurait se figurer la violence des cris que poussent ces amphibies, — particulièrement les femelles et les jeunes. C'est à croire que des troupeaux de bœufs mugissent sur ces plages. La capture, ou tout au moins l'abatage de ces animaux, n'offre ni difficultés ni périls. Les pêcheurs les tuent d'un coup de bâton lorsqu'ils sont blottis sous le sable des grèves.

Voilà donc les particularités qui différencient la Scandinavie des Falklands, sans parler du nombre infini d'oiseaux qui se levaient à mon approche, des outardes, des cormorans, des grèbes, des cygnes à tête noire, et surtout ces tribus de manchots ou de pingouins, dont on massacre annuellement plusieurs centaines de mille.

Et, un jour, tandis que l'air était rempli de braiements à vous rendre sourd, comme je demandais à un vieux marin de Port-Egmont :

« Est-ce qu'il y a des ânes dans les environs ?...

— Monsieur, me répondit-il, ce ne sont point des ânes que vous entendez, ce sont des pingouins... »

Soit, mais les ânes eux-mêmes s'y tromperaient à entendre braire ces stupides volatiles !

Pendant les journées des 17, 18 et 19 octobre, Jem West fit procéder à un examen très attentif de la coque. Il fut constaté qu'elle n'avait aucunement souffert. L'étrave parut assez solide pour briser les jeunes glaces aux abords de la banquise. On fit à l'étambot plusieurs réparations confortatives, de manière à assurer le jeu du gouvernail sans qu'il risquât d'être démonté par les chocs. La goélette étant gîtée sur tribord et sur bâbord, plusieurs coutures furent étoupées et brayées très soigneusement. Ainsi que la plupart des navires destinés à naviguer dans les mers froides, l'*Halbrane* n'était point doublée en cuivre, — ce qui est préférable, lorsqu'on doit frôler des ice-fields dont les arêtes aiguës détériorent facilement un carénage. On remplaça un certain nombre des gournables qui liaient le bordé à la membrure, et, sous la direction de Hardie, notre maître-calfat, les maillets « chantèrent » avec un ensemble et une sonorité de bon augure.

Dans l'après-midi du 20, en compagnie de ce vieux marin dont j'ai parlé, — un brave homme très sensible à l'appât d'une piastre arrosée d'un verre de gin, — je poussai plus avant ma promenade à l'ouest de la baie. Cette île de West-Falkland dépasse en étendue sa voisine la Soledad, et possède un autre port, à l'extrémité de la pointe méridionale de Byron's-Sound, — trop éloigné pour que je pusse m'y rendre.

Je ne saurais, — même approximativement, — évaluer la population de cet archipel. Peut-être ne comptait-il alors que deux à trois centaines d'individus, Anglais la plupart, puis quelques Indiens, Portugais, Espagnols, Gauchos des Pampas argentines, Fuégiens de la Terre de Feu. D'autre part, c'était par milliers et milliers de têtes qu'il fallait chiffrer les représentants de la race ovine disséminés à sa surface. Plus de cinq cent mille moutons fournissent, chaque année, pour plus de quatre cent mille dollars de laine. On élève aussi sur ces îles des bœufs dont la taille semble s'être accrue, alors qu'elle diminuait chez les autres quadrupèdes, chevaux, porcs, lapins, — tous, d'ailleurs, vivant à l'état sauvage. Quant au chien-renard, d'une espèce particulière à la faune falklandaise, il est seul à rappeler dans ce pays la gent carnassière.

Ce n'est pas sans raison que ce groupe a été qualifié de « ferme à bestiaux ». Quels inépuisables pâturages, quelle abondance de cette herbe savoureuse, le tussock, que la nature réserve aux animaux avec une prodigalité inépuisable ! L'Australie, si riche sous ce rapport, n'offre pas une table mieux servie à ses convives des espèces ovine et bovine.

Les Falklands doivent donc être recherchées, lorsqu'il s'agit du ravitaillement des navires. Ce groupe est, à coup sûr, d'une réelle importance pour les navigateurs, ceux qui se dirigent vers le détroit de Magellan comme ceux qui vont pêcher dans le voisinage des terres polaires.

Les travaux de la coque terminés, le lieutenant s'occupa de la mâture et du gréement avec l'aide de notre maître-voilier Martin Holt, très entendu à ce genre de travail.

« Monsieur Jeorling, me dit, ce jour-là, — 21 octobre, — le capitaine Len Guy, vous le voyez, rien ne sera négligé pour assurer le succès de notre campagne. Tout ce qui était à prévoir est prévu. Et si l'*Halbrane* doit périr en quelque catastrophe, c'est qu'il n'appartient pas à des êtres humains d'aller contre les desseins de Dieu !

— Je vous le répète, j'ai bon espoir, capitaine, ai-je répondu. Votre goélette et votre équipage méritent toute confiance.

— Vous avez raison, monsieur Jeorling, et nous serons dans de bonnes conditions pour pénétrer à travers les glaces. J'ignore ce que la vapeur donnera un jour; mais je doute que des bâtiments, avec leurs roues encombrantes et fragiles, puissent valoir un voilier pour la navigation australe... Et puis, il y aura toujours la nécessité de refaire du charbon... Non ! il est plus sage d'être à bord d'un navire qui gouverne bien, de se servir du vent qui, après tout, est utilisable sur les trois cinquièmes du compas, de se fier à la voilure d'une goélette qui peut porter à près de cinq quarts...

— Je suis de votre avis, capitaine, et au point de vue marin, jamais on ne trouverait un meilleur navire!... Mais, dans le cas où la campagne se prolongerait, peut-être les vivres...

— Nous en emporterons pour deux ans, monsieur Jeorling, et ils seront de bonne qualité. Port-Egmont a pu nous fournir tout ce qui nous était nécessaire...

— Une autre question, si vous permettez?...

— Laquelle?...

— N'aurez-vous pas besoin d'un équipage plus nombreux à bord de l'*Halbrane*?... Si ses hommes sont en nombre suffisant pour la manœuvrer, peut-être y aura-t-il lieu d'attaquer ou de se défendre dans ces parages de la mer antarctique?... N'oublions pas que, d'après le récit d'Arthur Pym, les indigènes de l'île Tsalal se comptaient par milliers... Et si votre frère William Guy, si ses compagnons sont prisonniers...

— J'espère, monsieur Jeorling, que l'*Halbrane* sera mieux protégée par notre artillerie que la *Jane* ne l'a été avec la sienne. A dire

vrai, l'équipage actuel, je le sais, ne saurait suffire pour une expédition de ce genre. Aussi me suis-je préoccupé de recruter un sup-
plément de matelots...

— Sera-ce difficile ?...

— Oui et non, car j'ai la promesse du gouverneur de m'aider à
ce recrutement.

— J'estime, capitaine, qu'il faudra s'attacher ces recrues par une
haute paie...

— Une paie double, monsieur Jeorling, telle qu'elle le sera, d'ailleurs, pour tout l'équipage.

— Vous le savez, capitaine, je suis disposé... je désire même contribuer aux frais de cette campagne... Veuillez me considérer comme
votre associé...

— Tout cela s'arrangera, monsieur Jeorling, et je vous suis fort
reconnaissant. L'essentiel, c'est que notre armement se complète
à court délai. Il faut que dans huit jours nous soyons prêts pour
l'appareillage. »

La nouvelle que la goélette devait faire route à travers les mers de
l'Antarctide avait produit une certaine sensation dans les Falklands,
à Port-Egmont comme aux divers ports de la Soledad. Il s'y trouvait,
à cette époque, nombre de marins inoccupés, — de ceux qui attendent le passage des baleiniers pour offrir leurs services, bien rétri-
bués d'habitude. S'il ne se fût agi que d'une campagne de pêche sur
les limites du cercle polaire, entre les parages des Sandwich et de la
Nouvelle-Georgie, le capitaine Len Guy n'aurait eu que l'embarras du
choix. Mais, de s'enfoncer au delà de la banquise, de pénétrer plus
avant qu'aucun autre navigateur n'y avait réussi jusqu'alors, et bien
que ce fût dans le but d'aller au secours de naufragés, cela pouvait
donner à réfléchir, faire hésiter la plupart. Il fallait être de ces anciens marins de l'*Halbrane* pour ne point s'inquiéter des dangers
d'une pareille navigation, et consentir à suivre leur chef aussi loin
qu'il lui plairait d'aller.

En réalité, il n'était question de rien moins que de tripler l'équipage

« Voulez-vous de moi? » (Page 131.)

de la goélette. En comptant le capitaine, le lieutenant, le bosseman, le cuisinier et moi, nous étions treize à bord. Or, de trente-deux à trente-quatre hommes, ce ne serait point trop, et il ne faut pas oublier qu'ils étaient trente-huit sur la *Jane*.

Il est vrai, de s'adjoindre le double des matelots qui formaient actuellement l'équipage, cela ne laissait pas de causer certaine appréhension. Ces marins des Falklands, à la disposition des baleiniers en

relâche, offraient-ils toutes les garanties désirables? Si, d'en introduire quatre ou cinq à bord d'un navire dont le personnel est déjà
élevé, ne comporte pas de graves inconvénients, il n'en serait pas
ainsi en ce qui concernait la goélette.

Cependant le capitaine Len Guy espérait qu'il n'aurait point à se
repentir de ses choix, du moment que les autorités de l'archipel y
prêtaient les mains.

Le gouverneur déploya un véritable zèle en cette affaire, à laquelle
il s'intéressait de tout cœur.

Au surplus, grâce à la haute paye qui fut promise, les demandes
affluèrent.

Aussi, la veille du départ, fixé au 27 octobre, l'équipage était-il au
complet.

Il est inutile de faire connaitre chacun des nouveaux embarqués par leur nom et par leurs qualités individuelles. On les verra,
on les jugera à l'œuvre. Il y en avait de bons, il y en avait de
mauvais.

La vérité est qu'il eût été impossible de trouver mieux — ou
moins mal, comme on voudra.

Je me bornerai donc à noter que, parmi ces recrues, on comptait
six hommes d'origine anglaise, — et parmi eux un certain Hearne,
de Glasgow.

Cinq étaient d'origine américaine (États-Unis), et huit de nationalité plus douteuse, — les uns appartenant à la population
hollandaise, les autres mi-Espagnols et mi-Fuégiens de la Terre
de Feu. Le plus jeune avait dix-neuf ans, le plus âgé en avait quarante-quatre. La plupart n'étaient point étrangers au métier de marin,
ayant déjà navigué, soit au commerce, soit à la pêche des baleines,
phoques et autres amphibies des parages antarctiques. L'engagement des autres n'avait eu pour but que d'accroître le personnel
défensif de la goélette.

Cela faisait donc un total de dix-neuf recrues, enrôlées pour la
durée de la campagne, qui ne pouvait être déterminée d'avance, mais

qui ne devait pas les entraîner au delà de l'île Tsalal. Quant aux
gages, ils étaient tels qu'aucun de ces matelots n'en avait jamais eu
même la moitié au cours de leur navigation antérieure.

Tout compte fait, sans parler de moi, l'équipage, compris le capitaine et le lieutenant de l'*Halbrane*, se montait à trente et un hommes,
— plus un trente-deuxième sur lequel il convient d'attirer l'attention d'une façon spéciale.

La veille du départ, le capitaine Len Guy fut accosté, à l'angle du
port, par un individu, — assurément un marin, — ce qui se reconnaissait à ses vêtements, à sa démarche, à son langage.

Cet individu, d'une voix rude et peu compréhensible, dit :

« Capitaine... j'ai à vous faire une proposition...

— Laquelle?...

— Comprenez-moi... Avez-vous encore une place à bord?...

— Pour un matelot?...

— Pour un matelot.

— Oui et non, répliqua le capitaine Len Guy.

— Est-ce oui?... demanda l'homme.

— C'est oui, si celui qui se propose me convient.

— Voulez-vous de moi?...

— Tu es marin?...

— J'ai navigué pendant vingt-cinq ans.

— Où?...

— Dans les mers du sud.

— Loin?...

— Oui... comprenez-moi... loin.

— Ton âge?...

— Quarante-quatre ans...

— Et tu es à Port-Egmont?...

— Depuis trois années... vienne le prochain Christmas.

— Comptais-tu embarquer à bord d'un baleinier de passage?...

— Non.

— Alors que faisais-tu ici?...

— Rien... et je ne songeais plus à naviguer...

— Alors pourquoi t'embarquer?

— Une idée... La nouvelle de l'expédition que va faire votre goélette s'est répandue... Je désire... oui je désire en faire partie... avec votre aveu, s'entend!

— Tu es connu à Port-Egmont?...

— Connu... et jamais je n'ai encouru aucun reproche depuis que j'y suis.

— Soit, répondit le capitaine Len Guy. Je demanderai des rénseignements...

— Demandez, capitaine, et si vous dites oui, mon sac sera ce soir à bord.

— Comment t'appelles-tu?...

— Hunt.

— Et tu es?...

— Américain. »

Ce Hunt était un homme de petite taille, le teint fortement hâlé, d'une coloration de brique, la peau jaunâtre comme celle d'un Indien, le torse énorme, la tête volumineuse, les jambes très arquées. Ses membres attestaient une vigueur exceptionnelle, — les bras surtout que terminaient des mains d'une largeur!... Sa chevelure grisonnait, semblable à une sorte de fourrure, poil en dehors.

Ce qui imprimait à la physionomie de cet individu un caractère particulier, — cela ne prévenait guère en sa faveur, — c'était la superacuité du regard de ses petits yeux, sa bouche presque sans lèvres, fendue d'une oreille à l'autre, et dont les dents longues, à l'émail intact, n'avaient jamais été attaquées du scorbut, si commun chez les marins des hautes latitudes.

Il y avait trois ans que Hunt habitait les Falklands, d'abord un des ports de la Soledad, à la baie des Français, puis, en dernier lieu, Port-Egmont. Peu communicatif, il vivait seul, d'une pension de retraite, — à quel titre, on l'ignorait. N'étant à la charge ni de l'un ni de l'autre, il s'occupait de pêche, et ce métier aurait suffi à lui assurer l'existence, soit qu'il se fût nourri de son produit, soit qu'il en eût fait le commerce.

Les renseignements que rapporta le capitaine Len Guy sur le compte de Hunt ne pouvaient être que très incomplets, sauf en ce qui concernait sa conduite depuis qu'il résidait à Port-Egmont. Cet homme ne se battait pas, il ne buvait pas, on ne le voyait point avec un coup de trop, et maintes fois, il avait donné des preuves d'une force herculéenne. Quant à son passé, on ne savait, mais certainement c'était celui d'un marin. Il en avait dit là-dessus au capitaine Len Guy plus qu'il n'en eût jamais dit à personne. Pour le reste, silence obstiné, aussi bien sur la famille à laquelle il appartenait, que sur le lieu précis de sa naissance. Peu importait, d'ailleurs, si l'on pouvait tirer de bons services de ce matelot.

En somme, renseignements recueillis, il ne résulta rien qui fût de nature à faire repousser la proposition de Hunt. Au vrai, il était à désirer que les autres recrues de Port-Egmont n'eussent point mérité plus de reproches. Hunt obtint donc une réponse favorable, et, dès le soir, il s'installa à bord.

Tout était prêt pour le départ. L'*Halbrane* avait embarqué deux années de vivres, viande préparée au demi-sel, légumes de diverses sortes, quantité de vinaigrettes, de céleris et de cochléarias, propres à prévenir ou à combattre les affections scorbutiques. La cale renfermait des fûts de brandevin, de wisky, de bière, de gin, de vin, destinés à la consommation quotidienne, et un large approvisionnement de farines et de biscuits, achetés aux magasins du port.

Ajoutons qu'en fait de munitions, poudre, boulets, balles pour fusils et pierriers avaient été fournis par ordre du gouverneur. Le capitaine Len Guy s'était même procuré les filets d'abordage d'un navire qui avait récemment fait côte sur les roches en dehors de la baie.

Le 27, au matin, en présence des autorités de l'archipel, les préparatifs de l'appareillage s'achevèrent avec une remarquable célérité. On échangea les derniers souhaits et les derniers adieux. Puis, l'ancre remonta du fond, et la goélette prit de l'erre.

Le vent soufflait du nord-ouest, en petite brise, et, sous ses hautes et basses voiles, l'*Halbrane* se dirigea vers les passes. Une fois au large, elle mit le cap à l'est, afin de doubler la pointe de Ta-mar-Hart, à l'extrémité du détroit qui sépare les deux îles. Dans l'après-midi, la Soledad fut contournée et laissée sur bâbord. Enfin, le soir venu, les caps Dolphin et Pembroke disparurent derrière les brumes de l'horizon.

La campagne était commencée. A Dieu seul appartenait de savoir si le succès attendait ces hommes courageux, qu'un sentiment d'humanité poussait vers les plus effrayantes régions de l'Antarctide!

Hunt valait trois hommes à lui seul (Page 141.)

X

AU DÉBUT DE LA CAMPAGNE.

C'est du groupe des Falklands que le *Tuba* et le *Lively*, sous le commandement du capitaine Biscoe, étaient partis le 27 septembre 1830, en ralliant la terre des Sandwich, dont, le 1er janvier suivant, ils doublaient la pointe septentrionale. Il est vrai, six semaines après, le *Lively* venait malheureusement se perdre sur les Falklands, et, — il fallait l'espérer, — tel n'était pas le sort réservé à notre goélette.

Le capitaine Len Guy partait donc du même point que Biscoe, qui avait employé cinq semaines pour gagner les Sandwich. Mais, dès les premiers jours, très contrarié par les glaces au delà du cercle polaire, le navigateur anglais avait dû se déhaler vers le sud-est jusqu'au quarante-cinquième degré de longitude orientale. C'est même à cette circonstance que fut due la découverte de la Terre Enderby.

Cet itinéraire, le capitaine Len Guy le montra sur sa carte à Jem West et à moi, ajoutant :

« Ce n'est point, d'ailleurs, sur les traces de Biscoe que nous devons nous lancer, mais sur celles de Weddell, dont le voyage à la zone australe se fit en 1822 avec le *Beaufoy* et la *Jane*... La *Jane*!... un nom prédestiné, monsieur Jeorling! Mais cette *Jane* de Biscoe fut plus heureuse que celle de mon frère, et ne se perdit pas au delà de la banquise[1].

---

1. C'est également aux Falklands, en 1838, que Dumont d'Urville, commandant l'*Astrolabe*, donnait rendez-vous à sa conserve la *Zélée*, pour le cas où les deux corvettes seraient séparées, soit par le mauvais temps, soit par les glaces, — et précisément à la baie Soledad. Cette expédition de 1837, 1838, 1839, 1840, au cours d'une navigation des plus périlleuses, amena le relèvement de cent vingt milles de côtes inconnues entre les soixante-troisième et soixante-quatrième parallèles sud, et entre les cinquante-huitième et soixante-deuxième méridiens à l'ouest de Paris, sous les dénominations de Terres de Louis-Philippe et de Joinville. De l'expédition de 1840, conduite, en janvier, à l'extrémité opposée du continent polaire, — si tant est qu'il y ait un continent polaire, — résulta, entre 63°3′ sud et 132°21′ de longitude ouest, la découverte de la Terre Adélie, puis, entre 64°30′ sud et 129°54′ de longitude est, celle de la côte Clarie. Mais, à l'époque où il quittait les Falklands, M. Jeorling ne pouvait avoir connaissance de ces faits géographiques d'une si grande importance. Nous ajouterons que depuis cette époque, quelques autres tentatives furent faites pour atteindre les hautes latitudes de la mer antarctique. Il y a lieu de citer, en dehors de James Ross, un jeune marin norvégien, M. Borchgrevinch, qui s'éleva plus haut que ne l'avait fait le navigateur anglais, puis le voyage du capitaine Larsen, commandant la baleinière norvégienne *Jason*, lequel, en 1893, trouva la mer libre au sud des terres de Joinville et de Louis-Philippe, et s'avança jusqu'au delà du soixante-huitième parallèle.   J. V.

— Allons de l'avant, capitaine, répondis-je, et si nous ne suivons pas Biscoe, suivons Weddell. Simple pêcheur de phoques, cet audacieux marin a pu s'élever vers le pôle plus près que ses prédécesseurs, et il nous indique la direction à prendre...

— Et nous la prendrons, monsieur Jeorling. D'ailleurs, si nous n'éprouvons aucun retard, si l'*Halbrane* rencontrait la banquise vers la mi-décembre, ce serait arriver trop tôt. En effet, les premiers jours de février étaient déjà écoulés, lorsque Weddell atteignit le soixante-douzième parallèle, et, alors, comme il l'a dit, « pas une parcelle de glace n'était visible ». Puis, le 20 février, il arrêtait, par soixante-quatorze degrés trente-six minutes, sa pointe extrême vers le sud. Aucun navire n'est allé au delà, — aucun, sauf la *Jane*, qui n'est pas revenue... Il existe donc de ce côté, dans les terres antarctiques, une profonde entaille entre les trentième et quarantième méridiens, puisque, après Weddell, William Guy a pu s'approcher à moins de sept degrés du pôle austral ».

Conformément à son habitude, Jem West écoutait sans parler. Il mesurait du regard les espaces que le capitaine Len Guy renfermait entre les pointes de son compas. Toujours l'homme qui reçoit un ordre, l'exécute et ne le discute jamais, il irait où on lui commanderait d'aller.

« Capitaine, ai-je repris, votre intention, sans doute, est de vous conformer à l'itinéraire de la *Jane*?...

— Aussi exactement que possible.

— Eh bien, votre frère William s'est dirigé au sud de Tristan d'Acunha pour chercher le gisement des îles Aurora qu'il n'a pas trouvé, pas plus que celui de ces îles auxquelles l'ex-caporal-gouverneur Glass eût été si fier de donner son nom. C'est alors qu'il a voulu mettre à exécution le projet, dont Arthur Pym l'avait fréquemment entretenu, et c'est entre le quarante et unième et le quarante-deuxième degré de longitude qu'il a coupé le cercle polaire, à la date du 1er janvier...

— Je le sais, répliqua le capitaine Len Guy, et c'est ce que fera l'*Halbrane* afin d'atteindre l'îlot Bennet, puis l'île Tsalal... Et le Ciel permette que, comme la *Jane*, comme les navires de Weddell, elle rencontre devant elle la mer libre !

— Si les glaces l'encombrent encore, à l'époque où notre goélette sera sur la limite de la banquise, dis-je, nous n'aurons qu'à attendre au large...

— C'est bien mon intention, monsieur Jeorling, et il est préférable d'être en avance. La banquise, c'est une muraille dans laquelle une porte s'ouvre soudain et se referme aussitôt... Il faut être là... prêt à passer... et sans s'inquiéter du retour ! »

Du retour, il n'était personne qui y songeât !

Forward ! » en avant ! eût été le seul cri qui se fût échappé de toutes les bouches !

Jem West fit alors cette réflexion :

« Grâce aux renseignements contenus dans le récit d'Arthur Pym, nous n'aurons pas à regretter l'absence de son compagnon Dirk Peters !

— Et c'est fort heureux, répondit le capitaine Len Guy, puisque je n'ai pu retrouver le métis, qui avait disparu de l'Illinois. Les indications fournies par le journal d'Arthur Pym, sur le gisement de l'île Tsalal, doivent nous suffire...

— A moins qu'il ne soit nécessaire de pousser les recherches au delà du quatre-vingt-quatrième degré... fis-je observer.

— Et pourquoi le faudrait-il, monsieur Jeorling, du moment que les naufragés de la *Jane* n'ont pas quitté l'île Tsalal... Est-ce que ce n'est pas écrit en toutes lettres dans les notes de Patterson ?... »

Enfin, bien que Dirk Peters ne fût pas à bord, — personne n'en doutait, — l'*Halbrane* saurait atteindre son but. Mais qu'elle n'oublie pas de mettre en pratique les trois vertus théologales du marin : vigilance, audace, persévérance !

Me voici donc lancé dans les aléas d'une aventure qui, selon toute probabilité, dépasserait en imprévu mes voyages antérieurs. Qui aurait cru cela de moi ?... Mais j'étais saisi dans un engrenage qui me tirait vers l'inconnu, cet inconnu des contrées polaires, cet inconnu, dont tant d'intrépides pionniers avaient en vain tenté de pénétrer les secrets!... Et, cette fois, qui sait si le sphinx des régions antarctiques ne parlerait pas pour la première fois à des oreilles humaines?...

Je n'oubliais pas cependant qu'il s'agissait uniquement d'une œuvre d'humanité. La tâche que s'imposait l'*Halbrane*, c'était de recueillir le capitaine William Guy et ses cinq compagnons. C'était pour les retrouver que notre goélette allait suivre l'itinéraire de la *Jane*. Et cela fait, l'*Halbrane* n'aurait qu'à regagner les mers de l'ancien continent, puisqu'il n'y avait plus à rechercher ni Arthur Pym ni Dirk Peters, revenus, on ne sait comment, mais revenus de leur extraordinaire voyage!...

Pendant les premiers jours, l'équipage nouveau a dû se mettre au courant du service, et les anciens, — braves gens, en vérité, — lui ont facilité la besogne. Bien que le capitaine Len Guy n'ait pas eu un grand choix, il semble avoir eu la main assez heureuse. Ces matelots, de nationalités différentes, montrent du zèle et de la bonne volonté. Ils savaient, d'ailleurs, que le lieutenant ne plaisantait pas. Hurliguerly leur avait fait entendre que Jem West casserait la tête à quiconque ne marcherait pas droit. Son chef lui laissait toute latitude à cet égard.

« Une latitude, ajoutait-il, qui s'obtient en prenant la hauteur de l'œil avec le poing fermé! »

A cette manière d'avertir les intéressés, je reconnaissais bien là mon bosseman!

Les nouveaux se le tinrent donc pour dit, et il n'y eut pas lieu d'en punir aucun. Quant à ce Hunt, s'il apportait dans ses fonctions la docilité d'un vrai marin, il se tenait toujours à l'écart, ne parlant à personne, et il couchait même sur le pont, en quelque coin, sans vouloir occuper sa place dans le poste de l'équipage.

La température était encore froide. Les hommes avaient gardé les vareuses et chemises de laine, les caleçons de même étoffe, les pantalons de gros drap, la capote imperméable à capuchon en épaisse

toile peinte, très propre à garantir contre la neige, la pluie et les coups
de mer.

L'intention du capitaine Len Guy était de prendre les îles Sandwich pour point de départ vers le sud, après avoir eu connaissance
de la Nouvelle-Georgie, située à huit cents milles des Falklands. La
goélette se trouverait alors en longitude sur la route de la *Jane*,
et elle n'aurait qu'à la remonter pour pénétrer jusqu'au quatre-
vingt-quatrième parallèle.

Cette navigation nous amena, le 2 novembre, sur le gisement que
certains navigateurs ont assigné aux îles Aurora, par 53° 15' de latitude et 47° 33' de longitude occidentale.

Eh bien, malgré les affirmations — suspectes à mon avis —
des capitaines de l'*Aurora*, en 1762, du *San Miguel*, en 1769, du
Pearl, en 1779, du *Prinicus* et du *Dolorès*, en 1790, de l'*Atrevida*,
en 1794, qui donnèrent le relèvement des trois îles du groupe, nous
n'avons pas aperçu un indice de terre sur tout l'espace parcouru.
Ainsi en avait-il été lors des recherches de Weddell, en 1820, et de
William Guy en 1827.

Ajoutons qu'il en fut de même des prétendues îles du vaniteux
Glass. Nous n'en avons pas reconnu un seul petit îlot sur la position
indiquée, bien que le service des vigies eût été fait avec soin. Il est
donc à craindre que Son Excellence le gouverneur de Tristan d'A-
cunha ne voie jamais figurer son nom dans la nomenclature géographique.

On était alors au 6 novembre. Le temps continuait à être favorable.
Cette traversée promettait de s'opérer plus brièvement que celle de
la *Jane*. Nous n'avions pas à nous hâter, d'ailleurs. Ainsi que je l'ai
fait observer, notre goélette arriverait avant que les portes de la
banquise fussent ouvertes.

Pendant deux jours, l'*Halbrane* essuya plusieurs grains qui obli-
gèrent Jem West à haler bas : hunier, perroquet, flèche et grand foc.
Débarrassée de ses hautes voiles, elle se comporta remarquablement, mouillant à peine, tant elle s'élevait avec aisance à la lame.

A l'occasion de ces manœuvres, le nouvel équipage fit preuve d'adresse, — ce qui lui valut les félicitations du bosseman. Hurliguerly dut constater que Hunt, si gauchement bâti qu'il fût, valait trois hommes à lui seul.

« Une fameuse recrue!... me dit-il.

— En effet, répondis-je, et elle est arrivée tout juste à la dernière heure.

— Tout juste, monsieur Jeorling!... Mais quelle tête il vous a, ce Hunt!

— J'ai souvent rencontré des Américains de ce genre dans la région du Far-West, répondis-je, et je ne serais pas surpris que celui-ci eût du sang indien dans les veines!

— Bon! fit le bosseman, il y a de nos compatriotes qui le valent dans le Lancashire ou le comté de Kent!

— Je vous crois volontiers, bosseman... entre autres... vous, j'imagine!...

— Eh!... on vaut ce qu'on vaut, monsieur Jeorling!

— Causez-vous quelquefois avec Hunt?... demandai-je.

— Peu, monsieur Jeorling. Et que tirer d'un marsouin qui se tient à l'écart et ne dit mot à personne?... Pourtant, ce n'est pas faute de bouche!... Jamais je n'en ai vu de pareille!... Elle va de tribord à bâbord, comme le grand panneau de l'avant... Si, avec pareil outil, Hunt est gêné pour fabriquer des phrases!... Et ses mains!... Avez-vous vu ses mains?... Se défier, monsieur Jeorling, s'il voulait serrer les vôtres!... Je suis sûr que vous y laisseriez cinq doigts sur dix!...

— Heureusement, bosseman, Hunt ne paraît pas querelleur... Tout indique en lui un homme tranquille, qui ne cherche pas à abuser de sa force.

— Non... excepté quand il pèse sur une drisse, monsieur Jeorling. Vrai Dieu!... J'ai toujours peur que la poulie vienne en bas et la vergue avec! »

Ledit Hunt, à le bien considérer, était un être bizarre, qui meritait d'attirer l'attention. Lorsqu'il s'accotait contre les montants du guindeau, ou debout à l'arrière, sa main posée sur les poignées de la roue du gouvernail, je le dévisageais non sans une réelle cu- riosité.

D'autre part, il me semblait que ses regards honoraient les miens d'une certaine insistance. Il ne devait pas ignorer ma qualité de passager à bord de la goélette, et dans quelles conditions je m'étais associé aux risques de cette campagne. Quant à penser qu'il voulût atteindre un autre but que nous, au delà de l'île Tsalal, après que nous aurions sauvé les naufragés de la *Jane*, cela n'était guère admissible. Le capitaine Len Guy, d'ailleurs, ne cessait de le répéter :

« Notre mission, c'est de sauver nos compatriotes! L'île Tsalal est le seul point qui nous attire, et puissions-nous ne pas engager notre navire au delà ! »

Le 10 novembre, vers deux heures de l'après-midi, un cri de la vigie se fit entendre :

« Terre par tribord devant!... »

Une bonne observation avait donné 55°7′ de latitude et 41°13′ de longitude ouest.

Cette terre ne pouvait être que l'île Saint-Pierre, — de ses noms britanniques, Georgie-Australe, Nouvelle-Georgie, Ile du Roi- George, — qui, par son gisement, appartient aux régions circum- polaires.

Dès 1675, avant Cook, elle fut découverte par le Français Barbe. Mais, sans tenir compte de ce qu'il n'était plus que le second en date, le célèbre navigateur anglais lui imposa la série des noms qu'elle porte aujourd'hui.

La goélette prit direction sur cette île dont les hauteurs neigeuses, — des masses formidables de roches anciennes, gneiss et schiste ar- gileux, — montent à douze cents toises à travers les brouillards jau- nâtres de l'espace.

Le capitaine Len Guy avait l'intention de relâcher vingt-quatre heures dans la baie Royale, afin de renouveler sa provision d'eau, car les caisses s'échauffent facilement à fond de cale. Plus tard, lorsque l'*Halbrane* naviguerait au milieu des glaces, l'eau douce serait à discrétion.

Pendant l'après-midi, la goélette doubla le cap Buller, au nord de l'île, laissa la baie Possession et la baie Cumberland par tribord, et vint attaquer la baie Royale, évoluant entre les débris tombés du glacier de Ross. A six heures du soir, l'ancre fut envoyée par six brasses de fond, et, comme la nuit approchait, on remit le débarquement au lendemain.

La Nouvelle-Georgie mesure, en longueur, une quarantaine de lieues sur une vingtaine en largeur. Située à cinq cents lieues du détroit de Magellan, elle appartient au domaine des Falklands. L'administration britannique n'y est représentée par personne, puisque l'île n'est point habitée, bien qu'elle soit habitable, au moins pendant la saison d'été.

Le lendemain, alors que les hommes partaient à la recherche d'une aiguade, j'allai me promener seul aux alentours de la baie Royale. Ces lieux étaient déserts, car nous n'étions pas à l'époque où les pêcheurs s'occupent de chasser le phoque, et il s'en fallait d'un bon mois. Exposée à l'action directe du courant polaire antarctique, la Nouvelle-Georgie est volontiers fréquentée par les mammifères marins. J'en vis plusieurs troupes s'ébattre sur les grèves, le long des roches, jusqu'au fond des grottes du littoral. Des smalas de pingouins, immobiles en rangées interminables, protestaient par leurs braiements contre cet envahissement d'un intrus — c'est moi que je veux dire.

A la surface des eaux et des sables volaient des nuées d'alouettes, dont le chant évoquait dans mon esprit le souvenir de pays plus favorisés de la nature. Il est heureux que ces oiseaux n'aient pas besoin de branches pour nicher, puisqu'il n'existe pas un arbre sur tout le sol de la Nouvelle-Georgie. Çà et là végètent quelques phanérogames, des mousses à demi décolorées, et surtout cette herbe si abondante, ce tussock, qui tapisse les pentes jusqu'à la hauteur de cent cinquante toises, et dont la récolte suffirait à nourrir de nombreux troupeaux.

Le 12 novembre, l'*Halbrane* appareilla sous ses basses voiles. Après avoir doublé la pointe Charlotte à l'extrémité de la baie Royale, elle mit le cap au sud-sud-est, dans la direction des îles Sandwich, situées à quatre cents milles de là.

Jusqu'ici nous n'avions rencontré aucune glace flottante. Cela tenait à ce que le soleil de l'été ne les avait pas détachées, soit de la banquise, soit des terres australes. Plus tard, le courant les entraînerait à la hauteur de ce cinquantième parallèle qui, dans l'hémisphère septentrional, est celui de Paris ou de Québec.

Le ciel, dont la pureté commençait à s'altérer, menaçait de se charger vers le levant. Un vent froid, mêlé de pluie et de grenasses, soufflait avec une certaine force. Comme il nous favorisait, il n'y eut pas lieu de se plaindre. On en fut quitte pour s'abriter plus étroitement sous le capuchon des capotes.

Ce qu'il y avait de gênant, c'étaient les larges bancs de brumes, qui masquaient fréquemment l'horizon. Toutefois, puisque ces parages ne présentaient aucun danger et qu'il n'y avait point à redouter la rencontre de packs ou d'ice-bergs en dérive, l'*Halbrane*, sans grandes préoccupations, put continuer sa route au sud-est vers le gisement des Sandwich.

Au milieu de ces brouillards passaient des bandes d'oiseaux au cri strident, au vol plané contre le vent, et remuant à peine leurs ailes, des pétrels, des plongeons, des alcyons, des sternes, des albatros, qui fuyaient du côté de la terre comme pour nous en indiquer le chemin.

Ce furent sans doute ces épaisses brumailles qui empêchèrent le capitaine Len Guy de relever dans le sud-ouest, entre la Nouvelle-Georgie et les Sandwich, cette île Traversey découverte par Bellingshausen, ainsi que les quatre petites îles Welley, Polker, Prince's Island et Christmas, dont l'Américain James Brown du schooner *Paci-*

RIEN N'ATTESTAIT LE PASSAGE D'UN ÊTRE HUMAIN. (Page 147.)

fic avait, d'après Fanning, reconnu la position. L'essentiel, d'ailleurs, était de ne point se jeter sur leurs accores, lorsque la vue ne s'étendait qu'à deux ou trois encablures.

Aussi la surveillance fut-elle sévèrement établie à bord, et les vigies observaient-elles le large, dès qu'une subite éclaircie permettait au champ de vision de s'agrandir.

Dans la nuit du 14 au 15, de vagues lueurs vacillantes illuminèrent l'espace vers l'ouest. Le capitaine Len Guy pensa que ces lueurs devaient provenir d'un volcan, — peut-être celui de l'île Traversey, dont le cratère est souvent couronné de flammes.

Comme l'oreille ne put saisir aucune de ces longues détonations qui accompagnent les éruptions volcaniques, nous en conclûmes que la goélette se tenait à une distance rassurante des écueils de cette île.

Il n'y eut donc pas lieu de modifier la route, et le cap fut maintenu sur les Sandwich.

La pluie cessa dans la matinée du 16, et le vent hala d'un quart le nord-ouest. Il n'y avait qu'à s'en réjouir, puisque les brouillards ne tardèrent pas à se dissiper.

A ce moment, le matelot Stern, qui était en observation sur les barres, crut apercevoir un grand trois-mâts dont le phare de voilure se dessinait vers le nord-est. A notre vif regret, ce bâtiment disparut avant qu'il eût été possible de reconnaître sa nationalité. Peut-être était-ce un des navires de l'expédition Wilkes, ou quelque baleinier qui se rendait sur les lieux de pêche, car les souffleurs se montraient en assez grand nombre.

Le 17 novembre, dès dix heures du matin, la goélette releva l'archipel auquel Cook avait d'abord donné le nom de Southern-Thulé, la terre la plus méridionale qui eût été découverte à cette époque et qu'il baptisa ensuite Terre des Sandwich, nom que ce groupe d'îles a gardé sur les cartes géographiques et qu'il portait déjà en 1830, lorsque Biscoe s'en éloigna afin de chercher dans l'est le passage du pôle.

Bien d'autres navigateurs, depuis lors, ont visité les Sandwich, et les pêcheurs chassent les baleines, les cachalots, les phoques aux abords de leurs parages.

En 1820, le capitaine Morrell y avait atterri dans l'espoir de trouver du bois de chauffage dont il manquait. Fort heureusement, le capitaine Len Guy ne s'y arrêta point dans ce but. Il en eût été pour sa peine, le climat de ces îles ne permettant pas à l'arborescence de s'y développer.

Si la goélette venait relâcher aux Sandwich durant quarante-huit heures, c'est qu'il était prudent de visiter toutes ces îles des régions australes rencontrées sur notre itinéraire. Un document, un indice, une empreinte, pouvaient s'y trouver. Patterson ayant été entraîné sur un glaçon, cela n'avait-il pu arriver à l'un ou l'autre de ses compagnons?...

Il convenait donc de ne rien négliger, puisque le temps ne pressait pas. Après la Nouvelle-Georgie, l'*Halbrane* irait aux Sandwich. Après les Sandwich, elle irait aux New-South-Orkneys, puis, après le cercle polaire, elle porterait droit sur la banquise.

On put débarquer le jour même, à l'abri des roches de l'île Bristol, au fond d'une sorte de petit port naturel de la côte orientale.

Cet archipel, situé par 59° de latitude et 30° de longitude occidentale, se compose de plusieurs îles dont les principales sont Bristol et Thulé. Nombre d'autres ne méritent que la qualification plus modeste d'ilots.

Ce fut à Jem West que revint la mission de se rendre à Thulé, à bord du grand canot, afin d'en explorer les points abordables, tandis que le capitaine Len Guy et moi nous descendions sur les grèves de Bristol.

En somme, quel pays désolé, n'ayant pour habitants que les tristes oiseaux des espèces antarctiques! La rare végétation est celle de la Nouvelle-Georgie. Mousses et lichens recouvrent la nudité d'un sol improductif. En arrière des plages s'élèvent quelques maigres pins à

une hauteur considérable sur le flanc de collines décharnées, d'où des masses pierreuses s'éboulent parfois avec un fracas retentissant. Partout, l'affreuse solitude. Rien n'attestait le passage d'un être humain ni la présence de naufragés sur cette île Bristol. Les excursions que nous avons faites ce jour-là et le lendemain ne donnèrent aucun résultat.

Il en fut de même en ce qui concerne l'exploration du lieutenant West à Thulé, dont il avait inutilement longé la côte si effroyablement déchiquetée. Quelques coups de canon, tirés par notre goélette, n'eurent d'autre effet que de chasser au loin des bandes de pétrels et de sternes, et d'effaroucher les stupides manchots rangés sur le littoral.

En me promenant avec le capitaine Len Guy, je fus amené à lui dire :

« Vous n'ignorez pas, sans doute, quelle fut l'opinion de Cook au sujet du groupe des Sandwich, lorsqu'il l'eut découvert. Tout d'abord, il crut avoir mis le pied sur un continent. A son avis, c'était de là que se détachaient les montagnes de glace que la dérive entraîne hors de la mer antarctique. Il reconnut plus tard que les Sandwich ne formaient qu'un archipel. Toutefois, son opinion relative à l'existence d'un continent polaire plus au sud n'en est pas moins formelle.

— Je le sais, monsieur Jeorling, répondit le capitaine Len Guy, mais si ce continent existe, il faut en conclure qu'il présente une large échancrure — celle par laquelle Weddell et mon frère ont pu pénétrer à six ans de distance. Que notre grand navigateur n'ait pas eu la chance de découvrir ce passage, puisqu'il s'est arrêté au soixante et onzième parallèle, soit ! D'autres l'ont fait après lui, d'autres vont le faire...

— Et nous serons de ceux-là, capitaine...

— Oui... avec l'aide de Dieu ! Si Cook n'a pas craint d'affirmer que personne ne se hasarderait jamais plus loin que lui, et que les terres, s'il en existait, ne seraient jamais reconnues, l'avenir prouvera qu'il s'est trompé... Elles l'ont été jusqu'au delà du quatre-vingt-troisième degré de latitude...

— Et qui sait, dis-je, peut-être plus loin, par cet extraordinaire Arthur Pym...

— Peut-être, monsieur Jeorling. Il est vrai, nous n'avons pas à nous préoccuper d'Arthur Pym, puisque Dirk Peters et lui sont revenus en Amérique...

— Mais... s'ils ne fussent pas revenus...

— J'estime que nous n'avons pas à envisager cette éventualité, » répondit simplement le capitaine Len Guy.

« Cela vaut du poulet, monsieur Jeorling. » (Page 151.)

XI

DES SANDWICH·AU CERCLE POLAIRE.

Six jours après son appareillage, la goélette, cap au sud-ouest, toujours favorisée par le temps, arrivait en vue du groupe des New-South-Orkneys.

Deux îles principales le composent : à l'ouest, la plus étendue, l'île Coronation, dont la cime géante ne se dresse pas à moins de deux mille cinq cents pieds ; à l'est, l'île Laurie, terminée par le cap Dundas projeté vers le couchant. Autour émergent des îles moindres, Saddle, Powell, et nombre d'îlots en pains de sucre. Enfin, dans l'ouest, gisent l'île Inaccessible et l'île du Désespoir, ainsi baptisées, sans doute, parce qu'un navigateur n'avait pu accoster l'une et avait désespéré d'atteindre l'autre.

Cet archipel fut découvert conjointement par l'Américain Palmer et l'Anglais Botwel, 1821-1822. Traversé par le soixante et unième parallèle, il est compris entre le quarante-quatrième et le quarante-septième méridien.

En s'approchant, l'*Halbrane* nous permit d'observer, du côté nord, des masses convulsionnées, des mornes abrupts, dont les pentes, plus particulièrement à l'île Coronation, s'adoucissaient en descendant vers le littoral. Au pied s'entassaient de monstrueuses glaces dans un pêle-mêle formidable, lesquelles, avant deux mois, iraient en dérive vers les eaux tempérées.

Ce serait alors la saison où les baleiniers apparaîtraient pour s'adonner à la pêche des souffleurs, tandis que quelques-uns de leurs hommes resteraient sur ces îles afin d'y poursuivre les phoques et les éléphants de mer.

Oh ! qu'elles sont les bien nommées, ces terres de deuil et de frimas, lorsque leur linceul d'hiver n'est pas encore troué par les premiers rayons de l'été austral !

Désireux de ne point s'engager à travers le détroit, encombré de récifs et de glaçons, qui sépare le groupe en deux lots distincts, le capitaine Len Guy rallia d'abord l'extrémité sud-est de l'île Laurie, où il passa la journée du 24 ; puis, après l'avoir contournée par le cap Dundas, il rangea la côte méridionale de l'île Coronation, près de laquelle la goélette stationna le 25. Le résultat de nos recherches fut nul en ce qui concernait les marins de la *Jane*.

Si, en 1822, — au mois de septembre, il est vrai, — Weddell,

dans l'intention de se procurer des phoques à fourrure sur ce groupe, perdit son temps et ses peines, c'est que l'hiver était encore trop rigoureux. L'*Halbrane*, cette fois, aurait pu faire pleine cargaison de ces amphibies.

Les volatiles occupaient îles et îlots par milliers. Sans parler des pingouins, sur ces roches tapissées d'une couche de fientes, il y avait un grand nombre de ces pigeons blancs dont j'avais déjà vu quelques échantillons. Ce sont des échassiers, non des palmipèdes, au bec conique peu allongé, aux paupières cerclées de rouge, et on les abat sans se donner grand mal.

Quant au règne végétal des New-South-Orkneys, où dominent les schistes quartzeux, et d'origine non volcanique, il est uniquement représenté par des lichens grisâtres et quelques rares fucus, de l'espèce laminaire. En quantité foisonnent des patelles sur les grèves, et, le long des roches, des moules, dont on fit ample provision.

Je dois dire que le bosseman et ses hommes ne laissèrent point échapper cette occasion d'exterminer à coups de bâton plusieurs douzaines de pingouins. En cela, ils n'obéissaient pas à un blâmable instinct de destruction, mais au désir très légitime de se procurer de la nourriture fraîche.

« Cela vaut le poulet, monsieur Jeorling, m'affirma Hurliguerly Est-ce que vous n'en avez pas mangé aux Kerguelen?...

— Si, bosseman, mais c'était Atkins qui le préparait.

— Eh bien, ici, c'est Endicott, et vous n'y verrez pas de différence! »

Et, en effet, dans le carré comme dans le poste de l'équipage, on se régala de ces pingouins, qui témoignaient des talents culinaires de notre maître-coq.

L'*Halbrane* mit à la voile le 26 novembre, dès six heures du matin, cap au sud. Elle remonta le quarante-troisième méridien, qu'une bonne observation avait permis d'établir très exactement. C'était celui que Weddell, puis William Guy avaient suivi, et, si la goélette ne s'en écartait ni à l'est ni à l'ouest, elle tomberait inévitablement sur l'île Tsalal. Toutefois, il fallait compter avec les difficultés de la navigation.

Les vents d'est, très fixés, nous favorisaient. La goélette portait sa voilure au complet, même les bonnettes de hunier, le foc volant et les voiles d'étais. Sous cette large envergure, elle filait avec une vitesse qui devait se maintenir entre onze et douze milles. Que cette vitesse continuât, et la traversée serait courte des New-South-Orkneys au cercle polaire.

Au delà, je le sais, il s'agirait de forcer la porte de l'épaisse banquise, — ou, ce qui est plus pratique, — de découvrir une brèche à travers cette courtine de glace.

Et, comme le capitaine Len Guy et moi nous nous entretenions à ce sujet :

« Jusqu'ici, dis-je, l'*Halbrane* a toujours eu vent sous vergue, et, pour peu que cela persiste, nous devons atteindre la banquise avant la débâcle...

— Peut-être oui... peut-être non... monsieur Jeorling, car la saison est extraordinairement précoce cette année. A l'île Coronation, je l'ai constaté, les blocs se détachaient déjà du littoral, et six semaines plus tôt que d'habitude.

— Heureuse circonstance, capitaine, et il est possible que notre goélette puisse franchir la banquise dès les premières semaines de décembre, alors que la plupart des navires n'y parviennent qu'à la fin de janvier.

— En effet, nous sommes servis par la douceur de la température, répondit le capitaine Len Guy.

— J'ajoute, repris-je, que, lors de sa deuxième expédition, Biscoe n'accosta qu'au milieu de février cette terre que dominent le mont William et le mont Stowerby sur le soixante-quatrième degré de longitude. Les livres de voyage que vous m'avez communiqués l'attestent...

— D'une façon précise, monsieur Jeorling.

— Dès lors, avant un mois, capitaine...

— Avant un mois, j'espère avoir retrouvé, au delà de la banquise, la mer libre, signalée avec tant d'insistance par Weddell et Arthur Pym, et nous n'aurons plus qu'à naviguer dans les conditions ordinaires jusqu'à l'îlot Bennet d'abord, jusqu'à l'île Tsalal ensuite. Sur cette mer largement dégagée, quel obstacle pourrait nous arrêter, ou même nous occasionner des retards?...

— Je n'en prévois aucun, capitaine, dès que nous serons au revers de la banquise. Ce passage, c'est le point difficile, c'est ce qui doit être l'objet de nos constantes préoccupations, et pour peu que les vents d'est tiennent...

— Ils tiendront, monsieur Jeorling, et tous les navigateurs des mers australes ont pu constater, comme je l'ai fait moi-même, la permanence de ces vents. Je sais bien qu'entre le trentième et le soixantième parallèle, les rafales viennent le plus communément de la partie ouest. Mais, au delà, par suite d'un renversement très marqué, les vents opposés prennent le dessus, et, vous ne l'ignorez pas, depuis que nous avons dépassé cette limite, ils soufflent régulièrement dans cette direction...

— Cela est vrai, et je m'en réjouis, capitaine. D'ailleurs, je l'avoue — et cet aveu ne me gêne en rien, — je commence à devenir superstitieux...

— Et pourquoi ne point l'être, monsieur Jeorling?... Qu'y a-t-il de déraisonnable à admettre l'intervention d'une puissance surnaturelle dans les plus ordinaires circonstances de la vie?... Et nous, marins de l'*Halbrane*, nous serait-il permis d'en douter?... Souvenez-vous donc... cette rencontre de l'infortuné Patterson sur la route de notre goélette... ce glaçon emporté jusqu'aux parages que nous traversions, et qui se dissout presque aussitôt... Réfléchissez, monsieur Jeorling, est-ce que ces faits ne sont pas d'ordre providentiel?... Je vais plus loin, et j'affirme qu'après avoir tant fait pour nous guider vers nos compatriotes de la *Jane*, Dieu ne voudra pas nous abandonner...

— Je le pense comme vous, capitaine. Non! son intervention n'est
pas niable, et, à mon avis, il est faux que le hasard joue sur la scène
humaine le rôle que des esprits superficiels lui attribuent!... Tous
les faits sont rattachés par un lien mystérieux... une chaîne...

— Une chaîne, monsieur Jeorling, dont, en ce qui nous regarde,
le premier maillon est le glaçon de Patterson, et dont le dernier
sera l'île Tsalal!... Ah! mon frère, mon pauvre frère!... Délaissé
là-bas depuis onze ans... avec ses compagnons de misère... sans
qu'ils aient même pu conserver l'espoir d'être secourus!... Et Patterson, entraîné loin d'eux... dans quelles conditions, nous l'ignorons,
comme ils ignorent ce qu'il est devenu!... Si mon cœur se serre,
lorsque je songe à ces catastrophes, du moins ne faiblira-t-il pas,
monsieur Jeorling, si ce n'est peut-être au moment où mon frère
se jettera dans mes bras!... »

Le capitaine Len Guy était en proie à une émotion si pénétrante,
que mes yeux se mouillèrent. Non! je n'aurais pas eu le courage de
lui répondre que ce sauvetage comportait bien des malchances!
Certes, à n'en point douter, il y a moins de six mois, William Guy et
cinq des matelots de la *Jane* se trouvaient encore à l'île Tsalal,
puisque le carnet de Patterson l'affirmait... Mais quelle était leur
situation?... Étaient-ils au pouvoir de ces insulaires dont Arthur Pym
estimait le nombre à plusieurs milliers, sans parler des habitants
des îles situées à l'ouest?... Dès lors, ne devions-nous pas attendre
du chef de l'île Tsalal, de ce Too-Wit, quelque attaque à laquelle
l'*Halbrane* ne résisterait peut-être pas plus que la *Jane*?...

Oui!... mieux valait s'en rapporter à la Providence! Son intervention s'était déjà manifestée d'une manière éclatante, et cette mission
que Dieu nous avait confiée, nous ferions tout ce qu'il est humaine-
ment possible de faire pour l'accomplir!

Je dois le mentionner, l'équipage de la goélette, animé des mêmes
sentiments, partageait les mêmes espérances, — j'entends les anciens du bord, si dévoués à leur capitaine. Quant aux nouveaux, il
se pouvait qu'ils fussent indifférents, ou à peu près, au résultat

de la campagne, du moment qu'ils en rapporteraient les profits assurés par leur engagement.

C'est, du moins, ce que m'affirmait le bosseman, — en exceptant
Hunt, toutefois. Il ne semblait point que cet homme eût été poussé à
prendre du service par l'appât des gages ou des primes. Ce qui est
certain, c'est qu'il n'en parlait pas, et du reste, ne parlait jamais de
rien à personne.

« Et j'imagine qu'il n'en pense pas davantage! me dit Hurliguerly.
Je suis encore à connaître la couleur de ses paroles!... En fait de
conversation, il ne va pas plus de l'avant qu'un navire mouillé sur
sa maîtresse ancré!

— S'il ne vous parle pas, bosseman, il ne me parle pas davantage.

— A mon idée, monsieur Jeorling, savez-vous ce qu'il a déjà dû
faire, ce particulier?...

— Dites!

— Eh bien, c'est d'être allé loin dans les mers australes... oui...
loin... bien qu'il soit muet là-dessus comme une carpe dans la fri-
ture!... Pourquoi se tait-il, cela le regarde! Mais si ce marsouin-là
n'a pas franchi le cercle antarctique et même la banquise d'une bonne
dizaine de degrés, je veux que le premier coup de mer m'élingue
par-dessus le bord...

— A quoi avez-vous vu cela, bosseman?...

— A ses yeux, monsieur Jeorling, à ses yeux!... N'importe à quel
moment, que la goélette ait le cap ici ou là, ils sont toujours braqués
vers le sud... des yeux qui ne brasillent jamais... fixes comme des
feux de position... »

Hurliguerly n'exagérait pas, et je l'avais déjà remarqué. Pour employer une expression d'Edgar Poe, Hunt avait des yeux de faucon
étincelants...

« Lorsqu'il n'est pas de bordée, reprit le bosseman, ce sauvage-là
reste tout le temps accoudé sur le bastingage, aussi immobile que
muet!... En vérité, sa véritable place serait au bout de notre étrave,
où il servirait de figure de proue à l'*Halbrane!*... Une vilaine figure,

par exemple !... Et puis, lorsqu'il est à la barre, monsieur Jeorling,
observez-le !... Ses énormes mains en tiennent les poignées comme si
elles étaient rivées à la roue !... Lorsque son œil regarde l'habitacle,
on dirait que l'aimant du compas l'attire !... Je me vante d'être bon
timonier, mais pour être de la force de Hunt, point !... Avec lui, pas
un instant l'aiguille ne s'écarte de la ligne de foi, quelque rude que
soit l'embardée !... Tenez... la nuit... si la lampe de l'habitacle venait
à s'éteindre, je suis sûr que Hunt n'aurait pas besoin de la rallu-
mer !... Rien qu'avec le feu de ses prunelles, il éclairerait le cadran
et se maintiendrait en bonne direction ! »

Décidément, le bosseman aimait à se rattraper, en ma compagnie,
de l'inattention que le capitaine Len Guy ou Jem West prêtaient
d'ordinaire à ses interminables bavardages. En somme, si Hurliguerly s'était fait de Hunt une opinion qui paraîtra quelque peu
excessive, je dois avouer que l'attitude de ce singulier personnage
l'y autorisait. Positivement, il était permis de le ranger dans la catégorie des êtres semi-fantastiques. Et, pour tout dire, si Edgar Poe
l'avait connu, il l'eût pu prendre comme type de l'un de ses plus
étranges héros.

Durant plusieurs jours, sans un seul incident, sans que rien vînt
en rompre la monotonie, notre navigation se continua dans des conditions excellentes. Avec le vent d'est, bon frais, la goélette obte-
nait son maximum de vitesse, — ce qu'indiquait un long sillage, plat
et régulier, traînant à plusieurs milles en arrière.

D'autre part, la saison printanière progressait. Les baleines commençaient à se montrer en troupe. Sur ces parages, une semaine
eût suffi à des bâtiments de fort tonnage pour remplir leurs cuves de
la précieuse huile. Aussi, les nouveaux matelots du bord, — surtout les Américains, — ne cachaient-ils point leurs regrets à voir
l'indifférence du capitaine en présence de tant d'animaux qui valaient
leur pesant d'or, et plus abondants qu'ils ne les eussent jamais aperçus à cette époque de l'année.

De tout l'équipage, celui qui marquait surtout son désappointement

« LA... LA... C'EST UN FIN-BACK... » (Page 157.)

c'était Hearne, un maitre de pêche, que ses compagnons écoutaient volontiers. Avec ses manières brutales, l'audace farouche que révélait toute sa personne, il avait su s'imposer aux autres matelots. Ce sealing-master, âgé de quarante-quatre ans, était de nationalité américaine. Adroit et vigoureux, je me le figurais, lorsque, debout sur sa baleinière à double pointe, il brandissait le harpon, le lançait dans le flanc d'une baleine et lui filait de la corde... Il devait être superbe! Or, étant donnée sa violente passion pour ce métier, je ne m'étonnerais pas que son mécontentement se fit jour à l'occasion.

Somme toute, notre goélette n'était pas armée pour la pêche, et les engins que nécessite cette besogne ne se trouvaient point à bord. Depuis qu'il naviguait avec l'*Halbrane*, le capitaine Len Guy s'était uniquement borné à trafiquer entre les iles méridionales de l'Atlantique et du Pacifique.

Quoi qu'il en soit, la quantité de souffleurs que nous apercevions dans un rayon de quelques encablures devait être considérée comme extraordinaire.

Ce jour-là, vers trois heures de l'après-midi, j'étais venu m'appuyer sur la lisse de l'avant, afin de suivre les ébats de plusieurs couples de ces énormes animaux. Hearne les montrait de la main à ses compagnons, en même temps que de sa bouche s'échappaient ces phrases entrecoupées :

« Là... là... c'est un fin-back... et même, en voici deux... trois... avec leur nageoire dorsale de cinq à six pieds!... Les voyez-vous nager entre deux eaux... tranquillement... sans faire aucun bond!... Ah! si j'avais un harpon, je parie ma tête que je l'enverrais dans l'une des quatre taches jaunâtres qu'ils ont sur le corps!... Mais rien à faire dans cette boîte à trafic... et pas moyen de se dégourdir le bras!... Mille noms du diable! quand on navigue sur ces mers, c'est pour pêcher et non pour... »

Puis, s'interrompant, après un juron de colère :

« Et cette autre baleine!... s'écria-t-il.

— Celle qui vous a une bosse comme un dromadaire?... demanda
un des malelots.

— Oui... c'est un hump-back, répondit Hearne. Distingues-tu son
ventre plissé, et aussi sa longue nageoire dorsale?... Une capture pas
commode, ces hump-backs, car ils coulent à de grandes profondeurs,
et vous mangent des brassées de ligne!... Vrai! nous mériterions
qu'il nous envoie un coup de queue dans le flanc, celui-là, puisque
nous ne lui envoyons pas un coup de harpon dans le sien!...

— Attention... attention! » cria le bosseman.

Ce n'était point qu'il y eût à craindre de recevoir ce formidable
coup de queue souhaité par le sealing-master. Non! un énorme souffleur venait d'élonger la goélette, et presque aussitôt, une trombe
d'eau infecte s'échappa de ses évents avec un bruit comparable à
une lointaine détonation d'artillerie. Tout l'avant fut inondé jusqu'au
grand panneau.

« C'est bien fait! » grogna Hearne en haussant les épaules, tandis
que ses compagnons se secouaient en pestant contre les asperge-
ments du hump-back.

En outre de ces deux espèces de cétacés, on apercevait aussi des
baleines franches, — les right-whales, — et ce sont celles que l'on
rencontre plus communément dans les mers australes. Dépourvues
d'ailerons, elles portent une épaisse couche de lard. Les poursuivre
n'offre pas de grands dangers. Aussi les baleines franches sont-elles
recherchées au milieu de ces eaux antarctiques, où fourmillent par
milliards les petits crustacés, — ce qu'on appelle le « manger de la
baleine », — dont elles forment leur unique nourriture.

Précisément, à moins de trois encablures de la goélette, flottait
une de ces right-whales, mesurant soixante pieds de longueur, c'est-
à-dire de quoi fournir cent barils d'huile. Tel est le rendement de
ces monstrueux animaux que trois suffisent à compléter le chargement d'un navire de moyen tonnage.

« Oui!... c'est une baleine franche! s'écriait Hearne. On la recon-
naîtrait rien qu'à son jet gros et court!... Tenez... celui que vous voyez

là-bas, par bâbord... comme une colonne de fumée... ça vient d'une
right-whale!... Et tout cela nous passe devant le nez... en pure
perte!... Vingt dieux!... ne pas remplir ses cuves, quand on le peut,
autant vider des sacs de piastres à la mer!... Capitaine de malheur,
qui laisse perdre toute cette marchandise, et quel tort il fait à son
équipage...

— Hearne, dit une voix impérieuse, monte dans les barres!... Tu
y seras plus à l'aise pour compter les baleines!»

C'était la voix de Jem West.

« Lieutenant...

— Pas de réplique, ou je te tiendrai là-haut jusqu'à demain!...
Allons... déhale-toi en double!»

Et, comme il eût été mal venu à résister, le sealing-master obéit
sans mot dire. En somme, je le répète, l'*Halbrane* ne s'est pas engagée sous ces hautes latitudes pour se livrer à la pêche des mammifères marins, et les matelots n'ont point été recrutés aux Falklands
comme pêcheurs. Le seul but de notre campagne, on le connaît, et
rien ne doit nous en détourner.

La goélette cinglait alors à la surface d'une eau rougeâtre, colorée
par des bancs de crustacés, ces sortes de crevettes, qui appartiennent
au genre des thysanopodes. On voyait les baleines, nonchalamment
couchées sur le flanc, les rassembler avec les barbes de leurs fanons,
tendus comme un filet entre les deux mâchoires, et les engloutir par
myriades dans leur énorme estomac.

Au total, puisque dans ce mois de novembre, en cette portion de
l'Atlantique méridional, il y avait un tel nombre de cétacés de diverses espèces, c'est que, je ne saurais trop le répéter, la saison
était d'une précocité vraiment anormale. Cependant, pas un baleinier ne se montrait sur ces lieux de pêche.

Observons, en passant, que, dès cette première moitié du siècle,
les pêcheurs de baleines avaient à peu près abandonné les mers de
l'hémisphère boréal, où ne se rencontraient plus que de rares balei-
noptères par suite d'une destruction immodérée. Ce sont actuelle-

ment les parages sud de l'Atlantique et du Pacifique que recher-
chent les Français, les Anglais et les Américains pour cette pêche
qui ne pourra plus s'exercer qu'au prix d'extrêmes fatigues. Il est
même probable que cette industrie, si prospère autrefois, finira par
prendre fin.

Voici ce qu'il y avait lieu de déduire de cet extraordinaire rassem-
blement de cétacés.

Depuis que le capitaine Len Guy avait eu avec moi cette conversation au sujet du roman d'Edgar Poe, je dois noter qu'il était
devenu moins réservé. Nous causions assez souvent de choses et
d'autres, et, ce jour-là, il me dit :

« La présence de ces baleines indique généralement que la côte
se trouve à courte distance, et cela pour deux raisons. La première, c'est que les crustacés qui leur servent de nourriture ne
s'écartent jamais très au large des terres. La seconde, c'est que les
eaux peu profondes sont nécessaires aux femelles pour déposer leurs
petits.

— S'il en est ainsi, capitaine, répondis-je, comment se fait-il que
nous ne relevions aucun groupe d'îles entre les New-South-Orkneys
et le cercle polaire?...

— Votre observation est juste, répliqua le capitaine Len Guy, et,
pour avoir connaissance d'une côte, il faudrait nous écarter d'une
quinzaine de degrés dans l'ouest, où gisent les New-South-Shet-
lands de Bellingshausen, les îles Alexandre et Pierre, enfin la Terre
de Graham qui fut découverte par Biscoe.

— C'est donc, repris-je, que la présence des baleines n'indique
pas nécessairement la proximité d'une terre?...

— Je ne sais trop que vous répondre, monsieur Jeorling, et il est
possible que la remarque dont je vous ai parlé ne soit pas fondée.
Aussi est-il plus raisonnable d'attribuer le nombre de ces animaux
aux conditions climatériques de cette année...

— Je ne vois pas d'autre explication, déclarai-je, et elle concorde
avec nos propres constatations.

— Eh bien, nous nous hâterons de profiter de ces circonstances... répondit le capitaine Len Guy.

— Et sans tenir compte, ai-je ajouté, des récriminations d'une partie de l'équipage...

— Et pourquoi récrimineraient-ils, ces gens-là?... s'écria le capitaine Len Guy. Ils n'ont pas été recrutés en vue de la pêche, que je sache!... Ils n'ignorent pas pour quel service ils ont été embarqués, et Jem West a bien fait de couper court à ces mauvaises dispositions!... Ce ne sont pas mes vieux compagnons qui se seraient permis!... Voyez-vous, monsieur Jeorling, il est regrettable que je n'aie pas pu me contenter de mes hommes!... Par malheur, ce n'était pas possible, eu égard à la population indigène de l'île Tsalal! »

Je m'empresse de dire que si l'on ne chassait pas la baleine, aucune autre pêche n'était interdite à bord de l'*Halbrane*. Étant donnée sa vitesse, il eût été difficile d'employer la seine ou le tramail. Mais le bosseman avait fait mettre des lignes à la traîne, et le menu quotidien en profitait à l'extrême satisfaction des estomacs un peu fatigués de la viande au demi-sel. Ce que ramenaient nos lignes, c'étaient des gobies, des saumons, des morues, des maquereaux, des congres, des mulets, des scares. Quant aux harpons, ils frappaient soit des dauphins, soit des marsouins de chair noirâtre, laquelle ne déplaisait point à l'équipage, et dont le filet et le foie sont des morceaux excellents.

En ce qui concerne les oiseaux, toujours les mêmes à venir de tous les points de l'horizon, des pétrels d'espèces variées, — les uns blancs, les autres bleus, d'une remarquable élégance de formes, — des alcyons, des plongeurs, des damiers par troupes innombrables.

Je vis également, — hors de portée, — un pétrel géant dont les dimensions étaient bien pour causer quelque étonnement. C'était un de ces quebrantahuesos, ainsi dénommés par les Espagnols. Très remarquable, cet oiseau des parages magellaniens, avec l'arquement et l'effilement de ses larges ailes, son envergure de treize à quatorze pieds, équivalente à celle des grands albatros. Ces derniers ne manquaient pas non plus, — entre autres, parmi ces puissants volateurs, l'albatros au plumage fuligineux, l'hôte des froides latitudes, qui regagnait la zone glaciale.

A noter, pour mémoire, que si Hearne et ceux de ses compatriotes que nous avions parmi les recrues, montraient tant d'envie et de regrets à la vue de ces troupeaux de cétacés, c'est que ce sont les Américains dont les campagnes se poursuivent plus spécialement au milieu des mers australes. Il m'est revenu à la mémoire que, vers 1827, une enquête ordonnée par les États-Unis démontrait que le nombre des navires armés pour la pêche de la baleine dans ces mers s'élevait à deux cents, d'un total de cinquante mille tonnes, rapportant chacun dix-sept cents barriques d'huile qui provenait du dépeçage de huit mille baleines, sans compter deux mille autres perdues. Il y a quatre ans, d'après une seconde enquête, ce nombre montait à quatre cent soixante, et le tonnage à cent soixante-douze mille cinq cents, — soit le dixième de toute la marine marchande de l'Union, — valant près de dix-huit cent mille dollars, et quarante millions étaient engagés dans ces affaires.

On comprendra que le sealing-master et quelques autres fussent passionnés pour ce rude et fructueux métier. Mais, que les Américains prennent garde de se livrer à une destruction exagérée!... Peu à peu les baleines deviendront rares sur ces mers du sud, et il faudra les pourchasser jusqu'au delà des banquises.

A cette observation que je fis au capitaine Len Guy, il me répondit que les Anglais se sont toujours montrés plus réservés, — ce qui mériterait confirmation.

Le 30 novembre, après un angle horaire pris à dix heures, la hauteur fut très exactement obtenue à midi. De ces calculs il résulta que nous étions à cette date par 66°23′3″ de latitude.

L'*Halbrane* venait donc de franchir le cercle polaire, qui circonscrit la zone antarctique.

« Il doit y avoir du gros temps de ce côté... » (Page 197.)

XIII

LE LONG DE LA BANQUISE.

Bien que ces parages au delà du cercle polaire eussent été profondément troublés, il est juste de reconnaître que notre navi-

en une contrée nouvelle « cette contrée de la Désolation et du Silence, comme le dit Edgar Poe, cette magique prison de splendeur
et de gloire dans laquelle le chantre d'*Éléonora* souhaite d'être enfermé comme pour l'éternité, cet immense océan de lumière inef-
fable...

A mon avis, — pour demeurer dans des hypothèses moins fantaisistes, — cette région de l'Antarctide, d'une superficialité qui dépasse
cinq millions de milles carrés, est restée ce qu'était notre sphéroïde
pendant la période glaciaire...

Durant l'été, l'Antarctide, on le sait, jouit du jour perpétuel, dû
aux rayons que l'astre radieux, dans sa spirale ascendante, pro-
jette au-dessus de son horizon. Puis, dès qu'il a disparu, c'est la
longue nuit qui commence, nuit souvent illuminée par les irradia-
tions des aurores polaires.

C'était donc en pleine saison de lumière que notre goélette allait
parcourir ces redoutables régions. La clarté permanente ne lui ferait
pas défaut jusqu'au gisement de l'île Tsalal, où nous ne doutions
pas de retrouver les hommes de la *Jane*.

Un esprit plus imaginatif eût, sans doute, éprouvé de singulières
surexcitations lors des premières heures passées sur cette limite de
la nouvelle zone, — des visions, des cauchemars, des hallucinations
d'hypnobate... Il se fût senti comme transporté au milieu du surnaturel... A l'approche de ces contrées antarctiques, il se serait demandé
ce que cachait le voile nébuleux qui en dérobait la plus grande étendue... Y découvrirait-il des éléments nouveaux dans le champ des
trois règnes minéral, végétal, animal, des êtres d'une « humanité »
spéciale, tels qu'affirme les avoir vus Arthur Pym?... Que lui offrirait ce théâtre des météores, sur lequel est encore baissé le rideau
des brumes?... Sous l'intense oppression de ses rêves, lorsqu'il son-
gerait au retour, ne perdrait-il pas tout espoir?... N'entendrait-il
pas, à travers les stances du plus étrange des poèmes, le corbeau du
poète lui crier de sa voix croassante :

« *Never more*... jamais plus!... jamais plus! »

Il est vrai, cet état mental n'était pas le mien, et, quoique je fusse très surexcité depuis quelque temps, je parvenais à me maintenir dans les limites du réel. Je ne formais plus qu'un seul vœu : c'était que la mer et le vent restassent aussi propices au delà qu'en deçà du cercle antarctique.

En ce qui concerne le capitaine Len Guy, le lieutenant, les anciens matelots de l'équipage, une évidente satisfaction se peignit sur leurs traits rudes, leurs figures bronzées par le hâle, lorsqu'ils apprirent que le soixante-sixième parallèle venait d'être franchi par la goélette. Le lendemain, d'un ton guilleret, la face épanouie, Hurliguerly m'accosta sur le pont.

« Hé! hé! monsieur Jeorling, s'exclama-t-il, le voilà derrière nous, le fameux cercle...

— Pas assez, bosseman, pas assez!

— Ça viendra... Ça viendra!... Mais j'ai un désappointement...

— Lequel?...

— C'est que nous ne fassions pas ce qui se fait à bord des navires au passage de la ligne!

— Vous le regrettez?... demandai-je.

— Sans doute, et l'*Halbrane* aurait pu s'accorder la cérémonie d'un baptême austral!...

— D'un baptême?... Et qui auriez-vous baptisé, bosseman, puisque nos hommes, tout comme vous, ont déjà navigué au delà de ce parallèle?...

— Nous... oui!... Vous... non, monsieur Jeorling!... Et pourquoi, s'il vous plaît, cette cérémonie ne se serait-elle pas faite en votre honneur?...

— Il est vrai, bosseman, c'est la première fois, au cours de mes voyages, que je me serai élevé si haut en latitude...

— Ce qui eût mérité un baptême, monsieur Jeorling... Oh! sans grand fracas... sans tambour ni trompettes... et sans faire intervenir le Père Antarctique avec sa mascarade habituelle!... Si vous vouliez me permettre de vous bénir...

— Soit, Hurliguerly! répondis-je en portant la main à la poche. Bénissez et baptisez à votre aise!... Voici une piastre pour boire à ma santé au plus prochain cabaret...

— Alors ce ne sera que sur l'îlot Bennet ou sur l'île Tsalal, s'il y a toutefois des auberges dans ces îles sauvages, et s'il s'est trouvé des Atkins pour s'y établir!...

— Dites-moi, bosseman, j'en reviens toujours à Hunt... Paraît-il aussi satisfait que les anciens matelots de l'*Halbrane* d'avoir dépassé le cercle polaire?...

— Le sait-on!... me répondit Hurliguerly. Il navigue toujours à sec de toile, celui-là, et on n'en peut rien tirer d'un bord ou de l'autre... Mais, comme je vous l'ai dit, s'il n'a pas déjà tâté des glaces et de la banquise...

— Qui vous le donne à penser?...

— Tout et rien, monsieur Jeorling!... Ces choses-là se sentent!... Hunt est un vieux loup de mer, qui a traîné son sac dans tous les coins du monde!... »

L'opinion du bosseman était la mienne, et, par je ne sais quel pressentiment, je ne cessais d'observer Hunt, qui occupait très particulièrement ma pensée.

Pendant les premiers jours de décembre, du 1er au 4, à la suite de quelques accalmies, le vent montra une certaine tendance à hâler le nord-ouest. Or, il en est du nord de ces hautes régions, comme du sud de l'hémisphère boréal — rien de bon à attendre. Des mauvais temps, voilà le plus ordinairement ce qu'on y attrape sous forme de rafales et de bourrasques. Cependant il n'y aurait pas lieu de trop se plaindre, si le vent ne retombait pas jusqu'au sud-ouest. En ce dernier cas, la goélette aurait été rejetée hors de sa route, ou, du moins, elle eût dû lutter pour s'y maintenir, et mieux valait, en définitive, ne point s'écarter du méridien suivi depuis notre départ des New-South-Orkneys.

Cette modification présumable de l'état atmosphérique ne laissait pas de causer une inquiétude au capitaine Len Guy. En outre, la vitesse de l'*Halbrane* subit une sensible diminution, car la brise commença à mollir pendant la journée du 4, et même, au milieu de la nuit du 4 au 5, elle refusa.

Le matin, les voiles pendaient, inertes et dégonflées, le long des mâts, ou battaient d'un bord à l'autre. Bien qu'aucun souffle n'arrivât jusqu'à nous et que la surface de l'Océan fût sans rides, les longues oscillations de la houle, qui venait de l'ouest, imprimaient de rudes balancements à la goélette.

« La mer sent quelque chose, me dit le capitaine Len Guy, et il doit y avoir du gros temps de ce côté, ajouta-t-il, en étendant la main dans la direction du couchant.

— L'horizon est brumeux, en effet, répondis-je. Peut-être que le soleil vers midi...

— Il n'a plus grande force à cette latitude, même en été, monsieur Jeorling! — Jem? »

Le lieutenant s'approcha.

« Que penses-tu du ciel?...

— Je ne suis pas rassuré... Aussi faut-il être prêt à tout, capitaine. Je vais amener les voiles hautes, rentrer le grand foc, et parer le tourmentin. Il est possible que l'horizon se dégage dans l'après-midi... Si le coup de chien tombe à bord, nous serons en mesure de le recevoir.

— Ce qui est essentiel, Jem, c'est de conserver notre direction en longitude...

— Autant que faire se pourra, capitaine, car nous sommes en bonne route.

— Est-ce que la vigie n'a pas signalé les premières glaces en dérive?... demandai-je.

— Oui, répondit le capitaine Len Guy, et dans un abordage avec les ice-bergs, le dommage ne serait pas pour eux. Si donc la prudence exige que l'on s'écarte à l'est ou à l'ouest, nous nous y résignerons, mais en cas de force majeure seulement. »

La vigie n'avait point fait erreur. Dans l'après-midi, on vit des masses se déplacer avec lenteur au sud, quelques îles de glace, qui n'étaient encore considérables ni par leur étendue ni par leur hauteur. Par exemple, en assez grande quantité, surnageaient des débris d'ice-fields. C'étaient ce que les Anglais appellent des packs, pièces longues de trois à quatre cents pieds, dont les bords se touchent, des palchs, quand elles ont la forme circulaire, des streams quand elles sont de forme allongée. Ces débris, faciles à éviter, ne pouvaient gêner la navigation de l'*Halbrane*. Il est vrai, si le vent lui avait permis de conserver sa direction jusqu'alors, elle n'allait guère de l'avant, à cette heure, et, faute de vitesse, ne gouvernait pas sans peine. Et, ce qu'il y avait de plus désagréable, c'est qu'une mer creuse et dure nous affligeait de contre-coups insupportables.

Vers deux heures, de grands courants atmosphériques se précipitèrent en tourbillons, tantôt d'un côté, tantôt de l'autre. Le vent soufflait de toutes les aires du compas.

La goélette fut horriblement secouée, et le bosseman dut faire saisir sur le pont les objets susceptibles de se déralinguer au roulis ou au tangage.

Vers trois heures, des rafales d'une force extraordinaire se déchaînèrent décidément à l'ouest-nord-ouest. Le lieutenant mit au bas ris la brigantine, la misaine-goélette et la trinquette. Il espérait ainsi se maintenir contre la bourrasque et ne pas être rejeté à l'est, en dehors de l'itinéraire de Weddell. Il est vrai, les drifts ou glaces flottantes tendaient à se masser de ce côté, et rien de dangereux pour un navire comme de s'engager à travers ce labyrinthe mouvant.

Sous les coups de l'ouragan, accompagné de grosse houle, la goélette donnait parfois une bande excessive. Heureusement, sa cargaison ne pouvait se déplacer, l'arrimage ayant été fait avec une parfaite entente des éventualités nautiques. Nous n'avions point à redouter le sort du *Grampus*, ce chavirement, dû à la négligence, qui avait amené sa perte. On n'a pas oublié que ce brick s'était retourné quille en l'air, et qu'Arthur Pym et Dirk Peters restèrent plusieurs jours accrochés à sa coque.

Du reste, les pompes ne donnèrent pas une goutte d'eau. Aucune des coutures du bordé et du pont ne s'était ouverte, grâce aux réparations qui avaient été soigneusement faites pendant notre relâche des Falklands.

Ce que durerait cette tempête, le meilleur « weather-wise », le plus habile pronostiqueur, ne l'aurait pu dire. Vingt-quatre heures, deux jours, trois jours de mauvais temps, on ne sait jamais ce que vous réservent ces mers australes.

Une heure après que la bourrasque fut tombée à bord, les grains se succédèrent presque sans interruption avec pluie, grenasse et neige, ou plutôt averses neigeuses. Cela tenait à ce que la température avait notablement baissé. Le thermomètre ne marquait plus que trente-six degrés Fahrenheit (2°22 C. sur zéro), et la colonne barométrique vingt-six pouces huit lignes (721 millimètres).

Il était dix heures du soir, — force m'est d'employer ce mot, bien que le soleil se maintint toujours au-dessus de l'horizon. En effet, il s'en fallait d'une quinzaine de jours qu'il atteignît le point culminant de son orbite, et, à vingt-trois degrés du pôle, il ne cessait de lancer à la surface de l'Antarctide ses pâles et obliques rayons.

A dix heures trente-cinq se produisit un redoublement de la bourrasque.

Je ne pus me décider à regagner ma cabine, et je m'abritai derrière le rouf.

Le capitaine Len Guy et le lieutenant discutaient à quelques pas de moi. Au milieu de ce fracas des éléments, c'est à peine s'ils devaient s'entendre ; mais, entre marins, on se comprend rien qu'au geste.

Il était visible alors que la goélette dérivait du côté des glaces vers le sud-est, et qu'elle ne tarderait pas à les rencontrer, puisque ces masses marchaient moins vite qu'elle. Double malchance qui nous repoussait hors de notre route et nous menaçait de quelque redoutable collision. Le roulis était maintenant si dur qu'il y avait lieu de craindre pour les mâts dont la pointe décrivait des arcs d'une

22

amplitude effrayante. Pendant les grains, on aurait pu se figurer que l'*Halbrane* était coupée en deux. De l'avant à l'arrière, impossible de se voir.

Au large, quelques vagues éclaircies laissaient apparaître une mer démontée, qui se brisait avec rage sur l'accore des ice-bergs comme sur les roches d'un littoral, et les couvrait d'embruns pulvérisés par le vent.

Le nombre des blocs errants s'étant accru, cela donnait à espérer que cette tempête hâterait la débâcle et rendrait plus accessibles les abords de la banquise.

Toutefois, il importait de tenir tête au vent. De là, nécessité de se mettre à la cape. La goélette fatiguait horriblement, prise par le travers des lames, piquant dans leurs profonds entre-deux, et ne se relevant pas sans subir de violentes secousses. Fuir, il n'y fallait point songer, car, sous cette allure, un bâtiment s'expose au très grave péril d'embarquer des paquets de mer par son couronnement.

Tout d'abord, en fait de première manœuvre, il s'agissait de venir au plus près. Puis, la cape prise sous le hunier au bas ris, le petit foc à l'avant, le tourmentin à l'arrière, l'*Halbrane* se trouverait dans des conditions favorables pour résister à la bourrasque et à la dérive, quitte à diminuer encore cette voilure, si le mauvais temps empirait.

Le matelot Drap vint se poster à la barre. Le capitaine Len Guy, près de lui, veillait aux embardées.

A l'avant, l'équipage se tint prêt à exécuter les ordres de Jem West, tandis que six hommes, dirigés par le bosseman, s'occupaient d'installer un tourmentin à la place de la brigantine. Ce tourmentin est un morceau triangulaire de forte toile, taillé comme un foc, qui se hisse au capelage du bas mât, s'amure au pied et se borde à l'arrière.

Pour prendre les ris du hunier, il fallait grimper aux barres du mât de misaine, et quatre hommes y devaient suffire.

Le premier, qui s'élança sur les enfléchures, fut Hunt. Le deuxième, fut Martin Holt, notre maître-voilier. Le matelot Burry et l'une des recrues les suivirent aussitôt.

Jamais je n'aurais cru qu'un homme pût déployer autant d'agilité et d'adresse que le fit Hunt. C'est à peine si ses mains et ses pieds saisissaient les enfléchures. Arrivé à la hauteur des barres, il s'élongea sur les marche-pieds jusqu'à l'un des bouts de la vergue, afin de larguer les rabans du hunier.

Martin Holt se porta à l'extrémité opposée, tandis que les deux autres hommes restaient au milieu.

Dès que la voile serait amenée, il n'y aurait plus qu'à la réduire au bas ris. Puis, après que Hunt, Martin Holt et les matelots seraient redescendus, on l'étarquerait d'en bas.

Le capitaine Len Guy et le lieutenant savaient que, sous cette voilure, l'*Halbrane* tenait convenablement la cape.

Tandis que Hunt et les autres travaillaient, le bosseman avait paré le tourmentin, et il attendait du lieutenant l'ordre de le hisser à bloc.

La bourrasque se déchaînait alors avec une incomparable furie. Haubans et galhaubans, tendus à se rompre, vibraient comme des cordes métalliques. C'était à se demander si les voiles, même diminuées, ne seraient pas déchirées en mille pièces...

Soudain, un effroyable coup de roulis chavira tout sur le pont. Quelques barils, cassant leurs saisines, roulèrent jusqu'aux bastingages. La goélette donna une bande si prononcée sur tribord, que la mer entra par les dallots.

Renversé du coup contre le rouf, je fus quelques instants sans pouvoir me relever...

Telle avait été l'inclinaison de la goélette que le bout de la vergue du hunier s'était plongée de trois à quatre pieds dans la crête d'une lame...

Lorsque la vergue sortit de l'eau, Martin Holt, qui s'était achevalé à l'extrémité pour terminer son travail, avait disparu.

Un cri se fit entendre, — le cri du maître-voilier, entraîné par la houle, et dont les bras s'agitaient désespérément au milieu des blancheurs de l'écume.

Les matelots se précipitèrent à tribord, et lancèrent, qui un cordage, qui un baril, qui un espar, — n'importe quel objet susceptible de flotter, et auquel pourrait s'accrocher Martin Holt.

Au moment où j'empoignais un taquet afin de me maintenir, j'entrevis une masse qui fendait l'air et disparut dans le déferlement des lames...

Était-ce un second accident?... Non!... c'était un acte volontaire... un acte de dévouement.

Ayant fini d'amarrer la dernière garcette de ris, Hunt, après s'être pomoyé le long de la vergue, venait de se jeter au secours du maître-voilier.

« Deux hommes à la mer! » cria-t-on du bord.

Oui, deux... l'un pour sauver l'autre... Et n'allaient-ils pas périr ensemble?...

Jem West courut à la barre, et, d'un tour de roue, fit lofer la goélette d'un quart, — tout ce qu'elle pouvait donner sans dépasser le lit du vent. Puis, son foc traversé, son tourmentin bordé à plat, elle resta à peu près immobile.

D'abord, à la surface écumante des eaux, on aperçut Martin Holt et Hunt, dont les têtes émergaient...

Hunt nageait d'un bras rapide, piquant à travers les lames, et se rapprochait du maître-voilier.

Celui-ci, éloigné déjà d'une encablure, paraissait et disparaissait tour à tour, — un point noirâtre, difficile à distinguer au milieu des rafales.

Après avoir jeté espars et barils, l'équipage attendait, ayant fait tout ce qui était à faire. Quant à lancer une embarcation au milieu de cette houle furieuse qui couvrait le gaillard d'avant, y pouvait-on songer?... Ou elle eût chaviré, ou elle se fût brisée contre les flancs de la goélette.

J'entrevis une masse qui fendait l'air... (Page 172.)

« Ils sont perdus tous deux... tous deux! » murmura le capitaine Len Guy.

Puis, au lieutenant :

« Jem... le canot... le canot... cria-t-il.

— Si vous donnez l'ordre de le mettre à la mer, répondit le lieutenant, je m'y embarquerai le premier, quoique ce soit risquer sa vie... Mais il me faut l'ordre! »

Il y eut quelques minutes d'inexprimables angoisses pour les témoins de cette scène. On ne songeait plus à la situation de l'*Halbrane*, si compromise qu'elle fût.

Bientôt une clameur éclata, lorsque Hunt fut aperçu une dernière fois entre deux lames. Il s'enfonça encore, puis, comme si son pied eût rencontré un point d'appui solide, on le vit s'élancer avec une surhumaine vigueur vers Martin Holt, ou plutôt vers l'endroit où le malheureux venait de s'engloutir...

Cependant, en gagnant un peu au plus près, dès que Jem West eut fait mollir les écoutes du petit foc et du tourmentin, la goélette s'était rapprochée d'une demi-encablure.

C'est alors que de nouveaux cris dominèrent le bruit des éléments déchaînés.

« Hurrah!... hurrah!... hurrah!... » poussa tout l'équipage.

De son bras gauche Hunt soutenait Martin Holt, incapable d'aucun mouvement, ballotté comme une épave. De l'autre, il nageait vigoureusement, et gagnait vers la goélette.

« Serre le vent... serre le vent!... » commanda Jem West au timonier.

La barre mise dessous, les voiles ralinguèrent avec des détonations d'armes à feu...

L'*Halbrane* bondit sous les lames, semblable au cheval qui se cabre, lorsque le mors le retient à lui briser la bouche. Livrée aux plus terribles secousses de roulis et de tangage, on eût dit, pour continuer la comparaison dont je me suis servi, qu'elle piaffait sur place...

Une interminable minute s'écoula. C'est à peine si l'on pouvait distinguer, au milieu des eaux tourbillonnantes, ces deux hommes dont l'un traînait l'autre...

Enfin Hunt rejoignit la goélette, et saisit une des amarres qui pendaient du bord...

« Arrive... arrive!... » s'écrie le lieutenant, en faisant un geste au matelot du gouvernail.

La goélette évolua juste de ce qu'il fallait pour que le hunier, le petit foc et le tourmentin pussent porter, et elle prit l'allure de la cape courante.

En un tour de main, Hunt et Martin Holt avaient été hissés sur le pont, l'un déposé au pied du mât de misaine, l'autre prêt à donner la main à la manœuvre.

Le maître-voilier reçut les soins que nécessitait son état. La respiration lui revint peu à peu, après un commencement d'asphyxie. Quelques frottements énergiques achevèrent de le rappeler à lui, et ses yeux s'ouvrirent.

« Martin Holt, lui dit le capitaine Len Guy, qui s'était penché sur le maître-voilier, te voilà revenu de loin...

— Oui... oui... capitaine! répondit Martin Holt en cherchant du regard... Mais... qui est venu à moi?...

— C'est Hunt... s'écria le bosseman, Hunt qui a risqué sa vie pour te tirer de là!... »

Martin Holt se releva à demi, s'appuya sur le coude et se tourna du côté de Hunt.

Comme celui-ci se tenait en arrière, Hurliguerly vint le pousser vers Martin Holt dont les yeux exprimaient la plus vive reconnaissance.

« Hunt, dit-il, tu m'as sauvé... Sans toi... j'étais perdu... je te remercie... »

Hunt ne répondit pas.

« Eh bien... Hunt... reprit le capitaine Len Guy, est-ce que tu n'entends pas?... »

Hunt ne semblait point avoir entendu.

« Hunt, redit Martin Holt, approche... Je te remercie... je voudrais te serrer la main!... »

Et il lui tendit la sienne...

Hunt recula de quelques pas, secouant la tête, dans l'attitude d'un homme qui n'a pas besoin de tant de compliments pour une chose si simple...

Puis, se dirigeant vers l'avant, il s'occupa de remplacer une des
écoutes du petit foc, qui venait de casser à la suite d'un tel coup de
mer, que la goélette en avait été ébranlée de la quille à la pomme
des mâts.

Décidément, c'est un héros de dévouement et de courage, ce
Hunt!... Décidément aussi, c'est un être fermé à toutes les impressions, et ce ne fut pas encore ce jour-là que le bosseman connut « la
couleur de ses paroles » !

Il n'y eut aucun répit dans la violence de cette tempête, et, à plusieurs reprises, elle nous donna de sérieuses inquiétudes. Au milieu
des fureurs de la tourmente, on put cent fois craindre que, malgré
sa voilure réduite, la mâture ne vint à bas. Oui!... cent fois, bien
que Hunt tint la barre d'une main habile et vigoureuse, la goélette,
emportée dans des embardées inévitables, donna la bande et fut sur
le point d'engager. Il fallut même amener le hunier, et se borner au
tourmentin et au petit foc pour garder la cape.

« Jem, dit le capitaine Len Guy, — il était alors cinq heures du
matin — s'il est nécessaire de fuir...

— Nous fuirons, capitaine, mais c'est risquer d'être mangés par
la mer! »

En effet, rien de plus dangereux que cette allure du vent arrière,
quand on ne peut plus devancer les lames, et on ne la prend que
lorsqu'il est impossible de garder la cape. D'ailleurs, à courir vers
l'est, l'*Halbrane* se fût éloignée de sa route, au milieu du dédale des
glaces accumulées dans cette direction.

Trois jours durant, 6, 7 et 8 décembre, la tempête se déchaîna
sur ces parages avec accompagnement de rafales neigeuses qui
provoquèrent un sensible abaissement de la température. Cependant la cape put être maintenue, après que le petit foc, déchiré
dans une rafale, eut été remplacé par un autre de toile plus résistante.

Inutile de dire que le capitaine Len Guy se montra un vrai marin,
que Jem West eut l'œil à tout, que l'équipage les seconda résolu-

ment, que Hunt fut toujours le premier à la besogne, lorsqu'il y eut manœuvre à faire ou danger à courir.

En vérité, ce qu'était cet homme, on ne saurait en donner une idée! Quelle différence entre lui et la plupart des matelots recrutés aux Falklands, — surtout le sealing-master Hearne. De ceux-ci, il était bien difficile d'obtenir ce qu'on avait le droit d'attendre et d'exiger. Sans doute, ils obéissaient, car, bon gré mal gré, il faut obéir à un officier tel que Jem West. Mais, par derrière, que de plaintes, que de récriminations! Cela, je le craignais, ne présageait rien de bon dans l'avenir.

Il va sans dire que Martin Holt n'avait pas tardé à reprendre ses occupations, et qu'il n'y boudait point Très entendu à son métier, il était le seul qui, pour l'adresse et le zèle, pouvait rivaliser avec Hunt.

« Eh bien, Holt, lui demandai-je un jour qu'il se trouvait en conversation avec le bosseman, en quels termes êtes-vous maintenant avec ce diable de Hunt?... Depuis le sauvetage, s'est-il montré un peu plus communicatif?...

— Non, monsieur Jeorling, répondit le maître-voilier, et il semble même qu'il cherche à m'éviter.

— A vous éviter?... répliquai-je.

— Comme il le faisait auparavant, du reste...

— Voilà qui est singulier...

— Et qui est vrai, ajouta Hurliguerly. J'en ai fait la remarque plus d'une fois.

— Alors il vous fuit comme les autres?...

— Moi... plus que les autres...

— A quoi cela tient-il?...

— Je ne sais, monsieur Jeorling!

— N'empêche, Holt, que tu lui dois une fameuse chandelle!... déclara le bosseman. Mais n'essaie pas d'en allumer en son honneur!... Je le connais... il soufflerait dessus! »

Je fus surpris de ce que je venais d'apprendre. Toutefois, en y prétant attention, je pus m'assurer, en effet, que Hunt refusait toutes les occasions d'être en contact avec notre maître-voilier. Ne croyait-il donc pas avoir droit à sa reconnaissance, bien que celui-ci lui dût la vie?... Assurément, la conduite de cet homme était au moins bizarre.

Dans l'après-minuit du 8 au 9, le vent indiqua une certaine tendance à remonter vers l'est, ce qui devait rendre le temps plus maniable.

L'*Halbrane*, si cette circonstance se produisait, pourrait donc regagner ce qu'elle avait perdu par la dérive, et reprendre son itinéraire sur le quarante-troisième méridien.

Cependant, quoique la mer restât dure, la surface de voilure put être augmentée sans risques vers deux heures du matin. Aussi, sous la misaine-goélette et la brigantine à deux ris, la trinquette et le petit foc, l'*Halbrane*, bâbord amures, se rapprocha-t-elle de la route dont l'avait écartée cette longue tourmente.

En cette portion de la mer antarctique, les glaces dérivaient en plus grand nombre, et il y avait lieu de penser que la tempête, hâtant la débâcle, avait peut-être rompu vers l'est les barrières de la banquise.

Lorsqu'il s'agissait de porter un grelin sur des glaçons... (Page 185.)

XII

ENTRE LE CERCLE POLAIRE ET LA BANQUISE.

Depuis que l'*Halbrane* a dépassé cette courbe imaginaire, tracée
à vingt-trois degrés et demi du pôle, il semble qu'elle soit entrée

gation, jusqu'alors, s'était accomplie dans des conditions exceptionnelles. Et quelle heureuse chance si l'*Halbrane*, dès cette
première quinzaine de décembre, allait trouver ouverte la route
de Weddell?...

En vérité, voici que je dis la route de Weddell, comme s'il s'agissait d'une route terrestre, bien entretenue, garnie de ses bornes
milliaires, avec cette inscription sur un poteau indicateur : Route
du pôle sud !

Durant la journée du 10, la goélette put sans difficulté manœuvrer
au milieu de ces glaçons isolés qu'on appelle floes et brashs. La direction du vent ne l'obligea point à courir des bords, et lui permit
de suivre la ligne droite entre les passes des ice-fields. Quoique nous
fussions encore à un mois de l'époque où la désagrégation se fait en
grand, le capitaine Len Guy, habitué à ces phénomènes, affirmait
que ce qui se produit d'ordinaire en janvier, — la débâcle générale,
— allait se produire, cette fois, en décembre.

Éviter ces nombreuses masses errantes ne donna aucun embarras
à l'équipage. De réelles difficultés ne se présenteraient vraisemblablement qu'au jour prochain où la goélette essaierait de se frayer un
passage à travers la banquise.

Au surplus, il n'y avait aucune surprise à craindre. La présence
des glaces était signalée par une teinte presque jaunâtre de l'atmosphère, laquelle les baleiniers désignaient sous le nom de blink.
C'est un phénomène de réverbération, particulier aux zones glaciales,
qui ne trompe jamais l'observateur.

Cinq jours de suite, l'*Halbrane* navigua sans faire d'avarie, sans
avoir eu, même un instant, à redouter une collision. Il est vrai, au fur
et à mesure qu'elle descendait vers le sud, le nombre des glaces
s'accroissait et les passes devenaient plus étroites. Une observation
du 14 nous donna 72°37' pour la latitude, notre longitude restant
sensiblement la même entre le quarante-deuxième et le quarante-
troisième méridien. C'était déjà un point que peu de navigateurs
avaient pu atteindre au delà du cercle antarctique, — ni les Balleny

ni les Bellingshausen. Nous étions à deux degrés moins haut seulement que James Weddell.

La navigation de la goélette devint donc plus délicate au milieu de ces débris ternes et blafards, souillés de fientes d'oiseaux. Quelques-uns avaient une apparence lépreuse. Relativement, à leur volume considérable déjà, combien paraissait petit notre navire dont certains ice-bergs dominaient la mâture !

En ce qui concerne ces masses, la variété des grandeurs se doublait de celle des formes, différenciées à l'infini. L'effet était merveilleux, lorsque ces enchevêtrements, dégagés des brumes, réverbéraient, comme d'énormes cabochons, les rayons solaires. Parfois, les strates se dessinaient en couleurs rougeâtres, sur l'origine desquelles on n'est pas exactement fixé, puis se coloraient des nuances du violet et du bleu, probablement dues à des effets de réfraction.

Je ne me lassais pas d'admirer ce spectacle, si remarquablement décrit dans le récit d'Arthur Pym, — ici des pyramides à pointes aiguës, là des dômes arrondis comme ceux d'une église byzantine, ou renflés comme ceux d'une église russe, des mamelles qui se dressaient, des dolmens à tables horizontales, des kromlechs, des menhirs debout comme au champ de Karnac, des vases brisés, des coupes renversées, — enfin tout ce que l'œil imaginatif se plaît parfois à retrouver dans la capricieuse disposition des nuages... Et les nuages ne sont-ils pas les glaces errantes de la mer céleste?...

Je dois reconnaitre que le capitaine Len Guy joignait à beaucoup de hardiesse beaucoup de prudence. Jamais il ne passait sous le vent d'un ice-berg, si la distance ne lui garantissait pas le succès de n'importe quelle manœuvre qui deviendrait soudain nécessaire. Familiarisé avec tous les aléas de cette navigation, il ne craignait pas de s'aventurer au milieu de ces flottilles de drifts et de packs.

Ce jour-là, il me dit :

« Monsieur Jeorling, ce n'est pas la première fois que j'ai voulu pénétrer dans la mer polaire, et sans y réussir. Eh bien, si je tentais

de le faire, alors que j'en étais réduit à de simples présomptions
sur le sort de la *Jane*, que ne ferai-je pas, aujourd'hui que ces présomptions se sont changées en certitudes?...

— Je vous comprends, capitaine, et, à mon avis, l'expérience que
vous avez de la navigation dans ces parages doit accroître nos chances
de succès.

— Sans doute, monsieur Jeorling! Cependant, au delà de la banquise, c'est encore l'inconnu pour moi, comme pour tant d'autres
navigateurs!

— L'inconnu?... Non pas absolument, capitaine, puisque nous
possédons les rapports très sérieux de Weddell, et, j'ajoute, ceux
d'Arthur Pym.

— Oui!... je le sais!... Ils ont parlé de la mer libre...

— Est-ce que vous n'y croyez pas?...

— Oui!... j'y crois!... Oui!... Elle existe, et cela pour des raisons
qui ont leur valeur. En effet, il est de toute évidence que ces masses,
désignées sous les noms d'ice-fields et d'ice-bergs, ne sauraient se
former en pleine mer. C'est un violent et irrésistible effort, provoqué
par les houles, qui les détache des continents ou des îles des hautes
latitudes. Puis, les courants les entraînent vers les eaux plus tempérées, où les chocs entament leurs arêtes, alors que la température
désagrège leurs bases et leurs flancs soumis aux influences ther-
mométriques.

— Cela me paraît l'évidence même, répondis-je.

— Donc, reprit le capitaine Len Guy, ces masses ne sont point
venues de la banquise. C'est en dérivant qu'elles l'atteignent, qu'elles
la brisent parfois, qu'elles franchissent ses passes. D'ailleurs, il ne
faut pas juger la zone australe d'après la zone boréale. Les conditions
n'y sont pas identiques. Aussi Cook a-t-il pu affirmer qu'il n'avait
jamais rencontré dans les mers groënlandaises l'équivalent des montagnes de glace de la mer antarctique, même à une latitude plus
élevée.

— Et à quoi cela tient-il?... demandai-je.

— A ceci, sans doute, c'est que, dans les contrées boréales, l'influence des vents du sud est prédominante. Or, ils n'y arrivent qu'après s'être chargés des brûlants apports de l'Amérique, de l'Asie, de l'Europe, et contribuent à relever la température de l'atmosphère. Ici les terres les plus rapprochées, terminées par les pointes du cap de Bonne-Espérance, de la Patagonie, de la Tasmanie, ne modifient guère les courants atmosphériques. C'est pourquoi la température demeure plus uniforme sur ce domaine antarctique.

— C'est là une observation importante, capitaine, et elle justifie votre opinion relative à une mer libre...

— Oui... libre... au moins sur une dizaine de degrés derrière la banquise. Donc, commençons par franchir celle-ci, et la plus grosse difficulté sera vaincue... Vous avez eu raison de dire, monsieur Jeörling, que l'existence de cette mer libre a été formellement reconnue par Weddell...

— Et par Arthur Pym, capitaine...

— Et par Arthur Pym. »

A partir du 15 décembre, les embarras de navigation s'accrurent avec le nombre des glaces. Toutefois, le vent continua d'être favorable, variant du nord-est au nord-ouest sans jamais accuser une tendance à tomber au sud. Pas une heure il ne fut question de louvoyer entre les ice-bergs et les ice-fields, ni de se tenir la nuit sous petits bords, — opération toujours pénible et dangereuse. La brise fraîchissait parfois, et il était nécessaire de diminuer la voilure. On voyait alors la mer écumer le long des blocs, les couvrant d'embruns comme les rochers d'une île flottante, sans parvenir à suspendre leur marche.

Plusieurs fois, des angles de relèvement furent mesurés par Jem West, et de ses calculs il résultait que la hauteur de ces blocs était généralement comprise entre dix et cent toises.

Pour mon compte, je partageais l'opinion du capitaine Len Guy sur ce point, que de telles masses n'avaient pu se former que le long d'un littoral, — peut-être celui d'un continent polaire. Mais, très évidemment, ce continent devait être échancré par des baies, divisé par des bras de mer, entaillé par des détroits, qui avaient permis à la *Jane* d'atteindre le gisement de l'île Tsalal.

Et n'est-ce pas, somme toute, cette existence de terres polaires qui entrave les tentatives des découvreurs pour s'élever jusqu'aux pôles arctique ou antarctique? Ne donnent-elles pas aux montagnes de glace un point d'appui solide, dont celles-ci se détachent à l'époque de la débâcle? Si les calottes boréales et australes n'étaient recou- vertes que par les eaux, peut-être les navires auraient-ils déjà su s'y frayer passage?...

On peut donc affirmer que, lors de sa pénétration jusqu'au quatre- vingt-troisième parallèle, le capitaine William Guy, de la *Jane*, soit que son instinct de navigateur, soit que le hasard l'eussent guidé, avait dû remonter à travers quelque large bras de mer.

Notre équipage ne laissa pas d'être très impressionné à voir la goélette s'engager au milieu de ces masses en mouvement, — les nouveaux du moins, puisque les anciens du bord n'en étaient plus à ces premières surprises. Il est vrai, l'habitude ne tarda pas à les blaser sur les inattendus de cette navigation.

Ce qu'il convenait d'organiser avec le plus de soin, c'était une incessante surveillance. Aussi, en tête du mât de misaine, Jem West fit-il hisser un tonneau, — ce qu'on appelle le « nid de pie », — où une vigie fut constamment de garde.

L'*Halbrane*, servie par une brise ronde, filait avec rapidité. La température était supportable, — environ quarante-deux degrés (de 4° à 5° C. sur zéro). Le danger venait des brumes, qui flottaient le plus souvent au-dessus de ces mers encombrées, et rendaient difficile d'éviter les abordages.

Pendant la journée du 16, les hommes éprouvèrent d'extrêmes fa- tigues. Les packs et les drifts n'offraient entre eux que d'étroites passes, très découpées, avec des angles brusques, qui obligeaient à changer fréquemment les amures

Quatre ou cinq fois par heure retentissaient ces ordres :

LE CAPITAINE DUT RENONCER A TROUVER UN PASSAGE... (Page 190.)

« Lofe tout!...

— Arrive en grand ! »

L'homme de barre ne chômait pas à la roue du gouvernail, tandis que les matelots ne cessaient de masquer le hunier, le perroquet, ou de ralinguer les voiles basses.

Dans ces circonstances, personne ne boudait à la besogne, et Hunt se distinguait entre tous.

Où cet homme, — marin dans l'âme, — se montrait le plus utile, c'était lorsqu'il s'agissait de porter un grelin sur des glaçons, de l'y fixer avec une ancre à jet pour le garnir au guindeau, afin que la goélette, halée lentement, parvint à doubler l'obstacle. Suffisait-il d'élonger des faux bras, afin de les tourner sur une saillie de bloc, Hunt se jetait dans le canot, le dirigeait au milieu des débris et débarquait sur leur surface glissante. Aussi, le capitaine Len Guy et son équipage tenaient-ils Hunt pour un matelot hors ligne. Mais ce qu'il y avait de mystérieux dans sa personne ne laissait pas d'exciter la curiosité au plus haut point.

Plus d'une fois, il arriva que Hunt et Martin Holt embarquèrent, dans le même canot, pour quelque manœuvre périlleuse qu'ils accomplissaient de conserve. Si le maitre-voilier lui donnait un ordre, Hunt l'exécutait avec autant de zèle que d'adresse. Seulement, il ne lui répondait jamais.

A cette date, l'*Halbrane* ne pouvait plus être éloignée de la banquise. Qu'elle continuât sa route en cette direction, elle ne tarderait certes pas à l'atteindre, et n'aurait plus qu'à y chercher un passage. Jusqu'alors, cependant, par-dessus les ice-fields, entre les sommets capricieux des ice-bergs, la vigie n'avait pu apercevoir une crête ininterrompue de glaces.

La journée du 16 exigea de minutieuses et indispensables précautions, car le gouvernail, ébranlé par des heurts inévitables, courait le risque d'être démonté.

En même temps, plusieurs chocs avaient été provoqués par les débris qui se frottaient contre les façons de la goélette, plus dangereux que ne l'étaient les gros blocs. En effet, lorsque ces derniers se jetaient sur les flancs du navire, il s'ensuivait des contacts violents. sans doute. Néanmoins, l'*Halbrane,* solide de membrure et de bordage, n'avait à craindre ni d'être défoncée, ni, n'étant pas doublée, de perdre son doublage.

Quant au safre du gouvernail, Jem West le fit emboîter entre deux jumelles, puis consolider avec des espars appliqués à la tige, sorte de fourreau qui devait suffire à le préserver.

Il ne faudrait pas croire que les mammifères marins eussent abandonné ces parages, encombrés de masses flottantes de toutes grandeurs et de toutes formes. Les baleines s'y montraient en grand nombre, et. quel spectacle féerique, lorsque les colonnes d'eau s'échappaient de leurs évents! Avec les fin-backs et les hump-backs apparaissaient des marsouins de taille colossale, pesant plusieurs centaines de livres, et que Hearne frappait adroitement de son harpon, lorsqu'ils arrivaient à portée. Toujours bien reçus et appréciés, ces marsouins, après qu'ils avaient passé par les mains d'Endicott, habile accommodeur de sauces.

Quant aux habituels oiseaux antarctiques, pétrels, damiers, cormorans, ils filaient en bandes criardes, et c'était des légions de pingouins, rangés sur le bord des ice-fields, qui regardaient évoluer la goélette. Ceux-là sont bien les véritables habitants de ces tristes solitudes, et la nature n'aurait pu créer un type plus en rapport avec les désolations de la zone glaciale.

Ce fut dans la matinée du 17 que l'homme du nid de pie signala enfin la banquise.

« Par tribord devant! » cria-t-il.

A cinq ou six milles au sud se dressait une interminable crête, découpée en dents de scie, qui se profilait sur le fond assez clair du ciel, et le long de laquelle dérivaient des milliers de glaçons. Cette barrière, immobile, s'orientait du nord-ouest au sud-est, et, rien qu'en la prolongeant, la goélette gagnerait encore quelques degrés vers le sud.

Voici ce qu'il convient de retenir, si l'on veut se faire une idée très exacte des différences qui existent entre la banquise et la barrière de glace.

Cette dernière, je l'ai noté déjà, ne se forme point en pleine mer. Il est indispensable qu'elle repose sur une base solide, soit pour dresser ses plans verticaux le long d'un littoral, soit pour développer ses cimes montagneuses en arrière-plan. Mais si ladite barrière ne peut abandonner le noyau fixe qui la supporte, c'est elle, d'après les navigateurs les plus compétents, qui fournit ce contingent d'icebergs et d'ice-fields, de drifts et de packs, de floes et de brashs, dont nous apercevions au large le cheminement interminable. Les côtes qui la soutiennent sont soumises à l'influence des courants descendus des mers plus chaudes. A l'époque des marées de syzygies, dont la hauteur est parfois considérable, l'assiette de la barrière se mine, s'effrite, se ronge, et d'énormes blocs, — des centaines en quelques heures, — se détachent avec un fracas assourdissant, tombent dans la mer, plongent au milieu de remous formidables et remontent à la surface. Alors, les voilà devenus montagnes de glace, dont il émerge un tiers seulement, et qui flottent jusqu'au moment où l'influence climatérique des basses latitudes achève de les dissoudre.

Et, un jour que je m'entretenais à ce sujet avec le capitaine Len Guy :

« Cette explication est juste, me répondit-il, et c'est pour cela que la barrière de glace oppose un infranchissable obstacle au navigateur, puisqu'elle a pour base un littoral. Mais il n'en est pas ainsi de la banquise. C'est en avant des terres, sur l'Océan même que celle-ci s'édifie par l'amalgame continu de débris en dérive. Soumise également aux assauts de la houle, au rongement des eaux plus chaudes pendant l'été, elle se disloque, des passes s'entr'ouvrent, et nombre de bâtiments ont déjà pu la prendre à revers...

— Il est vrai, ai-je ajouté, elle n'offre pas une masse indéfiniment continue qu'il serait impossible de contourner...

— Aussi Weddell a-t-il pu en doubler l'extrémité, monsieur Jeorling, grâce, je le sais, à des circonstances exceptionnelles de température et de précocité. Or, puisque ces circonstances se présentent
cette année, il n'est pas téméraire de dire que nous saurons en
profiter.

— Assurément, capitaine. Et maintenant que la banquise est signalée...

— Je vais en rapprocher l'*Halbrane* autant qu'il se pourra,
monsieur Jeorling, puis la lancer à travers la première passe que
nous parviendrons à découvrir. S'il ne s'en présente pas, nous
essaierons de longer cette banquise jusqu'à son extrémité orientale,
avec l'aide du courant qui porte en cette direction, et au plus
près, tribord amures, pour peu que la brise se maintienne au nord-
est. »

A cingler vers le sud, la goélette rencontra des ice-fields de
dimensions considérables. Plusieurs angles, relevés au cercle, avec
la base mesurée par le loch, permirent de leur donner de cinq à six
cents toises superficielles. Il fallut manœuvrer avec autant de précision que de prudence afin d'éviter d'être bloqué au fond de couloirs dont on ne voyait pas toujours l'issue.

Lorsque l'*Halbrane* ne se trouva plus qu'à trois milles de la banquise, elle mit en panne au milieu d'un large bassin qui lui laissait
toute liberté de mouvement.

Une embarcation fut détachée du bord. Le capitaine Len Guy
y descendit avec le bosseman, quatre matelots aux avirons et un
à la barre. Elle se dirigea vers l'énorme rempart, y chercha vainement une passe à travers laquelle aurait pu se glisser la goélette,
et, après trois heures de cette fatigante reconnaissance, rallia le
bord.

Survint alors un grain de pluie neigeuse, qui fit tomber la température à trente-six degrés (2°,22 C. sur zéro) et nous déroba la vue
de la banquise.

Il devenait donc indispensable de mettre le cap au sud-est, et de naviguer au milieu de ces innombrables glaçons, tout en prenant garde d'être drossé vers la barrière de glace, car de s'en élever ensuite eût présenté de sérieuses difficultés.

Jem West donna ordre de brasser les vergues de manière à serrer le vent d'aussi près que possible.

L'équipage opéra lestement, et la goélette, animée d'une vitesse de sept à huit milles, inclinée sur tribord, se lança au milieu des blocs épars sur sa route. Elle savait éviter leur contact, lorsque la rencontre lui eût été dommageable, et, lorsqu'il ne s'agissait que de minces couches, courait dessus et les déchirait avec sa guibre faisant office de bélier. Puis, après une série de frôlements, de craquements, dont frémissait parfois toute sa membrure, l'*Halbrane* retrouvait les eaux libres.

L'essentiel était surtout de se garer de la collision des ice-bergs. Il n'y avait aucun embarras à évoluer par un ciel clair, qui permettait de manœuvrer à temps, soit pour accroître la vitesse de la goélette, soit pour la diminuer. Toutefois, avec les fréquentes brumes qui limitaient à une ou deux encablures la portée de la vue, cette navigation ne laissait pas d'être périlleuse.

Mais, sans parler de ces ice-bergs, est-ce que l'*Halbrane* ne risquerait pas d'être abordée par les ice-fields?... Incontestablement, et qui ne l'a pas observé ne saurait imaginer quel degré de puissance possèdent ces masses en mouvement.

Ce jour-là, nous avons vu un de ces ice-fields, quoiqu'il ne fût animé que d'une médiocre vitesse, en heurter un autre qui était immobile. Eh bien, ce champ fut brisé sur ses arêtes, bouleversé à sa surface, presque entièrement anéanti. Il n'y eut plus qu'énormes débris montant les uns sur les autres, hummocks se dressant jusqu'à cent pieds de hauteur, calfs s'immergeant sous les eaux. Et cela peut-il surprendre, lorsque le poids de l'ice-field abordeur se chiffre par plusieurs millions de tonnes?...

Vingt-quatre heures s'écoulèrent dans ces conditions, la goélette se tenant entre trois et quatre milles de la banquise. La ranger de plus près, c'eût été s'engager à travers des sinuosités dont on n'aurait pu sortir. Non pas que l'envie en manquât au capitaine Len Guy, tant il craignait de ranger, sans l'apercevoir, l'ouverture de quelque passe...

« Si j'avais une conserve, me dit-il, je longerais de plus près la banquise, et c'est un grand avantage que d'être à deux navires, lorsqu'on entreprend de telles campagnes!... Or, l'*Halbrane* est seule, et si elle venait à nous manquer... »

Néanmoins, tout en ne manœuvrant pas plus que ne le voulait la prudence, notre goélette s'exposait à de réels dangers. Après quelque parcours de cent toises, il fallait brusquement l'arrêter, modifier sa direction, et, parfois, juste au moment où son bout-dehors de beaupré allait buter contre un bloc. Pendant des heures aussi, Jem West était obligé de changer son allure, de se tenir sous petits bords, afin d'éviter le choc d'un ice-field.

Par bonne chance, le vent soufflait de l'est au nord-nord-est sans autre variation, et permettait de garder la voilure entre le plus près et le largue. En outre, il ne fraîchissait pas. Mais, s'il eût tourné à la tempête, je ne sais ce que serait devenue la goélette, — ou, je ne le sais que trop : elle se fût perdue corps et biens.

Dans ce cas, en effet, nous n'aurions eu aucune possibilité de fuir, et l'*Halbrane* eût fait côte au pied de la banquise.

Après une longue reconnaissance, le capitaine Len Guy dut renoncer à trouver un passage à travers cette muraille. En atteindre la pointe au sud-est, il n'y avait pas autre chose à tenter. Du reste, à suivre cette orientation, nous ne perdions rien en latitude. Et, en effet, dans la journée du 18, l'observation indiqua, pour la situation de l'*Halbrane*, le soixante-treizième parallèle.

Je le répète, cependant, jamais navigation dans les mers antarctiques ne rencontra peut-être des circonstances plus heureuses, — précocité de la saison estivale, permanence des vents de nord, température que le thermomètre marquait à quarante-neuf degrés (9°44 C. sur zéro) en moyenne. Il va sans dire que nous jouissions d'une clarté perpétuelle, et, vingt-quatre heures durant, les rayons solaires nous arrivaient de tous les points de l'horizon.

Aussi, les ice-bergs s'égouttaient-ils en multiples ruisseaux, qui creusaient leurs parois et se réunissaient en cascades retentissantes. En somme, il y avait à se garer des culbutes, lorsque le déplacement de leur centre de gravité, par suite de l'usure de la base immergée, venait à les culbuter.

Deux ou trois fois encore, on se rapprocha de la banquise à moins de deux milles. Il était impossible qu'elle n'eût pas subi les influences climatériques, que des ruptures ne se fussent pas produites en quelques points.

Les recherches n'aboutirent pas, et il fallut se rejeter dans le courant de l'ouest à l'est.

Ce courant nous aidait, d'ailleurs, et il n'y avait à regretter que d'être emporté au delà du quarante-troisième méridien, vers lequel il y aurait nécessité de ramener la goélette, afin de mettre le cap sur l'île Tsalal. Dans ce cas, il est vrai, le vent d'est la reporterait vers son itinéraire.

Du reste, je dois faire observer que, pendant cette reconnaissance, nous n'avons relevé aucune terre ni apparence de terre au large, conformément aux cartes établies par les précédents navigateurs, — cartes incomplètes, sans doute, mais assez exactes dans leurs grandes lignes. Je ne l'ignore pas, des navires ont souvent passé là où des gisements de terres avaient été indiqués. Toutefois, ce n'était pas admissible en ce qui concernait l'île Tsalal. Si la *Jane* avait pu l'atteindre, c'est que cette portion de la mer antarctique était libre, et dans une année aussi en avance, nous n'avions aucun obstacle à craindre en cette direction.

Enfin, le 19, entre deux et trois heures de l'après-midi, un cri de la vigie se fit entendre aux barres du mât de misaine.

« Qu'y a-t-il?... demanda Jem West.

— La banquise est coupée au sud-est...

— Et au delà?...

— Rien en vue. » .

Le lieutenant gravit les haubans, et, en quelques instants, il eut atteint le capelage du mât de hune.

En bas, tous attendaient, et avec quelle impatience!... Si la vigie s'était trompée... si quelque illusion d'optique... Dans tous les cas, lui, Jem West, ne ferait pas erreur!...

Après dix minutes d'observation, — dix interminables minutes, — sa voix claire descendit jusqu'au pont :

« Mer libre! » cria-t-il.

D'unanimes hurrahs lui répondirent.

La goélette mit le cap au sud-est, en serrant le vent d'aussi près que possible.

Deux heures après, l'extrémité de la banquise était doublée, et, devant nos regards, se développait une mer étincelante, entièrement dégagée de glaces.

Le bosseman envoya par le fond une ligne... Page 196.

XIV

UNE VOIX DANS UN RÊVE.

Entièrement dégagée de glaces?... non. C'eût été trop tôt affirmer le fait. Quelques ice-bergs apparaissaient au loin, drifts et

packs dérivaient encore vers l'est. Néanmoins, la débâcle avait battu
son plein de ce côté, et la mer était bien libre, puisqu'un navire y
pouvait librement naviguer.

Nul doute que ce fût dans ces parages, en remontant ce large bras
de mer, sorte de canal creusé à travers le continent antarctique,
que les bâtiments de Weddell avaient rallié ce soixante-quatorzième degré de latitude, que la *Jane* devait dépasser d'environ six
cents milles.

« Dieu nous est venu en aide, me dit le capitaine Len Guy, et
qu'il daigne nous conduire au but!

— En huit jours, ai-je répondu, notre goélette peut être en vue de
l'île Tsalal.

— Oui... à la condition que les vents d'est persistent, monsieur
Jeorling. Or, ne l'oubliez pas, en longeant la banquise jusqu'à l'extrémité orientale, l'*Halbrane* s'est écartée de son itinéraire, et il faut
la ramener vers l'ouest.

— La brise est pour nous, capitaine...

— Et nous en profiterons, car mon intention est de me diriger sur
l'îlot Bennet. C'est là que mon frère William a tout d'abord débarqué. Dès que nous aurons aperçu cet îlot, nous serons certains d'être
en bonne route...

— Qui sait si nous n'y recueillerons pas de nouveaux indices,
capitaine...

— Il se peut, monsieur Jeorling. Aujourd'hui donc, lorsque j'aurai
pris hauteur et reconnu exactement notre position, nous mettrons le
cap sur l'îlot Bennet. »

Il va sans dire qu'il y avait lieu de consulter le guide le plus sûr
qui se trouvait à notre disposition. Je veux parler du livre d'Edgar
Poe, — en réalité le récit véridique d'Arthur Gordon Pym.

Après l'avoir relu, ce récit, avec tout le soin qu'il méritait, voici
la conclusion à laquelle je m'étais désormais arrêté :

Que le fond fût vrai, que la *Jane* eût découvert et accosté l'île Tsalal, aucun doute à cet égard, pas plus que sur l'existence des six

survivants du naufrage, à l'époque où Patterson avait été entraîné à la surface du glaçon en dérive. Cela, c'était la part du réel, du certain, de l'indubitable.

Mais une autre part ne devait-elle pas être mise au compte de l'imagination du narrateur, — imagination prestigieuse, excessive, déréglée, à s'en rapporter au portrait qu'il a fait de lui-même?... Et, d'avance, convenait-il de tenir pour certains les faits étranges qu'il prétend avoir observés au sein de cette lointaine Antarctide?... Devait-on admettre l'existence d'hommes et d'animaux bizarres?... Était-il vrai que le sol de cette ile fût d'une nature spéciale, et ses eaux courantes d'une composition particulière?... Existaient-ils, ces gouffres hiéroglyphiques dont Arthur Pym donnait le dessin?... Était-ce croyable que la vue de la couleur blanche produisît sur les insulaires un effet d'épouvante?... Et pourquoi pas, après tout, puisque le blanc, la livrée de l'hiver, la couleur des neiges, leur annonçait l'approche de la mauvaise saison, qui devait les enfermer dans une prison de glace?... Il est vrai, que penser de ces phénomènes insolites signalés au delà, les vapeurs grises de l'horizon, l'enténèbrement de l'espace, la transparence lumineuse des profondeurs pélagiques, enfin la cataracte aérienne, et ce géant blanc qui se dressait sur le seuil polaire?...

Là-dessus, je faisais mes réserves et j'attendais. Quant au capitaine Len Guy, il se montrait très indifférent à tout ce qui, dans le récit d'Arthur Pym, ne se rapportait pas directement aux abandonnés de l'île Tsalal, dont le salut était son unique et constante préoccupation.

Or, puisque j'avais sous les yeux le récit d'Arthur Pym, je me promettais de le contrôler pas à pas, d'en dégager le vrai du faux, le réel du fictif... Et ma conviction était bien que je ne retrouverais pas trace des dernières étrangetés qui, à mon avis, avaient dû être inspirées par cet « Ange du bizarre » de l'une des plus suggestives nouvelles du poète américain.

A la date du 19 décembre, notre goélette se trouvait donc d'un degré et demi plus au sud que ne l'avait été la *Jane* dix-huit jours plus tard. De là cette conclusion que les circonstances, état de la mer, direction du vent, précocité de la belle saison, nous avaient été extrêmement favorables.

Une mer libre — ou tout au moins navigable — s'étendait devant le capitaine Len Guy comme elle s'étendait devant le capitaine William Guy, et, derrière eux, la banquise développait du nord-ouest au nord-est ses énormes masses solidifiées.

En premier lieu, Jem West voulut reconnaître si le courant portait au sud dans ce bras de mer, ainsi que l'indiquait Arthur Pym. Sur son ordre, le bosseman envoya par le fond une ligne de deux cents brasses avec un poids suffisant, et il fut constaté que la direction du courant était la même, — en conséquence très propice à la marche de notre goélette.

A dix heures et à midi, deux observations furent faites avec grande exactitude, le ciel étant d'une extraordinaire pureté. Les calculs donnèrent 74° 45' pour la latitude, et — ce qui ne pouvait nous surprendre — 39° 15' pour la longitude.

On le voit, le détour que nous avait imposé le prolongement de la banquise, la nécessité de la doubler par son extrémité orientale, avaient obligé l'*Halbrane* à se jeter d'environ quatre degrés dans l'est. Son point établi, le capitaine Len Guy fit mettre le cap au sud-ouest, afin de revenir au quarante-troisième méridien, tout en gagnant vers le sud.

Je n'ai point à rappeler ici que les mots matin et soir, dont je me servirai faute d'autres, n'impliquaient ni un lever ni un coucher de soleil. Le disque radieux, décrivant sa spirale ininterrompue au-dessus de l'horizon, ne cessait d'éclairer l'espace. Quelques mois plus tard, il disparaîtrait. Toutefois, durant la froide et sombre période de l'hiver antarctique, le ciel serait presque quotidiennement illuminé par des aurores polaires. Peut-être serions-nous plus tard témoins de ces phénomènes d'une splendeur inexprimable, dont l'influence électrique se manifeste avec tant de puissance!

Personne à l'arrière, — si ce n'est Hunt au gouvernail... (Page 202.)

A s'en rapporter au récit d'Arthur Pym, du 1er au 4 janvier de l'année 1828, la traversée de la *Jane* ne s'effectua pas sans de graves complications, dues au mauvais temps. Une forte tempête du nord-est lança contre elle des glaçons qui faillirent briser son gouvernail. Elle eut encore sa route barrée par une épaisse banquise qui, heureusement, lui livra passage. En fin de compte, ce fut seule-ment dans la matinée du 5 janvier, par 73°15′ de latitude, qu'elle franchit les derniers obstacles. Alors que la température de l'air était pour elle à trente-trois degrés (0°56 C. sur zéro), elle s'élevait pour nous à quarante-neuf degrés (9°44 C. sur zéro). Quant à la déviation de l'aiguille de la boussole, elle se chiffrait par un nombre identique, soit 14°28' vers l'est.

Une dernière remarque à faire pour indiquer mathématiquement la différence dans la situation respective des deux goélettes à cette date. Du 5 au 19 janvier, s'écoulèrent les quinze jours que la *Jane* mit à parcourir les dix degrés, — soit six cents milles, — qui la séparaient de l'île Tsalal, tandis que l'*Halbrane*, au 19 décembre, ne s'en trouvait plus qu'à sept degrés environ, soit quatre cents milles. Si le vent se maintenait de ce côté, la semaine ne s'achèverait pas sans que l'ile eût été relevée, — ou tout au moins l'ilot Bennet, plus rapproché d'une cinquantaine de milles, près duquel le capitaine Len Guy comptait relâcher vingt-quatre heures.

La navigation se poursuivit dans d'excellentes conditions. A peine fallait-il éviter les quelques glaçons que les courants portaient vers le sud-ouest avec la vitesse d'un quart de mille à l'heure. Notre goélette les dépassait sans peine. Bien que la brise fût fraîche, Jem West avait établi les voiles hautes, et l'*Halbrane* glissait doucement sur une mer à peine clapoteuse. Nous n'avions en vue aucun de ces icebergs qu'Arthur Pym apercevait à cette latitude, et dont certains mesuraient une hauteur de cent brasses, — en commencement de fusion, il est vrai. L'équipage n'était pas dans l'obligation de manœuvrer au milieu des brouillards qui gênèrent la marche de la *Jane*. Nous ne subîmes ni les rafales de grêle et de neige qui l'assaillirent parfois, ni les abaissements de température dont les matelots eurent à souffrir. Seulement de rares floes dérivaient sur notre passage, quelques-uns chargés de pingouins comme des touristes naviguant à bord d'un yacht de plaisance, et aussi de phoques noirâtres, collés à ces surfaces blanches comme d'énormes sangsues. Au-dessus de cette flottille, se dispersait le vol incessant des pétrels, des damiers, des puffins noirs, des plongeons, des grèbes, des sternes, des cormorans, de ces albatros à teinte fuligineuse des hautes latitudes. Sur la mer flottaient çà et là de larges méduses, parées des couleurs les plus tendres, s'étalant en ombrelles ouvertes. Quant aux poissons, dont les pêcheurs de la goélette purent faire ample provision, soit à la ligne, soit à la foëne, je citerai plus particulièrement des cory-phènes, sortes de dorades géantes, longues de trois pieds, d'une chair ferme et savoureuse.

Le lendemain matin, après une nuit calme pendant laquelle la brise avait un peu molli, le bosseman me rejoignit, la figure riante, la voix fraiche, en homme qui ne s'inquiète guère des contingences de la vie.

« Bonjour, monsieur Jeorling, bonjour! s'écria-t-il. D'ailleurs, dans ces régions australes et à cette époque de l'année, il ne serait pas permis de souhaiter le bonsoir, puisqu'il n'existe aucun soir ni de bonne ni de mauvaise qualité...

— Bonjour, Hurliguerly, répondis-je, tout disposé à soutenir une conversation avec ce joyeux causeur

— Eh bien, comment trouvez-vous les mers qui se développent au delà de la banquise?...

— Je les comparerais volontiers, répondis-je, aux grands lacs de la Suède ou de l'Amérique.

— Oui... sans doute... des lacs entourés d'ice-bergs en guise de montagnes!

— J'ajoute que nous ne pourrions désirer mieux, bosseman, et, à la condition que le voyage continue de la sorte jusqu'en vue de l'île Tsalal...

— Et pourquoi pas jusqu'au pôle, monsieur Jeorling?...

— Le pôle?... Il est loin, le pôle, et l'on ne sait guère ce qui s'y trouve!...

— On le saura lorsqu'on y sera allé, riposta le bosseman, et c'est même la seule manière de le savoir!

— Naturellement, Hurliguerly, naturellement... Mais l'*Halbrane* n'est point partie pour découvrir le pôle sud. Si le capitaine Guy parvient à rapatrier vos compatriotes de la *Jane*, mon avis est qu'il aura accompli son œuvre, et je ne crois pas qu'il doive chercher à obtenir davantage.

— C'est entendu, monsieur Jeorling, c'est entendu!... Cependant, lorsqu'il ne sera plus qu'à trois ou quatre cents milles du pôle, n'aura-t-il pas la tentation d'aller voir le bout de l'axe sur lequel la Terre tourne comme un poulet à la broche?... répondit en riant le bosseman.

— Est-ce que cela vaudrait la peine de courir de nouveaux dangers, dis-je, et est-il si intéressant de pousser jusque-là cette passion des conquêtes géographiques?...

— Oui et non, monsieur Jeorling. Je l'avoue, toutefois, d'avoir été plus loin que les navigateurs qui nous ont précédés, plus loin peut-être que n'iront jamais ceux qui nous suivront, cela serait de nature à satisfaire mon amour-propre de marin...

— Oui... vous pensez qu'on n'a rien fait tant qu'il reste à faire, bosseman...

— Comme vous dites, monsieur Jeorling, et si l'on nous proposait de nous enfoncer à quelques degrés plus loin que l'île Tsalal, ce n'est pas de moi que viendrait l'opposition.

— Je ne crois pas que le capitaine Len Guy y puisse jamais songer, bosseman...

— Ni moi, répondit Hurliguerly, et dès qu'il aura recueilli son frère et les cinq matelots de la *Jane*, j'imagine que notre capitaine se hâtera de les ramener en Angleterre!

— C'est à la fois probable et logique, bosseman. D'ailleurs, si les anciens de l'équipage sont gens à aller partout où leur chef voudrait les conduire, je crois que les nouveaux s'y refuseraient. Ils n'ont point été recrutés pour une campagne si longue et si périlleuse, qui les entraînerait jusqu'au pôle...

— Vous avez raison, monsieur Jeorling, et, afin de les décider, il faudrait l'appât d'une forte prime par chaque parallèle franchi au delà de l'île Tsalal...

— Et même cela n'est pas certain, répondis-je.

— Non, car Hearne et les recrues des Falklands, — ils forment la majorité à bord, — espéraient bien qu'on ne parviendrait pas à franchir la banquise, que la navigation ne dépasserait guère le cercle antarctique! Aussi récriminent-ils déjà à se voir si loin!... Enfin, je ne sais trop comment les choses tourneront, mais ce Hearne est un homme à surveiller, et je le surveille! »

Peut-être, en effet, y avait-il là, sinon un danger, du moins une complication pour l'avenir.

Pendant la nuit, — ou ce qui aurait dû être la nuit du 19 au 20, — mon sommeil fut un instant troublé par un rêve bizarre. Oui! ce ne pouvait être qu'un rêve! Pourtant, j'ai cru devoir le noter dans ce récit, car il témoigne, une fois de plus, des hantises dont mon cerveau commençait à être obsédé.

Par ces temps encore froids, après m'être étendu sur mon cadre, je m'enveloppais étroitement de mes couvertures. D'ordinaire, le sommeil, qui me prenait vers neuf heures du soir, durait sans discontinuer jusqu'à cinq heures du matin.

Je dormais donc, — et il devait être environ deux heures après minuit, — lorsque je fus réveillé par une sorte de murmure plaintif et continu.

J'ouvris — ou je m'imaginai ouvrir les yeux. Les volets des deux châssis étant rabattus, ma cabine était plongée dans une obscurité profonde.

Le murmure se reproduisant, je prêtai l'oreille, et il me sembla qu'une voix, — une voix que je ne connaissais pas, — chuchotait ces mots :

« Pym... Pym... le pauvre Pym! »

Évidemment, ce ne pouvait être qu'une hallucination... à moins que quelqu'un se fût introduit dans ma cabine, dont la porte n'était point fermée à clef?...

« Pym!... continua la voix. Il ne faut pas... il ne faut jamais oublier le pauvre Pym!... »

Cette fois, je perçus très distinctement ces mots prononcés à mon oreille. Que signifiait cette recommandation, et pourquoi m'était-elle adressée?... Ne pas oublier Arthur Pym?... Mais, après son retour en Amérique, est-ce qu'il n'était pas mort... d'une mort soudaine et déplorable, dont personne ne connaissait ni les circonstances ni les détails?...

Le sentiment me vint alors que je déraisonnais, et je me réveillai tout de bon, cette fois, avec le sentiment que je venais d'être troublé par un rêve d'une extrême intensité, dû à quelque trouble cérébral...

En un saut, je fus hors de mon cadre, et j'ouvris le volet de l'un des châssis de ma cabine...

Je regardai au dehors.

Personne à l'arrière de la goélette, — si ce n'est Hunt, debout à la roue du gouvernail, l'œil fixé sur l'habitacle.

Je n'avais qu'à me recoucher. C'est ce que je fis, et, bien qu'il me semblât entendre le nom d'Arthur Pym résonner plusieurs fois à mon oreille, je dormis jusqu'au matin.

Lorsque je me levai, il ne me restait de cet incident de la nuit qu'une très vague, très fugitive impression, qui ne tarda pas à s'éteindre.

En relisant, — le plus souvent, le capitaine Len Guy le faisait avec moi, — en relisant, dis-je, le récit d'Arthur Pym, comme si ce récit eût été le journal de l'*Halbrane*, — je remarquai le fait suivant, mentionné à la date du 10 janvier :

Dans l'après-midi, il se produisit un accident très regrettable, et précisément dans cette partie de mer que nous traversions alors. Un Américain, originaire de New-York, le nommé Peter Vredenburgh, l'un des meilleurs matelots de l'équipage de la *Jane*, glissa et tomba entre deux quartiers de glace, disparut et ne put être sauvé.

C'était la première victime de cette funeste campagne, et combien d'autres devaient encore être inscrites au nécrologe de la malheureuse goélette!

A ce propos, le capitaine Len Guy et moi, nous fîmes cette remarque, que, d'après Arthur Pym, le froid avait été excessif pendant cette journée du 10 janvier, l'état atmosphérique très troublé,
puisque les rafales du nord-est se succédaient sous forme de neige
et de grêle.

Il est vrai, à cette époque, la banquise se dressait au loin vers le
sud, — ce qui explique que la *Jane* ne l'eût pas encore doublée par
l'ouest. A s'en rapporter au récit, elle n'y parvint que le 14 janvier.
Une mer « où il n'y avait plus un seul morceau de glace » se développait alors jusqu'à l'horizon, avec un courant d'un demi-mille par
heure. La température était à trente-quatre degrés (1°11 C. sur zéro),
et ne tarda pas à s'élever à cinquante et un degrés (10°56 C. sur
zéro).

C'était précisément celle dont jouissait l'*Halbrane* et, comme Arthur Pym, on aurait volontiers dit « que personne n'eût douté de la
possibilité d'atteindre le pôle! »

Ce jour-là, l'observation du capitaine de la *Jane* avait donné
81°21' pour la latitude et 42°,5' pour la longitude. A quelques minutes d'arc près, ce relèvement se trouva être aussi le nôtre dans
la matinée du 20 décembre. Nous marchions donc droit sur l'îlot
Bennet, et vingt-quatre heures ne s'écouleraient pas sans qu'il eût
été visible.

Je n'ai eu aucun incident à relater durant notre navigation en ces
parages. Il ne se passa rien de particulier à bord de notre goélette,
alors que le journal de la *Jane*, à la date du 17 janvier, enregistrait
plusieurs faits assez curieux. Voici le principal, qui fournit à Arthur
Pym et à son compagnon Dirk Peters une occasion de montrer leur
dévouement et leur courage.

Vers trois heures de l'après-midi, la vigie avait reconnu la présence d'un banc de glace en dérive, — ce qui prouve que quelques
glaçons avaient reparu à la surface de la mer libre. Sur ce banc
reposait un animal de taille gigantesque. Le capitaine William Guy
fit armer la plus grande des embarcations, dans laquelle prirent

place Arthur Pym, Dirk Peters et le second de la *Jane*, — précisément l'infortuné Patterson dont nous avions recueilli le corps entre
les îles du Prince-Édouard et de Tristan d'Acunha.

L'animal était un ours de l'espèce arctique, mesurant quinze pieds
dans sa plus grande longueur, le poil très rude, « frisant très serré »
et d'une parfaite blancheur, le museau rond comme celui d'un boule-
dogue. Plusieurs coups de feu qui l'atteignirent ne suffirent pas à
l'abattre. Après s'être jetée à la mer, la monstrueuse bête nagea vers
l'embarcation, et, en s'y appuyant, elle l'eût fait chavirer, si Dirk
Peters, s'élançant, ne lui eût planté son couteau dans la moelle
épinière. L'ours, ayant entraîné le métis, il fallut jeter une corde qui
aida celui-ci à remonter à bord.

L'ours, rapporté sur le pont de la *Jane*, ne présentait, sauf sa
taille exceptionnelle, rien d'anormal, qui pût permettre de le ranger
parmi les quadrupèdes étranges signalés par Arthur Pym sur ces
régions australes.

Cela dit, revenons à l'*Halbrane*.

La brise du nord, qui nous avait abandonnés, ne reprit pas, et
seul le courant drossait la goélette vers le sud. De là un retard que
notre impatience trouvait insupportable.

Enfin, le 21, l'observation donna 82° 50′ de latitude et 42° 20′ de
longitude ouest.

L'îlot Bennet, — s'il existait, — ne pouvait être éloigné maintenant...

Oui!... il existait, cet îlot... et sur le gisement même indiqué par
Arthur Pym.

En effet, vers six heures du soir, le cri d'un des hommes annonça
une terre par bâbord devant.

Hunt marchait en tête. (Page 210.)

XV

L'ILOT BENNET.

L'*Halbrane*, après avoir franchi huit cents milles environ depuis le cercle polaire, manœuvrait donc en vue de l'ilot Bennet! L'équipage avait grand besoin de repos, car, pendant les dernières heures, il s'était exténué à remorquer la goélette avec les canots sur une mer au calme blanc. Aussi remit-on le débarquement au lendemain, et je regagnai ma cabine.

Cette fois, aucun murmure ne troubla mon sommeil, et, dès cinq heures, je fus un des premiers sur le pont.

Il va sans dire que Jem West avait pris toutes les mesures de précaution qu'exigeait une navigation au milieu de ces parages suspects. La plus sévère surveillance régnait à bord. Les pierriers étaient chargés, les boulets et les gargousses montés, les fusils et les pistolets en état, les filets d'abordage prêts à être hissés. On se souvenait que la *Jane* avait été attaquée par les insulaires de l'île Tsalal. Notre goélette se trouvait alors à moins de soixante milles du théâtre de cette catastrophe.

La nuit s'était passée sans alerte. Le jour venu, pas une embarcation ne se montrait dans les eaux de l'*Halbrane*, pas un indigène sur les grèves. L'endroit paraissait désert, et, du reste, le capitaine William Guy n'y avait pas relevé trace d'êtres humains. On ne distinguait ni cases sur le littoral, ni fumée en arrière qui eût indiqué que l'ilot Bennet fût habité.

Ce que je vis de cet îlot, c'était, — ainsi que le marquait Arthur Pym, — une base rocheuse, dont la circonférence mesurait une lieue environ, et d'une aridité telle qu'on n'y apercevait pas le moindre indice de végétation.

Notre goélette était mouillée sur une seule ancre à un mille au nord.

Le capitaine Len Guy me fit observer qu'il n'y avait pas d'erreur possible sur ce gisement.

« Monsieur Jeorling, me dit-il, apercevez-vous ce promontoire en direction du nord-est?...

— Je l'aperçois, capitaine.

— N'est-il pas formé d'un entassement de roches qui figure des balles de coton roulé?...

— En effet, et tel que cela est mentionné dans le récit.

— Il ne nous reste donc plus qu'à débarquer sur le promontoire, monsieur Jeorling. Qui sait si nous n'y rencontrerons pas quelque vestige des hommes de la *Jane*, pour le cas où ils seraient parvenus à s'enfuir de l'île Tsalal?... »

Un mot seulement sur la disposition d'esprit dans laquelle nous étions tous à bord de l'*Halbrane*.

A quelques encablures gisait cet îlot sur lequel Arthur Pym et William Guy avaient mis pied onze ans auparavant. Lorsque la *Jane* l'atteignit, elle était loin de se trouver dans des conditions favorables, puisque le combustible commençait à lui manquer et que des symptômes de scorbut se manifestaient chez son équipage. Au contraire, à bord de notre goélette, la bonne santé des matelots faisait plaisir à voir, et si les recrues récriminaient entre elles, les anciens se montraient remplis de zèle et d'espoir, en pleine satisfaction d'être si près du but.

Quant à ce que devaient être les pensées, les désirs, les impatiences du capitaine Len Guy, on les devine... Il dévorait des yeux l'îlot Bennet.

Mais il y avait un homme dont les regards s'y attachaient avec plus d'obstination encore : c'était Hunt.

Depuis le mouillage, Hunt ne s'était pas couché sur le pont, comme il avait l'habitude de le faire, — pas même pour prendre deux ou trois heures de sommeil. Accoudé sur le bastingage de tribord à l'avant, sa large bouche serrée, son front creusé de mille plis, il n'avait pas quitté cette place, et ses yeux ne s'étaient pas détournés un seul instant du rivage.

Je rappelle, pour mémoire, que le nom de Bennet est celui de l'associé du capitaine de la *Jane*, et qu'il fut donné en son honneur à la première terre découverte sur cette partie de l'Antarctide.

Avant de quitter l'*Halbrane*, Len Guy recommanda au lieutenant de ne pas se départir d'une minutieuse surveillance, — recommandation dont Jem West n'avait pas besoin. Notre exploration ne de-

vait exiger au plus qu'une demi-journée. Si le canot n'était pas revenu dans l'après-midi, il y aurait lieu d'envoyer la seconde embarcation à sa recherche.

« Prends garde également à nos recrues, ajouta le capitaine Len
Guy.

— Soyez sans inquiétude, capitaine, répondit le lieutenant. Et
même, puisqu'il vous faut quatre hommes aux avirons, choisissez-les
parmi les nouveaux. Ce sera quatre mauvaises têtes de moins à
bord. »

L'avis était sage, car, sous l'influence déplorable de Hearne, le
mécontentement de ses compagnons des Falklands montrait une
tendance à s'accroître.

L'embarcation parée, quatre des nouveaux y prirent place à l'avant,
tandis que Hunt, sur sa demande, se mettait à la barre. Le capitaine
Len Guy, le bosseman et moi, nous nous assîmes à l'arrière, tous
bien armés, et l'on déborda afin de rallier le nord de l'îlot.

Une demi-heure plus tard, nous avions doublé le promontoire,
qui, vu de près, ne présentait plus un entassement de balles roulées.
Alors s'ouvrit la petite baie au fond de laquelle avaient accosté les
canots de la _Jane_.

C'est vers cette baie que nous dirigea Hunt. On pouvait d'ailleurs
s'en fier à son instinct. Il manœuvrait avec une remarquable précision entre les pointes rocheuses qui affleuraient çà et là. C'était à
croire qu'il connaissait cet atterrage...

L'exploration de l'îlot ne pouvait être de longue durée. Le capitaine William Guy y avait seulement consacré quelques heures, et
aucun indice, s'il en existait, n'échapperait sans doute à nos recherches.

Nous débarquâmes, au fond de la baie, sur des pierres tapissées
d'un maigre lichen. La marée déhalait déjà, laissant à découvert le
fond de sable d'une sorte de grève, semée de blocs noirâtres, semblables à de grosses têtes de clous.

Le capitaine Len Guy me fit remarquer, sur ce tapis sablonneux, quantité de mollusques à structure oblongue, dont la longueur variait de trois à dix-huit pouces, et gros de un à huit. Les uns reposaient sur leur côté aplati; les autres rampaient pour rechercher le soleil et se nourrir de ces animalcules auxquels est due la production du corail. Et, en effet, à deux ou trois endroits, j'observai plusieurs pointes d'un banc en formation.

« Ce mollusque, me dit le capitaine Len Guy, c'est celui qu'on appelle biche de mer, et qui est très apprécié des Chinois. Si j'attire votre attention là-dessus, monsieur Jeorling, c'est que ce fut dans le but de se procurer cette biche de mer que la *Jane* visita ces parages. Vous n'avez pas oublié que mon frère avait traité avec Too-Wit, le chef de l'île Tsalal, pour la livraison de quelques centaines de piculs de ces mollusques, que des hangars furent construits près de la côte, que trois hommes y devaient s'occuper de la préparation de ce produit, pendant que la goélette continuerait sa campagne de découverte... Enfin vous vous rappelez dans quelles conditions elle fut attaquée et détruite... »

Oui! tous ces détails étaient présents à ma mémoire, comme ceux qu'Arthur Pym donne relativement à cette biche de mer, le *gasteropeda pulmonifera* de Cuvier. Il ressemble à une sorte de ver, de chenille, sans coquilles ni pattes, uniquement pourvu d'anneaux élastiques. Lorsqu'on a ramassé ces mollusques sur le sable, on les fend suivant leur longueur, on les débarrasse de leurs entrailles, on les lave, on les fait bouillir, on les enterre pendant quelques heures, on les expose ensuite à la chaleur du soleil; puis, une fois séchés et encaqués, on les expédie en Chine. Très estimés sur les marchés du Céleste Empire, au même titre que les nids d'hirondelles, considérés comme un fortifiant, ils sont vendus, en première qualité, jusqu'à quatre-vingt-dix dollars le picul, — soit cent trente-trois livres et demie, — et non seulement à Canton, mais à Singapour, à Batavia, à Manille.

Dès que nous eûmes atteint les roches, deux hommes furent laissés à la garde du canot. Accompagnés des deux autres, le capitaine Len

Guy, le bosseman, Hunt et moi, nous prîmes direction vers le centre
de l'ilot Bennet.

Hunt marchait en tête, toujours silencieux, tandis que j'échangeais
quelques mots avec le capitaine Len Guy et le bosseman. On eût véritablement dit qu'il nous servait de guide, et je ne pus retenir certaines observations à cet égard.

Peu importait, après tout. L'essentiel, c'était de ne pas rentrer
à bord avant que la reconnaissance fût complète.

Le sol que nous foulions était extrêmement aride. Impropre à
toute culture, il n'aurait pu fournir aucune ressource — même à des
sauvages.

Comment y aurait-on pu vivre, puisqu'il ne produisait d'autre
plante, qu'une sorte de raquette épineuse, dont les plus rustiques
ruminants ne se fussent pas contentés? Si William Guy et ses
compagnons n'avaient eu d'autre refuge que cet ilot, après la catastrophe de la *Jane*, la faim les aurait depuis longtemps détruits
jusqu'au dernier.

Du médiocre monticule qui s'arrondissait au centre de l'ilot Bennet, nos regards purent l'embrasser dans toute son étendue. Rien...
rien nulle part... Mais peut-être avait-il conservé çà et là des em-
preintes de pied humain, des restes de foyer en cendres, des ruines
de cases, — enfin des preuves matérielles que quelques hommes de
la *Jane* y étaient venus?...

Aussi, désireux de le vérifier, résolûmes-nous de suivre le périmètre du littoral depuis le fond de la petite baie où le canot avait
accosté...

En descendant du monticule, Hunt reprit les devants, comme s'il
eût été convenu qu'il nous conduirait. Nous le suivions donc, tandis
qu'il se dirigeait vers l'extrémité méridionale de l'ilot.

Arrivé à la pointe, Hunt promena son regard autour de lui, se
baissa, et montra, au milieu de pierres éparses, une pièce de bois,
à demi-rongée de pourriture.

« Je me souviens !... m'écriai-je. Arthur Pym parle de cette pièce de bois, qui paraissait avoir appartenu à l'étrave d'une embarcation, de traces de sculptures...

— Parmi lesquelles mon frère crut découvrir le dessin d'une tortue... ajouta le capitaine Len Guy.

— En effet, repris-je, mais cette ressemblance fut déclarée douteuse par Arthur Pym. N'importe, puisque cette pièce de bois est encore à l'endroit même indiqué dans le récit, on doit en conclure que, depuis la relâche de la *Jane*, aucun équipage n'a pris pied sur l'îlot Bennet. J'estime que nous perdrions notre temps à y rechercher des vestiges quelconques. C'est à l'île Tsalal seulement que nous serons fixés...

— Oui... à l'île Tsalal! » répondit le capitaine Len Guy.

Nous revînmes dans la direction de la baie, en longeant, près du relais de marées, la lisière rocheuse. En divers endroits se dessinaient quelques ébauches de banc de corail. Quant à la biche de mer, elle était en si grande abondance que notre goélette aurait pu en embarquer tout une cargaison.

Hunt, silencieux, ne cessait de marcher les yeux baissés vers le sol.

Quant à nous, lorsque nos regards se portaient au large, ils n'apercevaient que l'immensité déserte. Vers le nord, l'*Halbrane* montrait sa mâture balancée par un léger roulis. Vers le sud, aucune apparence de terre, et, dans tous les cas, ce n'est pas l'île Tsalal que nous aurions pu relever en cette direction, puisque son gisement la plaçait à trente minutes d'arc dans le sud, soit trente milles marins.

Ce qui resterait à faire, après avoir parcouru le contour de l'îlot, ce serait de revenir à bord et d'appareiller sans retard pour l'île Tsalal.

Nous remontions alors les grèves de l'est, Hunt, en tête, à quelque dizaine de pas, lorsqu'il suspendit brusquement sa marche, et, cette fois, nous appela d'un geste précipité.

En un instant, nous fûmes près de lui.

Si Hunt n'avait témoigné aucune surprise au sujet de la pièce de

bois, son attitude changea, lorsqu'il se fut agenouillé devant un morceau de planche vermoulue, abandonnée sur le sable. Il la tâtait de
ses énormes mains, la palpait comme pour en sentir les aspérités,
cherchant à sa surface quelques rayures qui pouvaient avoir une si-
gnification...

Cette planche, longue de cinq à six pieds, large de six pouces, en
cœur de chêne, devait avoir appartenu à une embarcation d'assez
grande dimension, — peut-être un navire de plusieurs centaines de
tonneaux. La peinture noire qui la recouvrait autrefois avait disparu
sous l'épaisse crasse déposée par les intempéries climatériques. Plus
spécialement, elle semblait provenir du tableau d'arrière d'un bâtiment.

Le bosseman le fit remarquer.

« Oui... oui... répéta le capitaine Len Guy, elle faisait partie d'un
tableau d'arrière ! »

Hunt, toujours agenouillé, hochait sa grosse tête en signe d'assentiment.

« Mais, répondis-je, cette planche n'a pu être jetée sur l'îlot
Bennet qu'après un naufrage... Il faut que les contre-courants l'aient
trouvée en pleine mer, et...

— Si c'était?... » s'écria le capitaine Len Guy.

La même pensée nous était venue à tous les deux...

Et, quelle fut notre surprise, notre stupéfaction, notre indicible
émotion, lorsque Hunt nous montra sept ou huit lettres inscrites sur
la planche, — non point peintes, mais en creux et que l'on sentait
sous le doigt...

Il n'était que trop aisé de reconnaître les lettres de deux noms,
ainsi disposées sur deux lignes :

AN

LI E PO L

La *Jane* de Liverpool !... La goélette commandée par le capi-

LE CAPITAINE LEN GUY AVAIT PRIS CETTE PLANCHE ENTRE SES MAINS... (Page 213.)

taine William Guy!... Qu'importait que le temps eût effacé les autres lettres?... Celles qui restaient ne suffisaient-elles pas à dire le nom du navire et celui de son port d'attache?... La *Jane* de Liverpool!...

Le capitaine Len Guy avait pris cette planche entre ses mains, et il y appuya ses lèvres, tandis qu'une grosse larme tombait de ses yeux...

C'était un des débris de la *Jane*, un de ceux que l'explosion avait dispersés, apporté soit par les contre-courants, soit par un glaçon, jusqu'à cette grève!...

Je laissai, sans prononcer un mot, l'émotion du capitaine Len Guy se calmer.

Quant à Hunt, je n'avais jamais vu un regard si fulgurant s'échapper de ses yeux — ses yeux de faucon étincelants, — tandis qu'il observait l'horizon du sud...

Le capitaine Len Guy se releva.

Hunt, toujours muet, plaça la planche sur son épaule, et nous continuâmes notre route...

Lorsque le tour de l'ilot fut achevé, nous fîmes halte à l'endroit où le canot avait été laissé au fond de la baie sous la garde des deux matelots, et, vers deux heures et demie après midi, nous étions rentrés à bord.

Le capitaine Len Guy voulut rester jusqu'au lendemain à ce mouillage, dans l'espérance que les vents du nord ou de l'est viendraient à s'établir. C'était à souhaiter, car pouvait-on songer à faire remorquer l'*Halbrane* par ses embarcations jusqu'en vue de l'île Tsalal? Quoique le courant portât de ce côté, surtout pendant le flot, deux jours n'eussent pas suffi à cette traversée d'une trentaine de milles.

L'appareillage fut donc remis au lever du jour. Or, comme une légère brise se déclara vers trois heures après minuit, on put espérer que la goélette atteindrait sans trop de retard le suprême but de son voyage.

Ce fut à six heures et demie du matin, le 23 décembre, que l'*Halbrane*, tout dessus, cap au sud, quitta le mouillage de l'ilot Bennet. Ce qui n'était pas douteux, c'est que nous avions recueilli un nouveau et affirmatif témoignage de la catastrophe dont l'île Tsalal avait été le théâtre.

Elle était bien faible, la brise qui nous poussait, et trop souvent les voiles dégonflées venaient battre sur les mâts. Par bonne chance, un coup de sonde indiqua que le courant se propageait invariablement vers le sud. Il est vrai, étant donnée cette marche assez lente, le capitaine Len Guy ne devait pas relever le gisement de l'île Tsalal avant trente-six heures.

Durant cette journée, j'observai très attentivement les eaux de la mer, qui me parurent d'un bleu moins foncé que ne le dit Arthur Pym. Nous n'avons non plus rencontré aucune de ces touffes d'épines à baies rouges qui furent recueillies à bord de la *Jane*, ni le pareil de ce monstre de la faune australe, — un animal long de trois pieds, haut de six pouces, aux quatre jambes courtes, aux pieds à longues griffes couleur de corail, au corps soyeux et blanc, la queue d'un rat, la tête d'un chat, les oreilles rabattues d'un chien, les dents rouge vif. D'ailleurs, je considérais toujours nombre de ces détails comme suspects, et uniquement dûs à un instinct par trop imaginatif.

Assis à l'arrière, le livre d'Edgar Poe à la main, je lisais, non sans remarquer que Hunt, lorsque son service l'appelait près du rouf, ne cessait de me regarder avec une obstination singulière.

Et, précisément, j'en étais à cette fin du chapitre XVII, où Arthur Pym se reconnaît responsable des « tristes et sanglants événements qui furent le résultat de ses conseils ». Ce fut lui, en effet, qui vainquit les hésitations du capitaine William Guy, qui le poussa « à profiter d'une occasion ausi tentante de résoudre le grand problème relatif à un continent antarctique! » Et, du reste, tout en acceptant cette responsabilité, ne se félicitait-il pas « d'avoir été l'instrument d'une découverte, et d'avoir servi en quelque façon à ouvrir aux yeux de la science un des plus enthousiasmants secrets qui aient jamais accaparé son attention?... »

Pendant cette journée, de nombreuses baleines s'ébattirent au large de l'*Halbrane*. Également passèrent aussi d'innombrables vols d'albatros, toujours dirigés vers le sud. De glaces, pas une seule en vue. Au-dessus des extrêmes limites de l'horizon, on n'apercevait même pas la réverbération du blink des ice-fields.

Le vent ne marquait aucune tendance à fraîchir, et quelques brumes voilaient le soleil.

Il était déjà cinq heures du soir, lorsque les derniers linéaments de l'îlot Bennet s'effacèrent. Quel peu de route nous avions fait depuis le matin!...

La boussole, observée toutes les heures, ne donnait plus qu'une variation insignifiante, — ce qui confirmait les dires du récit. Divers sondages ne nous rapportèrent point de fond, bien que le bosseman y employât des lignes de deux cents brasses. Il était heureux que la direction du courant permît à la goélette de gagner peu à peu vers le sud, — une vitesse d'un demi-mille seulement.

Dès six heures, le soleil disparut derrière un opaque rideau de brumes, au delà duquel il continua de décrire sa longue spirale descendante.

La brise ne se laissait plus sentir, — contrariété que nous ne supportions pas sans une vive impatience. Si ces retards se prolongeaient, si le vent venait à changer, quel parti prendre? Cette mer ne devait point être à l'abri des tempêtes, et une bourrasque, qui eût rejeté la goélette vers le nord, aurait « fait le jeu » de Hearne et de ses compagnons en justifiant leurs récriminations dans une certaine mesure.

Après minuit, cependant, le vent fraîchit, et l'*Halbrane* put s'élever d'une douzaine de milles.

Aussi, le lendemain, 24, le point donna-t-il 83°2′ pour la latitude et 43°5′ pour la longitude.

L'*Halbrane* ne se trouvait plus qu'à dix-huit minutes d'arc du gisement de l'île Tsalal, — soit moins d'un tiers de degré, soit moins de vingt milles...

Par malheur, à partir de midi, le vent refusa encore. Toutefois, grâce au courant, l'île Tsalal fut signalée à six heures quarante-cinq du soir.

Dès que l'ancre eut été envoyée par le fond, on veilla avec le plus grand soin, canons chargés, fusils à portée de la main, filets d'abordage en place.

L'*Halbrane* ne courait pas le risque d'être surprise. Trop d'yeux veillaient à bord, — particulièrement ceux de Hunt, qui ne se détachèrent pas un instant de cet horizon de la zone australe.

Dans l'attitude d'un homme qui ne s'y reconnaissait pas... (Page 221.)

XVI

L'ILE TSALAL

La nuit se passa sans alerte. Aucun canot n'avait quitté l'ile. Aucun indigène ne se montrait sur son littoral. La seule conclusion à tirer de là, c'était que la population devait occuper l'intérieur. En effet, nous savions, d'après le récit, qu'il fallait marcher trois ou quatre heures avant d'atteindre le principal village de Tsalal.

Donc, l'*Halbrane* n'avait pas été aperçue à son arrivée, et cela valait mieux, en somme.

Nous étions mouillés à trois milles de la côte, sur dix brasses de fond.

Dès six heures, on leva l'ancre, et la goélette, servie par une petite brise matinale, vint prendre un nouveau mouillage à un demi-mille d'une ceinture de corail, semblable aux anneaux coralligènes de l'océan Pacifique. De cette distance, il était assez aisé de saisir l'île dans tout son ensemble.

Neuf à dix milles de circonférence, — ce que n'avait pas mentionné Arthur Pym, — une côte très abrupte d'un accès difficile, de longues plaines arides, noirâtres, encadrées d'une suite de collines de médiocre altitude, tel est l'aspect que présentait Tsalal. Je le répète, le rivage était désert. On ne voyait pas une embarcation au large ni dans les criques. Il ne s'élevait aucune fumée au-dessus des roches, et il semblait bien qu'il n'y eût pas un seul habitant de ce côté.

Que s'était-il donc passé depuis onze ans?... Peut-être le chef des indigènes, ce Too-Wit, n'existait-il plus?... Soit, mais la population relativement nombreuse... et William Guy... et les survivants de la goélette anglaise?...

Lorsque la *Jane* avait paru sur ces parages, c'était la première fois que les Tsalalais voyaient un navire. Aussi dès leur arrivée à bord, l'avaient-ils pris pour un énorme animal, sa mâture pour des membres, ses voiles pour des vêtements. Maintenant, ils devaient savoir à quoi s'en tenir à ce sujet. Or, s'ils ne cherchaient pas à nous rendre visite, à quoi fallait-il attribuer cette conduite singulièrement réservée?...

« A la mer, le grand canot! » commanda le capitaine Len Guy d'une voix impatiente.

L'ordre fut exécuté, et le capitaine Len Guy, s'adressant au lieutenant :

« Jem, fais descendre huit hommes avec Martin Holt, Hunt à la
barre. Tu resteras au mouillage, et veille du côté de la terre comme
du côté de la mer...

— Soyez sans inquiétude, capitaine.

— Nous allons débarquer, et nous tenterons de gagner le village
de Klock-Klock. S'il survenait quelque complication au large, préviens par trois coups de pierrier...

— C'est entendu, trois coups tirés à une minute d'intervalle,
répondit le lieutenant.

— Si tu ne nous as pas vus reparaître avant le soir, envoie le
second canot bien armé avec dix hommes sous la direction du bosseman, et qu'ils stationnent à une encablure du rivage, afin de nous
recueillir.

— Ce sera fait.

— En aucun cas, tu ne quitteras le bord, Jem...

— En aucun cas.

— Si nous n'avions pas été retrouvés, après avoir fait tout ce qui
serait en ton pouvoir, tu prendrais le commandement de la goélette,
et tu la ramènerais aux Falklands...

— C'est convenu. »

Le grand canot fut vite paré. Huit hommes s'y embarquèrent,
compris Martin Holt et Hunt, tous armés de fusils, de pistolets, la
cartouchière pleine, le couteau à la ceinture.

A ce moment je m'avançai et dit :

« Ne me permettrez-vous pas de vous accompagner à terre, capitaine?...

— Si cela vous convient, monsieur Jeorling. »

Rentré dans ma cabine, je pris mon fusil, — un fusil de chasse
à deux coups, — la poire à poudre, le sac à plomb, quelques balles,
et je vins rejoindre le capitaine Len Guy, qui m'avait gardé une
place à l'arrière.

L'embarcation déborda, et, vigoureusement menée, se dirigea vers le récif, afin de découvrir la passe par laquelle Arthur Pym et Dirk Peters l'avaient franchi, le 19 janvier 1828, dans le canot de la *Jane*.

C'est à ce moment que les sauvages étaient apparus. sur leurs longues pirogues... que William Guy leur avait montré un mouchoir blanc en signe d'amitié... qu'ils avaient répondu par les cris de *anamoo-moo* et *lama-lama*... et que le capitaine leur avait permis de venir à bord avec leur chef Too-Wit.

Le récit déclare que des relations amicales s'établirent alors entre ces sauvages et les hommes de la *Jane*. Il fut décidé qu'une cargaison de biches de mer serait embarquée au retour de la goélette, qui, sur les instigations d'Arthur Pym, allait pousser une pointe vers le sud. Quelques jours après, le 1er février, on le sait, le capitaine William Guy et trente et un des siens avaient été victimes d'un guet-apens dans le ravin de Klock-Klock, et, des six hommes restés à la garde de la *Jane*, détruite par une explosion, il ne s'en sauva pas un seul.

Pendant vingt minutes, notre canot côtoya le récif. Dès que la passe eut été découverte par Hunt, il s'y engagea, afin d'atteindre une étroite coupure des roches.

Deux matelots furent laissés dans le canot, qui retraversa le petit bras large de deux cents toises et vint jeter son grappin sur les roches, à l'entrée même de la passe.

Après avoir remonté la gorge sinueuse, qui donnait accès sur la crête du rivage, notre petite troupe, Hunt en tête, se dirigea vers le centre de l'île.

Le capitaine Len Guy et moi, tout en marchant, échangions nos remarques, au sujet de ce pays qui, au dire d'Arthur Pym, « différait essentiellement de toutes terres visitées jusqu'alors par des hommes civilisés ».

Nous le verrions bien. Dans tous les cas, ce que je puis dire, c'est que la couleur générale des plaines était noire, comme si l'humus eût été fait d'une poussière de laves, et que, nulle part, on ne voyait rien « qui fût blanc ».

A cent pas de là, Hunt se mit à courir vers une énorme masse rocheuse. Dès qu'il l'eut atteinte, il la gravit avec l'agilité d'un isard, il se dressa au sommet, et promena ses regards sur un espace de plusieurs milles.

Hunt semblait être dans l'attitude d'un homme « qui ne s'y reconnaissait pas! »

« Qu'a-t-il donc?... me demanda le capitaine Len Guy, après l'avoir observé avec attention.

— Ce qu'il a, répliquai-je, je ne sais, capitaine. Mais, vous ne l'ignorez pas, tout est bizarre en cet homme, tout est inexplicable dans ses manières, et, par certains côtés, il mériterait de figurer parmi les êtres nouveaux qu'Arthur Pym prétend avoir rencontrés sur cette île!... On dirait même que...

— Que?... » répéta le capitaine Len Guy.

Et alors, sans terminer ma phrase, je m'écriai :

« Capitaine, êtes-vous certain d'avoir fait une bonne observation, quand vous avez pris hauteur hier?...

— Assurément.

— Ainsi votre point?...

— M'a donné 83°20′ de latitude et 43°5′ de longitude...

— Exactement?...

— Exactement.

— Il n'y a donc pas à mettre en doute que cette île soit l'ile Tsalal?...

— Non, monsieur Jeorling, si l'île Tsalal est bien au gisement indiqué par Arthur Pym. »

Effectivement, il ne pouvait naître aucun doute à ce sujet. Il est vrai, si Arthur Pym ne s'était pas trompé sur ce gisement exprimé en degrés et en minutes, que devait-on penser de la fidélité de son récit, concernant la région que traversa notre petite troupe sous la direction de Hunt. Il parle d'étrangetés qui ne lui étaient point fa-

milières... Il parle d'arbres dont aucun ne ressemblait aux produits de la zone torride, ni de la zone tempérée, ni de la zone glaciale du nord, ni à ceux des latitudes inférieures méridionales, —
ce sont ses propres expressions... Il parle de roches d'une structure nouvelle, soit par leur masse, soit par leur stratification...
Il parle de ruisseaux prodigieux, dont le lit contenait un liquide indescriptible sans apparence de limpidité, une sorte de dissolution de
gomme arabique, partagée en veines distinctes, qui offrait tous les
chatoiements de la soie changeante, et que la puissance de cohésion
ne rapprochait pas, après qu'une lame de couteau les avait divisées...

Eh bien, il n'y avait rien — ou il n'y avait plus rien de tout cela! Pas
un arbre, pas un árbrisseau, pas un arbuste ne se montrait à travers
la campagne... Des collines boisées entre lesquelles devait s'étaler le
village de Klock-Klock, nous ne vimes pas apparence... De ces ruisseaux où les hommes de la *Jane* n'avaient point osé se désaltérer, je
n'aperçus pas un seul, — non pas même une goutte d'eau ni ordinaire ni extraordinaire... Partout l'affreuse, la désolante, l'absolue
aridité!

Cependant Hunt marchait d'un pas rapide, sans montrer aucune
hésitation. Il semblait qu'un instinct naturel le conduisît, ainsi que
ces hirondelles, ces pigeons voyageurs, ramenés à leurs nids par le
plus court, — à vol d'oiseau, « à vol d'abeille », disons-nous en
Amérique. Je ne sais quel pressentiment nous incitait à le suivre
comme le meilleur des guides, un Bas de Cuir, un Renard Subtil!...
Et — après tout — peut-être était-il le compatriote de ces héros de
Fenimore Cooper?...

Mais, je ne saurais trop le répéter, nous n'avions pas devant les
yeux cette contrée fabuleuse, décrite par Arthur Pym. Ce que nos
pieds foulaient, c'était un sol tourmenté, ravagé, convulsionné. Il
était noir... oui... noir et calciné comme s'il eût été vomi des entrailles
de la terre sous l'action des forces plutoniennes. On eût dit que
quelque effroyable et irrésistible cataclysme l'avait bouleversé sur
toute sa surface.

Quant aux animaux dont il est question dans le récit, nous n'en apercevions plus un seul, — ni les canards de l'espèce anas valisneria, ni les tortues galapagos, ni les boubies noires, ni ces oiseaux noirs taillés comme des busards, ni les cochons noirs, à queue touffante et à jambes d'antilopes, ni ces sortes de moutons à laine noire, ni les gigantesques albatros à plumage noir... Les pingouins, même, si nombreux dans les parages antarctiques, semblaient avoir fui cette terre, devenue inhabitable... C'était la solitude silencieuse et morne du plus affreux désert!

Et, aucun être humain... personne... pas plus à l'intérieur de l'île que sur le rivage!

Au milieu de cette désolation, restait-il encore chance de retrouver William Guy et les survivants de la *Jane?*...

Je regardai le capitaine Len Guy. Son visage pâle, son front creusé de profondes rides, disaient trop clairement que l'espoir commençait à l'abandonner...

Nous atteignîmes enfin la vallée dont les plis enveloppaient autrefois le village de Klock-Klock. Là, comme ailleurs, complet abandon. Plus une seule de ces habitations, — et combien misérables elles étaient alors, — ni ces yampoos, formées d'une grande peau noire reposant sur un tronc d'arbre coupé à quatre pieds de terre, ni ces huttes faites de branches rabattues, ni ces trous de troglodytes, évidés dans les parois de la colline, à même d'une pierre noire qui ressemblait à de la terre à foulon... Et ce ruisseau qui clapotait en descendant les pentes du ravin, où était-il, et de quel côté s'enfuyait son eau magique, roulant sur un lit de sable noir?...

Quant à la population tsalalaise, ces hommes presque entièrement nus, quelques-uns vêtus d'une peau à fourrure noire, armés de lances et de massues, et ces femmes droites, grandes, bien faites, « douées d'une grâce et d'une liberté d'allure qu'on ne retrouve pas dans une société civilisée », — encore les propres expressions d'Arthur Pym, — et cette multitude d'enfants qui leur faisaient cortège... oui! qu'était devenu tout ce monde d'indigènes à la peau noire, à la chevelure noire, aux dents noires, que la couleur blanche remplissait d'épouvante?...

En vain cherchai-je la case de Too-Wit, faite de quatre grandes peaux que liaient entre elles des chevilles de bois, et assujetties par de petits pieux fichés en terre... Je n'en reconnus même pas la place!... Et c'était là, cependant, que William Guy, Arthur Pym, Dirk Peters et leurs compagnons avaient été reçus non sans des marques de respect, tandis que la foule des insulaires se pressait au dehors... C'était là que fut servi le repas où figuraient des entrailles palpitantes d'un animal inconnu, que Too-Wit et les siens dévorèrent avec une répugnante avidité...

A cet instant, une éclaircie se fit dans mon cerveau. Ce fut comme une révélation. Je devinai ce qui s'était passé sur l'île, quelle était la raison de cette solitude, la cause de ce bouleversement dont le sol portait encore les traces...

« Un tremblement de terre!... m'écriai-je. Oui! il a suffi de deux ou trois de ces terribles secousses, si communes en ces régions sous lesquelles la mer pénètre par infiltration!... Un jour, les quantités de vapeur accumulées se frayent une issue et anéantissent tout à la surface...

— Un tremblement de terre aurait changé à ce point l'île Tsalal?... murmura le capitaine Len Guy.

— Oui, capitaine, et il a détruit cette végétation particulière... ces ruisseaux au liquide bizarre... ces étrangetés naturelles, enfouies maintenant dans les profondeurs du sol et dont nous ne retrouvons aucune trace!... Rien ne se voit plus ici de ce qu'avait vu Arthur Pym!... »

Hunt, qui s'était approché, écoutait, relevant et abaissant son énorme tête en signe d'approbation.

« Est-ce que ces contrées de la mer australe ne sont pas volcaniques? repris-je. Est-ce que si l'*Halbrane* nous transportait à la Terre Victoria, nous n'y trouverions pas l'Erebus et le Terror en pleine éruption?...

SON ÉNORME MAIN TENAIT UN COLLIER DE MÉTAL. (Page 227.)

— Cependant, fit observer Martin Holt, s'il y avait eu éruption, on verrait des laves...

— Je ne dis pas qu'il y ait eu éruption, répondis-je au maître-voilier, mais je dis que le sol a été remué de fond en comble par un tremblement de terre ! »

En y bien réfléchissant, l'explication que je donnais méritait d'être admise.

Et il me revint alors à la mémoire que, d'après le récit d'Arthur Pym, Tsalal appartenait à un groupe d'îles qui s'étendait vers l'ouest. Si elle n'avait pas été détruite, il était possible que la population tsalalaise se fût enfuie sur une des îles voisines. Il conviendrait donc d'aller reconnaître cet archipel, où les survivants de la *Jane* avaient pu trouver refuge, après avoir quitté Tsalal, qui, depuis le cataclysme, ne devait plus offrir aucune ressource...

J'en parlai au capitaine Len Guy.

« Oui, s'écria-t-il — et des larmes jaillissaient de ses yeux, — oui... il se peut!... Et, pourtant, comment mon frère, comment ses malheureux compagnons auraient-ils eu le moyen de s'enfuir, et n'est-il pas plus probable qu'ils ont tous péri dans ce tremblement de terre?... »

Un geste de Hunt qui signifiait : Venez! nous entraîna sur ses pas.

Après s'être enfoncé, à travers la vallée, de deux portées de fusil, il s'arrêta.

Quel spectacle s'offrit à nos regards!

Là gisaient en tas des monceaux d'ossements, des amas de sternums, de tibias, de fémurs, de vertèbres, des débris de toute cette charpente qui compose le squelette humain et sans un lambeau de chair, des agglomérations de crânes avec quelques touffes de cheveux, — enfin un amoncellement énorme qui avait blanchi à cette place!...

Devant ce formidable ossuaire, nous fûmes saisis d'épouvante et d'horreur!

Était-ce donc là ce qui restait de la population de l'île, évaluée à plusieurs milliers d'individus?... Mais, s'ils avaient succombé jusqu'au dernier dans ce tremblement de terre, comment expliquer que ces débris fussent répandus à la surface du sol et non enfouis dans ses entrailles?... Et puis, pouvait-on admettre que ces indigènes, hommes, femmes, enfants, vieillards, eussent été surpris à ce point qu'ils n'avaient pas eu le temps de gagner avec leurs embarcations les autres îles du groupe?...

Nous demeurions immobiles, accablés, désespérés, incapables de prononcer une parole!

« Mon frère... mon pauvre frère! » répétait le capitaine Len Guy, qui venait de s'agenouiller.

Toutefois, en y réfléchissant, il y avait des choses que mon esprit se refusait à admettre. Ainsi comment accorder cette catastrophe avec les notes du carnet de Patterson? Ces notes disaient formellement que le second de la *Jane*, sept mois auparavant, avait laissé ses compagnons sur l'île Tsalal. Ils ne pouvaient donc avoir péri dans ce tremblement de terre, qui, étant donné l'état des ossements, remontait à plusieurs années, et qui devait s'être produit après le départ d'Arthur Pym et de Dirk Peters, puisque le récit n'en parlait pas...

En vérité, ces faits étaient inconciliables. Si le tremblement de terre était de date récente, ce n'était pas à lui qu'il fallait attribuer la présence de ces squelettes, déjà blanchis par le temps. En tout cas, les survivants de la *Jane* n'étaient pas parmi eux... Mais alors... où étaient-ils?...

Comme la vallée de Klock-Klock ne se prolongeait point au delà, il y eut nécessité de revenir sur nos pas, afin de reprendre le chemin du littoral.

Nous avions à peine franchi un demi-mille, le long des talus, lorsque Hunt s'arrêta de nouveau devant quelques fragments d'os presque à l'état de poussière, et qui ne semblaient pas appartenir à un être humain.

Était-ce donc les restes de l'un de ces bizarres animaux décrits par Arthur Pym, et dont nous n'avions pas aperçu un seul échantillon jusqu'alors?...

Un cri, — ou plutôt une sorte de rugissement sauvage, — s'échappa de la bouche de Hunt.

Son énorme main, qui se tendait vers nous, tenait un collier de métal...

Oui!... un collier de cuivre... un collier à demi-rongé d'oxyde, sur lequel quelques lettres gravées se pouvaient lire encore.

Ces lettres formaient les trois mots que voici :

Tigre. — Arthur Pym. —

Tigre! c'était le terre-neuve qui avait sauvé la vie à son maître, lorsque celui-ci était caché dans la cale du *Grampus*... Tigre, qui avait déjà donné des signes d'hydrophobie... Tigre qui, pendant la révolte de l'équipage, s'était jeté à la gorge du matelot Jones presque aussitôt achevé par Dirk Peters!...

Ainsi ce fidèle animal n'avait pas péri dans le naufrage du *Grampus*... Il avait été recueilli à bord de la *Jane* en même temps qu'Arthur Pym et le métis... Et, pourtant, le récit ne le mentionnait pas, et, même avant la rencontre de la goélette, il n'était plus question du chien...

Mille contradictions se pressaient dans mon esprit... Je ne savais comment concilier ces faits... Cependant, nul doute que Tigre eût été tiré du naufrage comme Arthur Pym, qu'il l'eût suivi jusqu'à l'île Tsalal, qu'il eût survécu à l'éboulement de la colline de Klock-Klock, qu'il eût enfin trouvé la mort dans cette catastrophe qui avait anéanti une partie de la population tsalalaise...

Mais, encore une fois, William Guy et ses cinq matelots ne pouvaient se trouver parmi ces squelettes qui jonchaient le sol, puisqu'ils étaient vivants au départ de Patterson, il y avait sept mois, et que la catastrophe datait de bien des années déjà!...

Trois heures plus tard, nous étions de retour à bord de l'*Halbrane*, n'ayant fait aucune autre découverte.

Le capitaine Len Guy regagna sa cabine, s'y enferma, et ne parut pas même à l'heure du dîner.

Je pensai que mieux valait respecter sa douleur, et je ne cherchai pas à le revoir.

Le lendemain, désireux de retourner sur l'île et de reprendre l'exploration d'un littoral à l'autre, je demandai au lieutenant de m'y faire conduire.

Jem West y consentit, après avoir été autorisé par le capitaine Len Guy, qui s'abstint de venir avec nous.

Hunt, le bosseman, Martin Holt, quatre hommes et moi, nous prîmes place dans le canot, sans armes, puisqu'il n'y avait plus rien à craindre.

Nous débarquâmes au même endroit que la veille, et Hunt nous dirigea de nouveau vers la colline de Klock-Klock.

Une fois là, on remonta l'étroit ravin par lequel Arthur Pym, Dirk Peters et le matelot Allen, séparés de William Guy et de ses vingt-neuf compagnons, s'enfoncèrent à travers cette fissure, creusée dans une substance savonneuse, une espèce de stéatite assez fragile.

A cette place, il n'y avait plus vestige des parois qui avaient dû disparaître dans le tremblement de terre, — ni de la fissure dont quelques noisetiers ombrageaient alors l'orifice, — ni du sombre couloir qui conduisait au labyrinthe, dans lequel Allen mourut étouffé, ni de la terrasse d'où Arthur Pym et le métis avaient vu l'attaque des canots indigènes contre la goélette, et entendu l'explosion qui fit des milliers de victimes.

Il ne restait rien non plus de la colline abattue dans l'éboulement artificiel, auquel le capitaine de la *Jane*, son second Patterson et cinq de ses hommes avaient pu échapper...

Il en était de même de ce labyrinthe, dont les boucles entre-croisées figuraient des lettres, lesquelles lettres formaient des mots, lesquels mots composaient une phrase reproduite dans le texte d'Arthur Pym, — cette phrase dont la première ligne signifiait « être blanc », et la seconde, « région du sud » !

Ainsi avaient disparu la colline, le village de Klock-Klock, et tout ce qui donnait à l'île Tsalal un aspect surnaturel. A présent, sans doute, le mystère de ces invraisemblables découvertes ne serait jamais révélé à personne!...

Nous n'avions qu'à regagner notre goélette en revenant par l'est du littoral.

Hunt nous fit alors traverser l'emplacement où des hangars avaient été élevés pour la préparation de la biche de mer et dont nous ne vîmes que des débris.

Inutile d'ajouter que le cri *tékéli-li* ne retentissait point à nos oreilles, — ce cri que poussaient les insulaires et les gigantesques oiseaux noirs de l'espace... Partout, le silence, l'abandon!...

Une dernière halte eut lieu à l'endroit où Arthur Pym et Dirk Peters s'étaient emparés du canot qui les porta vers de plus hautes latitudes... jusqu'à cet horizon de vapeurs sombres, dont les déchirures laissaient apercevoir la grande figure humaine... le géant blanc...

Hunt, les bras croisés, dévorait des yeux l'infinie étendue de mer.

« Eh bien, Hunt?... » lui dis-je.

Hunt ne parut pas m'entendre, et ne tourna même pas la tête de mon côté.

« Que faisons-nous ici?... » lui demandai-je en le touchant à l'épaule.

Ma main le fit tressaillir, et il me jeta un regard qui me pénétra jusqu'au cœur.

« Allons, Hunt, s'écria Hurliguerly, est-ce que tu vas prendre racine sur ce bout de roche?... Ne vois-tu pas l'*Halbrane* qui nous attend au mouillage?... En route!... Nous déraperons dès demain!... Il n'y a plus rien à faire ici! »

Il me sembla que les lèvres tremblottantes de Hunt répétaient ce mot « rien », tandis que toute son attitude protestait contre les paroles du bosseman...

Le canot nous ramena à bord.

Le capitaine Len Guy n'avait point quitté sa cabine.

Jem West, n'ayant pas reçu l'ordre d'appareiller, attendait en se promenant à l'arrière.

J'allai m'asseoir au pied du grand mât, observant la mer librement ouverte devant nous.

En ce moment, le capitaine Len Guy sortit du rouf, la figure pâle et contractée.

« Monsieur Jeorling, me dit-il, j'ai conscience d'avoir fait tout ce qu'il était possible de faire!... Mon frère William et ses compagnons, puis-je espérer désormais?... Non!... Il faut repartir... avant que l'hiver... »

Le capitaine Len Guy, se redressant, lança un dernier regard vers l'île Tsalal.

« Demain, Jem, dit-il, demain, nous appareillerons à la première heure... »

En ce moment, une voix rude prononça ces mots :

« Et Pym... le pauvre Pym?... »

Cette voix... je la reconnus...

C'était celle que j'avais entendue dans mon rêve!

FIN DE LA PREMIÈRE PARTIE.

SECONDE PARTIE

I

ET PYM?...

La décision du capitaine Len Guy de quitter, dès le lendemain.

le mouillage de l'île Tsalal et de reprendre la route du nord, cette campagne terminée sans résultat, ce renoncement à rechercher en une autre partie de la mer antarctique les naufragés de la goélette anglaise, — tout cela s'était tumultueusement présenté à mon esprit.

Comment, les six hommes qui, à s'en rapporter au carnet de Patterson, se trouvaient encore, il y a quelques mois, dans ces parages, l'*Halbrane* allait les abandonner?... Son équipage ne remplirait-il pas jusqu'au bout le devoir que l'humanité lui commandait?... Ne tenterait-il pas l'impossible pour découvrir le continent ou l'île sur lesquels les survivants de la *Jane* avaient peut-être réussi à se réfugier, en quittant cette Tsalal, devenue inhabitable depuis le tremblement de terre?...

Cependant nous n'étions qu'à la fin de décembre, au lendemain du Christmas, presque au début de la belle saison. Deux grands mois d'été nous permettraient de naviguer à travers cette portion de l'Antarctide. Nous aurions le temps de revenir au cercle polaire avant la terrible saison australe... Et voilà que l'*Halbrane* se préparait à mettre le cap au nord...

Oui, tel était bien le « pour » de la question. Il est vrai, — je suis forcé de l'avouer, — le « contre » s'appuyait sur une série d'arguments de réelle valeur.

Et d'abord, jusqu'à ce jour, l'*Halbrane* n'avait point marché à l'aventure. En suivant l'itinéraire indiqué par Arthur Pym, elle se dirigeait vers un point nettement déterminé, — l'île Tsalal. L'infortuné Patterson l'affirmait, c'était sur cette île, d'un gisement connu, que notre capitaine devait recueillir William Guy et les cinq matelots échappés au guet-apens de Klock-Klock. Or, nous ne les avions plus trouvés à Tsalal, — ni personne de cette population indigène, anéantie dans on ne sait quelle catastrophe dont nous ignorions la date. Étaient-ils parvenus à s'enfuir avant ladite catastrophe, survenue depuis le départ de Patterson, c'est-à-dire depuis moins de sept à huit mois?...

Dans tous les cas, la question se réduisait à ce dilemme très simple :

Ou les gens de la *Jane* avaient succombé, et l'*Halbrane* devait repartir sans retard, ou ils avaient survécu, et il ne fallait pas abandonner les recherches.

Eh bien, si l'on s'en tenait au second terme du dilemme, que convenait-il de faire, si ce n'est de fouiller, île par île, le groupe de l'ouest signalé dans le récit, et que le tremblement de terre avait peut-être épargné?... D'ailleurs, à défaut de ce groupe, les fugitifs de l'île Tsalal n'avaient-ils pu prendre pied sur quelque autre partie de l'Antarctide?... N'existait-il point de nombreux archipels au milieu de cette mer libre que l'embarcation d'Arthur Pym et du métis avait parcourue... jusqu'où, on ne savait?...

Il est vrai, si leur canot avait été entraîné au delà du quatre-vingt-quatrième degré, où aurait-il pu atterrir, puisque nulle terre, ni insulaire ni continentale, n'émergeait de cette immense plaine liquide?... Au surplus, je ne cesse de le répéter, la fin du récit ne comporte qu'étrangetés, invraisemblances, confusions, nées des hallucinations d'un cerveau quasi-malade... Ah! c'est maintenant que Dirk Peters nous eût été utile, si le capitaine Len Guy avait été assez heureux pour le découvrir dans sa retraite de l'Illinois, et s'il s'était embarqué sur l'*Halbrane!*...

Donc, pour en revenir à la question, en cas qu'il fût décidé de continuer la campagne, vers quel point de ces mystérieuses régions notre goélette devrait-elle se diriger?... N'en serait-elle pas réduite, dirai-je, à mettre le cap sur le hasard?...

Et puis, — autre difficulté, — l'équipage de l'*Halbrane* consentirait-il à courir les chances d'une navigation si remplie d'inconnu, à s'enfoncer plus profondément vers les régions du pôle, avec la crainte de se heurter contre une infranchissable banquise, lorsqu'il s'agirait de regagner les mers d'Amérique ou d'Afrique?...

En effet, quelques semaines encore, et l'hiver antarctique ramènerait son cortège d'intempéries et de froidures. Cette mer, actuellement libre, se congèlerait tout entière et ne serait plus navigable.

Or, d'être séquestré au milieu des glaces pendant sept ou huit mois, sans même être assuré d'accoster quelque part, cela ne ferait-il pas reculer les plus braves? La vie de nos hommes, leurs chefs avaient-ils le droit de la risquer pour cet infime espoir de recueillir les survivants de la *Jane* introuvés sur l'île Tsalal?...

C'est à cela qu'avait réfléchi le capitaine Len Guy depuis la veille. Puis, le cœur brisé, n'ayant plus aucun espoir de rencontrer son frère et ses compatriotes, il venait de commander, d'une voix que l'émotion faisait trembler :

« A demain le départ, dès la première heure! »

Et, à mon sens, il·lui fallait autant d'énergie morale pour revenir en arrière qu'il en avait montré pour aller en avant. Mais sa résolution était prise, et il saurait refouler en lui l'inexprimable douleur que lui causait l'insuccès de cette campagne.

En ce qui me concerne, je l'avoue, j'éprouvais un vif désappointement, on ne peut plus chagriné que notre expédition finît dans ces conditions désolantes. Après m'être si passionnément attaché aux aventures de la *Jane,* j'aurais voulu ne point suspendre les recherches, tant qu'il serait possible de les continuer à travers les parages de l'Antarctide...

Et, à notre place, combien de navigateurs auraient eu à cœur de résoudre le problème géographique du pôle austral! En effet, l'*Halbrane* s'était avancée au delà des régions visités par les navires de Weddell, puisque l'île Tsalal gisait à moins de sept degrés du point où se croisent les méridiens. Aucun obstacle ne semblait s'opposer à ce qu'elle pût s'élever aux dernières latitudes. Grâce à cette saison exceptionnelle, vents et courants la conduiraient peut-être à l'extrémité de l'axe terrestre, dont elle n'était éloignée que de quatre cents milles?... Si la mer libre s'étendait jusque-là, ce serait l'affaire de quelques jours... S'il existait un continent, ce serait l'affaire de quelques semaines... Mais, en réalité, personne de nous ne songeait au pôle sud, et ce n'était pas pour le conquérir que l'*Halbrane* avait affronté les dangers de l'Océan antarctique!

Et puis, en admettant que le capitaine Len Guy, désireux de pousser plus loin ses investigations, eût obtenu l'acquiescement de Jem West, du bosseman et des anciens de l'équipage, est-ce qu'il aurait pu y décider les vingt recrues engagées aux Falklands, dont le sealing-master Hearne ne cessait d'entretenir les mauvaises dispositions?... Non! impossible au capitaine Len Guy de faire fond sur ces hommes en majorité dans l'équipage, et qu'il avait déjà conduits jusqu'à la hauteur de l'île Tsalal. Ils eussent assurément refusé de s'aventurer plus haut dans les mers antarctiques, et ce devait être une des raisons pour lesquelles notre capitaine avait pris la résolution de revenir vers le nord, malgré la profonde douleur qu'il en éprouvait?...

Nous considérions donc la campagne comme terminée, et que l'on juge de notre surprise, lorsque ces mots se firent entendre :

« Et Pym... le pauvre Pym?... »

Je me retournai...

C'était Hunt qui venait de parler.

Immobile près du rouf, cet étrange personnage dévorait l'horizon du regard...

A bord de la goélette, on était si peu habitué à entendre la voix de Hunt — peut-être étaient-ce même les premiers mots qu'il eût prononcés devant tous depuis son embarquement — que la curiosité ramena nos hommes près de lui. Son intervention inopinée n'annonçait-elle pas, — j'en eus une sorte de pressentiment, — quelque prodigieuse révélation?...

Un geste de Jem West renvoya l'équipage à l'avant. Il ne resta plus que le lieutenant, le bosseman, le maître-voilier Martin Holt, et le maître-calfat Hardie, qui se considérèrent comme autorisés à demeurer avec nous.

« Qu'as-tu dit?... demanda le capitaine Len Guy en s'approchant de Hunt.

— J'ai dit : Et Pym... le pauvre Pym?...

— Eh bien, que prétends-tu en nous rappelant le nom de l'homme dont les détestables conseils ont entraîné mon frère jusqu'à cette île où la *Jane* a été détruite, où la plus grande partie de son équipage a été massacrée, où nous n'avons plus trouvé un seul de ceux qui y étaient encore il y a sept mois?... »

Et comme Hunt restait muet :

« Réponds donc! » s'écria le capitaine Len Guy, qui, le cœur ulcéré, ne pouvait se contenir.

L'hésitation de Hunt ne venait point de ce qu'il ne savait que répondre, mais, ainsi qu'on va le voir, d'une certaine difficulté à exprimer ses idées. Elles étaient très nettes cependant, bien que sa phrase fût entrecoupée, ses mots à peine reliés entre eux. Enfin, il avait une sorte de langage à lui, imagé parfois, et sa prononciation était fortement empreinte de l'accent rauque des Indiens du Far-West.

« Voilà... dit-il, je ne sais pas raconter les choses... Ma langue s'arrête... Comprenez-moi... J'ai parlé de Pym... du pauvre Pym... n'est-ce pas?...

— Oui, répliqua le lieutenant d'un ton bref, et qu'as-tu à nous dire d'Arthur Pym?...

— J'ai à dire... qu'il ne faut pas l'abandonner...

— Ne pas l'abandonner?... m'écriai-je.

— Non... jamais!... reprit Hunt. Songez-y... ce serait cruel... trop cruel!... Nous irons le chercher...

— Le chercher?... répéta le capitaine Len Guy.

— Comprenez-moi... c'est pour cela que j'ai embarqué à bord de l'*Halbrane*... oui... pour retrouver... le pauvre Pym?...

— Et où est-il donc, demandai-je, si ce n'est au fond d'une tombe... dans le cimetière de sa ville natale?...

— Non... il est là où il est resté... seul... tout seul... répondit Hunt en tendant sa main vers le sud, et, depuis, onze fois déjà le soleil s'est levé sur cet horizon! »

Hunt voulait ainsi désigner les régions antarctiques, c'était évident... Mais que prétendait-il?...

« Est-ce que tu ne sais pas qu'Arthur Pym est mort?... dit le capitaine Len Guy.

— Mort!... répartit Hunt, en soulignant ce mot d'un geste expressif. Non!... écoutez-moi... je connais les choses... comprenez-moi... Il n'est pas mort...

— Voyons, Hunt, repris-je... rappelez-vous... au dernier chapitre des aventures d'Arthur Pym, Edgar Poe ne raconte-t-il pas que sa fin a été soudaine et déplorable?... »

Il est vrai, de quelle façon s'était terminée cette vie si extraordinaire, le poète américain ne l'indiquait pas, et, j'y insiste, cela m'avait toujours semblé assez suspect! Le secret de cette mort allait-il donc m'être enfin révélé, puisque, à en croire Hunt, Arthur Pym ne serait jamais revenu des régions polaires?...

« Explique-toi, Hunt, ordonna le capitaine Len Guy, qui partageait ma surprise. Réfléchis... prends ton temps... et dis bien ce que tu as à dire! »

Et, tandis que Hunt passait sa main sur son front comme pour y recueillir de lointains souvenirs, je fis cette observation au capitaine Len Guy...

« Il y a quelque chose de singulier dans l'intervention de cet homme, et s'il n'est pas fou... »

A ces mots, le bosseman secoua la tête, car, pour lui, Hunt ne jouissait pas de son bon sens.

Celui-ci le comprit, et, d'une voix dure :

« Non... pas fou... s'écria-t-il. Les fous là-bas... dans la Prairie... on les respecte, si on ne les croit pas!... Et moi... il faut me croire!... Non!... Pym n'est pas mort!...

— Edgar Poe l'affirme, répondis-je.

— Oui... je sais... Edgar Poe... de Baltimore... Mais... il n'a jamais vu le pauvre Pym... jamais...

— Comment! s'écria le capitaine Len Guy, ces deux hommes ne se connaissaient pas?...

— Non!

— Et ce n'est pas Arthur Pym qui a raconté lui-même ses aventures à Edgar Poe?...

— Non... capitaine... non! répondit Hunt... Celui-là... à Baltimore... il n'a eu que les notes écrites par Pym depuis le jour où
il s'était caché à bord du *Grampus*... écrites jusqu'à la dernière
heure... la dernière... comprenez-moi... comprenez-moi!... »

Évidemment, la crainte de Hunt était de ne pas être intelligible,
et il le répétait sans cesse. D'ailleurs, — je ne puis en disconvenir,
— ce qu'il déclarait semblait impossible à admettre. Ainsi, d'a-
près lui, Arthur Pym ne serait jamais entré en relations avec Edgar
Poe?... Le poète américain aurait seulement eu connaissance de
notes rédigées jour par jour pendant toute la durée de cet invraisemblable voyage?...

« Qui donc a rapporté ce journal?... demanda le capitaine Len
Guy en saisissant la main de Hunt.

— C'est le compagnon de Pym... celui qui l'aimait comme un
fils, son pauvre Pym... le métis Dirk Peters... qui est revenu seul de
là-bas...

— Le métis Dirk Peters?... m'écriai-je.

— Oui...

— Seul?...

— Seul.

— Et Arthur Pym serait?...

— Là! » répondit Hunt d'une voix puissante, en se penchant
vers ces régions du sud, où son regard restait obstinément attaché.

Une telle affirmation pouvait-elle avoir raison de l'incrédulité générale?... Non, certes! Aussi Martin Holt poussa-t-il Hurliguerly du
coude, et tous deux parurent prendre Hunt en pitié, tandis que Jem
West l'observait sans exprimer son sentiment. Quant au capitaine
Len Guy, il me fit signe qu'il n'y avait rien de sérieux à tirer de ce
pauvre diable, dont les facultés mentales devaient être depuis longtemps troublées.

Cet homme eût été Dirk Peters en personne. (Page 213.)

Et pourtant, lorsque j'examinais Hunt, je croyais surprendre une
sorte de rayonnement de vérité qui s'échappait de ses yeux.

Alors je m'ingéniai à interroger Hunt, à lui poser des questions
précises et pressantes, auxquelles il essaya de répondre par des affirmations successives, ainsi qu'on va le voir, et sans jamais se contre-
dire.

« Voyons... demandai-je, après avoir été recueilli sur la coque du

Grampus avec Dirk Peters, Arthur Pym est bien venu à bord de la *Jane* jusqu'à l'ile Tsalal?...

— Oui.

— Pendant une visite du capitaine William Guy au village de Klock-Klock, Arthur Pym s'est séparé de ses compagnons en même temps que le métis et un des matelots?...

— Oui... répondit Hunt, le matelot Allen... qui presque ausssitôt a été étouffé sous les pierres...

— Puis, tous deux ont assisté, du haut de la colline, à l'attaque et à la destruction de la goélette?...

— Oui...

— Puis, à quelque temps de là, tous deux ont quitté l'île, après s'être emparés d'une des embarcations que les indigènes n'ont pu leur reprendre?...

— Oui...

— Et, vingt jours plus tard, arrivés devant le rideau des vapeurs, tous deux ont été emportés dans le gouffre de la cataracte?... »

Hunt ne répondit pas d'une manière affirmative cette fois... hésitant, balbutiant des paroles vagues... Il semblait qu'il cherchât à raviver le feu de sa mémoire à demi éteinte... Enfin, me regardant et secouant la tête :

« Non... pas tous deux, répondit-il. Comprenez-moi... Dirk Peters... ne m'a jamais dit...

— Dirk Peters... interrogea vivement le capitaine Len Guy. Tu as connu Dirk Peters?...

— Oui...

— Où?...

— A Vandalia... État de l'Illinois.

— Et c'est de lui que tu tiens tous ces renseignements sur le voyage?...

— De lui.

— Et il était revenu seul... seul... de là-bas... après avoir laissé Arthur Pym?...

— Seul.

— Mais parlez donc... parlez donc! » m'écriai-je.

En effet, je bouillais d'impatience. Quoi! Hunt avait connu Dirk Peters, et, grâce à lui, il savait des choses que je croyais condamnées à n'être jamais sues!... Il connaissait le dénouement de ces extraordinaires aventures!...

Et alors, par phrases entrecoupées, mais intelligibles, Hunt de répondre :

« Oui... là... un rideau de vapeurs... m'a souvent dit le métis... comprenez-moi... Tous deux, Arthur Pym et lui, étaient dans le canot de Tsalal... Puis... un glaçon... un énorme glaçon est venu sur eux... Au choc, Dirk Peters est tombé à la mer... Mais il a pu s'accrocher au glaçon... monter dessus... et... comprenez-moi... il a vu le canot dériver avec le courant, loin... bien loin... trop loin!... En vain Pym chercha-t-il à rejoindre son compagnon... Il n'a pas pu... Le canot s'en allait... s'en allait!... Et Pym... le pauvre et cher Pym a été emporté... C'est lui qui n'est pas revenu... et il est là... toujours là!... »

En vérité, cet homme eût été Dirk Peters en personne qu'il n'aurait pas parlé avec plus d'émotion, plus de force, plus de cœur, du « pauvre et cher Pym! »

Cependant, le fait était acquis, — et pourquoi en aurions-nous douté? — c'était donc devant ce rideau de vapeurs qu'Arthur Pym et le métis avaient été séparés l'un de l'autre?...

Il est vrai, si Arthur Pym avait continué à s'élever vers de plus hautes latitudes, comment son compagnon Dirk Peters avait-il pu revenir vers le nord... revenir au delà de la banquise... revenir au delà du cercle polaire... revenir en Amérique, où il aurait rapporté ces notes qui furent communiquées à Edgar Poe?...

Ces diverses questions furent minutieusement posées à Hunt, et il répondit à toutes, conformément, — disait-il, — à ce que lui avait maintes fois raconté le métis.

D'après ce qu'il nous apprit, Dirk Peters avait dans sa poche le carnet d'Arthur Pym, lorsqu'il s'accrocha au glaçon, et c'est ainsi que fut sauvé le journal que le métis mit à la disposition du romancier américain.

« Comprenez-moi… répétait Hunt, car je vous dis les choses telles que je les tiens de Dirk Peters… Tandis que la dérive l'entraînait, il cria de toutes ses forces… Pym, le pauvre Pym avait déjà disparu au milieu du rideau de vapeurs… Quant au métis, en se nourrissant de poissons crus qu'il put prendre, il fut ramené par un contre-courant à l'île Tsalal, où il débarqua à demi mort de faim…

— A l'île Tsalal ?… s'écria le capitaine Len Guy. Et depuis combien de temps l'avait-il quitté ?…

— Depuis trois semaines… oui… trois semaines au plus… m'a déclaré Dirk Peters…

— Alors il a dû retrouver ce qui restait de l'équipage de la *Jane*… demanda le capitaine Len Guy, mon frère William et ceux qui avaient survécu avec lui ?…

— Non… répondit Hunt, et Dirk Peters a toujours cru qu'ils avaient péri jusqu'au dernier… oui… tous !… Il n'y avait plus personne sur l'île…

— Personne ?… répétai-je, très surpris de cette affirmation.

— Personne ! déclara Hunt.

— Mais la population de Tsalal ?…

— Personne… vous dis-je… personne !… Ile déserte… oui !… déserte !… »

Cela contredisait absolument certains faits dont nous étions sûrs. Après tout, il se pouvait que, lorsque Dirk Peters revint à l'île Tsalal, la population, prise d'on ne sait quelle épouvante, eût déjà cherché refuge sur le groupe du sud-ouest, et que William Guy et ses compagnons fussent encore cachés dans les gorges de Klock-Klock. Cela expliquait comment le métis ne les avait pas rencontrés et aussi comment les survivants de la *Jane* n'avaient plus rien eu à craindre des insulaires pendant les onze années de leur séjour sur l'île. D'autre part, puisque Patterson les y avait laissés sept mois auparavant, si nous ne les retrouvions plus, c'est qu'ils avaient dû quitter Tsalal, où ils ne trouvaient plus à vivre depuis le tremblement de terre...

« Ainsi, reprit le capitaine Len Guy, au retour de Dirk Peters, plus un habitant sur l'île?...

— Personne... répéta Hunt, personne... Le métis n'y rencontra pas un seul indigène...

— Et alors que fit Dirk Peters?... demanda le bosseman.

— Comprenez-moi!... répondit Hunt. Une embarcation abandonnée était là... au fond de cette baie... contenant des viandes séchées et plusieurs barils d'eau douce. Le métis s'y jeta... Un vent du sud... oui... du sud... très vif, — celui qui, avec le contre-courant, avait ramené son glaçon vers l'île Tsalal. — l'entraîna pendant des semaines et des semaines... du côté de la banquise... dont il put traverser une passe... Croyez-moi... car je ne fais que répéter ce que m'a dit cent fois Dirk Peters... oui! une passe... et il franchit le cercle polaire...

— Et au delà?... questionnai-je.

— Au delà... il fut recueilli par un baleinier américain, le *Sandy-Hook*, et reconduit en Amérique. »

Voilà donc, en tenant le récit de Hunt pour véridique, — et il était possible qu'il le fût. — de quelle façon s'était dénoué, au moins en ce qui concernait Dirk Peters, ce terrible drame des régions antarctiques. De retour aux États-Unis, le métis avait été mis en relation avec Edgar Poe, alors éditeur du *Southern Literary Messenger*, et des notes d'Arthur Pym était sorti ce prodigieux récit, non imaginaire comme on l'avait cru jusqu'alors, et auquel manquait le suprême dénouement.

Quant à la part de l'imagination dans l'œuvre de l'auteur américain, c'était sans doute les étrangetés signalées aux derniers chapitres, — à moins que, en proie au délire des heures finales, Arthur Pym eût cru voir ces prodigieux et surnaturels phénomènes à travers le rideau de vapeurs...

Quoi qu'il en soit, — ce fait était acquis, — jamais Edgar Poe n'avait connu Arthur Pym. C'est pourquoi, voulant laisser aux lecteurs une incertitude surexcitante, il l'avait fait mourir de cette mort « aussi soudaine que déplorable » dont il n'indiquait ni la nature ni la cause.

Cependant, si Arthur Pym n'était jamais revenu, pouvait-on raisonnablement admettre qu'il n'eût pas succombé à bref délai, après avoir été séparé de son compagnon... qu'il fût encore vivant, bien que onze années se fussent écoulées depuis sa disparition?...

« Oui... oui! » répondit Hunt.

Et il l'affirmait avec cette conviction que Dirk Peters avait fait passer dans son âme, alors que tous deux habitaient la bourgade de Vandalia au fond de l'Illinois.

Maintenant, y avait-il lieu de se demander si Hunt possédait toute sa raison?... N'était-ce pas lui qui, pendant une crise mentale, — je n'en doutais plus, — après s'être introduit dans ma cabine, avait murmuré ces mots à mon oreille :

« Et Pym... le pauvre Pym?... »

Oui!... et je n'avais pas rêvé!...

En résumé, si tout ce que venait de dire Hunt était vrai, s'il n'était que le fidèle rapporteur des secrets que lui avait confiés Dirk Peters, devait-il être cru, lorsqu'il répétait d'une voix à la fois impérieuse et suppliante :

« Pym n'est pas mort!... Pym est là!... Il ne faut pas abandonner le pauvre Pym! »

Lorsque j'eus fini de procéder à l'interrogatoire de Hunt, le capitaine Len Guy, profondément troublé, sortit enfin de cet état méditatif, et, d'une voix brusque, commanda :

« Tout l'équipage à l'arrière! »

Lorsque les hommes de la goélette furent réunis autour de lui, il dit :

« Écoute-moi, Hunt, et songe bien à la gravité des demandes que je vais te faire! »

Hunt, relevant la tête, promena son regard sur les matelots de l'*Halbrane*.

« Tu affirmes, Hunt, que tout ce que tu viens de dire sur Arthur Pym est vrai?...

— Oui, répondit Hunt, en accentuant d'un geste rude son affirmation.

— Tu as connu Dirk Peters...

— Oui.

— Tu as vécu quelques années avec lui dans l'Illinois?...

— Pendant neuf ans.

— Et il t'a souvent raconté ces choses?...

— Oui.

— Et, pour ta part, tu ne mets pas en doute qu'il t'ait dit l'exacte vérité?...

— Non.

— Eh bien, n'a-t-il jamais eu la pensée que quelques-uns des hommes de la *Jane* eussent pu être restés sur l'île Tsalal?...

— Non.

— Il croyait que William Guy et ses compagnons avaient dû tous périr dans l'éboulement des collines de Klock-Klock?...

— Oui... et... d'après ce qu'il m'a souvent répété... Pym le croyait aussi.

— Et où as-tu vu Dirk Peters pour la dernière fois?...

— A Vandalia.

— Il y a longtemps?...

— Deux ans passés.

— Et, de vous deux, est-ce toi... ou lui... qui a le premier quitté Vandalia?... »

Il me sembla surprendre une légère hésitation chez Hunt au moment de répondre.

« Nous l'avons quitté ensemble... dit-il.

— Toi, pour aller?...

— Aux Falklands.

— Et lui?...

— Lui!... » répéta Hunt.

Et son regard vint, finalement, s'arrêter sur notre maître-voilier Martin Holt, — celui dont il avait sauvé la vie au péril de la sienne pendant la tempête.

« Eh bien, reprit le capitaine Len Guy, comprends-tu ce que je te demande?...

— Oui.

— Réponds... alors!... Lorsque Dirk Peters est parti de l'Illinois, a-t-il abandonné l'Amérique?...

— Oui.

— Pour aller?... Parle!...

— Aux Falklands!

— Et où est-il maintenant?...

— Devant vous! »

« ...Et je montrais l'horizon du sud... » Page 255. »

II

DÉCISION PRISE.

Dirk Peters!.. Hunt était le métis Dirk Peters... le dévoué compagnon d'Arthur Pym, celui que le capitaine Len Guy avait si long-

temps et si inutilement cherché aux États-Unis et dont la présence allait peut-être nous fournir une nouvelle raison de poursuivre cette campagne...

,Qu'il ait dû suffire de quelque flair au lecteur pour que, depuis bien des pages de mon récit, il eût reconnu Dirk Peters dans ce personnage de Hunt, qu'il se soit attendu à ce coup de théâtre, je ne m'en étonnerai pas, et j'affirme même que le contraire aurait lieu de me surprendre.

En effet, rien de plus naturel, de plus indiqué que d'avoir fait ce raisonnement : Comment le capitaine Len Guy et moi, ayant si souvent lu le livre d'Edgar Poe, où le portrait physique de Dirk Peters est tracé d'un crayon précis, comment n'avons-nous pas soupçonné que l'homme qui s'était embarqué aux Falklands et le métis ne faisaient qu'un?... De notre part, cela ne témoignait-il pas d'un manque de perspicacité?... Je l'accorde, et, pourtant, cela s'explique dans une certaine mesure.

Oui, tout trahissait chez Hunt une origine indienne, qui était celle de Dirk Peters, puisqu'il appartenait à la tribu des Upsarokas du Far-West, et cela aurait peut-être dû nous lancer sur la voie de la vérité. Mais, que l'on veuille bien considérer les circonstances dans lesquelles Hunt s'était présenté au capitaine Len Guy, circonstances qui ne permettaient pas de mettre son identité en doute. Hunt habitait les Falklands, très loin de l'Illinois, au milieu de ces matelots de toute nationalité qui attendent la saison de la pêche pour passer à bord des baleiniers... Depuis son embarquement, il s'était tenu, vis-à-vis de nous, sur une excessive réserve... C'était la première fois, que nous venions de l'entendre parler, et rien jusqu'alors, — du moins par son attitude, — n'avait induit à croire qu'il eût caché son véritable nom... Et, on vient de le voir, ce nom de Dirk Peters, il ne l'avait déclaré que sur les dernières instances de notre capitaine.

Il est vrai, Hunt était d'un type assez extraordinaire, un être assez à part, pour provoquer notre attention. Oui... cela me revenait maintenant, — ses façons bizarres depuis que la goélette avait franchi le cercle antarctique, depuis qu'elle naviguait sur les eaux de cette mer libre... ses regards incessamment dirigés vers l'horizon du sud... sa main qui, par un mouvement instinctif, se tendait dans cette direction... Puis, c'était l'ilot Bennet qu'il semblait avoir visité déjà, et sur lequel il avait ramassé un débris de bordage de la *Jane*, et, enfin, l'ile Tsalal... Là, il avait pris les devants, et nous l'avions suivi comme un guide à travers la plaine bouleversée, jusqu'à l'emplacement du village de Klock-Klock, à l'entrée du ravin, près de cette colline où se creusaient les labyrinthes dont il ne restait aucun vestige... Oui... tout cela aurait dû nous tenir en éveil, faire naître — en moi au moins — la pensée que ce Hunt avait pu être mêlé aux aventures d'Arthur Pym!...

Eh bien, non seulement le capitaine Len Guy, mais aussi son passager Jeorling avaient une taie sur l'œil!... Je l'avoue, nous étions deux aveugles, alors que certaines pages du livre d'Edgar Poe auraient dû nous rendre très clairvoyants!

En somme, il n'y avait pas à mettre en doute que Hunt fût réellement Dirk Peters. Quoique plus vieux de onze ans, il était encore tel que l'avait dépeint Arthur Pym. Il est vrai, l'aspect féroce dont parle le récit n'existait plus, et, d'ailleurs, d'après Arthur Pym lui-même, ce n'était qu' « une férocité apparente ». Donc, au physique, rien de changé, — la petite taille, la puissante musculature, les membres « coulés dans un moule herculéen », et ses mains « si épaisses et si larges qu'elles avaient à peine conservé la forme humaine », et ses bras et ses jambes arquées, et sa tête d'une grosseur prodigieuse, et sa bouche fendue sur toute la largeur de la face, et « ses dents longues que les lèvres ne recouvraient jamais même partiellement ». Je le répète, ce signalement s'appliquait à notre recrue des Falklands. Mais on ne retrouvait plus sur son visage cette expression qui, si elle était le symptôme de la gaieté, ne pouvait être que « la gaieté d'un démon! »

En effet, le métis avait changé avec l'âge, l'expérience, les à-coups

de la vie, les terribles scènes auxquelles il avait pris part, — incidents, comme le dit Arthur Pym, « si complètement en dehors du
registre de l'expérience et dépassant les bornes de la crédulité des
hommes ». Oui! cette rude lime des épreuves avait profondément
usé le moral de Dirk Peters! N'importe! c'était bien le fidèle compagnon auquel Arthur Pym avait souvent dû son salut, ce Dirk Peters
qui l'aimait comme son fils, et qui n'avait jamais perdu, non! jamais,
l'espoir de le retrouver quelque jour au milieu des affreuses solitudes
de l'Antarctide!

Maintenant, pourquoi Dirk Peters se cachait-il aux Falklands sous
le nom de Hunt, pourquoi, depuis son embarquement sur l'*Halbrane*,
avait-il tenu à conserver cet incognito, pourquoi n'avoir pas dit qui
il était, puisqu'il connaissait les intentions du capitaine Len Guy,
dont tous les efforts allaient tendre à sauver ses compatriotes en
suivant l'itinéraire de la *Jane*?...

Pourquoi?... Sans doute parce qu'il craignait que son nom fût un
objet d'horreur!... En effet, n'était-ce pas celui de l'homme qui
avait été mêlé aux épouvantables scènes du *Grampus*... qui avait
frappé le matelot Parker... qui s'était nourri de sa chair, désaltéré
de son sang!... Pour qu'il eût révélé son nom, il fallait qu'il espérât
que, grâce à cette révélation, l'*Halbrane* tenterait de retrouver
Arthur Pym!...

Ainsi, après avoir vécu quelques années dans l'Illinois, si le métis
était venu s'installer aux Falklands, c'était avec l'intention de saisir
la première occasion qui s'offrirait à lui de retourner dans les mers
antarctiques. En embarquant sur l'*Halbrane*, il comptait décider le
capitaine Len Guy, lorsqu'il aurait recueilli ses compatriotes sur l'île
Tsalal, à s'élever vers de plus hautes latitudes, à prolonger l'expédition au profit d'Arthur Pym?... Et pourtant, que cet infortuné,
après onze ans, fût de ce monde, quel homme de bon sens eût voulu
l'admettre?... Au moins, l'existence du capitaine William Guy et de
ses compagnons était-elle assurée par les ressources de l'île Tsalal,
et, d'ailleurs, les notes de Patterson affirmaient qu'ils s'y trouvaient

encore lorsqu'il l'avait quittée... Quant à l'existence d'Arthur Pym...

Néanmoins, devant cette affirmation de Dirk Peters, — laquelle, je dois en convenir, ne reposait sur rien de positif, — mon esprit ne se révoltait pas comme il aurait dû le faire!... Non!... Et lorsque le métis cria : « Pym n'est pas mort... Pym est là... Il ne faut pas abandonner le pauvre Pym! » ce cri ne laissa pas de me causer un trouble profond...

Et alors, je songeai à Edgar Poe, et je me demandais quelle serait son attitude, peut-être son embarras, si l'*Halbrane* ramenait celui dont il avait annoncé la mort « aussi soudaine que déplorable!... »

Décidément, depuis que j'avais résolu de prendre part à la campagne de l'*Halbrane*, je n'étais plus le même homme, — l'homme pratique et raisonnable d'autrefois. Comment, à propos d'Arthur Pym, voici que je sentais mon cœur battre comme battait celui de Dirk Peters!... Quitter l'île Tsalal pour revenir au nord, vers l'Atlantique, l'idée me prenait que c'eût été se décharger d'un devoir d'humanité, le devoir d'aller au secours d'un malheureux, abandonné dans les déserts glacés de l'Antarctide!...

Il est vrai, demander au capitaine Len Guy d'engager la goélette plus avant dans ces mers, obtenir ce nouvel effort de l'équipage, après tant de dangers déjà bravés en pure perte, c'eût été s'exposer à un refus, et, au total, il ne m'appartenait pas d'intervenir en cette occasion?... Et, cependant, je le sentais, Dirk Peters comptait sur moi pour plaider la cause de son pauvre Pym!

Un assez long silence avait suivi la déclaration du métis. Personne, à coup sûr, ne songeait à suspecter sa véracité. Il avait dit : « Je suis Dirk Peters; il était Dirk Peters. »

En ce qui concernait Arthur Pym, qu'il ne fût jamais revenu en Amérique, qu'il eût été séparé de son compagnon, puis entraîné avec le canot tsalalien vers les régions du pôle, ces faits étaient admissibles en eux-mêmes, et rien n'autorisait à croire que Dirk

Peters n'eût pas dit la vérité. Mais, qu'Arthur Pym fût encore vivant, comme le déclarait le métis, que le devoir s'imposât de se lancer à sa recherche, comme il le demandait, de s'exposer à tant de nouveaux périls, c'était une autre question.

Toutefois, résolu à soutenir Dirk Peters, mais craignant de m'avancer sur un terrain où j'eusse risqué d'être battu dès le début, je revins à l'argumentation très acceptable, en somme, qui remettait en cause le capitaine William Guy et ses cinq matelots dont nous n'avions plus trouvé trace à l'île Tsalal.

« Mes amis, dis-je, avant de prendre un parti définitif, il est sage d'envisager la situation de sang-froid. Ne serait-ce pas nous préparer d'éternels regrets, de cuisants remords, que d'abandonner notre expédition au moment peut-être où elle avait quelque chance d'aboutir?... Réfléchissez-y, capitaine, et vous aussi, mes compagnons. Il y a moins de sept mois, vos compatriotes ont été laissés en pleine vie par l'infortuné Patterson sur l'île Tsalal!... S'ils y étaient à cette époque, c'est que depuis onze ans, grâce aux ressources de l'île, ils avaient pu assurer leur existence, n'ayant plus à redouter ces insulaires, dont une partie avait succombé dans des circonstances que nous ne connaissons pas et dont l'autre s'était probablement transportée sur quelque île voisine... Ceci est l'évidence même, et je ne vois pas ce que l'on pourrait objecter à ce raisonnement... »

A ce que je venais de dire, personne ne répondit : il n'y avait rien à répondre.

« Si nous n'avons plus rencontré le capitaine de la *Jane* et les siens, repris-je en m'animant, c'est que, depuis le départ de Patterson, ils ont été contraints d'abandonner l'île Tsalal... Pour quel motif?... A mon avis, c'est parce que le tremblement de terre l'avait si profondément bouleversée qu'elle était devenue inhabitable. Or, il leur aura suffi d'une embarcation indigène pour gagner avec le courant du nord, soit une autre île, soit quelque point du continent antarctique... Que les choses se soient passées ainsi, je ne crois pas trop m'avancer en l'affirmant... En tout cas, ce que je sais, ce

que je répète, c'est que nous n'aurons rien fait, si nous ne continuons pas des recherches desquelles dépend le salut de vos compatriotes! »

J'interrogeai du regard mon auditoire... Je n'en obtins aucune
réponse...

Le capitaine Len Guy, en proie à la plus vive émotion, courbait
la tête, car il sentait que j'avais raison, que j'indiquais, en invoquant
les devoirs de l'humanité, la seule conduite qu'eussent à tenir des
gens de cœur!

« Et de quoi s'agit-il? déclarai-je, après un court silence ; de franchir quelques degrés en latitude, et cela, lorsque la mer est navigable,
quand la saison nous assure deux mois de beau temps et que nous
n'avons rien à redouter de l'hiver austral, dont je ne vous demande
pas de braver les rigueurs!... Et nous hésiterions, alors que l'*Halbrane* est largement approvisionnée, que son équipage est valide,
qu'il est au complet, qu'aucune maladie ne s'est introduite à bord!...
Nous nous effrayerions de dangers imaginaires!... Nous n'aurions
pas le courage d'aller plus avant... là... là!... »

Et je montrais l'horizon du sud, tandis que Dirk Peters le montrait aussi, sans prononcer une parole, d'un geste impératif qui
parlait pour lui!

Toujours les yeux restaient fixés sur nous, et, cette fois encore,
pas de réponse!

Assurément, la goélette saurait, sans trop d'imprudence, s'aventurer à travers ces parages pendant huit à neuf semaines. Nous
n'étions qu'au 26 décembre, et c'est en janvier, en février, en mars
même, que les expéditions antérieures avaient été entreprises, —
celles de Bellingshausen, de Biscoe, de Kendal, de Weddell, lesquels
avaient pu remettre le cap au nord, avant que le froid leur eût fermé
toute issue. En outre, si leurs navires ne s'étaient pas engagés aussi
haut dans les régions australes qu'il s'agissait pour l'*Halbrane* de le
faire, ils n'avaient point été favorisés comme nous pouvions espérer
de l'être en ces circonstances...

Je fis valoir ces divers arguments, guêtant une approbation dont personne ne voulait accepter la responsabilité...

Silence absolu, tous yeux baissés...

Et, cependant, je n'avais pas prononcé une seule fois le nom d'Arthur Pym, ni appuyé la proposition de Dirk Peters. C'est alors que des haussements d'épaules m'auraient répondu... et peut-être des menaces contre ma personne!

Je me demandais donc si, oui ou non, j'avais réussi à faire pénétrer chez mes compagnons cette foi dont mon âme était pleine, lorsque le capitaine Len Guy prit la parole :

« Dirk Peters, dit-il, affirmes-tu qu'Arthur Pym et toi, après votre départ de Tsalal, vous avez entrevu des terres dans la direction du sud?...

— Oui... des terres... répondit le métis... îles ou continent... comprenez-moi... et c'est là... je crois... je suis sûr... que Pym... le pauvre Pym... attend que l'on vienne à son secours...

— Là où attendent peut-être aussi William Guy et ses compagnons... » m'écriai-je, afin de ramener la discussion sur un meilleur terrain.

Et, de fait, ces terres entrevues, c'était un but, un but qu'il serait facile d'atteindre!... L'*Halbrane* ne naviguerait pas à l'aventure... Elle irait là où il était possible que se fussent réfugiés les survivants de la *Jane!*...

Le capitaine Len Guy ne reprit pas la parole, sans avoir réfléchi quelques instants.

« Et, au delà du quatre-vingt-quatrième degré, Dirk Peters, dit-il, est-ce vrai que l'horizon était fermé par ce rideau de vapeurs dont il est question dans le récit?... L'as-tu vu... de tes yeux vu... et ces cataractes aériennes... et ce gouffre à travers lequel s'est perdue l'embarcation d'Arthur Pym?... »

Après nous avoir regardés les uns les autres, le métis secoua sa grosse tête.

« Je ne sais... dit-il. Que me demandez-vous, capitaine?... Un

« QUI T'A PERMIS DE PARLER? » (Page 258.)

rideau de vapeurs?... Oui... peut-être... et aussi des apparences de terre vers le sud... »

Évidemment, Dirk Peters n'avait jamais lu le livre d'Edgar Poe, et il est même probable qu'il ne savait pas lire. Après avoir communiqué le journal d'Arthur Pym, il ne s'était plus inquiété de sa publication. Retiré dans l'Illinois d'abord, aux Falklands ensuite, il ne se doutait guère du bruit qu'avait fait l'ouvrage ni du fantastique et invraisemblable dénouement donné par notre grand poète à ces étranges aventures!...

Et, d'ailleurs, ne se pouvait-il qu'Arthur Pym, avec sa propension au surnaturel, eût cru voir ces choses prodigieuses, uniquement dues à sa trop imaginative cérébralité?...

Alors, et pour la première fois depuis le début de cette discussion, la voix de Jem West se fit entendre. Le lieutenant s'était-il rangé à mon opinion, mes arguments l'avaient-ils ébranlé, conclurait-il pour la continuation de la campagne, je n'aurais pu le dire. Dans tous les cas, il se borna à demander :

« Capitaine... vos ordres?... »

Le capitaine Len Guy se retourna vers son équipage. Anciens et nouveaux l'entouraient, tandis que le sealing-master Hearne restait un peu en arrière, prêt à intervenir, s'il jugeait son intervention nécessaire.

Le capitaine Len Guy interrogea du regard le bosseman et ses camarades, dont le dévouement lui était acquis sans réserve. Releva-t-il dans leur attitude une sorte d'acquiescement à la continuation du voyage, je ne sais trop, car j'entendis ces mots chuchotés entre ses lèvres :

« Ah! s'il ne dépendait que de moi... si tous m'assuraient de leur concours! »

En effet, sans une entente commune, on ne pouvait se lancer dans de nouvelles recherches.

Hearne prit alors la parole, — rudement.

« Capitaine, dit-il, voilà deux mois passés que nous avons quitté

33

les Falklands... Or, mes compagnons ont été engagés pour une navigation qui ne devait pas les conduire, au delà de la banquise, plus loin que l'île Tsalal...

— Cela n'est pas! s'écria le capitaine Len Guy, surexcité par cette déclaration de Hearne. Non... cela n'est pas!... Je vous ai recrutés tous pour une campagne que j'ai le droit de poursuivre jusqu'où il me plaira!

— Pardon, capitaine, reprit Hearne d'un ton sec, mais nous voici là où aucun navigateur n'est encore arrivé... où jamais un navire ne s'est risqué, sauf la *Jane*... Aussi, mes camarades et moi, nous pensons qu'il convient de retourner aux Falklands avant la mauvaise saison... De là, vous pourrez revenir à l'île Tsalal et même remonter jusqu'au pôle... si cela vous plait! »

Un murmure approbatif se fit entendre. Nul doute que le sealing-master ne traduisît les sentiments de la majorité, qui était précisément composée des nouveaux de l'équipage. Aller contre leur opinion, exiger l'obéissance de ces hommes mal disposés à obéir, et, dans ces conditions, s'aventurer à travers les lointains parages de l'Antarctide, c'eût été acte de témérité, — plus même, — acte de folie, qui aurait amené quelque catastrophe.

Cependant Jem West intervint, en se portant sur Hearne, auquel il dit d'une voix menaçante :

« Qui t'a permis de parler?...

— Le capitaine nous interrogeait... répliqua Hearne. J'avais le droit de répondre. »

Et ces paroles furent prononcées avec une telle insolence que le lieutenant, — si maître de lui d'habitude, — allait donner libre cours à sa colère, lorsque le capitaine Len Guy, l'arrêtant d'un geste, s'en tint à dire :

« Calme-toi, Jem!... Rien à faire, à moins que nous soyons tous d'accord! »

Puis, s'adressant au bosseman :

« Ton avis, Hurliguerly?...

— Il est très net, capitaine, répondit le bosseman. J'obéirai à vos ordres, quels qu'ils soient!... C'est notre devoir de ne point abandonner William Guy et les autres tant qu'il reste quelque chance de les sauver! »

Le bosseman s'arrêta un instant, tandis que plusieurs des matelots, Drap, Rogers, Gratian, Stern, Burry, faisaient des signes non équivoques d'approbation.

« Quant à ce qui concerne Arthur Pym... reprit-il.

— Il n'est pas question d'Arthur Pym, répliqua avec une extrême vivacité le capitaine Len Guy, mais de mon frère William... de ses compagnons... »

Et, comme je vis que Dirk Peters allait protester, je lui saisis le bras, et, bien qu'il frémît de colère, il se tut.

Non! ce n'était pas l'heure de revenir sur le cas d'Arthur Pym. S'en fier à l'avenir, être prêt à profiter des aléas de cette navigation, laisser les hommes s'entraîner eux-mêmes, inconsciemment — ou même instinctivement, — je ne pensais pas qu'il y eût alors d'autre parti à prendre. Toutefois je crus devoir venir en aide à Dirk Peters par des moyens plus directs.

Le capitaine Len Guy avait continué d'interroger l'équipage. Ceux sur lesquels il pourrait compter, il voulait les connaître nominativement. Tous les anciens acquiescèrent à ses propositions, et s'engagèrent à ne jamais discuter ses ordres, à le suivre aussi loin qu'il lui conviendrait.

Ces braves gens furent imités par quelques-unes des recrues, — trois seulement, qui étaient de nationalité anglaise. Néanmoins, le plus grand nombre me parut se ranger à l'opinion de Hearne. Pour eux la campagne de l'*Halbrane* était terminée à l'île Tsalal. D'où refus de leur part de la continuer au delà, et demande formelle de remettre le cap au nord, afin de franchir la banquise à l'époque la plus favorable de la saison...

Ils étaient près d'une vingtaine à tenir ce langage, et nul doute que le sealing-master eût interprété leurs véritables sentiments.

Or, les contraindre quand même à prêter la main aux manœuvres de la goélette, lorsqu'elle se dirigerait vers le sud, c'eût été les provoquer à la révolte.

Il n'y avait plus, afin d'opérer un revirement chez ces matelots travaillés par Hearne, qu'à surexciter leurs convoitises, à faire vibrer la corde de l'intérêt.

Je repris donc la parole et, d'une voix ferme, qui n'eût autorisé personne à douter du sérieux de ma proposition :

« Marins de l'*Halbrane*, dis-je, écoutez-moi !... Ainsi que divers États l'ont fait pour les voyages de découverte dans les régions polaires, j'offre une prime à l'équipage de la goélette !... Deux mille dollars vous seront acquis par degré au delà du quatre-vingt-quatrième parallèle ! »

Près de soixante-dix dollars à chaque homme, cela ne laissait pas d'être tentant.

Je sentis que j'avais touché juste.

« Cet engagement, ajoutai-je, je vais le signer au capitaine Len Guy, qui sera votre mandataire, et les sommes gagnées vous seront versées à votre retour, quelles que soient les conditions dans lesquelles il se sera accompli. »

J'attendis l'effet de cette promesse et, je dois le dire, ce ne fut pas long.

« Hurrah !... » cria le bosseman, afin de donner l'élan à ses camarades, qui, presque unanimement, joignirent leurs hurrahs aux siens.

Hearne ne fit plus aucune opposition. Il lui serait toujours loisible d'aviser, lorsque de meilleures circonstances se présenteraient.

Le pacte était donc conclu, et, pour arriver à mes fins, j'eusse sacrifié une somme plus forte.

Il est vrai, nous n'étions qu'à sept degrés du pôle austral, et, si l'*Halbrane* devait s'élever jusque-là, il ne m'en coûterait jamais que quatorze mille dollars !

« Terre par tribord devant! » (Page 268.)

III

LE GROUPE DISPARU.

Dès la première heure, le vendredi 27 décembre, l'*Halbrane*
reprit la mer, cap au sud-ouest.

Le service du bord marcha comme d'habitude avec la même obéissance, la même régularité. Il ne comportait alors ni dangers ni fatigues. Le temps était toujours beau, la mer toujours calme. Si ces conditions ne changeaient pas, les germes d'insubordination, — je l'espérais du moins, — ne trouveraient pas à se développer, et les difficultés ne viendraient pas de ce chef. D'ailleurs, le cerveau travaille peu chez les natures grossières. Des hommes ignorants et cupides ne s'abandonnent guère aux hantises de l'imagination. Confinés dans le présent, l'avenir n'est point pour les préoccuper. Seul le fait brutal, qui les met en face de la réalité, peut les tirer de leur insouciance.

Ce fait se produirait-il?...

En ce qui concerne Dirk Peters, son identité reconnue, il ne devait rien changer à sa manière d'être, il resterait aussi peu communicatif? Je dois noter que, depuis cette révélation, l'équipage ne parut lui témoigner aucune répugnance à propos des scènes du *Grampus*, excusables après tout, étant données les circonstances... Et puis, pouvait-on oublier que le métis avait risqué sa vie pour sauver celle de Martin Holt?... Néanmoins, il allait continuer de se tenir à part, mangeant dans un coin, dormant dans un autre, « naviguant au large » de l'équipage!... Avait-il donc, pour se conduire de la sorte, quelqu'autre motif que nous ne connaissions pas, que l'avenir nous apprendrait peut-être?...

Ces vents persistants de la partie du nord, qui avaient poussé la *Jane* jusqu'à l'île Tsalal et le canot d'Arthur Pym à quelques degrés au delà, favorisaient la marche de notre goélette. Amures à bâbord, et grand largue, Jem West put la couvrir de toile, en utilisant cette brise fraîche et régulière. Notre étrave fendait rapidement ces eaux transparentes, et non laiteuses, qui se dentelaient d'un long sillage blanc à l'arrière.

Après la scène de la veille, le capitaine Len Guy avait été prendre quelques heures de repos. Et ce repos, de quelles obsédantes pensées il avait dû être troublé, — d'une part, l'espérance attachée à de

nouvelles recherches, de l'autre, la responsabilité d'une telle expédition à travers l'Antarctide !

Lorsque je le rencontrai, le lendemain, sur le pont, alors que le
lieutenant allait et venait à l'arrière, il nous appela tous les deux près
de lui.

« Monsieur Jeorling, me dit-il, c'était la mort dans l'âme que je
m'étais résolu à ramener notre goélette vers le nord !... Je sentais que
je n'avais pas fait tout ce que je devais faire pour nos malheureux
compatriotes !... Mais je comprenais bien que la majorité de l'équipage serait contre moi, si je voulais l'entraîner au delà de l'île Tsalal...

— En effet, capitaine, répondis-je, un commencement d'indiscipline s'est produit à bord et peut-être une révolte eût-elle fini par
éclater...

— Révolte dont nous aurions eu raison, répliqua froidement Jem
West, ne fût-ce qu'en cassant la tête à ce Hearne, qui ne cesse
d'exciter les mutins.

— Et tu aurais bien fait, Jem, déclara le capitaine Len Guy.
Seulement, justice faite, que fût devenu l'accord dont nous avons
besoin ?...

— Soit, capitaine, dit le lieutenant. Mieux vaut que les choses se
soient passées sans violence !... Mais, à l'avenir, que Hearne prenne
garde à lui !

— Ses compagnons, fit observer le capitaine Len Guy, sont maintenant appâtés par les primes qui leur ont été promises. Le désir du
gain les rendra plus endurants et plus souples. La générosité de
M. Jeorling a réussi là où nos prières eussent échoué, sans doute...
Je l'en remercie...

— Capitaine, dis-je, lorsque nous étions aux Falklands, je vous
avais fait connaître mon désir de m'associer pécuniairement à votre
entreprise. L'occasion s'est présentée, je l'ai saisie, et je ne mérite aucun remerciement. Arrivons au but... sauvons votre frère
William et les cinq matelots de la *Jane*... C'est tout ce que je demande. »

Le capitaine Len Guy me tendit une main que je serrai cordiale-
ment.

« Monsieur Jeorling, ajouta-t-il, vous avez remarqué que l'*Halbrane* ne porte pas cap au sud, bien que les terres entrevues par
Dirk Peters, — ou tout au moins des apparences de terre, — soient
situées dans cette direction...

— Je l'ai remarqué, capitaine.

— Et, à ce propos, dit Jem West, n'oublions pas que le récit
d'Arthur Pym ne contient rien de relatif à ces apparences de terre
dans le sud, et que nous en sommes réduits aux seules déclarations
du métis.

— C'est vrai, lieutenant, ai-je répondu. Mais y a-t-il lieu de suspecter Dirk Peters?... Sa conduite, depuis l'embarquement, n'est-elle
pas pour inspirer toute confiance?...

— Je n'ai rien à lui reprocher au point de vue du service... répliqua
Jem West.

— Et nous ne mettons en doute ni son courage ni son honnêteté,
déclara le capitaine Len Guy. Non seulement la manière dont il s'est
comporté à bord de l'*Halbrane,* mais aussi tout ce qu'il a fait, lorsqu'il
naviguait à bord du *Grampus* d'abord, de la *Jane* ensuite, justifient
la bonne opinion...

— Qu'il mérite assurément! » ai-je ajouté.

Et je ne sais pourquoi, j'étais enclin à prendre la défense du métis.
Était-ce donc parce que, — je le pressentais, — il lui restait un rôle
à jouer au cours de cette expédition, parce qu'il se croyait assuré
de retrouver Arthur Pym... auquel décidément je m'intéressais à
m'en étonner?

J'en conviens, toutefois, c'était en ce qui concernait son ancien
compagnon que les idées de Dirk Peters pouvaient paraître poussées jusqu'à l'absurde. Le capitaine Len Guy ne laissa pas de le sou-
ligner.

« Nous ne devons pas l'oublier, monsieur Jeorling, dit-il, le métis
a conservé l'espoir qu'Arthur Pym, après avoir été entraîné à travers

Dirk Peters, debout à l'arrière... (Page 270.)

la mer antarctique, a pu aborder sur quelque terre plus méridionale... où il serait encore vivant!...

— Vivant... depuis onze années... dans ces parages polaires!...
répartit Jem West.

— C'est assez difficile à admettre, je l'avoue volontiers, capitaine,
répliquai-je. Et pourtant, à bien réfléchir, serait-il impossible
qu'Arthur Pym eût rencontré, plus au sud, une ile semblable à cette

Tsalal, où William Guy et ses compagnons ont pu vivre pendant le même temps?...

— Impossible, non, monsieur Jeorling, probable, je ne le crois guère !

— Et même, répliquai-je, puisque nous en sommes aux hypothèses, pourquoi vos compatriotes, après avoir abandonné Tsalal, et entraînés par le même courant, n'auraient-ils pas rejoint Arthur Pym là où peut-être... »

Je n'achevai pas, car cette supposition n'eût pas été acceptée, quoi que je pusse dire, et il n'y avait pas lieu d'insister, en ce moment, sur le projet d'aller à la recherche d'Arthur Pym, lorsque les hommes de la *Jane* seraient retrouvés, si tant est qu'ils dussent l'être.

Le capitaine Len Guy revint alors au but de cet entretien, et, comme la conversation, avec ses digressions, avait « fait pas mal d'embardées », dirait le bosseman, il convenait de la remettre en droit chemin.

« Je disais donc, reprit le capitaine Len Guy, que si je n'ai pas donné la route au sud, c'est que mon intention est de reconnaître d'abord le gisement des îles voisines de Tsalal, ce groupe qui est situé à l'ouest...

— Sage idée, approuvai-je, et peut-être acquerrons-nous, en visitant ces îles, la certitude que le tremblement de terre s'est produit à une date récente...

— Récente... cela n'est pas douteux, affirma le capitaine Len Guy, et postérieure au départ de Patterson, puisque le second de la *Jane* avait laissé ses compatriotes sur l'île ! »

On le sait, et pour quelles sérieuses raisons, notre opinion n'avait jamais varié à cet égard.

« Est-ce que, dans le récit d'Arthur Pym, demanda Jem West, il n'est pas question d'un ensemble de huit îles?...

— Huit, répondis-je, ou du moins, c'est ce que Dirk Peters a entendu dire au sauvage que l'embarcation entraînait avec son compagnon et lui. Ce Nu-Nu a même prétendu que l'archipel était gouverné par une sorte de souverain, un roi unique, du nom de Tsalemon, qui résidait dans la plus petite des îles, et, au besoin, le métis nous confirmera ce détail.

— Aussi, reprit le capitaine Len Guy, comme il se pourrait que le tremblement de terre n'eût pas étendu ses ravages jusqu'à ce groupe et qu'il fût encore habité, nous nous tiendrons en garde aux approches du gisement...

— Qui ne saurait être éloigné, ajoutai-je. Et puis, capitaine, qui sait si votre frère et ses matelots n'auraient pas pris refuge sur l'une de ces îles?... »

Éventualité admissible, mais peu rassurante, en somme, car ces pauvres gens fussent retombés entre les mains de ces sauvages, dont ils avaient été débarrassés durant leur séjour à Tsalal. Et, puis pour les recueillir, en cas que leur vie eût été épargnée, l'*Halbrane* ne serait-elle pas obligée d'agir par la force, et réussirait-elle dans sa tentative?...

« Jem, reprit le capitaine Len Guy, nous filons de huit à neuf milles, et, en quelques heures, la terre sera sans doute signalée... donne l'ordre de veiller avec soin.

— C'est fait, capitaine.

— Il y a un homme au nid de pie?...

— Dirk Peters lui-même, qui s'est offert.

— Bien, Jem, on peut s'en fier à sa vigilance...

— Et aussi à ses yeux, ajoutai-je, car il est doué d'une vue prodigieuse! »

La goélette continua de courir vers l'ouest jusqu'à dix heures, sans que la voix du métis se fût fait entendre. Aussi je me demandais s'il en allait être de ces îles comme des Auroras ou des Glass que nous avions vainement cherchées entre les Falklands et la Nouvelle-Georgie. Aucune tumescence n'émergeait à la surface de la mer, aucun linéament ne se dessinait à l'horizon. Peut-être ces îles étaient-elles de relief peu élevé, et ne les apercevrait-on que d'un ou deux milles?...

D'ailleurs, la brise mollit d'une manière sensible pendant la matinée. Notre goélette fut même drossée plus que nous le voulions
par le courant du sud. Par bonheur, le vent reprit vers deux heures
de l'après-midi, et Jem West s'orienta de manière à regagner ce que
la dérive lui avait fait perdre.

Pendant deux heures l'*Halbrane* tint le cap en cette direction
avec une vitesse de sept à huit milles, et pas la moindre hauteur
n'apparut au large.

« Il n'est guère croyable que nous n'ayons pas atteint le gisement,
me dit le capitaine Len Guy, car, d'après Arthur Pym, Tsalal appartenait à un groupe très vaste...

— Il ne dit pas les avoir jamais aperçues pendant que la *Jane*
était au mouillage... fis-je observer.

— Vous avez raison, monsieur Jeorling. Mais, comme je n'estime
pas à moins de cinquante milles la route que l'*Halbrane* a parcourue
depuis ce matin, et qu'il s'agit d'îles assez voisines les unes des
autres...

— Alors, capitaine, il faudrait en conclure, — ce qui n'est pas
invraisemblable, — que le groupe d'où dépendait Tsalal a disparu
en entier dans le tremblement de terre...

— Terre par tribord devant ! » cria Dirk Peters.

Tous les regards se portèrent de ce côté, sans rien distinguer à la
surface de la mer. Il est vrai, posté en tête du mât de misaine, le
métis avait pu apercevoir ce qui n'était encore visible pour aucun de
nous. Au surplus, étant donnée la puissance de sa vue, son habitude
d'interroger les horizons du large, je n'admettais pas qu'il se fût
trompé.

En effet, un quart d'heure après, nos lunettes marines nous permirent de reconnaitre quelques îlots épars à la surface des eaux,
toute rayée des obliques rayons du soleil, et à la distance de deux
ou trois milles vers l'ouest.

Le lieutenant fit amener les voiles hautes, et l'*Halbrane* resta sous
la brigantine, la misaine-goélette et le grand foc.

Convenait-il, dès maintenant, de se mettre en défense, de monter les armes sur le pont, de charger les pierriers, de hisser les filets d'abordage?... Avant de prendre ces mesures de prudence, le capitaine Len Guy crut pouvoir, sans grand risque, rallier le gisement de plus près.

Quel changement avait dû se produire? Là où Arthur Pym indiquait qu'il existait des îles spacieuses, on n'apercevait qu'un petit nombre d'îlots — une demi-douzaine au plus, — émergeant de huit à dix toises...

En ce moment, le métis, qui s'était laissé glisser le long du galhauban de tribord, sauta sur le pont.

« Eh bien! Dirk Peters, tu as reconnu ce groupe?... lui demanda le capitaine Len Guy.

— Le groupe?... répondit le métis en secouant la tête. Non... je n'ai vu que cinq ou six têtes d'îlots... Il n'y a là que des cailloux... pas une seule île! »

En effet, quelques pointes, ou plutôt quelques sommets arrondis, voilà tout ce qui restait de cet archipel — du moins de sa partie occidentale. Il était possible, après tout, si le gisement embrassait plusieurs degrés, que le tremblement de terre n'eût anéanti que les îles de l'ouest.

C'est, du reste, ce que nous nous proposions de vérifier, lorsque nous aurions visité chaque îlot et déterminé à quelle date ancienne ou récente remontait la secousse sismique dont Tsalal portait des traces indiscutables.

A mesure que s'approchait la goélette on pouvait aisément reconnaître ces miettes du groupe presque entièrement anéanti dans sa partie occidentale. La superficialité des plus grands îlots ne dépassait pas cinquante à soixante toises carrées, et celle des plus petits n'en comprenait que trois ou quatre. Ces derniers formaient un semis d'écueils que frangeait le léger ressac de la mer.

Il est entendu que l'*Halbrane* ne devait point s'aventurer à travers ces récifs qui eussent menacé ses flancs ou sa quille. Elle se bornerait à faire le tour du gisement, afin de constater si l'engloutissement de l'archipel avait été complet. Toutefois, il serait nécessaire de débarquer sur quelques points, où il y aurait peut-être des indices à recueillir.

Arrivé à une dizaine d'encablures du principal ilot, le capitaine Len Guy fit donner un coup de sonde. On trouva le fond par vingt brasses, — un fond qui devait être le sol d'une île immergée, dont la partie centrale dépassait le niveau de la mer d'une hauteur de cinq à six toises.

La goélette s'approcha encore, et, par cinq brasses, envoya son ancre.

Jem West avait songé à mettre en panne pendant le temps que durerait l'exploration de l'ilot. Mais, avec le vif courant qui portait au sud, la goélette aurait été prise par la dérive. Donc mieux valait mouiller dans le voisinage du groupe. La mer y clapotait à peine, et l'état du ciel ne faisait pressentir aucun changement atmosphérique.

Dès que l'ancre eut mordu, une des embarcations reçut le capitaine Len Guy, le bosseman, Dirk Peters, Martin Holt, deux hommes et moi.

Un quart de mille nous séparait du premier ilot. Il fut franchi rapidement à travers d'étroites passes. Les pointes rocheuses couvraient et découvraient avec les longues oscillations de la houle. Balayées, lavées et relavées, elles ne pouvaient avoir conservé aucun témoignage qui permit d'assigner une date au tremblement de terre. A ce sujet, je le répète, on sait qu'il n'y avait aucun doute dans notre esprit.

Le canot s'engagea entre les roches. Dirk Peters, debout à l'arrière, la barre entre ses jambes, cherchait à éviter les arêtes des récifs qui affleuraient çà et là.

L'eau, transparente et calme, laissait voir, non point un fond de sable semé de coquilles, mais des blocs noirâtres, tapissés de végétations terrestres, des touffes de ces plantes qui n'appartiennent pas à la flore marine, et dont quelques-unes flottaient à la surface de la mer.

C'était déjà une preuve que le sol qui leur avait donné naissance s'était récemment affaissé.

Lorsque l'embarcation eut atteint l'îlot, un des hommes largua le grappin dont les pattes rencontrèrent une fente.

Dès qu'on eut halé sur l'amarre, le débarquement put s'opérer sans difficulté.

Ainsi donc, en cet endroit gisait une des grandes îles du groupe, actuellement réduite à un ovale irrégulier, qui mesurait cent cinquante toises de circonférence et s'arrondissait à vingt-cinq ou trente pieds au-dessus du niveau de la mer.

« Est-ce que les marées s'élèvent quelquefois à cette hauteur? demandai-je au capitaine Len Guy.

— Jamais, me répondit-il, et peut-être découvrirons-nous, au centre de cet îlot, quelques restes du règne végétal, des débris d'habitations ou de campement...

— Ce qu'il y a de mieux à faire, dit le bosseman, c'est de suivre Dirk Peters qui nous a déjà distancés. Ce diable de métis est capable de voir de ses yeux de lynx ce que nous ne verrions pas! »

En peu d'instants, nous fûmes tous rendus au point culminant de l'îlot.

Les débris n'y manquaient pas, — probablement des débris de ces animaux domestiques dont il est question dans le journal d'Arthur Pym, — volailles de diverses sortes, canards cauwass-back, cochons d'espèce commune dont la peau racornie était hérissée de soies noires. Toutefois, — détail à retenir — il y avait entre ces ossements et ceux de l'île Tsalal, cette différence de formation, qu'ici l'entassement ne datait que de quelques mois au plus. Cela s'accordait donc avec l'époque récente admise par nous du tremblement de terre.

En outre, çà et là verdissaient des plants de céleris et de cochléarias, des bouquets de fleurettes encore fraîches.

« Et qui sont de cette année! m'écriai-je. Aucun hiver austral n'a passé sur elles...

— Je suis de votre avis, monsieur Jeorling, répliqua Hurliguerly. Mais n'est-il pas possible qu'elles aient poussé là depuis le grand déchiquetage du groupe?...

— Cela me paraît inadmissible, » répondis-je, en homme qui ne veut pas démordre de son idée.

En maint endroit végétaient aussi quelques maigres arbustes, sortes de coudriers sauvages, et Dirk Peters en détacha une branche imprégnée de sève.

A cette branche pendaient des noisettes, — pareilles à celles que son compagnon et lui avaient mangées lors de leur emprisonnement entre les fissures de la colline de Klock-Klock et au fond de ces gouffres hiéroglyphiques dont nous n'avions plus trouvé vestige à l'île Tsalal.

Dirk Peters tira quelques-unes de ces noisettes de leur gousse verte, et il les fit craquer sous ses puissantes dents qui eussent broyé des billes de fer.

Ces constatations faites, nul doute ne pouvait subsister sur la date du cataclysme, postérieure au départ de Patterson. Ce n'était donc pas à ce cataclysme qu'était dû l'anéantissement de cette partie de la population tsalalaise dont les ossements jonchaient les environs du village. Quant au capitaine William Guy et aux cinq matelots de la *Jane*, il nous paraissait démontré qu'ils avaient pu fuir à temps, puisque le corps d'aucun d'eux n'avait été retrouvé sur l'île.

Où avaient-ils eu la possibilité de se réfugier, après avoir abandonné Tsalal?...

Tel était le point d'interrogation sans cesse dressé devant notre esprit, et quelle réponse obtiendrait-il?... A mon avis, pourtant, il ne me semblait pas le plus extraordinaire de tous ceux qui surgissaient à chaque ligne de cette histoire!

Je n'ai pas à insister davantage sur l'exploration du groupe. Elle exigea trente-six heures, car la goélette en fit le tour. A la surface de ces divers îlots furent relevés les mêmes indices — plantes et débris, — qui provoquèrent les mêmes conclusions. A propos des troubles dont ces parages avaient été le théâtre, le capitaine Len Guy, le lieutenant, le bosseman et moi, nous étions en parfait accord sur ce qui concernait la complète destruction des indigènes. L'*Halbrane* n'avait plus à redouter aucune attaque, et cela méritait qu'on en tînt compte.

Maintenant devions-nous conclure que William Guy et ses cinq matelots, après avoir gagné l'une de ces îles, eussent péri, eux aussi, dans l'engloutissement de cet archipel?...

Voici, à ce sujet, le raisonnement que le capitaine Len Guy finit par accepter :

« A mon avis, dis-je, et pour me résumer, l'éboulement artificiel de la colline de Klock-Klock a épargné un certain nombre des hommes de la *Jane*, — sept au moins en comprenant Patterson — et en outre le chien Tigre dont nous avons retrouvé les restes près du village. Puis, à quelque temps de là, lors de la destruction d'une partie de la population tsalalaise due à une cause que j'ignore, ceux des indigènes qui n'avaient pas succombé ont quitté Tsalal pour se réfugier sur les autres îles du groupe. Restés seuls, en parfaite sécurité, le capitaine William Guy et ses compagnons ont pu facilement vivre là où vivaient avant eux plusieurs milliers de sauvages. Des années s'écoulèrent, — dix à onze ans, — sans qu'ils fussent parvenus à sortir de leur prison, bien qu'ils aient dû l'essayer, je n'en doute pas, soit avec une des embarcations indigènes, soit avec un canot construit de leurs propres mains. Enfin, il y a environ sept mois, après la disparition de Patterson, un tremblement de terre vint bouleverser l'île Tsalal et engloutir ses voisines. C'est alors, suivant moi, que William Guy et les siens, né la jugeant plus habitable, ont dû s'embarquer pour tenter de revenir au cercle antarctique. Très vraisemblablement cette tentative n'aura pas réussi, et, en fin de compte, sous l'action d'un courant qui portait au sud, pourquoi n'auraient-ils pas gagné ces terres entrevues par Dirk Peters et

35

Arthur Pym, au delà du quatre-vingt-quatrième degré de latitude?
C'est donc en cette direction, capitaine, qu'il convient de lancer
l'*Halbrane*. C'est en franchissant encore deux ou trois parallèles que
nous aurons quelque chance de les retrouver. Le but est là, et qui de
nous ne voudrait sacrifier même sa vie pour l'atteindre?...

— Dieu nous conduise, monsieur Jeorling! » répondit le capitaine
Len Guy.

Et, plus tard, lorsque je fus seul avec le bosseman, celui-ci crut
devoir me dire :

« Je vous ai écouté avec attention, monsieur Jeorling, et, je l'avoue, vous m'avez presque convaincu...

— Vous finirez par l'être tout à fait, Hurliguerly.

— Quand?...

— Plus tôt peut-être que vous ne le pensez! »

Le lendemain, 29 décembre, dès six heures du matin, la goélette
appareilla par une légère brise de nord-est, et, cette fois, elle mit le
cap directement au sud.

Des bandes d'oiseaux animaient l'espace. (Page 277.)

IV

DU 29 DÉCEMBRE AU 9 JANVIER.

Dans la matinée, le volume d'Edgar Poe sous les yeux, j'en ai relu attentivement le vingt-cinquième chapitre. Il y est raconté que.

lorsque les indigènes voulurent les poursuivre, les deux fugitifs, accompagnés du sauvage Nu-Nu, étaient déjà à cinq ou six milles au large de la baie. Des six ou sept îles groupées dans l'ouest, nous venions de reconnaître qu'il ne restait plus que quelques vestiges sous forme d'îlots.

Ce qui nous intéressait surtout dans ce chapitre, ce sont ces lignes que j'ai à cœur de transcrire :

« En arrivant par le nord, sur la *Jane*, — pour atteindre l'île Tsa-« lal, nous avions graduellement laissé derrière nous les régions « les plus rigoureuses de glace, — et, bien que cela puisse pa-« raitre un absolu démenti aux notions généralement acceptées « sur l'océan antarctique, c'était là un fait que l'expérience ne nous « permettait pas de nier. Aussi, essayer — maintenant — de re-« tourner vers le nord eût été folie, particulièrement à une pé-« riode si avancée de la saison. Une seule route semblait encore « ouverte à l'espérance. Nous nous décidâmes à gouverner hardiment « vers le sud, où il y avait pour nous quelques chances de découvrir « d'autres îles, et où il était probable que nous trouverions un cli-« mat de plus en plus doux... »

Ainsi avait raisonné Arthur Pym, ainsi le devions-nous faire à *fortiori.* Eh bien, c'était le 29 février — l'année 1828 fut bissextile, — que les fugitifs se trouvèrent sur l'Océan « immense et désolé » au delà du quatre-vingt-quatrième parallèle. Or, nous n'étions qu'au 29 décembre. L'*Halbrane* était en avance de deux mois sur l'embarcation qui fuyait l'île Tsalal, déjà menacée par l'approche du long hiver des pôles. D'autre part, notre goélette, bien approvisionnée, bien commandée, bien équipée, inspirait plus de confiance que cette embarcation d'Arthur Pym, ce canot à membrure d'osier, long d'une cinquantaine de pieds sur quatre à six de large, et qui n'emportait que trois tortues pour la nourriture de trois hommes.

J'avais donc bon espoir dans le succès de cette seconde partie de notre campagne.

Durant la matinée, les derniers îlots de l'archipel disparurent à l'horizon. La mer s'offrait telle que nous l'avions observée depuis l'ilot Bennet, — sans un seul morceau de glace, — et cela s'explique, puisque la température de l'eau marquait quarante-trois degrés (6°,11 C. sur zéro). Le courant, très accentué, — quatre à cinq milles par heure, — se propageait du nord au sud avec une constante régularité.

Des bandes d'oiseaux animaient l'espace, — invariablement les mêmes espèces, alcyons, pélicans, damiers, pétrels, albatros. Toutefois, je dois l'avouer, ces derniers ne présentaient pas les dimensions gigantesques notées dans le journal d'Arthur Pym, et aucun ne poussait ce sempiternel *tékéli-li*, qui paraissait être d'ailleurs le mot le plus usité de la langue tsalalaise.

Aucun incident à relater pendant les deux jours qui suivirent. On ne signala ni terre ni apparence de terre. Les hommes du bord firent de fructueuses pêches au milieu de ces eaux où pullulaient scares, merluches, raies, congres, dauphins de couleur azurée, et autres sortes de poissons. Les talents combinés d'Hurliguerly et d'Endicott varièrent agréablement le menu du carré et du poste de l'équipage, et je pense qu'il convenait de faire part égale aux deux amis dans cette collaboration culinaire.

Le lendemain, 1er janvier 1840, — encore une année bissextile, — un léger brouillard voila le soleil pendant les premières heures, et nous n'en conclûmes pas que ce fût l'annonce d'un changement dans l'état atmosphérique.

Il y avait alors quatre mois et dix-sept jours que j'avais quitté les Kerguelen, deux mois et cinq jours que l'*Halbrane* avait quitté les Falklands.

Que durerait cette navigation?... Ce n'était pas ce qui me préoccupait, mais plutôt de savoir jusqu'où elle allait nous conduire à travers les parages antarctiques.

Je dois reconnaître ici qu'une certaine modification s'était manifestée dans la manière d'être du métis envers moi — sinon envers le capitaine Len Guy ou les hommes de l'équipage. Ayant, sans doute, compris que je m'intéressais au sort d'Arthur Pym, il me recherchait, et, pour employer une expression vulgaire, « nous nous entendions », sans qu'il fût nécessaire d'échanger une seule parole. Parfois, cependant, il se départissait, vis-à-vis de moi, de son mutisme habituel. Lorsque le service ne le réclamait pas, il se glissait vers le banc où je m'asseyais volontiers, derrière le rouf. A trois ou quatre reprises, quelques tentatives d'entretien avaient été ébauchées entre nous. D'ailleurs, sitôt que le capitaine Len Guy, le lieutenant ou le bosseman nous rejoignaient, il s'éloignait.

Ce jour-là, vers dix heures, Jem West étant de quart, et le capitaine Len Guy enfermé dans sa cabine, le métis longea la coursive à petits pas avec l'évidente intention de converser, — et sur quel sujet, on le devine sans peine.

Dès qu'il fut près du banc :

« Dirk Peters, dis-je, afin d'entrer directement en matière, voulez-vous que nous parlions de lui?... »

Les prunelles du métis flamboyèrent comme une braise sur laquelle on vient de souffler.

« Lui!... murmura-t-il.

— Vous êtes resté fidèle à son souvenir, Dirk Peters !

— L'oublier... monsieur?... Jamais !...

— Il est toujours là... devant vous...

— Toujours !... Comprenez-moi... tant de dangers courus ensemble !... Ça fait de vous des frères, non !... un père et son fils !... Oui !... je l'aime comme mon enfant !... Avoir été tous deux si loin... trop loin... lui... puisqu'il n'est pas revenu !... On m'a revu au pays d'Amérique, moi... mais Pym... le pauvre Pym... il est encore là-bas !... »

Les yeux du métis se mouillèrent de grosses larmes !... Et, comment ne se vaporisaient-elles pas à l'ardente flamme qui jaillissait de ses yeux ?...

« Dirk Peters, lui demandai-je, vous n'avez aucune idée de la route qu'Arthur Pym et vous avez suivie à bord du canot depuis votre départ de l'île Tsalal?...

— Aucune, monsieur!... Le pauvre Pym ne possédait plus d'instruments... vous savez... des machines de marine... pour regarder le soleil... On ne pouvait pas savoir... Tout de même, pendant les huit jours, le courant nous a poussés vers le sud... et le vent aussi... Bonne brise et mer belle... Deux pagaies plantées sur le plat-bord en guise de mât... et nos chemises en guise de voile...

— Oui, répondis-je, des chemises de toile blanche, dont la couleur effrayait tant votre prisonnier Nu-Nu...

— Peut-être... Je ne me rendais pas bien compte... Mais si Pym l'a dit, il faut croire Pym! »

Je n'en étais plus à savoir que quelques-uns des phénomènes décrits dans le journal rapporté aux États-Unis par le métis ne semblaient pas avoir attiré son attention. Aussi m'entêtais-je à cette idée que ces phénomènes n'avaient dû exister que dans une imagination surexcitée outre mesure. Toutefois, je voulus presser plus vivement Dirk Peters à ce sujet.

« Et, pendant ces huit jours, ai-je repris, vous avez pu pourvoir à votre nourriture?...

— Oui... monsieur... et les jours après... nous et le sauvage... Vous savez... les trois tortues qui étaient à bord... Ces bêtes, ça contient une provision d'eau douce... et leur chair est bonne... même crue... Oh! la chair crue... monsieur!... »

En prononçant ces derniers mots, Dirk Peters, baissant la voix comme s'il eût craint d'être entendu, jeta un rapide regard autour de lui...

Ainsi, cette âme frissonnait toujours à l'impérissable souvenir des scènes du *Grampus!...* On ne saurait se figurer l'effroyable expression peinte sur la figure du métis au moment où il parla de chair crue!... Et non pas l'expression d'un cannibale de l'Australie ou des Nouvelles-Hébrides, mais celle d'un homme qui éprouve une insurmontable horreur de lui-même!

Après un assez long silence, je ramenai la conversation vers son but.

« N'est-ce pas le 1ᵉʳ mars, Dirk Peters, demandai-je, que, si je m'en rapporte au récit de votre compagnon, vous avez, pour la première fois, aperçu le large voile d'une vapeur grise, coupée de raies lumineuses et vacillantes...

— Je ne sais plus... monsieur !... Mais si Pym l'a dit, il faut croire ce qu'a dit Pym !

— Il ne vous a jamais parlé de rayons de feu qui tombaient du ciel... » repris-je, ne voulant pas me servir des mots « aurore polaire » que le métis n'eût peut-être pas compris.

J'en revenais ainsi à l'hypothèse que ces phénomènes pouvaient être dus à l'intensité des effluences électriques, si puissantes sous les hautes latitudes, — en admettant qu'ils se fussent réellement produits.

« Jamais... monsieur, dit Dirk Peters, non sans avoir réfléchi avant de répondre à ma question.

— Vous n'avez pas remarqué, non plus, que la couleur de la mer s'altérait... qu'elle perdait sa transparence... qu'elle devenait blanche... qu'elle ressemblait à du lait... que sa surface se troublait autour de votre embarcation...

— Si cela était... monsieur... je ne sais... Comprenez-moi... Je n'avais plus la connaissance des choses... Le canot s'en allait... s'en allait... et ma tête avec...

— Et puis, Dirk Peters, cette poussière très fine qui tombait... fine comme de la cendre... de la cendre blanche...

— Je ne me rappelle pas...

— Est-ce que ce n'était pas de la neige ?...

— De la neige ?... Oui... non !... Il faisait chaud... Qu'a dit Pym ?... Il faut croire ce qu'a dit Pym ! »

Je compris bien qu'au sujet de ces faits invraisemblables, je n'obtiendrais aucune explication, en continuant d'interroger le métis. A supposer qu'il eût observé les choses surnaturelles, relatées dans les derniers chapitres du récit, il n'en avait plus conservé le souvenir.

DIRK PETERS S'EN ALLA, ME LAISSANT EN PROIE A UNE INEXPRIMABLE
ÉMOTION. (Page 281.)

Et alors, à mi-voix :

» Mais Pym vous dira tout cela... monsieur... Lui sait... Moi je ne sais pas... Il a vu... et vous le croirez...

— Je le croirai, Dirk Peters, oui... je le croirai, répondis-je, ne voulant pas chagriner le métis.

— Et puis, nous irons à sa recherche, n'est-ce pas?...

— Je l'espère...

— Après que nous aurons retrouvé William Guy et les matelots de la *Jane*?...

— Oui... après...

— Et même si nous ne les retrouvons pas?...

— Même... en ce cas... Dirk Peters... Je pense que je déciderai notre capitaine...

— Qui ne refusera pas de porter secours à un homme... un homme comme lui...

— Non... il ne refusera pas!... Et pourtant, ajoutai-je, si William Guy et les siens sont vivants, peut-on admettre qu'Arthur Pym...

— Vivant?... oui!... vivant! s'écria le métis. Par le Grand Esprit de mes pères... il l'est... il m'attend... mon pauvre Pym!... Et quelle sera sa joie, lorsqu'il se jettera dans les bras de son vieux Dirk, — et à moi, la mienne... quand je le sentirai là... là... »

Et la vaste poitrine de Dirk Peters se soulevait comme une mer houleuse...

Puis il s'en alla, me laissant en proie à une inexprimable émotion, tant je sentais ce qu'il y avait, dans le cœur de ce demi-sauvage, de tendresse pour son infortuné compagnon... pour celui qu'il appelait son enfant!...

La goélette ne cessa de gagner vers le sud pendant les journées du 2, du 3 et du 4 janvier, sans relever aucune terre. Toujours, à l'horizon, la ligne périmétrique qui se dessinait sur le fond de la mer et du ciel. L'homme du nid de pie ne signala ni continent ni îles en cette partie de l'Antarctide. Devait-on suspecter

36

l'assertion de Dirk Peters relativement aux terres entrevues? Les illusions d'optique sont si fréquentes en ces régions hyperaustraliennes!...

« Il est vrai, fis-je remarquer au capitaine Len Guy, que, depuis qu'il avait quitté l'île Tsalal, Arthur Pym ne possédait plus d'instruments pour prendre hauteur...

— Je le sais, monsieur Jeorling, et il est fort possible que les terres se trouvent dans l'est ou dans l'ouest de notre itinéraire. Ce qu'il y a de regrettable, c'est qu'Arthur Pym et Dirk Peters n'y aient point débarqué. Nous n'aurions plus aucun doute sur leur existence assez problématique, — je le crains, — et nous finirions par les découvrir...

— Nous les découvrirons, capitaine, en remontant de quelques degrés au sud...

— Soit, mais je me demande, monsieur Jeorling, s'il ne serait pas préférable d'explorer ces parages compris entre le quarantième et le quarante-cinquième méridien...

— Le temps nous est mesuré, répondis-je assez vivement, et ce serait autant de jours perdus, puisque nous n'avons pas encore atteint la latitude où les deux fugitifs ont été séparés l'un de l'autre...

— Et, s'il vous plaît, quelle est-elle cette latitude, monsieur Jeorling?... Je n'en trouve pas indication dans le récit, et, pour cette raison qu'il était impossible de la calculer...

— Cela est certain, capitaine, comme il est certain que l'embarcation, de Tsalal a dû être entraînée très loin, si l'on s'en rapporte à ce passage du dernier chapitre.

Et, en effet, ce chapitre contenait ces lignes :

« Nous continuâmes notre route, sans aucun incident important pendant sept à huit jours peut-être ; et, durant cette période, nous dûmes avancer d'une distance énorme, car le vent fut presque toujours pour nous, et un fort courant nous poussa continuellement dans la direction que nous voulions suivre. »

Le capitaine Len Guy connaissait ce passage, l'ayant maintes fois lu. J'ajoutai :

« Il est dit « une distance énorme », et cela au 1ᵉʳ mars seulement. Or, le voyage s'est prolongé jusqu'au 22 du même mois, et, ainsi qu'Arthur Pym l'indique ensuite, « son canot se précipitait toujours vers le sud, sous l'influence d'un puissant courant d'une horrible vélocité », — ce sont ses propres expressions. De tout ceci, capitaine, ne peut-on tirer la conclusion...

— Qu'il est allé jusqu'au pôle, monsieur Jeorling ?...

— Pourquoi non, puisque, à partir de l'île Tsalal, il n'en était plus qu'à quatre cents milles ?...

— Après tout, peu importe ! répondit le capitaine Len Guy. Ce n'est pas à la recherche d'Arthur Pym que nous conduisons l'*Halbrane*, c'est à celle de mon frère et de ses compagnons. Ont-ils pu atterrir sur les terres entrevues, voilà ce qu'il s'agit uniquement de reconnaître. »

Sur ce point spécial, le capitaine Len Guy avait raison. Aussi, craignais-je sans cesse qu'il donnât l'ordre de porter vers l'est ou vers l'ouest. Toutefois, comme le métis affirmait que son embarcation avait couru au sud, que les terres dont il parlait gisaient dans cette direction, le cap de la goélette ne fut pas modifié. Ce qui m'aurait vraiment désespéré, c'eût été qu'elle ne se maintînt pas sur l'itinéraire d'Arthur Pym.

Du reste, j'avais la conviction que, si lesdites terres existaient, elles devaient se rencontrer sous de plus hautes latitudes.

Il n'est pas indifférent de noter qu'aucun phénomène extraordinaire ne se manifesta au cours de cette navigation des 5 et 6 janvier. Nous ne vîmes rien de la barrière de vapeurs vacillantes, rien de l'altération des couches supérieures de la mer. Quant à la chaleur excessive de l'eau, et telle « que la main ne pouvait la supporter », — il fallait en beaucoup rabattre. La température ne dépassait pas cinquante degrés (10° C. sur zéro), élévation déjà anormale en cette partie de la zone antarctique. Et, bien que Dirk Peters ne cessât de

me répéter : « Il faut croire ce qu'a dit Pym ! » ma raison s'imposait
une extrême réserve sur la réalité de ces faits surnaturels. Ainsi, il
n'y eut ni voile de brumes, ni apparence laiteuse des eaux, ni chute
de poussière blanche.

C'était également en ces parages que les deux fugitifs avaient
aperçu un de ces énormes animaux blancs, qui causaient tant d'effroi
aux insulaires de Tsalal. Dans quelles conditions ces monstres pas-
sèrent-ils en vue de l'embarcation?... C'est ce que le récit négligeait
d'indiquer. Au surplus, mammifères marins, oiseaux gigantesques,
redoutables carnassiers des régions polaires, il ne s'en rencontra pas
un seul sur la route de l'*Halbrane*.

J'ajouterai que personne à bord ne subissait cette influence singulière dont parle Arthur Pym, cet engourdissement du corps et de
l'esprit, cette indolence soudaine, qui rendaient incapable du moindre
effort physique.

Et peut-être faut-il expliquer par cet état pathologique et physio-
logique, qu'il ait cru voir ces phénomènes, uniquement dus à quelque
trouble des facultés mentales ?...

Enfin, le 7 janvier, — d'après Dirk Peters, et il n'avait pu l'estimer
que par le temps écoulé, — nous étions arrivés à l'endroit où le
sauvage Nu-Nu, étendu au fond du canot, avait rendu le dernier
soupir. Deux mois et demi plus tard, à la date du 22 mars, se termine
le journal de cet extraordinaire voyage. Et, c'est alors que flottaient
d'épaisses ténèbres, tempérées par la clarté des eaux, qui réfléchis-
saient le voile de vapeurs blanches tendu sur le ciel...

Eh bien, l'*Halbrane* ne fut témoin d'aucun de ces stupéfiants pro-
diges, et le soleil, inclinant sa spirale allongée, illuminait toujours
l'horizon.

Et il était heureux que l'espace ne fût pas plongé dans l'obscurité,
puisqu'il nous eût été impossible de prendre hauteur.

Ce jour-là, 9 janvier, une bonne observation donna — la longitude
restant la même entre le quarante-deuxième et le quarante-troisième
méridien, — donna, dis-je, 86°33' pour la latitude.

Ce fut en cet endroit, à s'en rapporter aux souvenirs du métis, que s'effectua la séparation des deux fugitifs, après le heurt du canot et du glaçon.

Mais une question se posait. Puisque ce glaçon, entraînant Dirk Peters, avait dérivé vers le nord, est-ce donc qu'il était soumis à l'action d'un contre-courant?...

Oui, cela devait être, car, depuis deux jours, notre goélette ne sentait plus l'influence de celui auquel elle avait obéi en quittant l'île Tsalal. Et pourquoi s'en étonner, lorsque tout est si variable en ces mers australes! Très heureusement, la fraîche brise du nord-est persistait, et l'*Halbrane*, couverte de toile, continuait à s'élever vers de plus hauts parages, en avance de treize degrés sur les navires de Weddell et de deux degrés sur la *Jane*. Quant aux terres, — îles ou continent — que le capitaine Len Guy cherchait à la surface de cette immense mer, elles n'apparaissaient pas. Je sentais bien qu'il perdait peu à peu d'une confiance bien ébranlée déjà après tant de vaines recherches...

Quant à moi, j'étais obsédé du désir de recueillir Arthur Pym autant que les survivants de la *Jane*. Et pourtant, de croire qu'il eût pu survivre?... Oui!... je le sais!... C'était l'idée fixe du métis qu'il le retrouverait encore vivant!... Et si notre capitaine eût donné l'ordre de revenir en arrière, je me demande à quelles extrémités Dirk Peters se fût porté!... Peut-être se serait-il précipité à la mer plutôt que de retourner vers le nord!... C'est pourquoi, lorsqu'il entendait la plupart des matelots protester contre cette navigation insensée, parler de virer cap pour cap, avais-je toujours la crainte qu'il s'abandonnât à quelque violence, — contre Hearne surtout, qui excitait sourdement à l'insubordination ses camarades des Falklands!

Cependant il convenait de ne pas laisser l'indiscipline et le découragement s'introduire à bord. Aussi, ce jour-là, désireux de remonter les esprits, le capitaine Len Guy, sur ma demande, fit-il réunir l'équipage au pied du grand mât, et il lui parla en ces termes:

« Marins de l'*Halbrane*, depuis notre départ de l'île Tsalal, la goélette a gagné deux degrés vers le sud, et je vous annonce, conformément à l'engagement signé par M. Jeorling, que quatre mille dollars, — soit deux mille dollars par degré, — vous sont acquis présentement et seront payés au terme du voyage. »

Il y eut bien quelques murmures de satisfaction, mais point de hurrahs, si ce n'est ceux que poussèrent, sans trouver d'écho, le bosseman Hurliguerly et le cuisinier Endicott.

« J'en conclus qu'ils sentent l'approche de l'hiver... » (Page 290.)

V

UNE EMBARDÉE.

Lors même que les anciens de l'équipage se fussent joints au bosseman et au maître-coq, au capitaine Len Guy, à Jem West et à moi pour continuer la campagne, si les nouveaux décidaient de revenir, nous ne serions pas de force à l'emporter. Quatorze hommes, compris Dirk Peters, contre dix-neuf, c'était insuffisant. Et, d'ailleurs, eût-il été sage de compter sur tous les anciens du bord?... L'épouvante ne les prendrait-elle pas à naviguer au milieu de ces régions qui semblent en dehors du domaine terrestre?... Résisteraient-ils aux incessantes excitations de Hearne et de ses camarades?... Ne s'uniraient-ils pas à eux pour exiger le retour vers la banquise?...

Et, pour dire mon entière pensée, le capitaine Len Guy lui-même ne se lasserait-il pas de prolonger une campagne qui ne donnait aucun résultat?... Ne renoncerait-il pas bientôt à ce dernier espoir de sauver en ces lointains parages les matelots de la *Jane*?... Menacé par l'approche de l'hiver austral, des froids insoutenables, des tempêtes polaires auxquelles ne pourrait résister sa goélette, ne donnerait-il pas enfin ordre de virer de bord?... Et de quel poids pèseraient mes arguments, mes adjurations, mes prières, lorsque je serais seul à les formuler?...

Seul?... non pas!... Dirk Peters me soutiendrait... Mais lui et moi, qui voudrait nous écouter?...

Si, le cœur déchiré à la pensée d'abandonner son frère et ses compatriotes, le capitaine Len Guy résistait encore, je sentais qu'il devait être sur la limite du découragement. Néanmoins, la goélette ne déviait pas de la ligne droite imposée depuis l'île Tsalal. Il semblait qu'elle fût rattachée comme par un aimant sous-marin à cette longitude de la *Jane*, et plût au ciel que ni les courants ni les vents ne vinssent à l'en écarter! Contre ces forces de la nature, il aurait fallu céder, tandis que les inquiétudes nées de l'apeurement, on peut essayer de lutter contre elles...

Je dois mentionner, d'ailleurs, une circonstance qui favorisait la marche vers le sud. Après avoir molli pendant quelques jours, le courant se faisait de nouveau sentir avec une vitesse de trois à quatre milles à l'heure. Évidemment, — ainsi que me fit observer le capitaine Len Guy, — il dominait dans cette mer, bien qu'il fût détourné ou refoulé, de temps à autre, par des contre-courants très difficiles à indiquer avec quelque exactitude sur les cartes. Par malheur, ce que nous ne pouvions déterminer, ce qui était précisément désirable, c'eût été de savoir si l'embarcation qui emportait William Guy et les siens, au large de Tsalal, avait subi l'influence de ceux-ci ou de celui-là. Il ne faut pas oublier que leur action avait dû être supérieure à celle du vent sur un canot dépourvu de voilure comme tous ceux de ces insulaires, manœuvrés à la pagaie.

Quoi qu'il en soit et en ce qui nous concerne, ces deux forces naturelles s'accordaient pour entraîner l'*Halbrane* vers les confins de la zone polaire.

Ainsi en fut-il les 10, 11 et 12 janvier. Il n'y eut aucune particularité à noter, si ce n'est un certain abaissement qui se produisit dans l'état thermométrique. La température de l'air revint à quarante-huit degrés (8°,89 C. sur zéro) et celle de l'eau à trente-trois (0°,56 C. sur zéro).

Quel écart déjà entre les cotes relevées par Arthur Pym, alors que la chaleur des eaux était telle — à l'en croire — que la main ne pouvait la supporter !

Nous n'étions, en somme, que dans la seconde semaine de janvier. Deux mois devaient encore s'écouler avant que l'hiver eût mis en mouvement les ice-bergs, formé les ice-fields et les drifts, consolidé les énormes masses de la banquise, solidifié les plaines liquides de l'Antarctide. Dans tous les cas, ce qui doit être tenu pour certain, c'est l'existence d'une mer libre pendant la saison estivale, sur un espace compris entre le soixante-douzième et le quatre-vingt-septième parallèle.

Cette mer a été parcourue, à différentes latitudes, par les navires de Weddell, par la *Jane*, par l'*Halbrane*, et pourquoi, sous ce rapport, le domaine austral serait-il moins privilégié que le domaine boréal ?...

Le 13 janvier, le bosseman et moi, nous eûmes une conversation de nature à justifier mes inquiétudes relativement aux dispositions fâcheuses de notre équipage.

Les hommes déjeunaient dans le poste, à l'exception de Drap et de Stern, en ce moment de quart sur l'avant. La goélette fendait les eaux sous une fraîche brise avec toute sa voilure haute et basse. Francis, à la barre, gouvernait au sud-sud-est de manière à porter bon plein.

Je me promenais entre le mât de misaine et le grand mât, regardant les bandes d'oiseaux, qui poussaient des cris assourdissants et dont quelques-uns, des pétrels, venaient parfois se percher sur le bout des vergues. On ne cherchait point à s'en emparer ni à les tirer. C'eût été cruauté bien inutile, puisque leur chair, huileuse et coriace, n'est point comestible.

A ce moment Hurliguerly s'approcha de moi, après avoir regardé ces oiseaux, et me dit :

« Je remarque une chose, monsieur Jeorling...

— Et laquelle, bosseman?...

— C'est que ces volatiles ne s'envolent plus vers le sud aussi directement qu'ils l'avaient fait jusqu'ici... Quelques-uns se disposent à gagner le nord...

— Je l'ai remarqué comme vous, Hurliguerly.

— J'ajoute, monsieur Jeorling, que ceux qui sont là-bas ne tarderont pas à revenir.

— Et vous en concluez?...

— J'en conclus qu'ils sentent l'approche de l'hiver...

— De l'hiver?...

— Sans doute.

— Erreur, bosseman, et l'élévation de la température est telle que ces oiseaux ne peuvent songer à regagner si prématurément des régions moins froides.

— Oh! prématurément, monsieur Jeorling...

— Voyons, bosseman, ne savons-nous pas que les navigateurs ont toujours pu fréquenter les parages antarctiques jusqu'au mois de mars?...

— Pas à cette latitude, répondit Hurliguerly, pas à cette latitude! Et, d'ailleurs, il y a des hivers précoces comme il y a des étés précoces. La belle saison, cette année, a été en avance de deux grands mois, et il est à craindre que la mauvaise ne se fasse sentir plus tôt qu'à l'ordinaire.

— C'est fort admissible, répondis-je. Après tout, qu'importe, puisque notre campagne aura certainement pris fin avant trois semaines...

— Si quelque obstacle ne se présente pas auparavant, monsieur Jeorling...

— Et lequel?.,.

— Par exemple, un continent qui s'étendrait au sud et nous barrerait la route...

— Un continent, Hurliguerly?...

— Savez-vous que je n'en serais pas autrement étonné, monsieur Jeorling...

— Et, en somme, cela n'aurait rien d'étonnant, répliquai-je.

— Quant à ces terres entrevues par Dirk Peters, reprit Hurliguerly, et sur lesquelles les hommes de la *Jane* auraient pu se réfugier, je n'y crois guère...

— Pourquoi?...

— Parce que William Guy, qui ne devait disposer que d'une embarcation de faible dimension, n'aurait pu s'enfoncer si loin dans ces mers...

— Je ne me prononce pas d'une façon aussi affirmative, bosseman.

— Cependant, monsieur Jeorling...

— Et qu'y aurait-il donc de surprenant, m'écriai-je, à ce que William Guy eût atterri quelque part sous l'action des courants?... Il n'est pas resté à bord de son canot depuis huit mois, je suppose!... Ses compagnons et lui auront pu débarquer soit sur une île, soit sur un continent, et c'est là un motif suffisant pour ne pas abandonner nos recherches...

— Sans doute... mais, dans l'équipage, tous ne sont pas de cet avis, répondit Hurliguerly en hochant la tête.

— Je le sais, bosseman, et c'est ce qui me préoccupe le plus. Est-ce que les mauvaises dispositions s'accroissent?...

— Je le crains, monsieur Jeorling. La satisfaction d'avoir gagné plusieurs centaines de dollars est déjà très amoindrie, et la perspective d'en gagner quelques autres centaines n'empêche pas les récriminations... Cependant la prime est alléchante!... De l'île Tsalal au pôle, en admettant qu'on pût s'élever jusque-là, il y a six degrés... Or, six degrés à deux mille dollars chaque, cela fait une douzaine de mille dollars pour trente hommes, soit quatre cents dollars par tête!... Un joli denier à glisser dans sa poche au retour de l'*Halbrane*!... Malgré cela, ce maudit Hearne travaille si méchamment ses camarades, que je les vois prêts à larguer la barre et l'amarre, comme on dit!...

— De la part des recrues, je l'admets, bosseman... Pour les anciens...

— Hum!... il y en a, de ceux-là, trois ou quatre qui commencent à réfléchir... et ils ne voient pas sans inquiétude la navigation se prolonger...

— Je pense que le capitaine Len Guy et son lieutenant sauraient se faire obéir...

— C'est à voir, monsieur Jeorling!... Et, ne peut-il arriver que notre capitaine lui-même se décourage... que le sentiment de sa responsabilité l'emporte... et qu'il renonce à poursuivre cette campagne?... »

Oui! c'était bien ce que je craignais, et à cela aucun remède.

« Quant à mon ami Endicott, monsieur Jeorling, je réponds de lui comme de moi. Nous irions au bout du monde, — en admettant que le monde ait un bout, — si le capitaine voulait y aller. Il est vrai, nous deux, Dirk Peters et vous, c'est peu pour faire la loi aux autres!...

— Et que pense-t-on du métis?... demandai-je.

— Ma foi, c'est lui surtout que nos hommes me paraissent accuser de la prolongation du voyage!... Sans doute, monsieur Jeorling, si vous y êtes pour une bonne part, laissez-moi dire le mot... vous payez et payez bien... tandis que ce cabochard de Dirk Peters s'entête à soutenir que son pauvre Pym vit encore... alors qu'il est noyé, ou gelé, ou écrasé... enfin mort d'une façon quelconque depuis onze ans!... »

C'était tellement mon avis que je ne discutais plus jamais avec le métis à ce sujet.

« Voyez-vous, monsieur Jeorling, reprit le bosseman, au commencement de la traversée, Dirk Peters inspirait quelque curiosité. Puis ce fut de l'intérêt, après qu'il eut sauvé Martin Holt... Certes, il ne devint pas plus familier ni plus causeur qu'auparavant, et l'ours ne sortit guère de son trou!... Mais, à présent, on sait ce qu'il est... et, ma foi, cela ne l'a pas rendu plus sympathique!... Dans tous les cas, c'est en parlant d'un gisement de terres au sud de l'île Tsalal, qu'il a décidé notre capitaine à pousser la goélette dans cette direction, et si actuellement elle a dépassé le quatre-vingt-sixième degré de latitude, c'est à lui qu'on le doit...

— J'en conviens, bosseman.

— Aussi, monsieur Jeorling, je crains toujours qu'on essaie de lui faire un mauvais parti!...

— Dirk Peters se défendrait, et je plaindrais celui qui oserait le toucher du bout du doigt!

— D'accord, monsieur Jeorling, d'accord, et il ne ferait pas bon d'être pris entre ses mains qui courberaient des plaques de tôle! Pourtant, tous contre lui, on arriverait à le souquer ferme, je suppose, à le bloquer à fond de cale...

— Enfin nous n'en sommes pas là, je l'espère, et je compte sur vous, Hurliguerly, pour prévenir toute tentative contre Dirk Peters... Raisonnez vos hommes... Faites leur comprendre que nous avons le temps de revenir aux Falklands avant la fin de la belle saison... Il ne faut pas que leurs récriminations fournissent à notre capitaine un prétexte pour virer de bord sans que le but ait été atteint...

— Comptez sur moi, monsieur Jeorling!... Je vous servirai... vent sous vergue...

— Et vous ne vous en repentirez pas, Hurliguerly! Rien de plus facile que d'ajouter un zéro aux quatre cents dollars qui seront acquis à chaque homme par chaque degré, si cet homme est plus qu'un simple matelot... ne remplit-il même que les fonctions de bosseman à bord de la *Jane!* »

C'était prendre cet original par son endroit sensible, et j'étais sûr de son appui. Oui! il ferait tout pour déjouer les machinations des uns, relever le courage des autres, veiller sur Dirk Peters. Réussirait-il à empêcher la révolte d'éclater à bord?...

Il ne se passa rien de notable pendant les journées du 13 et du 14. Toutefois, un nouvel abaissement de la température se produisit. C'est ce que me fit observer le capitaine Len Guy, en montrant les nombreuses bandes d'oiseaux, qui ne cessaient de remonter dans la direction du nord.

Tandis qu'il me parlait, je sentais que ses dernières espérances ne tarderaient pas à s'éteindre. Et comment s'en étonner? Du gisement indiqué par le métis, on ne voyait rien, et nous étions déjà à plus de cent quatre-vingts milles de l'île Tsalal. A toutes les aires du compas, c'était la mer — rien que la mer immense avec son horizon désert dont le disque solaire se rapprochait depuis le 21 décembre, et qu'il effleurerait au 21 mars pour disparaître pendant les six mois de la nuit australe!... De bonne foi, pouvait-on admettre que William Guy et ses cinq compagnons eussent pu franchir une telle distance sur une frêle embarcation, et y avait-il une chance sur cent de jamais les recueillir?...

Le 15 janvier, une observation, très exactement faite, donna 43° 13′ pour la longitude et 88° 17′ pour la latitude. L'*Halbrane* n'était plus qu'à moins de deux degrés du pôle, — moins de cent vingt milles marins.

Le capitaine Len Guy ne chercha point à cacher le résultat de
cette observation, et les matelots étaient assez familiarisés avec les
calculs de navigation pour la comprendre. D'ailleurs, s'il s'agissait
de leur en expliquer les conséquences, n'avaient-ils pas les maitres
Martin Holt et Hardie?... Puis, Hearne n'était-il pas là pour les exa-
gérer jusqu'à l'absurde?...

Aussi, pendant l'après-midi, je ne pus mettre en doute que le
sealing-master eût manœuvré de manière à surexciter les esprits.
Les hommes, accroupis au pied du mât de misaine, causaient à
voix basse en nous jetant de mauvais regards. Des conciliabules se
formaient.

Deux ou trois matelots, tournés vers l'avant, ne ménageaient guère
les gestes de menace. Bref, cela finit par des murmures si violents
que Jem West ne put ne point entendre.

« Silence! » cria-t-il.

Et, s'avançant :

« Le premier qui ouvre la bouche, dit-il d'une voix brève, aura
affaire à moi! »

Quant au capitaine Len Guy, il était enfermé dans sa cabine.
Mais, à chaque instant, je m'attendais à ce qu'il en sortît, et, après
un dernier coup d'œil jeté au large, je ne doutais pas qu'il donnât
l'ordre de virer de bord...

Cependant, le lendemain, la goélette suivait encore la même direction. Le timonier tenait toujours le cap au sud. Par malheur, —
circonstance d'une certaine gravité, — quelques brumes commençaient à se lever au large.

Je ne pouvais plus, je l'avoue, tenir en place. Mes appréhensions
redoublaient.

Il était visible que le lieutenant n'attendait que l'ordre de changer
la barre. Quelque mortel chagrin qu'il dût en éprouver, le capitaine
Len Guy, je ne le comprenais que trop, ne tarderait pas à donner
cet ordre...

Depuis plusieurs jours, je n'avais point aperçu le métis, ou, du moins, je n'avais pas échangé un mot avec lui. Évidemment mis en quarantaine, dès qu'il paraissait sur le pont, on s'écartait de lui. Allait-il s'accouder à bâbord, l'équipage se portait aussitôt à tribord. Seul le bosseman, affectant de ne pas s'éloigner, lui adressait la parole. Il est vrai, ses questions restaient généralement sans réponse.

Je dois dire, d'ailleurs, que Dirk Peters ne s'inquiétait aucunement de cet état de choses. Absorbé dans ses obsédantes pensées, peut-être ne le voyait-il pas. Je le répète, s'il eût entendu Jem West crier : Cap au nord! je ne sais à quels actes de violence il se fût porté!...

Et, puisqu'il semblait m'éviter, je me demandais si cela ne provenait pas d'un certain sentiment de réserve, et « pour ne pas me compromettre davantage ».

Cependant, le 17, dans l'après-midi, le métis manifesta l'intention de me parler, et jamais... non! jamais je n'aurais pu imaginer ce que j'allais apprendre dans cet entretien.

Il était environ deux heures et demie.

Un peu fatigué, mal à l'aise, je venais de rentrer dans ma cabine, dont le châssis latéral était ouvert, tandis que celui d'arrière était fermé.

Un léger coup fut frappé à ma porte, qui donnait sur le carré du rouf.

« Qui est là ?... dis-je.

— Dirk Peters.

— Vous avez à me parler ?...

— Oui.

— Je vais sortir...

— S'il vous plaît... je préférerais... Puis-je entrer dans votre cabine ?...

— Entrez. »

Le métis poussa la porte et la referma.

Sans me lever de mon cadre, sur lequel j'étais étendu, je lui fis signe de s'asseoir sur le fauteuil.

« SI MARTIN HOLT APPRENAIT QUE J'AI... » (Page 300.)

Dirk Peters resta debout.

Comme il ne se pressait pas de prendre la parole, — embarrassé suivant son habitude :

« Que me voulez-vous, Dirk Peters?... demandai-je.

— Vous dire une chose... Comprenez-moi... monsieur... parce qu'il me paraît bon que vous sachiez... et vous serez seul à savoir!... Dans l'équipage... qu'on ne puisse jamais se douter...

— Si cela est grave, et si vous craignez quelque indiscrétion, Dirk Peters, pourquoi me parler?...

— Si... il le faut... oui!... il le faut!... Impossible de garder cela!... Ça me pèse... là... là... comme une roche!... »

Et Dirk Peters se battait violemment la poitrine.

Puis, reprenant :

« Oui... j'ai toujours peur que ça m'échappe pendant mon sommeil... et qu'on l'entende... car je rêve de cela... et en rêvant...

— Vous rêvez, répondis-je, et de qui?...

— De lui... de lui... Aussi... c'est pour cela que je dors dans les coins... tout seul... de peur qu'on apprenne son vrai nom... »

J'eus alors le pressentiment que le métis allait peut-être répondre à une demande que je ne lui avais pas encore faite — demande relative à ce point demeuré obscur dans mon esprit : pourquoi, après avoir quitté l'Illinois, était-il venu vivre aux Falklands sous le nom de Hunt?

Dès que je lui eus posé cette question :

« Ce n'est pas cela... répliqua-t-il, non... ce n'est pas cela que je veux...

— J'insiste, Dirk Peters, et je désire savoir d'abord pour quelle raison vous n'êtes pas resté en Amérique, pour quelle raison vous avez choisi les Falklands...

— Pour quelle raison... monsieur?... Parce que je voulais me rapprocher de Pym... de mon pauvre Pym... parce que j'espérais trouver aux Falklands une occasion de m'embarquer sur un baleinier à destination de la mer australe...

— Mais ce nom de Hunt?...

— Je ne voulais plus du mien... non!... je n'en voulais plus... à cause de l'affaire du *Grampus !* »

Le métis venait de faire allusion à cette scène de la courte paille, à bord du brick américain, lorsqu'il fut décidé entre Auguste Barnard, Arthur Pym, Dirk Peters et le matelot Parker, que l'un des quatre serait sacrifié... qu'il servirait de nourriture aux trois autres... Je me rappelais la résistance opiniâtre d'Arthur Pym, et comment il fut dans l'obligation de ne point refuser son « franc jeu dans la tragédie qui allait se jouer vivement, — telle est sa propre phrase, — et l'horrible acte dont le cruel souvenir devait empoisonner l'existence de tous ceux qui y avaient survécu... »

Oui! la courte paille, — de petits éclats de bois, des esquilles de longueur inégale, qu'Arthur Pym tenait dans sa main... La plus courte désignerait celui qui serait immolé... Et il parle de cette sorte d'involontaire férocité qu'il éprouva de tromper ses compagnons, de « tricher » — c'est le mot dont il se sert... Mais il ne le fit pas et demande pardon d'en avoir eu l'idée!... Que l'on veuille bien se mettre dans une position semblable à la sienne!...

Puis, il se décide, il présente sa main refermée sur les quatre esquilles...

Dirk Peters tire le premier... Le sort l'a favorisé... Il n'a plus rien à craindre.

Arthur Pym calcule qu'il existe alors une chance de plus contre lui.

Auguste Barnard tire à son tour... Sauvé aussi, celui-là!

Et maintenant Arthur Pym chiffre les chances qui sont égales entre Parker et lui...

A ce moment, toute la férocité du tigre s'empare de son âme... Il éprouve contre son pauvre camarade, son semblable, la haine la plus intense et la plus diabolique...

Cinq minutes s'écoulent avant que Parker ose tirer... Enfin Arthur Pym, les yeux fermés, ne sachant si le sort avait été pour ou contre lui, sent une main saisir la sienne...

C'était la main de Dirk Peters... Arthur Pym venait d'échapper à la mort...

Et alors, le métis se précipite sur Parker qui est abattu d'un coup dans le dos. Puis, suit l'effroyable repas — immédiatement — et « les mots n'ont point une vertu suffisante pour frapper l'esprit de la parfaite horreur de la réalité ! »

Oui!... je la connaissais cette effroyable histoire, — non point imaginaire, comme je l'avais longtemps cru. Voilà ce qui s'était passé à bord du *Grampus*, le 16 juillet 1827, et c'est en vain que je cherchais à comprendre pour quelle raison Dirk Peters venait m'en rappeler le souvenir.

Je ne devais pas tarder à le savoir.

« Eh bien, Dirk Peters, dis-je, je vous demanderai, puisque vous teniez à cacher votre nom, pourquoi vous l'avez révélé, lorsque l'*Halbrane* était au mouillage de l'île Tsalal... pourquoi vous n'avez pas conservé celui de Hunt?...

— Monsieur... comprenez-moi... on hésitait à aller plus loin... on voulait revenir en arrière... C'était décidé... et alors j'ai pensé... oui!... qu'en disant que j'étais... Dirk Peters... le maître-cordier du *Grampus*... le compagnon du pauvre Pym... on m'écouterait... on croirait avec moi qu'il était encore vivant... on irait à sa recherche... Et pourtant... c'était grave... car d'avouer que j'étais Dirk Peters... celui qui avait tué Parker... Mais la faim... la faim dévorante...

— Voyons, Dirk Peters, repris-je, vous vous exagérez... Si la paille vous avait désigné, c'eût été vous qui auriez subi le sort de Parker!... On ne saurait vous faire un crime...

— Monsieur... comprenez-moi!... Est-ce que la famille de Parker parlerait comme vous le faites?...

— Sa famille?... Avait-il donc des parents?...

— Oui... et c'est pourquoi... dans le récit... Pym avait changé ce nom... Parker ne s'appelait pas Parker... Il se nommait...

— Arthur Pym a eu raison, répondis-je, et quant à moi, je ne veux pas savoir le vrai nom de Parker!... Gardez ce secret...

— Non... je vous le dirai... Ça me pèse trop... et ça me soulagera peut-être... lorsque je vous l'aurai dit... monsieur Jeorling...

— Non... Dirk Peters... non!

— Il se nommait Holt... Ned Holt...

— Holt... m'écriai-je, Holt... du même nom que notre maître-voilier...

— Qui est son propre frère, monsieur...

— Martin Holt... le frère de Ned?...

— Oui!... comprenez-moi... son frère...

— Mais il croit que Ned Holt a péri comme les autres dans le naufrage du *Grampus*...

— Cela n'est pas... et s'il apprenait que j'ai... »

Juste à cet instant, une violente secousse me jeta hors de mon cadre.

La goélette venait de donner une telle bande sur tribord qu'elle faillit chavirer.

Et j'entendis une voix irritée, criant :

« Quel est donc le chien qui est à la barre?... »

C'était la voix de Jem West, et celui qu'il interpellait ainsi, c'était Hearne.

Je me précipitai hors de ma cabine.

« Tu as donc lâché la roue?... répétait Jem West, qui avait saisi Hearne par le collet de sa vareuse.

— Lieutenant... je ne sais...

— Si... te dis-je!... Il faut que tu l'aies lâchée, et un peu plus la goélette capotait sous voiles! »

Il était évident que Hearne — pour un motif ou un autre — avait abandonné un moment le gouvernail.

« Gratian, cria Jem West en appelant un des matelots, prends la barre, et toi, Hearne, à fond de cale... »

Soudain le cri de « terre! » retentit, et tous les regards se dirigèrent vers le sud.

Un geste du lieutenant les fit taire. (Page 303.)

VI

TERRE ?...

Tel est l'unique mot qui se trouve en tête du chapitre XVII dans le livre d'Edgar Poe. J'ai cru bon, — en le faisant suivre d'un point d'interrogation, — de le placer en tête de ce chapitre VI de mon récit.

Ce mot, tombé du haut de notre mât de misaine, désignait-il une île ou un continent?... Et continent ou île, n'était-ce pas une déception qui nous y attendait?... Seraient-ils là, ceux que nous étions venus chercher sous de telles latitudes?... Et Arthur Pym, — mort, incontestablement mort, malgré les affirmations de Dirk Peters, — avait-il jamais mis le pied sur cette terre?...

Lorsque ce cri retentit à bord de la *Jane*, le 17 janvier 1828, — journée pleine d'incidents, dit le journal d'Arthur Pym, — ce fut en ces termes :

« Terre par le bossoir de tribord! »

Tel il aurait pu l'être à bord de l'*Halbrane*.

En effet, du même côté se dessinaient quelques contours, légèrement accusés au-dessus de la ligne du ciel et de la mer.

Il est vrai, cette terre, qui avait été ainsi annoncée aux marins de la *Jane*, c'était l'îlot Bennet, aride, désert, auquel succéda à moins d'un degré dans le sud l'île Tsalal, fertile alors, habitable, habitée, et sur laquelle le capitaine Len Guy avait espéré rencontrer ses compatriotes. Mais que serait-elle, pour notre goélette, cette inconnue de cinq degrés plus reculée dans les profondeurs de la mer australe?... Était-ce là le but si ardemment désiré, si obstinément cherché?... Là, les deux frères William et Len Guy tomberaient-ils dans les bras l'un de l'autre?... L'*Halbrane* se trouvait-elle au terme d'un voyage dont le succès aurait été définitivement assuré par le rapatriement des survivants de la *Jane*?...

Je le répète, il en était de moi comme du métis. Notre but n'était pas seulement ce but, — ni ce succès, notre succès. Toutefois, puisqu'une terre se présentait à nos yeux, il fallait la rallier d'abord... On verrait plus tard.

Ce que je dois mentionner avant tout, c'est que le cri amena une diversion immédiate. Je ne pensai plus à la confidence que Dirk Peters venait de me faire, — et peut-être le métis l'oublia-t-il, car il s'élança vers l'avant, et ses regards ne se détachèrent plus de l'horizon.

Quant à Jem West, que rien ne pouvait distraire de son service, il réitéra ses ordres. Gratian vint se mettre à la barre, et Hearne fut enfermé dans la cale.

Juste punition, en somme, et contre laquelle personne n'aurait dû protester, car l'inattention ou la maladresse de Hearne avait compromis un instant la goélette.

Toutefois, cinq ou six matelots des Falklands laissèrent échapper quelques murmures.

Un geste du lieutenant les fit taire, et ils regagnèrent aussitôt leur poste.

Il va de soi que, au cri de la vigie, le capitaine Len Guy s'était précipité hors de sa cabine, et, d'un œil ardent, il observait cette terre, distante alors de dix à douze milles.

Je ne songeais plus, — ai-je dit, au secret que venait de me confier Dirk Peters. D'ailleurs, tant que ce secret resterait entre nous deux, — et ni lui ni moi ne le trahirions, — il n'y aurait rien à redouter. Mais si jamais un malheureux hasard apprenait à Martin Holt que le nom de son frère avait été changé en celui de Parker... que l'infortuné n'avait pas péri dans le naufrage du *Grampus*... que, désigné par le sort, il avait été sacrifié pour empêcher ses compagnons de succomber à la faim... que Dirk Peters, à qui, lui, Martin Holt devait la vie, l'avait frappé de sa main!... Et voilà donc la raison pour laquelle le métis se refusait obstinément aux remerciements de Martin Holt... pourquoi il fuyait Martin Holt... le frère de l'homme dont il s'était repu...

Le bosseman venait de piquer trois heures. La goélette marchait avec la prudence qu'exigeait une navigation sur ces parages inconnus. Peut-être s'y trouvait-il des hauts-fonds, des récifs à fleur d'eau, où il y aurait eu risque de s'échouer ou de se briser. Un échouage, dans les conditions où se trouvait l'*Halbrane*, même en admettant qu'elle pût être renflouée, aurait rendu impossible son retour avant la venue de l'hiver. Toutes les chances, il fallait les avoir pour, pas une contre.

Ordre avait été donné par Jem West de diminuer la voilure. Après que le bosseman eut fait serrer perroquet, hunier et flèche, l'*Halbrane* resta sous sa brigantine, sa misaine-goélette et ses focs, — toile suffisante pour franchir en quelques heures la distance qui la séparait de la terre.

Aussitôt le capitaine Len Guy fit envoyer un plomb, qui accusa cent vingt brasses de profondeur. Plusieurs autres sondages indiquèrent que la côte, très accore, devait se prolonger sous les eaux par une muraille à pic. Néanmoins, comme il pouvait se faire que le fond vînt à remonter brusquement au lieu de se raccorder au littoral par une pente allongée, on n'avançait que la sonde à la main.

Beau temps toujours, quoique le ciel s'embrumât légèrement du sud-est au sud-ouest. De là, certaine difficulté à reconnaitre les vagues linéaments qui se profilaient comme une vapeur flottante sur le ciel, disparaissaient et reparaissaient entre les déchirures des brumes. Néanmoins, nous étions d'accord pour attribuer à cette terre une hauteur de vingt-cinq à trente toises, — au moins dans sa partie la plus élevée.

Non! il n'était pas admissible que nous eussions été dupes d'une illusion, et, cependant, nos esprits si tourmentés le craignaient. N'est-il pas naturel, après tout, que le cœur soit assailli de mille appréhensions à l'approche du suprême but?... Tant d'espérances reposaient sur ce littoral seulement entrevu, et il en résulterait tant de découragement, s'il n'y avait là qu'un fantôme, une ombre insaisissable!... A cette pensée, mon cerveau se troublait, s'hallucinait. Il me semblait que l'*Halbrane* se rapetissait, qu'elle se réduisait aux dimensions d'un canot perdu sur cette immensité — le contraire de cette mer indéfinissable dont parle Edgar Poe, où le navire grossit... grossit comme un corps vivant...

Lorsque des cartes marines, même de simples portulans, vous

renseignent sur l'hydrographie des côtes, sur la nature des atter-
rages, sur des baies ou des criques, on peut naviguer avec une
certaine audace. En toute autre région, sans être taxé de témérité,
un capitaine n'eût pas remis au lendemain l'ordre de mouiller près
du rivage. Mais, ici, quelle prudence s'imposait! Et pourtant, devant
nous, aucun obstacle. En outre, l'atmosphère ne devait rien perdre
de sa clarté pendant ces heures ensoleillées de la nuit. A cette
époque, l'astre radieux ne se couchait pas encore sous l'horizon de
l'ouest, et ses rayons baignaient d'une lumière incessante le vaste
domaine de l'Antarctide.

Le livre de bord consigna, à partir de cette date, que la température ne cessa de subir un abaissement continu. Le thermomètre,
exposé à l'air et à l'ombre, ne marquait plus que trente-deux degrés
(0° C.). Plongé dans l'eau, il n'en indiquait plus que vingt-six (3° 33 C.
sous zéro). D'où provenait cet abaissement, puisque nous étions en
plein été antarctique?...

Quoi qu'il en soit, l'équipage avait dû reprendre les vêtements de
laine, dont il s'était débarrassé, après avoir franchi la banquise, un
mois avant. Il est vrai, la goélette marchait dans le sens de la brise,
sous l'allure du grand largue, et ces premières ébauches de froid
furent moins sensibles. On comprenait, néanmoins, qu'il fallait se
hâter d'atteindre le but. S'attarder en cette région, s'exposer aux
dangers d'un hivernage, c'eût été braver Dieu.

Le capitaine Len Guy fit, à plusieurs reprises, relever le sens du
courant, en envoyant de lourdes sondes, et reconnut qu'il commençait à dévier de sa direction.

« Est-ce un continent qui s'étend devant nous, est-ce une île,
dit-il, rien ne nous permet encore de l'affirmer. Si c'est un continent, nous devrons en conclure que le courant doit trouver une
issue vers le sud-est...

— Et il est possible, en effet, ai-je répondu, que cette partie solide de l'Antarctide soit réduite à une simple calotte polaire, dont
nous pourrions contourner les bords. Dans tous les cas, il est bon de

noter celles de ces observations qui présenteront une certaine exactitude...

— C'est ce que je fais, monsieur Jeorling, et nous rapporterons
quantité de renseignements sur cette portion de la mer australe,
lesquels serviront aux futurs navigateurs...

— S'il en est jamais qui se hasardent jusqu'ici, capitaine! Pour
y avoir réussi, il a fallu que nous fussions servis par des circonstances particulières, la précocité de la belle saison, une température supérieure à la normale, une débâcle rapide des glaces. En vingt
ans... en cinquante ans... ces circonstances s'offrent-elles une seule
fois?...

— Aussi, monsieur Jeorling, j'en remercie la Providence, et l'espoir
m'est quelque peu revenu. Puisque le temps a été constamment
beau, pourquoi mon frère, pourquoi mes compatriotes n'auraient-ils
pas atterri sur cette côte, où les portaient les vents et les courants?...
Ce que notre goélette a fait, leur embarcation a pu le faire... Ils
n'ont pas dû partir sans s'être munis de provisions pour un voyage
qui pouvait indéfiniment se prolonger... Pourquoi n'auraient-ils pas
trouvé là les ressources que l'île Tsalal leur avait offertes pendant
de longues années?... Ils possédaient des munitions et des armes...
Le poisson abonde en ces parages, le gibier aquatique aussi... Oui,
mon cœur est rempli d'espérance, et je voudrais être plus vieux de
quelques heures! »

Sans partager toute la confiance du capitaine Len Guy, j'étais
heureux qu'il eût repris le dessus. Peut-être, si ses recherches abou-
tissaient, peut-être obtiendrais-je qu'elles fussent continuées dans
l'intérêt d'Arthur Pym, — même à l'intérieur de cette terre dont nous
n'étions plus éloignés.

L'*Halbrane* avançait lentement à la surface de ces eaux claires,
fourmillant de poissons qui appartenaient aux espèces déjà rencontrées. Les oiseaux marins se montraient en plus grand nombre et ne
semblaient pas trop effrayés, volant autour de la mâture ou se per-
chant sur les vergues. Plusieurs cordons blanchâtres, d'une longueur

de cinq à six pieds, furent ramenés à bord. C'étaient de véritables chapelets à millions de grains, formés par une agglomération, de petits mollusques aux couleurs étincelantes.

Des baleines, empanachées des jets de leurs évents, apparurent au large, et je remarquai que toutes prenaient la route du sud. Il y avait donc lieu d'admettre que la mer s'étendait au loin dans cette direction.

La goélette gagna deux à trois milles, sans essayer d'accroître sa vitesse. Cette côte, vue pour la première fois, se développait-elle du nord-ouest au sud-est?... aucun doute à ce sujet. Néanmoins, les longues-vues n'en pouvaient saisir aucun détail, — même après trois heures de navigation.

L'équipage, rassemblé sur le gaillard d'avant, regardait sans laisser voir ses impressions. Jem West, après s'être hissé aux barres du mât de misaine, où il était resté dix minutes en observation, n'avait rien rapporté de précis.

Posté à bâbord, à l'arrière du rouf, accoudé au bastingage, je suivais du regard la ligne du ciel et de la mer dont la circularité s'interrompait seulement à l'est.

En ce moment, le bosseman me rejoignit, et, sans autre préparation, me dit :

« Voulez-vous permettre que je vous donne mon idée, monsieur Jeorling?...

— Donnez, bosseman, sauf à ce que je ne l'adopte point, si elle ne me paraît pas juste, répondis-je.

— Elle l'est, et, à mesure que nous approchons, il faudrait être aveugle pour ne pas s'y ranger.

— Et quelle idée avez-vous?...

— Que ce n'est point une terre qui se présente devant nous, monsieur Jeorling...

— Vous dites... bosseman?...

— Regardez attentivement... en mettant un doigt en avant de vos yeux... tenez... par le bossoir de tribord... »

Je fis ce que demandait Hurliguerly.

« Voyez-vous?... reprit-il. Que je perde l'envie de boire ma to-pette de wisky, si ces masses ne se déplacent pas, non par rapport à la goélette, mais par rapport à elles-mêmes...

— Et vous en concluez?...

— Que ce sont des ice-bergs en mouvement.

— Des ice-bergs?...

— Assurément, monsieur Jeorling. »

Le bosseman ne se trompait-il pas?... Était-ce donc une déception qui nous attendait?... Au lieu d'une côte, n'y avait-il au large que des montagnes de glace en dérive?...

Il n'y eut bientôt aucune hésitation à cet égard, et, depuis quelques instants déjà, l'équipage ne croyait plus à l'existence de la terre dans cette direction.

Dix minutes après, l'homme du nid de pie annonçait que plusieurs ice-bergs descendaient du nord-ouest, obliquement à la route de l'*Halbrane*.

Quel déplorable effet cette nouvelle produisit à bord!... Notre dernier espoir venait soudain de s'anéantir!... Et quel coup pour le capitaine Len Guy!... Cette terre de la zone australe, il faudrait la chercher sous de plus hautes latitudes, sans même être sûr de jamais la rencontrer!...

Et alors ce cri, presque unanime, retentit sur l'*Halbrane* :

« Pare à virer!... Pare à virer! »

Oui, les recrues des Falklands déclaraient leur volonté, exigeaient le retour en arrière, bien que Hearne ne fût pas là pour souffler l'indiscipline, — et, je dois l'avouer, la plupart des anciens de l'équipage semblaient d'accord avec eux.

Jem West, n'osant pas leur imposer silence, attendit les ordres de son chef.

Gratian, à la barre, était prêt à donner un tour de roue, tandis que ses camarades, la main sur les taquets, se disposaient à larguer les écoutes...

Lorsque Jem West donnait l'ordre d'évoluer... (Page 313.)

Dirk Peters, appuyé contre le mât de misaine, la tête basse, le corps replié, la bouche contractée, restait immobile, et pas un mot ne s'échappait de ses lèvres.

Mais voici qu'il se tourne vers moi, et quel regard il m'adresse, — un regard plein à la fois de prière et de colère !...

Je ne sais quelle irrésistible puissance me porta à intervenir personnellement, à protester une fois de plus !... Un dernier argument venait de s'offrir à mon esprit, — argument dont la valeur ne pouvait être contestée.

Je pris donc la parole, résolu à le soutenir envers et contre tous, et je le fis avec un tel accent de conviction que personne n'essaya de m'interrompre.

En substance, je dis ceci :

« Non ! tout espoir ne doit pas être abandonné... La terre ne peut être loin... Nous n'avons pas en face de nous une de ces banquises qui ne se forment qu'en plein océan par l'accumulation des glaces... Ce sont des ice-bergs, et ces ice-bergs ont nécessairement dû se détacher d'une base solide, d'un continent ou d'une île... Or, puisque c'est à cette époque de l'année que commence la débâcle, la dérive ne les a entraînés que depuis très peu de temps... Derrière eux, nous devons rencontrer la côte sur laquelle ils se sont formés... Encore vingt-quatre heures, quarante-huit heures au plus, et si la terre ne se montre pas, le capitaine Len Guy remettra le cap au nord !... »

Avais-je convaincu l'équipage, ou devais-je le tenter par l'appât d'une surprime, profiter de ce que Hearne n'était pas au milieu de ses camarades, qu'il ne pouvait correspondre avec eux, les exciter, leur crier qu'on les leurrait une dernière fois, leur répéter que ce serait entraîner la goélette à sa perte...

Ce fut le bosseman qui me vint en aide, et, d'un ton de belle humeur :

« Très bien raisonné, dit-il, et pour mon compte, je me rends à l'opinion de monsieur Jeorling... Assurément la terre est proche... En la cherchant au delà de ces ice-bergs, nous la découvrirons sans grandes fatigues ni grands dangers... Un degré au sud, qu'est-ce cela, quand il s'agit de fourrer quelque centaine de dollars de plus dans sa poche ?... Et n'oublions pas que s'ils sont agréables quand ils y entrent, ils ne le sont pas moins quand ils en sortent !... »

Et, là-dessus, le cuisinier Endicott de prêter assistance à son ami le bosseman.

« Oui... très bons... les dollars ! » cria-t-il, en montrant deux ran-gées de dents d'une blancheur éclatante.

L'équipage allait-il se rendre à cette argumentation d'Hurliguerly, ou essaierait-il de résister, si l'*Halbrane* se lançait dans la direction des ice-bergs ?...

Le capitaine Len Guy reprit sa longue-vue, il la braqua sur ces masses mouvantes, il les observa avec une extrême attention, et, d'une voix forte :

« Cap au sud-sud-ouest! » cria-t-il.

Jem West donna ordre d'exécuter la manœuvre.

Les matelots hésitèrent un instant. Puis, ramenés à l'obéissance, ils se mirent à brasser légèrement les vergues, à raidir les écoutes, et la goélette, ses voiles plus pleines, reprit de la vitesse.

Lorsque l'opération fut achevée, je m'approchai d'Hurliguerly, et le tirant à l'écart :

« Merci, bosseman, lui dis-je.

— Eh ! monsieur Jeorling, c'est bon pour cette fois, répondit-il en hochant la tête. Mais il ne faudrait pas recommencer à haler tant que ça sur la drisse!... Tout le monde serait contre moi... peut-être même Endicott...

— Je n'ai rien avancé qui ne fût au moins probable... répliquai-je vivement.

— Je n'en disconviens pas, et la chose peut se soutenir avec quelque vraisemblance.

— Oui... Hurliguerly, oui... ce que j'ai dit, je le pense, et je ne mets pas en doute que nous finirons par apercevoir la terre au delà des ice-bergs...

— Possible, monsieur Jeorling, possible!... Alors qu'elle appa-raisse avant deux jours, car, foi de bosseman, rien ne pourrait nous empêcher de virer de bord ! »

Pendant les vingt-quatre heures qui suivirent, l'*Halbrane* fit route au sud-sud-ouest. Il est vrai, sa direction dut être fréquemment modifiée, et sa vitesse réduite au milieu des glaces. La navigation

devint très difficile, dès que la goélette se fut engagée à travers la
ligne des ice-bergs qu'il fallait couper obliquement. D'ailleurs,
il n'y avait aucun de ces packs, de ces drifts, qui encombraient
les abords de la banquise sur le soixante-dixième parallèle, rien
du désordre que présentent ces parages du cercle polaire, battus
par les tempêtes antarctiques. Les énormes masses dérivaient avec
une majestueuse lenteur. Les blocs paraissaient « tout neufs », pour
employer une expression d'une parfaite justesse, et, peut-être, leur
formation ne datait-elle que de quelques jours?... Toutefois, avec
une hauteur de cent à cent cinquante pieds, leur volume devait se
chiffrer par des milliers de tonnes. Éviter les collisions, c'est à cela
que veillait minutieusement Jem West, et il ne quitta pas le pont
d'un instant.

En vain, au milieu des passes que les ice-bergs laissaient entre
eux, cherchai-je à distinguer les indices d'une terre dont l'orientation
eût obligé notre goélette à revenir plus directement au sud... Je
n'apercevais rien de nature à me fixer.

Du reste, et jusqu'alors, le capitaine Len Guy avait toujours pu
tenir pour exactes les indications du compas. Le pôle magnétique,
encore éloigné de plusieurs centaines de milles, puisque sa longitude
est orientale, n'avait aucune influence sur la boussole. L'aiguille, au
lieu de ces variations de six à sept rumbs qui l'affolent dans le voisinage de ce pôle, conservait sa stabilité, et l'on pouvait s'en rapporter à elle.

Donc, en dépit de ma conviction, — qui se basait cependant sur de
très sérieux arguments, — il n'y avait aucune apparence de terre, et
je me demandais s'il ne conviendrait pas de mettre le cap plus à
l'ouest, quitte à éloigner l'*Halbrane* du point extrême où se croisent
les méridiens du globe.

Aussi à mesure que s'écoulaient ces heures, dont on m'avait accordé quarante-huit, les esprits revenaient-ils peu à peu — c'était
trop visible — au découragement et penchaient-ils vers l'indiscipline.
Encore une journée et demie, et il ne me serait plus possible de

combattre cette défaillance générale... La goélette rétrograderait définitivement vers le nord.

L'équipage manœuvrait en silence, lorsque Jem West, d'une voix brève, donnait l'ordre d'évoluer à travers les passes, tantôt lofant avec rapidité pour éviter quelque collision, tantôt arrivant presque plat vent arrière. Néanmoins, malgré une surveillance continue, malgré l'habileté des matelots, malgré la prompte exécution des manœuvres, il se produisait, de temps à autre, de dangereux frottements contre la coque, qui laissait, après son passage, de longues traces de goudron sur l'arête des ice-bergs. Et, en vérité, le plus brave ne pouvait se défendre d'un sentiment de terreur à la pensée que les bordages auraient pu larguer, l'eau nous envahir...

Ce qu'il faut noter, c'est que la base de ces montagnes flottantes était très accore. Un débarquement eût été impraticable. Aussi, n'apercevions-nous aucun de ces phoques, d'ordinaire si nombreux dans les parages où abondent les ice-fields, — ni même aucune bande de ces pingouins criards que l'*Halbrane* faisait autrefois plonger par myriades sur son passage. Les oiseaux eux-mêmes semblaient être plus rares et plus fuyards. De ces régions désolées et désertes se dégageait une impression d'angoisses et d'horreur à laquelle nul de nous n'eût réussi à se soustraire. Comment aurait-on gardé l'espoir que les survivants de la *Jane*, s'ils avaient été entraînés au milieu de ces affreuses solitudes, eussent pu y trouver un abri et assurer leur existence?... Et si l'*Halbrane* naufrageait à son tour, resterait-il seulement un témoin de son naufrage?...

On put observer que, depuis la veille, à partir du moment où la direction du sud avait été abandonnée pour couper la ligne des ice-bergs, un changement s'était opéré dans l'attitude habituelle du métis. Le plus souvent accroupi au pied du mât de misaine, ses regards détournés du large, il ne se relevait que pour donner la main à quelque manœuvre, sans apporter à son travail ni le zèle ni la vigilance d'autrefois. C'était, à vrai dire, un découragé. Non point qu'il eût renoncé à croire que son compagnon de la *Jane* fût encore vivant... cette pensée n'aurait pu naître dans son cerveau. Mais, d'instinct, il sentait que ce n'était pas à suivre cette direction qu'il retrouverait les traces du pauvre Pym!

« Monsieur... m'aurait-il dit, comprenez-moi... ce n'est pas par là... non... ce n'est pas par là!... »

Et qu'aurais-je eu à lui répondre?...

Vers sept heures du soir, s'éleva une brume assez épaisse, qui allait rendre malaisée et périlleuse la navigation de la goélette, tant qu'elle durerait.

Cette journée d'émotions, d'anxiétés, d'alternatives sans cesse renaissantes, m'avait brisé... Aussi regagnai-je ma cabine, où je me jetai tout habillé sur mon cadre.

Le sommeil ne me vint pas, sous l'obsession des troublantes pensées de mon imagination, si calme autrefois, si surexcitée maintenant. J'imagine volontiers que la lecture constante des œuvres d'Edgar Poe, et dans ce milieu extraordinaire où se fussent complu ses héros, avait exercé sur moi une influence dont je ne me rendais pas bien compte?...

C'était demain qu'allaient finir les quarante-huit heures, — dernière aumône que l'équipage avait faite à mes instances.

« Ça ne va pas comme vous voulez?... » m'avait dit le bosseman au moment où je pénétrais dans le rouf.

Non! certes, puisque la terre ne s'était point montrée derrière la flottille des ice-bergs. Entre ces masses mouvantes, nul indice de côte n'ayant été relevé, le capitaine Len Guy mettrait demain le cap au nord...

Ah! que n'étais-je le maître de cette goélette!... Si j'avais pu l'acheter, fût-ce au prix de toute ma fortune, si ces hommes eussent été mes esclaves que j'aurais conduits sous le fouet, jamais l'*Halbrane* n'aurait abandonné cette campagne... dût-elle l'entraîner jusqu'à ce point axial de l'Antarctide, au-dessus duquel la Croix du Sud jette ses feux étincelants!...

Mon cerveau bouleversé foisonnait de mille pensées, de mille regrets, de mille désirs!... Je voulais me lever, et il semblait qu'une pesante et irrésistible main me clouait sur mon cadre!... Et l'envie me venait de quitter à l'instant cette cabine où je me débattais contre les cauchemars du demi-sommeil... de lancer à la mer une des embarcations de l'*Halbrane*... de m'y jeter avec Dirk Peters, qui n'hésiterait pas à me suivre, lui!... puis, de nous abandonner au courant qui se propageait vers le sud...

Et je le faisais... oui! je le faisais... en rêve!... Nous sommes au lendemain... Le capitaine Len Guy, après un dernier regard à l'horizon, a donné ordre de virer de bord... Un des canots est à la traîne... Je préviens le métis... Nous nous glissons sans être aperçus... Nous coupons la bosse... Tandis que la goélette va de l'avant, nous restons en arrière, et le courant nous emporte...

Nous allons ainsi sur la mer toujours libre... Enfin notre canot s'arrête... Une terre est là... Je crois apercevoir une sorte de sphinx, qui domine la calotte australe... le sphinx des glaces... Je vais à lui... Je l'interroge... Il me livre les secrets de ces mystérieuses régions... Et alors, autour du mythologique monstre apparaissent les phénomènes dont Arthur Pym affirmait la réalité... Le rideau de vapeurs vacillantes, zébré de raies lumineuses, se déchire... Et ce n'est pas la figure de grandeur surhumaine qui se dresse devant mes regards éblouis... c'est Arthur Pym... farouche gardien du pôle sud, déployant au vent des hautes latitudes le pavillon des États-Unis d'Amérique!...

Ce rêve fut-il brusquement interrompu, ou se modifiait-il au caprice d'une imagination affolée, je ne sais, mais j'eus le sentiment que je venais d'être soudain réveillé... Il me sembla qu'un changement s'opérait dans les balancements de la goélette, qui, doucement inclinée sur tribord, glissait à la surface de cette mer si tranquille... Et pourtant, ce n'était pas du roulis... ce n'était pas du tangage...

Oui... positivement, je me sentis enlevé, comme si mon cadre eût été la nacelle d'un aérostat... comme si les effets de la pesanteur se fussent annihilés en moi...

Je ne me trompais pas, et j'étais retombé du rêve dans la réalité...

Des chocs, dont la cause m'échappait encore, retentirent au-dessus de ma tête. A l'intérieur de la cabine les cloisons déviaient de la verticale à faire croire que l'*Halbrane* se renversait sur le flanc. Presque aussitôt je fus projeté hors de mon cadre, et il s'en fallut d'un rien que l'angle de la table me fendit le crâne...

Enfin je me relevai, je parvins à me cramponner au rebord du châssis latéral, je m'arc-boutai contre la porte qui s'ouvrait sur le carré et céda sous mes pieds...

A cet instant se produisirent des craquements dans les bastingages, des déchirements dans le flanc de bâbord...

Est-ce donc qu'il y avait eu collision entre la goélette et l'une de ces colossales masses flottantes que Jem West n'avait pu éviter au milieu de la brume?...

Soudain de violentes vociférations éclatèrent au-dessus du rouf, à l'arrière, puis des cris d'épouvante, dans lesquels se mélangeaient toutes les voix affolées de l'équipage...

Enfin un dernier heurt se fit, et l'*Halbrane* demeura immobile.

Le capitaine jeta un regard ferme... (Page 327.)

VII

L'ICE-BERG CULBUTÉ.

Je dus ramper sur le plancher du rouf pour atteindre la porte et gagner le pont.

Le capitaine Len Guy, ayant déjà quitté sa cabine, se traînait sur les genoux, tant la bande était accusée, et il vint s'accrocher de son mieux au râtelier de tournage des pavois.

Vers l'avant, entre le gaillard et le mât de misaine, quelques têtes sortaient des plis de la trinquette abattue comme une tente dont la drisse aurait largué.

Étaient suspendus aux haubans de tribord, Dirk Peters, Hardie, Martin Holt, Endicott, sa face noire toute hébétée.

Il est à croire qu'à cette heure, le bosseman et lui eussent volontiers cédé à cinquante pour cent les primes qui leur étaient dues depuis le quatre-vingt-quatrième parallèle!...

Un homme parvint jusqu'à moi en rampant, car l'inclinaison du pont empêchait de se tenir debout, — au moins cinquante degrés.

C'était Hurliguerly, qui se pomoyait à la façon d'un gabier sur une vergue.

Étendu tout de mon long, les pieds appuyés contre le chambranle de la porte, je ne craignais plus de glisser jusqu'à l'extrémité de la coursive.

La main que je tendis au bosseman, l'aida à se hisser, non sans peine, près de moi.

« Qu'y a-t-il?... lui demandai-je.

— Un échouement, monsieur Jeorling!

— Nous sommes à la côte?... m'écriai-je.

— Une côte suppose une terre, répondit ironiquement le bosseman, et, en fait de terre, il n'y en a jamais eu que dans l'imagination de ce diable de Dirk Peters!

— Enfin... qu'est-il arrivé?...

— Il est arrivé un ice-berg au milieu de la brume, — un ice-berg dont on n'a pu se garer...

— Un ice-berg, bosseman?...

— Oui!... un ice-berg, qui a choisi ce moment pour faire la culbute!... En se retournant, il a rencontré l'*Halbrane*, et il l'a enlevée comme une raquette ramasse un volant, et nous voici maintenant échoués à une bonne centaine de pieds au-dessus du niveau de la mer antarctique. »

Aurait-on pu imaginer plus terrible dénouement à l'aventureuse campagne de l'*Halbrane!*... Au milieu de ces extrêmes parages, notre unique moyen de transport venait d'être arraché de son élément naturel, emporté par le basculage d'un ice-berg à une hauteur qui dépassait cent pieds!... Oui! je le répète, quel dénouement! De s'engloutir au plus fort d'une tempête, d'être détruit dans une attaque de sauvages, d'être écrasé entre des glaces, ce sont les dangers auxquels s'expose tout navire engagé dans les mers polaires!... Mais que l'*Halbrane* eût été soulevée par une montagne flottante à l'instant où cette montagne se retournait, et qu'elle fût, à cette heure, échouée presque à sa cime, non! cela dépassait les limites du vraisemblable!

Avec les moyens dont nous disposions, parviendrions-nous à descendre la goélette de cette hauteur, je l'ignorais. Ce que je savais, d'autre part, c'est que le capitaine Len Guy, le lieutenant, les anciens de l'équipage, revenus d'un premier effroi, ne seraient pas gens à désespérer, si effrayante que fût la situation. De cela je ne doutais pas. Oui!... ils s'emploieraient tous au salut commun. Quant aux mesures qu'il y aurait à prendre, personne ne l'eût pu dire encore.

En effet, un voile de brume, une sorte de crêpe grisâtre enveloppait toujours l'ice-berg. On ne voyait rien de son énorme masse, si ce n'est l'étroite anfractuosité dans laquelle la goélette était coincée, ni quelle place il occupait au milieu de cette flottille en dérive vers le sud-est.

La plus élémentaire prudence commandait d'évacuer l'*Halbrane*, dont le glissement pouvait être déterminé par quelque brusque secousse de l'ice-berg. Étions-nous même certains qu'il eût définitivement repris son assiette à la surface de la mer?... Sa stabilité était-elle assurée?... Ne fallait-il pas s'attendre à quelque nouvelle culbute?... Et si la goélette dévalait dans le vide, qui de nous aurait

pu se tirer sain et sauf d'une pareille chute, puis de l'engloutissement final dans les profondeurs de l'abîme?...

En quelques minutes, l'*Halbrane* fut abandonnée de l'équipage.
Chacun chercha refuge sur les talus, en attendant que l'ice-berg
se dégageât de son capuchon de vapeurs. Les obliques rayons solaires ne parvenaient point à le percer, et c'est à peine si le disque
rougeâtre se sentait à travers cet amas d'opaques vésicules qui en
éteignaient le flamboiement.

Cependant, à une douzaine de pas on pouvait s'apercevoir les uns
les autres. Quant à l'*Halbrane*, elle ne présentait qu'une masse con-
fuse, dont la couleur noirâtre tranchait vivement sur la blancheur
des glaces.

Il y eut alors lieu de se demander si, de tous ceux qui se tenaient
sur le pont de la goélette au moment de la catastrophe, aucun n'avait
été projeté par-dessus les bastingages, entraîné sur les pentes, précipité dans la mer?...

A l'ordre du capitaine Len Guy, les matelots présents vinrent
grossir le groupe où j'étais avec le lieutenant, le bosseman, les
maîtres Hardie et Martin Holt.

Jem West fit l'appel... Cinq de nos hommes ne répondirent pas :
le matelot Drap, un des anciens de l'équipage, et quatre des recrues,
à savoir, deux Anglais, un Américain et un des Fuégiens embarqués
aux Falklands.

Ainsi, cette catastrophe coûtait la vie à cinq des nôtres — les premières victimes de cette campagne depuis le départ des Kerguelen,
et seraient-ce les dernières?...

Et, en effet, il n'était pas douteux que ces malheureux eussent
péri, car on les appela vainement, vainement on les chercha sur les
flancs de l'ice-berg, partout où ils auraient peut-être pu s'accrocher
à quelque saillie...

Les tentatives, qui furent faites après le lever du brouillard,
demeurèrent infructueuses. Au moment où l'*Halbrane* avait été
saisie par dessous, la secousse avait été si violente, si soudaine

que ces hommes n'eurent pas la force de se retenir aux bastingages, et, vraisemblablement, on ne retrouverait jamais leurs corps que le courant avait dû entrainer au large.

Lorsque cette disparition de cinq des nôtres eut été constatée, le désespoir envahit tous les cœurs. Alors apparut plus vivement l'affreuse perspective de ces dangers qui menacent une expédition à travers la zone antarctique !

« Et Hearne?... » dit une voix.

Martin Holt venait de jeter ce nom au milieu du silence général.

Le sealing-master, que nous avions oublié, n'avait-il pas été écrasé dans l'étroit réduit de la cale où il était enfermé?...

Jem West s'élança vers la goélette, se hissa au moyen d'une amarre qui pendait de l'avant, et gagna le poste par lequel on pénétrait dans cette partie de la cale...

Nous attendions, immobiles et silencieux, d'être fixés sur le sort de Hearne, bien que ce mauvais génie de l'équipage fût peu digne de pitié.

Pourtant, combien de nous pensaient alors que si on eût écouté ses conseils, si la goélette avait repris la route du nord, tout un équipage n'en serait pas à n'avoir pour unique refuge qu'une montagne de glace en dérive !... Et dans ces conjonctures, ce que devait être ma part de responsabilité, moi qui avais tant poussé à la prolongation de cette campagne, c'est à peine si j'osais l'envisager !

Enfin le lieutenant reparut sur le pont, Hearne après lui. Par miracle, ni les cloisons, ni la membrure, ni le bordage n'avaient cédé à l'endroit où se trouvait le sealing-master.

Hearne se déhala le long de la goélette, rejoignit ses camarades, sans prononcer une parole, et il n'y eut plus à s'occuper de lui.

Vers six heures du matin, le brouillard se dissipa, grâce à un abaissement assez accentué de la température. Il ne s'agissait pas de ces vapeurs dont la congélation est complète, mais bien du phénomène appelé frost-rime ou fumée gelée, qui se produit quelquefois sous ces hautes latitudes. Le capitaine Len Guy le reconnut à la quantité de fibres prismatiques, la pointe dirigée dans le sens du vent, qui hérissaient la légère croûte déposée sur les flancs de l'ice-berg. Ce frost-rime, les navigateurs ne sauraient le confondre avec la gelée blanche des zones tempérées, dont la congélation ne s'opère qu'après son dépôt à la surface du sol.

On put alors évaluer la grosseur du massif, sur lequel nous étions posés comme des mouches sur un pain de sucre, et, assurément, vue d'en bas, la goélette ne devait pas paraître plus grosse que la yole d'un navire de commerce.

Cet ice-berg, dont la circonférence parut être de trois à quatre cents toises, mesurait de cent trente à cent quarante pieds de hauteur. Il devait donc, d'après les calculs, plonger à une profondeur quatre à cinq fois plus grande, et, par conséquent, peser des millions de tonnes.

Voici ce qui était arrivé :

Après avoir été miné à sa base au contact des eaux plus chaudes, l'ice-berg s'était peu à peu relevé. Son centre de gravité déplacé, l'équilibre n'avait pu se rétablir que par un chavirement brusque, qui reporta au-dessus du niveau de la mer ce qui était au-dessous. Prise dans ce basculage, l'*Halbrane* fut enlevée comme avec un énorme bras de levier. Nombre d'ice-bergs se retournent ainsi à la surface des mers polaires, et c'est l'un des plus gros dangers auxquels sont exposés les navires qui les avoisinent.

C'était dans une échancrure de la face ouest de l'ice-berg, que notre goélette se trouvait encastrée. Elle inclinait sur tribord, son arrière relevé, son avant rabaissé. La pensée nous venait que, à la moindre secousse, elle glisserait le long des pentes de l'ice-berg jusqu'à la mer. Du côté où elle donnait la gîte, le choc avait été assez violent pour défoncer quelques bordages de sa coque et de ses pavois sur une longueur de deux toises. Dès le premier choc, la cuisine, fixée devant le mât de misaine, avait cassé ses saisines et dégringolé jusqu'à l'entrée du rouf, dont la porte, entre les deux cabines du capitaine Len Guy et du lieutenant, était arrachée de ses gonds. Le mât de hune et le mât de flèche étaient venus en bas, après la rupture des galhaubans, et on apercevait leur brisure toute fraîche à la hauteur du chouquet. Des débris de toutes sortes, les vergues, des espars, une partie de la voilure, des barils, des caisses, des cages à poules, devaient flotter à la base du massif et dériver avec lui.

Ce qu'il y avait de particulièrement inquiétant dans notre situation, c'est que, des deux embarcations de l'*Halbrane*, celle de tribord ayant été écrasée au moment de l'abordage, il ne restait que la seconde, — la plus grande, il est vrai, — encore suspendue par ses palans aux pistolets de tribord. Avant tout, il fallait la mettre en sûreté, car peut-être serait-elle notre unique moyen de salut.

De ce premier examen, il résultait que les bas mâts de la goélette étaient restés en place, et pourraient servir, si l'on parvenait à la dégager. Mais comment l'extraire de cette souille de glace, la rendre à son élément naturel, en un mot la « lancer » comme on lance un bâtiment à la mer?...

Lorsque le capitaine Len Guy, le lieutenant, le bosseman et moi nous fûmes seuls, je les interrogeai à ce sujet.

« Que l'opération entraîne de gros risques, j'en conviens, répondit Jem West, mais puisqu'il est indispensable qu'elle se fasse, nous la ferons. Je pense qu'il sera nécessaire de creuser une sorte de lit jusqu'à la base de l'ice-berg...

— Et sans tarder d'un seul jour, ajouta le capitaine Len Guy.

— Vous entendez, bosseman?... reprit Jem West. Dès aujourd'hui à la besogne.

— J'entends, et tout le monde s'y mettra, répondit Hurliguerly. Une observation, toutefois, si vous le permettez, capitaine...

— Laquelle?...

— Avant de commencer le travail, visitons la coque, voyons quelles sont ses avaries et si elles sont réparables. A quoi servirait de lancer un navire décarcassé, qui s'en irait immédiatement par le fond ? »

On se rendit à la juste demande du bosseman.

La brume s'étant dissipée, un clair soleil illuminait alors la partie orientale de l'ice-berg, d'où le regard embrassait un large secteur de mer. De ce côté, au lieu de surfaces lisses sur lesquelles le pied n'aurait pu trouver un point d'appui, les flancs présentaient des anfractuosités, des rebords, des épaulements, des plateaux même où il serait facile d'établir un campement provisoire. Cependant il y aurait à se garer contre la chute d'énormes blocs, mal en équilibre, qu'une secousse pouvait détacher. Et, de fait, pendant la matinée, plusieurs de ces blocs roulèrent avec un effroyable bruit d'avalanche jusqu'à la mer.

Au total, il semblait bien que l'ice-berg fût très solide sur sa nouvelle base. D'ailleurs, si son centre de gravité se trouvait au-dessous du niveau de la ligne de flottaison, un nouveau renversement n'était pas à craindre.

Je n'avais pas encore eu l'occasion de parler à Dirk Peters depuis la catastrophe. Comme il avait répondu à l'appel de son nom, je savais qu'il ne comptait pas parmi les victimes. En ce moment, je l'aperçus immobile, debout sur une étroite saillie, et de quel côté se portaient ses regards, on le devine...

Le capitaine Len Guy, le lieutenant, le bosseman, les maîtres Hardie et Martin Holt, que j'accompagnai, remontèrent alors vers la goélette, afin de procéder à un minutieux examen de sa coque. Du côté de bâbord, l'opération serait aisée, puisque l'*Halbrane* s'inclinait sur le flanc opposé. De l'autre côté, il faudrait, tant bien que mal, se glisser jusqu'à la quille en creusant la glace, si l'on voulait qu'aucune partie du bordé n'échappât à cette visite.

Voici ce qui fut reconnu, après un examen qui dura deux heures : les avaries étaient peu importantes, et, en somme, de réparation courante. Deux ou trois bordages rompus, sous la violence du choc, laissaient voir leurs gournables faussées, leurs coutures ouvertes. A l'intérieur, la membrure était intacte, les varangues n'ayant point cédé. Notre bâtiment, fait pour naviguer au milieu des mers polaires, avait résisté alors que tant d'autres, moins solidement construits, eussent été disloqués de toutes pièces. Il est vrai, le gouvernail avait été démonté de ses ferrures, mais il serait facile de le rétablir.

L'inspection terminée au dehors et au dedans, le dommage fut reconnu moins considérable qu'on eût pu le craindre, et nous fûmes rassurés à ce sujet...

Rassurés... oui... si nous parvenions à remettre à flot notre goélette !

Après le déjeuner du matin, il fut décidé que les hommes commenceraient à creuser un lit oblique, qui permettrait à l'*Halbrane* de glisser jusqu'à la base de l'ice-berg. Plût au ciel que l'opération réussît, car de braver dans ces conditions les rigueurs de l'hiver austral, de passer six mois sur cette masse flottante, entraînée on ne savait où, qui eût pu y songer sans épouvante ? L'hiver venu, aucun de nous n'aurait échappé à la plus terrible des morts, — la mort par le froid...

En ce moment, Dirk Peters, qui, à une centaine de pas, observait l'horizon du sud à l'est, cria d'une voix rude :

« En panne ! »

En panne ?... Qu'entendait par là le métis, si ce n'est que la dérive de l'ice-berg venait de cesser subitement. Quant à la cause de cet arrêt, ce n'était pas l'instant de la rechercher, ni de se demander quelles en seraient les conséquences.

« C'est pourtant vrai ! s'écria le bosseman. L'ice-berg ne marche pas, et peut-être même n'a-t-il jamais marché depuis sa culbute !...

— Comment, m'écriai-je, il ne se déplace plus...

— Non, me répondit le lieutenant, et la preuve, c'est que les autres qui défilent, le laissent en arrière. »

En effet, tandis que cinq ou six montagnes de glace descendaient vers le sud, la nôtre s'était immobilisée, comme si elle eût été échouée sur un haut-fond.

L'explication la plus simple était que sa nouvelle base avait rencontré le seuil sous-marin, auquel elle adhérait maintenant, et cette adhérence ne cesserait que si sa partie immergée se relevait, au risque de provoquer une seconde culbute.

En somme, c'était une grave complication, car les dangers d'une immobilisation définitive en ces parages eussent été tels que mieux valaient les hasards de la dérive. Au moins, avait-on l'espoir de rencontrer un continent, une île, ou, même, si les courants ne se modifiaient pas, si la mer restait libre, de franchir les limites de la région australe!...

Voilà donc où nous en étions après trois mois de cette terrible campagne! De William Guy, de ses compagnons de la *Jane*, d'Arthur Pym, pouvait-il être encore question?... N'était-ce pas pour notre salut que devaient être employés les moyens dont nous pouvions disposer?... Et faudrait-il s'étonner, si les matelots de l'*Halbrane* se révoltaient enfin, s'ils obéissaient aux suggestions de Hearne, s'ils rendaient leurs chefs, — moi surtout, — responsables des désastres d'une pareille expédition?...

Et alors qu'arriverait-il, puisque, malgré la perte de quatre des leurs, les camarades du sealing-master avaient conservé leur supériorité numérique...

C'était — je le vis clairement — à cela que pensaient le capitaine Len Guy et Jem West.

En effet, si les recrues des Falklands ne formaient plus qu'un total de quinze hommes contre nous treize, — en comprenant le métis, n'était-il pas à craindre que quelques-uns de ceux-ci fussent bien près de se ranger du côté de Hearne. Poussés par le désespoir, qui sait si ces camarades ne songeaient pas à s'emparer de l'unique embarcation que nous possédions désormais, à reprendre la route du nord, à nous abandonner sur cet ice-berg?... Il importait donc que notre canot fût mis en sûreté et surveillé à toute heure.

Au surplus, un notable changement s'était produit chez le capitaine Len Guy depuis ces derniers incidents. Il semblait s'être transformé en présence des périls de l'avenir. Jusqu'ici, tout à la pensée de retrouver ses compatriotes, il avait laissé au lieutenant le commandement de la goélette, et il n'aurait pu s'en remettre à un second plus capable, plus dévoué. Mais, à partir de ce jour, il allait reprendre ses fonctions de chef, les exercer avec l'énergie exigée par les circonstances, redevenir comme à bord le maître après Dieu.

Par son ordre, les hommes vinrent se ranger autour de lui sur un plateau, un peu à la droite de l'*Halbrane*. Là étaient rassemblés, — du côté des anciens, les maîtres Martin Holt et Hardie, les matelots Rogers, Francis, Gratian, Burry, Stern, le cuisinier Endicott, et, j'y ajoute Dirk Peters, — du côté des nouveaux, Hearne et les quatorze autres marins des Falklands. Ces derniers composaient un groupe à part, dont le porte-parole était le sealing-master, qui avait sur eux une influence détestable.

Le capitaine Len Guy jeta un regard ferme à tout son équipage, et d'une voix vibrante :

« Matelots de l'*Halbrane*, dit-il, j'ai d'abord à vous parler de ceux qui ont disparu. Cinq de nos compagnons viennent de périr dans cette catastrophe...

— En attendant que nous périssions à notre tour dans ces mers où l'on nous a entraînés malgré...

— Tais-toi, Hearne, s'écria Jem West, pâle de colère, tais-toi, ou sinon...

— Hearne a dit ce qu'il avait à dire, reprit froidement le capitaine Len Guy, et puisque c'est fait, je l'engage à ne pas m'interrompre une seconde fois ! »

Peut-être le sealing-master eût-il répliqué, car il se sentait soutenu par la majorité de l'équipage. Mais Martin Holt alla vivement à lui, le retint, et il se tut.

Le capitaine Len Guy se découvrit alors, et, avec une émotion qui nous pénétra jusqu'au fond de l'âme, il prononça ces paroles :

« Nous avons à prier pour ceux qui ont succombé dans cette périlleuse campagne, entreprise au nom de l'humanité. Que Dieu daigne leur tenir compte de ce qu'ils se sont dévoués pour leurs semblables, et ne reste pas insensible à notre voix!... A genoux, matelots de l'*Halbrane!* »

Tous s'agenouillèrent sur la surface glacée, et un murmure de prière monta vers le ciel.

Nous attendîmes que le capitaine Len Guy se fût relevé pour nous relever aussi.

« Maintenant, reprit-il, après ceux qui sont morts, ceux qui ont survécu. A ceux-là, je dis que, même dans les circonstances où nous sommes, ils auront à m'obéir, quelque ordre que je leur donne. Je ne souffrirai ni une résistance ni une hésitation. La responsabilité du salut commun m'appartient, et je n'en céderai rien à personne. Je commande ici comme à bord...

— A bord... quand il n'y a plus de navire!... osa répondre le sealing-master.

— Tu te trompes, Hearne. Le bâtiment est là, et nous le rendrons à la mer. D'ailleurs, n'eussions-nous plus que notre canot, j'en suis le capitaine... Malheur à qui l'oubliera! »

Ce jour-là, après avoir pris hauteur avec le sextant et établi l'heure avec le chronomètre, qui n'avaient pas été brisés dans la collision, le capitaine Len Guy obtint le point suivant par ses calculs :

Latitude sud : 88°55′.

Longitude ouest : 39°12′.

L'*Halbrane* n'était plus qu'à un degré cinq minutes, — soit soixante-cinq milles — du pôle austral.

L'HALBRANE INCLINAIT SUR TRIBORD... (Page 322.)

« A la besogne! » avait dit le capitaine. (Page 329.

VIII

LE COUP DE GRACE.

« A la besogne! » avait dit le capitaine Len Guy, et, dès l'après-midi de ce jour, chacun s'y mit avec courage.

Il n'y avait pas une heure à perdre. Personne qui ne comprit que la question de temps dominait toutes les autres. En ce qui concernait les vivres, la goélette en possédait pour dix-huit mois encore à pleine ration. Aussi la faim ne menaçait-elle pas, — la soif pas davantage, bien que les caisses à eau crevées dans la secousse, eussent laissé échapper le liquide qu'elles contenaient, à travers les fissures du bordage.

Par bonheur, les fûts de gin, de wisky, de bière et de vin, placés dans la partie de la cale qui avait le moins souffert, étaient presque tous intacts. De ce chef, nous n'avions aucun dommage, et l'ice-berg allait lui-même nous fournir l'eau douce.

On le sait, la glace, qu'elle soit formée d'eau douce ou d'eau de mer, est dépourvue de salure. Par la transformation de l'état liquide à l'état solide, le chlorure de sodium est entièrement éliminé. Il est donc de peu d'importance, semble-t-il, que l'eau potable soit demandée aux glaces de l'une ou l'autre formation. Cependant on doit accorder la préférence à celle qui provient de certains blocs très reconnaissables à leur coloration presque verdâtre, à leur parfaite transparence. C'est de la pluie solidifiée, infiniment plus convenable pour servir de boisson.

Assurément, en habitué des mers polaires, notre capitaine eût sans peine reconnu les blocs de cette espèce; mais il ne pouvait s'en trouver sur notre ice-berg, puisque c'était sa partie immergée avant la culbute qui émergeait actuellement.

Le capitaine Len Guy et Jem West décidèrent en premier lieu, dans le but d'alléger la goélette, de débarquer tout ce qui était à bord. Mâture et gréement durent être démontés, puis transportés sur le plateau. Il importait de ne laisser que le moins de poids possible, de se débarrasser même du lest, en vue de la difficile et dangereuse opération du lancement. Mieux valait que le départ fût retardé de quelques jours, si cette opération devait se faire dans des conditions meilleures. Le rechargement s'effectuerait ensuite sans grande difficulté.

Après cette raison déterminante, il s'en présentait une seconde non moins sérieuse. En effet, c'eût été agir avec une inexcusable imprudence que de laisser les provisions dans les soutes de l'*Halbrane*, étant donnée sa situation peu sûre sur le flanc de l'ice-berg. Une secousse ne suffirait-elle pas à la détacher? Le point d'appui ne lui manquerait-il pas, si les blocs de sa souille venaient à se déplacer? Et alors, avec elle eussent disparu ces provisions, qui devaient assurer notre existence!

On s'occupa, ce jour-là, de décharger les caisses de viande au demi-sel, de légumes secs, de farine, de biscuit, de thé, de café, les barils de gin, de wisky, de vin et de bière qui furent retirés de la cale et de la cambuse, puis placés en sûreté dans des anfractuosités à proximité de l'*Halbrane*.

Il y eut également à prémunir l'embarcation contre tout accident, — et j'ajouterai contre le dessein que Hearne et quelques-uns de sa bande avaient peut-être de s'en emparer afin de reprendre le chemin de la banquise.

Le grand canot, avec son jeu d'avirons, son gouvernail, sa bosse, son grappin, sa mâture et ses voiles, fut donc remisé à une trentaine de pieds sur la gauche de la goélette, au fond d'une cavité qu'il serait aisé de surveiller. Pendant le jour, rien à craindre. Pendant la nuit, ou plutôt pendant les heures de sommeil, le bosseman ou un autre des maîtres monterait la garde près de cette cavité, et, — on peut en être certain, — l'embarcation serait à l'abri d'un mauvais coup.

Les journées des 19, 20 et 21 janvier furent employées au double travail du transport de la cargaison et du démâtage de l'*Halbrane*. On élingua les bas mâts au moyen de vergues formant bigues. Plus tard, Jem West verrait à remplacer les mâts de hune et de flèche, et, dans tous les cas, ils n'étaient point indispensables pour regagner soit les Falklands, soit quelque autre lieu d'hivernage.

Il va sans dire qu'un campement avait été établi sur le plateau dont j'ai parlé, non loin de l'*Halbrane*. Plusieurs tentes, au moyen de voiles disposées sur des espars et retenues avec des faux-bras, recouvrant la literie des cabines et du poste, offraient un abri suffisant contre les inclémences atmosphériques déjà fréquentes à cette époque de l'année. Le temps, du reste, se tenait au beau fixe, favorisé par une brise permanente de nord-est, la température étant remontée à quarante-six degrés (7°,78 C. sur zéro). Quant à la cuisine d'Endicott, elle fut installée au fond du plateau, près d'un contrefort, dont la pente très allongée permettait d'atteindre l'extrême cime de l'ice-berg.

Je dois reconnaitre que, durant ces trois jours d'un travail des plus fatigants, il n'y eut rien à reprocher à Hearne. Le sealing-master se savait l'objet d'une surveillance spéciale, comme il savait que le capitaine Len Guy ne le ménagerait pas, s'il s'avisait de provoquer ses camarades à l'insubordination. Il était fâcheux que ses mauvais instincts l'eussent poussé à jouer ce rôle, car sa vigueur, son adresse, son intelligence, en faisaient un homme précieux, et jamais il ne se montra plus utile qu'en ces circonstances. Était-il revenu à de meilleurs sentiments?... Avait-il compris que de l'entente commune dépendait le salut commun?... Je ne pouvais le devïner, mais je n'avais guère confiance, — Hurliguerly non plus.

Je n'ai pas besoin d'insister sur l'ardeur que le métis déployait dans ces rudes travaux, toujours le premier et le dernier à la besogne, faisant l'ouvrage de quatre, dormant à peine quelques heures, ne se reposant qu'au moment des repas qu'il prenait à l'écart. A peine m'avait-il adressé la parole depuis que la goélette avait été victime de ce terrible accident. Et qu'aurait-il pu me dire?... Ne pensais-je pas, comme lui, qu'il fallait renoncer à tout espoir de poursuivre cette malheureuse campagne?...

Il m'arrivait, parfois, d'apercevoir Martin Holt et le métis l'un près de l'autre, s'occupant de quelque difficile manœuvre. Notre maître-voilier ne négligeait aucune occasion de se rapprocher de Dirk Peters, qui le fuyait pour les raisons que l'on connait. Et lorsque je songeais à la confidence qui m'avait été faite au sujet du soi-disant

Parker, le propre frère de Martin Holt, à cette affreuse scène du *Grampus,* j'étais saisi d'une profonde horreur. Je n'en doute pas, si ce secret eût été dévoilé, le métis fût devenu un objet de répulsion. On aurait oublié en lui le sauveteur du maître-voilier, et celui-ci, en apprenant que son frère... Heureusement, ce secret, Dirk Peters et moi, nous étions seuls à le posséder.

Tandis que s'opérait le déchargement de l'*Halbrane,* le capitaine Len Guy et le lieutenant étudiaient la question du lancement, — question grosse de difficultés, à coup sûr. Il s'agissait de racheter cette hauteur d'une centaine de pieds comprise entre la souille où gitait la goélette et le niveau de la mer, au moyen d'un lit creusé suivant un tracé oblique sur le flanc ouest de l'ice-berg, lit qui devrait mesurer au moins deux à trois cents toises de longueur. Aussi, pendant qu'une première équipe, dirigée par le bosseman, s'occupait à décharger la goélette, une seconde, sous les ordres de Jem West, commença le tracé entre les blocs qui hérissaient ce côté de la montagne flottante.

Flottante?... je ne sais pourquoi je me sers de ce mot, car elle ne flottait plus. Immobile comme un îlot, rien n'autorisait à croire qu'elle dût jamais se remettre en dérive. D'autres ice-bergs assez nombreux passaient au large, se dirigeant vers le sud-est, alors que le nôtre restait « en panne », suivant l'expression de Dirk Peters. Sa base se minerait-elle assez pour se détacher du fond sous-marin?... Quelque pesante masse de glace viendrait-elle se jeter sur lui, et déraperait-il au choc?... Nul ne le pouvait prévoir, et il ne fallait compter que sur l'*Halbrane* pour abandonner définitivement ces parages.

Ces divers travaux nous conduisirent jusqu'au 24 janvier. L'atmosphère était calme, la température ne s'abaissait pas, la colonne thermométrique avait même gagné de deux à trois degrés au-dessus de glace. Aussi le nombre des ice-bergs, venus du nord-ouest, augmentait-il, — une centaine dont la collision aurait pu avoir les plus graves conséquences.

Le maître-calfat Hardie s'était mis tout d'abord à la réparation de la coque, gournables à changer, bouts de bordage à remplacer, coutures à calfater. Rien ne lui manquait de ce qu'exigeait ce travail, et nous avions l'assurance qu'il serait exécuté dans de bonnes conditions. Au milieu du silence de ces solitudes retentissaient maintenant les coups de marteau frappant les clous dans le bordé et les coups de maillet chassant l'étoupe entre les coutures. A ces bruits se joignaient d'assourdissants cris de mouettes, de macreuses, d'albatros, de pétrels, qui volaient en rond à la cime de l'ice-berg.

Lorsque je me trouvais seul avec le capitaine Len Guy et Jem West, c'était notre situation actuelle, les moyens d'en sortir, les chances de nous tirer d'affaire, qui faisaient, on le pense bien, le principal sujet de nos conversations. Le lieutenant avait bon espoir, et, à la condition qu'aucun accident ne survint d'ici-là, il se croyait assuré de réussir l'opération du lancement. Le capitaine Len Guy, lui, montrait plus de réserve. D'ailleurs, à la pensée qu'il allait définitivement renoncer à toute espérance de retrouver les survivants de la *Jane*, il sentait son cœur se déchirer...

Et, en effet, lorsque l'*Halbrane* serait prête à reprendre la mer, lorsque Jem West lui demanderait la route, oserait-il répondre : Cap au sud?... Non, et cette fois, il n'eût été suivi ni des nouveaux ni même de la plupart des anciens de l'équipage. Continuer les recherches dans cette direction, s'élever au delà du pôle, sans être assuré d'atteindre l'océan Indien à défaut de l'océan Atlantique, ç'eût été d'une audace qu'aucun navigateur n'aurait pu se permettre. Si quelque continent fermait la mer de ce côté, la goélette se fût exposée à y être acculée par la masse des ice-bergs, et dans l'impossibilité de s'en dégager avant l'hiver austral?...

En ces conditions, tenter d'obtenir du capitaine Len Guy de poursuivre la campagne, c'eût été courir au-devant d'un refus. Ce n'était pas proposable, alors que la nécessité s'imposait de revenir vers le nord, de ne point s'attarder d'un jour en cette portion de la mer antarctique. Toutefois, si j'avais résolu de ne plus en parler au capitaine Len Guy, je ne laissais pas, à l'occasion, de pressentir là-dessus le bosseman.

Le plus souvent, sa besogne achevée, Hurliguerly venait me rejoindre, et nous causions, nous remontions dans nos souvenirs de voyage.

Un jour, comme nous étions assis au sommet de l'ice-berg, le regard fixé sur sur ce décevant horizon, il s'écria :

« Qui eût jamais pensé, monsieur Jeorling, lorsque l'*Halbrane* quittait les Kerguelen, que, six mois et demi après, à cette latitude, elle serait accrochée au flanc d'une montagne de glace !

— Cela est d'autant plus regrettable, répondis-je, que, sans cet accident, nous eussions atteint notre but, et nous aurions repris la route du retour.

— Je ne vais point à l'encontre, répliqua le bosseman, mais vous dites que nous aurions atteint notre but... Entendez-vous par là que nos compatriotes eussent été retrouvés?...

— Peut-être, bosseman.

— Et moi je ne le crois guère, monsieur Jeorling, bien que ce fût le principal et même le seul objet de notre navigation à travers l'océan polaire...

— Le seul... oui... au début, insinuai-je. Mais, depuis les révélations du métis au sujet d'Arthur Pym...

— Ah!... cela vous tient toujours, monsieur Jeorling... comme ce brave Dirk Peters?...

— Toujours, Hurliguerly, et il a fallu qu'un déplorable, un improbable accident vînt nous faire échouer au port...

— Je vous laisse vos illusions, monsieur Jeorling, et puisque vous croyez avoir échoué au port...

— Pourquoi non?...

— Soit, et, dans tous les cas, c'est un fameux échouage! déclara le bosseman. Au lieu de donner sur un honnête bas-fond, aller faire côte en l'air...

— Aussi ai-je le droit de dire que c'est une malheureuse circonstance, Hurliguerly...

— Malheureuse, sans doute, et, à mon sens, y aurait-il à en tirer
quelque avertissement...

— Lequel?...

— C'est qu'il n'est pas permis de s'aventurer si loin dans ces régions, et m'est avis que le Créateur interdit à ses créatures de
grimper au bout des pôles de la terre !

— Cependant ce bout n'est plus maintenant qu'à une soixantaine
de milles...

— D'accord, monsieur Jeorling. Il est vrai, ces soixante milles,
c'est comme s'il y en avait un millier, quand on n'a aucun moyen de
les franchir... Et, si le lancement de la goélette ne réussit pas, nous
voici condamnés à un hivernage dont ne voudraient même pas les
ours polaires ! »

Je ne répondis que par un hochement de tête, auquel ne put se
méprendre Hurliguerly.

« Savez-vous à quoi je pense le plus souvent, monsieur Jeorling?...
me demanda-t-il.

— A quoi pensez-vous, bosseman?...

— Aux Kerguelen, dont nous ne prenons guère le chemin !
Certes, pendant la mauvaise saison, on y jouit d'un beau froid...
Pas grande différence entre cet archipel-là et les îles situées
sur les limites de la mer antarctique... Mais, enfin, on est
à proximité du Cap, et s'il vous plaît d'aller vous y réchauffer
les mollets, il n'y a point de banquise pour vous barrer le passage!... Tandis qu'ici, au milieu des glaces, c'est le diable pour
en démarrer, et on ne sait jamais si l'on trouvera la porte ouverte...

— Je vous le répète, bosseman, sans ce dernier accident, tout
serait terminé à présent d'une façon ou d'une autre. Nous aurions
encore plus de six semaines pour sortir des mers australes. En
somme, il est rare qu'un navire soit aussi mal pris que l'a été notre

DÉFONCÉE... DISLOQUÉE... L'*HALBRANE* S'ENGLOUTISSAIT. (Page 342.)

goélette, et c'est une véritable malchance, après avoir profité de circonstances si heureuses...

— Finies, ces circonstances, monsieur Jeorling, s'écria Hurliguerly, et je crains bien...

— Quoi... vous aussi, bosseman... vous que j'ai connu si confiant...

— La confiance, monsieur Jeorling, cela s'use tout comme le fond d'une culotte!... Que voulez-vous!... Lorsque je me compare à mon compère Atkins, installé dans sa bonne auberge, lorsque je songe au *Cormoran-Vert*, à la grande salle du bas, aux petites tables où l'on déguste le wisky et le gin avec un ami, alors que le poêle ronfle plus fort que ne crie la girouette sur le toit... eh bien, la comparaison n'est point à notre avantage, et, à mon avis, maître Atkins a peut-être mieux compris l'existence...

— Eh! vous le reverrez, ce digne Atkins, bosseman, et le *Cormoran-Vert*, et les Kerguelen!... Pour Dieu! ne vous laissez point aller au découragement!... Et si vous, un homme de bon sens et de résolution, désespérez déjà...

— Oh! s'il n'y avait que moi, monsieur Jeorling, ce ne serait que demi-mal!

— Est-ce que l'équipage?..

— Oui... et non... répliqua Hurliguerly, car j'en connais qui ne sont point satisfaits.

— Hearne a-t-il recommencé à récriminer et excite-t-il ses camarades?...

— Pas ouvertement du moins, monsieur Jeorling, et, depuis que je le surveille, je n'ai rien vu ni entendu. Il sait, d'ailleurs, ce qui l'attend, s'il remue la patte. Aussi, — je crois ne point faire erreur, — le finaud a-t-il changé ses amures. Et ce qui ne m'étonne guère de lui, m'étonne de notre maître-voilier Martin Holt...

— Que voulez-vous dire, bosseman?...

— Que tous deux paraissent être en bons termes!... Observez-les, Hearne recherche Martin Holt, cause souvent avec lui, et Martin Holt ne lui fait pas trop mauvaise mine.

— Martin Holt, je suppose, n'est pas homme à écouter les conseils de Hearne, répondis-je, ni à le suivre, s'il tentait de pousser l'équipage à la révolte...

— Non, sans doute, monsieur Jeorling... Cependant cela ne me plaît guère de les voir ensemble... Un particulier dangereux et sans conscience, ce Hearne, et dont Martin Holt ne se méfie peut-être pas assez !...

— Il a tort, bosseman.

— Et... tenez... savez-vous de quoi ils causaient, l'autre jour, dans une conversation dont il m'est arrivé quelques bribes à l'oreille ?...

— Je ne sais jamais les choses qu'après que vous me les avez dites, Hurliguerly.

— Eh bien, tandis qu'ils bavardaient sur le pont de l'*Halbrane*, je les ai entendus parler de Dirk Peters, et Hearne disait : « Il ne faut pas en vouloir au métis, maître Holt, de ce qu'il n'a jamais voulu répondre à vos avances ni recevoir vos remerciements... Si ce n'est qu'une sorte de brute, il possède un grand courage, et il l'a prouvé en vous tirant d'une mauvaise passe au péril de sa vie... Au surplus, n'oubliez pas qu'il faisait partie de l'équipage du *Grampus*, dont votre frère Ned, si je ne me trompe... »

— Il a dit cela, bosseman ?... me suis-je écrié. Il a nommé le *Grampus* ?...

— Oui... le *Grampus*.

— Et Ned Holt ?...

— Précisément, monsieur Jeorling !

— Et qu'a répondu Martin Holt ?...

— Il a répondu : « Mon malheureux frère, je ne sais même pas dans quelles conditions il a péri !... Est-ce pendant une révolte à bord ? En brave qu'il était, il n'a pas dû trahir son capitaine, et peut-être a-t-il été massacré ?... »

— Est-ce que Hearne a insisté, bosseman ?...

— Oui... en ajoutant : « C'est chose triste pour vous, maître Holt !...

Le capitaine du *Grampus*, à ce qu'on m'a raconté, fut abandonné dans un canot avec deux ou trois de ses hommes... et qui sait si votre frère n'était pas avec lui?... »

— Et après?...

— Après, monsieur Jeorling, il a ajouté : « Est-ce que vous n'avez pas eu l'idée de demander à Dirk Peters de vous renseigner?...

— Si, une fois, répliqua Martin Holt, j'ai interrogé le métis là-dessus, et jamais je n'ai vu un homme dans un tel état d'accablement, répondant : Je ne sais pas... je ne sais pas... d'une voix si sourde que je pouvais à peine le comprendre, et il s'est sauvé en se cachant la tête dans les mains... »

— C'est tout ce que vous avez entendu de cette conversation, bosseman?...

— Tout, monsieur Jeorling, et elle m'a paru assez singulière pour que j'aie voulu vous mettre au courant.

— Et qu'en avez-vous conclu?...

— Rien, si ce n'est que je regarde le sealing-master comme un coquin de la pire espèce, parfaitement capable de travailler en secret à quelque mauvais dessein, auquel il voudrait associer Martin Holt! »

En effet, que signifiait cette nouvelle attitude de Hearne?... Pourquoi cherchait-il à se lier avec Martin Holt, l'un des meilleurs de l'équipage?... Pourquoi lui rappelait-il ainsi les scènes du *Grampus*?... Est-ce que Hearne en savait à ce sujet plus long que les autres sur Dirk Peters et Ned Holt, — ce secret dont le métis et moi nous croyions être les seuls dépositaires?...

Cela ne laissa pas de me causer une sérieuse inquiétude. Toutefois, je me gardai d'en rien dire à Dirk Peters. S'il eût pu soupçonner que Hearne causait de ce qui s'était passé à bord du *Grampus*, s'il eût appris que ce coquin, — comme l'appelait non sans raison Hurliguerly, — ne cessait de parler de son frère Ned à Martin Holt, je ne sais trop ce qui serait arrivé!

En somme, et quelles que fussent les intentions de Hearne, il était regrettable que notre maître-voilier, sur lequel devait à bon droit compter le capitaine Len Guy, fût en liaison avec lui. Le sealing-master avait certainement ses raisons pour agir de la sorte... Lesquelles, je ne pouvais les deviner. Aussi, bien que l'équipage parût avoir abandonné toute idée de révolte, une sévère surveillance s'imposait, surtout à l'égard de Hearne.

Du reste, la situation allait prendre fin, — du moins en ce qui concernait la goélette.

Deux jours après, les travaux furent terminés. On avait achevé de réparer la coque et de creuser le lit de lancement jusqu'à la base de notre montagne flottante.

A cette époque, la glace, étant légèrement ramollie à sa couche supérieure, ce dernier travail n'avait point exigé de grands efforts de pic et de pioche. Le lit contournait obliquement le flanc ouest de l'ice-berg, de manière à n'offrir aucune pente trop raide. Avec des grelins de retenue convenablement disposés, le glissement, sem-blait-il, devait s'effectuer sans occasionner aucun dommage. Je craignais plutôt que le relèvement de la température ne rendit ce glissement moins facile sur le fond du lit.

Il va de soi que de la cargaison, la mâture, les ancres, les chaînes, rien n'avait été remis à bord. La coque étant déjà fort lourde, peu maniable, il importait de l'alléger autant que possible. Lorsque la goélette aurait retrouvé son élément, la réarmer serait l'affaire de quelques jours.

Dans l'après-midi du 28, les dernières dispositions furent prises. Il avait fallu étayer latéralement le lit en quelques endroits où la fusion de la glace s'accentuait. Puis, repos fut accordé à tout le monde à partir de quatre heures du soir. Le capitaine Len Guy fit alors distribuer double ration à ses hommes, et ils méritaient ce sur-croît de wisky et de gin, car ils avaient rudement travaillé pendant cette semaine.

Je répète que tout ferment d'indiscipline paraissait avoir disparu, depuis que Hearne n'excitait plus ses camarades. L'équipage, —

tout entier, on peut le dire, — ne se préoccupait que de cette grosse opération du lancement. L'*Halbrane* à la mer, c'était le départ... c'était le retour !... Il est vrai, pour Dirk Peters comme pour moi, c'était le définitif abandon d'Arthur Pym !...

La température de cette nuit fut une des plus élevées que nous eussions éprouvées jusqu'alors. Le thermomètre marqua cinquante-trois degrés (11°, 67 C. sur zéro). Aussi, bien que le soleil commençât à se rapprocher de l'horizon, la glace fondait, et mille ruisseaux sinuaient de toutes parts.

Les plus matineux se réveillèrent dès quatre heures, et je fus du nombre. C'est à peine si j'avais dormi, — et j'imagine que Dirk Peters, de son côté, n'avait pu trouver sommeil à la pensée désolante de revenir en arrière !...

L'opération du lancement devait commencer à dix heures. Tout en comptant avec les retards possibles, eu égard aux minutieuses précautions qu'il convenait de prendre, le capitaine Len Guy espérait qu'elle serait terminée avant la fin du jour. Personne ne doutait que, le soir venu, la goélette ne fût descendue au moins à la base de l'ice-berg.

Il va de soi que nous devions tous prêter la main à cette difficile manœuvre. A chacun un poste était assigné auquel il devrait se tenir, — les uns pour faciliter le glissement avec des rouleaux de bois, s'il le fallait aider, — les autres, au contraire, pour le modérer, en cas que la descente menaçât d'être trop rapide et qu'il y eût lieu de retenir la coque au moyen de grelins et d'aussières disposés à cet effet.

Le déjeuner fut terminé à neuf heures sous les tentes. Nos matelots, toujours confiants, ne purent s'empêcher de boire un dernier coup au succès de l'opération, et nous joignîmes nos hurrahs un peu prématurés aux leurs. Du reste, les mesures avaient été conçues avec tant de sagacité par le capitaine Len Guy et le lieutenant, que le lancement présentait de très sérieuses chances de réussite.

Enfin nous allions quitter le campement et gagner notre poste,

— quelques-uns des matelots s'y trouvaient déjà, — lorsque retentirent des cris de stupéfaction et d'épouvante...

Quel effrayant spectacle, et, si court qu'il ait été, quelle ineffaçable impression de terreur il a laissée dans nos âmes!

Un des énormes blocs, qui formait le talus de la souille où gisait l'*Halbrane*, déséquilibré par la fusion de sa base, venait de dévaler et roulait en énormes bonds par dessus les blocs...

Un instant après, la goélette, n'étant plus retenue, oscillait sur cette pente...

Il y avait à bord, sur le pont, à l'avant, deux hommes, Rogers et Gratian... En vain ces malheureux voulurent-ils sauter par-dessus les bastingages, ils n'en eurent pas le temps, et furent entraînés dans l'effroyable chute...

Oui! j'ai vu cela!... j'ai vu la goélette se renverser, glisser d'abord sur son flanc gauche, écraser une des recrues, qui tarda trop à se jeter de côté, puis rebondir de blocs en blocs, et enfin se précipiter dans le vide...

Une seconde après, défoncée, disloquée, le bordage ouvert, la membrure brisée, l'*Halbrane* s'engloutissait, en faisant rejaillir une énorme gerbe d'eau au pied de l'ice-berg!...

Dirk Peters saisit le plus rapproché... (Page 346.)

IX

QUE FAIRE?...

Hébétés... oui! c'était de l'hébètement, après que la goélette, emportée comme la roche d'une avalanche, eut disparu dans l'abime!...

Il ne restait plus rien de notre *Halbrane*, — pas même une épave!...
A cent pieds en l'air, il n'y avait qu'un instant, à cinq cents maintenant dans les profondeurs de la mer!... Oui! de l'hébètement, et qui
ne nous permettait même pas de songer aux dangers de l'avenir...
l'hébètement de gens qui ne peuvent en croire leurs yeux, comme
on dit!...

Ce qui lui succéda, ce fut la prostration qui en était la conséquence
naturelle. Il n'y eut pas un cri, pas un geste. Nous étions immobiles, les pieds cloués au sol de glace. Aucune expression ne pourrait rendre l'horreur de cette situation!

Quant au lieutenant Jem West, après que la goélette se fut abî-
mée sous les eaux, je vis une grosse larme tomber de ses yeux. Cette
Halbrane qu'il aimait tant, maintenant anéantie! Oui! cet homme
d'un caractère si énergique, pleura...

Trois des nôtres venaient de périr... et de quelle affreuse façon!...
Rogers et Gratian, deux de nos plus fidèles matelots, je les avais vus
tendant les bras éperdument, puis projetés par le rebondissement
de la goélette, puis s'abîmant avec elle!... Et cet autre des Falklands,
un Américain, écrasé au passage, et dont il ne restait plus qu'une
masse informe qui gisait dans une mare de sang... C'étaient trois
nouvelles victimes, depuis dix jours, à inscrire au nécrologe de
cette funeste campagne!... Ah! la fortune, qui nous avait favorisés
jusqu'à l'heure où l'*Halbrane* fut arrachée de son élément, nous
frappait à présent de ses plus furieux coups!... Et, de tous, ce dernier n'était-il pas le plus rudement asséné, et ne serait-il pas le coup
de la mort?...

Le silence fut alors rompu par de tumultueux éclats de voix, des
cris de désespoir, que justifiait cet irrémédiable malheur!... Et
plus d'un se disait, sans doute, que mieux eût valu être à bord de
l'*Halbrane*, tandis qu'elle rebondissait sur les flancs de l'ice-berg!...
Tout serait fini, comme pour Rogers et Gratian!... Cette expédition
insensée aurait eu le seul dénouement que méritaient tant de témé-
rités et tant d'imprudences!...

« ET VOILA BIEN POURQUOI TU NE SONGES GUÈRE A TE PLAINDRE!... » (Page 351.)

Enfin l'instinct de la conservation l'emporta, et, — sinon Hearne, qui, à l'écart, affectait de se taire, — du moins ses camarades s'écrièrent-ils :

« Au canot... au canot! »

Ces malheureux ne se possédaient plus. L'épouvante les égarait. Ils venaient de s'élancer vers l'anfractuosité où notre unique embarcation, insuffisante pour tous, avait été mise à l'abri depuis le déchargement de la goélette.

Le capitaine Len Guy et Jem West se jetèrent hors du campement.

Je les rejoignis aussitôt, suivi du bosseman. Nous étions armés, et décidés à faire usage de nos armes. Ce canot, il fallait empêcher ces furieux de s'en emparer.... Il n'était pas la propriété de quelques-uns... mais celle de tous!...

« Ici... matelots!... cria le capitaine Len Guy.

— Ici, répéta Jem West, ou feu sur le premier qui fera un pas de plus! »

Tous deux, la main tendue, les menaçaient de leurs pistolets. Le bosseman braquait son fusil sur eux... Je tenais ma carabine, prêt à l'épauler...

Ce fut en vain !... Ces affolés n'entendaient rien, ne voulaient rien entendre, et l'un d'eux, au moment où il franchissait le dernier bloc, tomba frappé par la balle du lieutenant. Ses mains ne purent se raccrocher au talus, et, glissant sur les revers glacés, il disparut dans l'abîme.

Était-ce donc le début d'un massacre?... D'autres allaient-ils se faire tuer à cette place?... Les anciens de l'équipage prendraient-ils parti pour les nouveaux?...

Je pus remarquer, en ce moment, que Hardie, Martin Holt, Francis, Burry, Stern, hésitaient à se ranger de notre côté, — alors que Hearne, immobile à quelques pas de là, se gardait de donner une marque d'encouragement aux révoltés.

Cependant, nous ne pouvions les laisser maîtres du canot, maîtres de le descendre, maîtres de s'y embarquer à dix ou douze, maîtres enfin de nous abandonner sur cet ice-berg, et dans l'impossibilité de reprendre la mer...

Et, comme au dernier degré de la terreur, inconscients du danger, sourds aux menaces, ils allaient atteindre l'embarcation, un second coup de feu, tiré par le bosseman, frappa un des matelots qui tomba raide mort, — le cœur traversé.

Un Américain et un Fuégien de moins à compter parmi les plus déterminés partisans du sealing-master !

Alors, devant le canot, surgit un homme.

C'était Dirk Peters, qui avait gravi la pente opposée.

Le métis mit l'une de ses énormes mains sur l'étrave, et de l'autre fit signe à ces furieux de s'éloigner.

Dirk Peters là, nous n'avions plus à faire usage de nos armes, et il suffisait, lui seul, à défendre l'embarcation.

Et, en effet, comme cinq ou six des matelots s'avançaient, il marcha sur eux, il saisit le plus rapproché par la ceinture, il l'enleva, il l'envoya rouler à dix pas, et, ne pouvant se retenir à rien, ce malheureux eût rebondi jusqu'à la mer, si Hearne ne fût parvenu à le saisir au passage.

C'était déjà trop des deux tombés sous les balles !

Devant cette intervention du métis, la révolte s'apaisa soudain. D'ailleurs, nous arrivions près du canot, et avec nous, ceux de nos hommes dont l'hésitation n'avait pas duré.

N'importe ! les autres nous étaient encore supérieurs en nombre.

Le capitaine Len Guy, la colère aux yeux, apparut suivi de Jem West, toujours impassible. La parole lui manqua pendant quelques instants; mais ses regards disaient tout ce que sa bouche ne pouvait dire. Enfin, d'une voix terrible :

« Je devrais vous traiter comme des malfaiteurs, s'écria-t-il, et pourtant je ne veux voir en vous que des égarés!... Ce canot n'est à personne, et il est à tous!... C'est maintenant notre unique moyen de salut, et vous avez voulu le voler... le voler lâchement!... En-

tendez bien ce que je vous répète une dernière fois!... Ce canot de
l'*Halbrane,* c'est l'*Halbrane* elle-même!... J'en suis le capitaine, et
malheur à celui de vous qui ne m'obéira pas ! »

En jetant ces derniers mots, le capitaine Len Guy regardait
Hearne, visé par cette phrase d'un coup direct. Au surplus, le sealing
master n'avait point figuré dans cette dernière scène, — ouvertement du moins. Toutefois, qu'il eût poussé ses camarades à s'emparer du canot, et qu'il eût la pensée de les y exciter encore, cela ne
faisait doute pour personne.

« Au campement, dit le capitaine Len Guy, et toi, Dirk Peters,
reste là. »

Pour toute réponse, le métis remua sa grosse tête de bas en haut
et s'installa à son poste.

L'équipage revint au campement, sans la moindre résistance. Les
uns s'étendirent sur leurs couchettes, les autres se dispersèrent aux
alentours.

Hearne ne chercha point à les rejoindre ni à se rapprocher de
Martin Holt.

A présent que les matelots étaient réduits au désœuvrement, il n'y
avait plus qu'à examiner cette situation très empirée et à imaginer
les moyens d'en sortir.

Le capitaine Len Guy, le lieutenant, le bosseman, se réunirent
en conseil, et je me joignis à eux.

Le capitaine Len Guy débuta en disant :

« Nous avons défendu notre canot, et nous continuerons à le défendre...

— Jusqu'à la mort! déclara Jem West.

— Qui sait, dis-je, si nous ne serons pas bientôt forcés d'y embarquer?...

— Dans ce cas, reprit le capitaine Len Guy, comme tous ne pourraient y prendre place, il y aurait nécessité de faire un choix. Le
sort désignerait donc ceux qui devraient partir, et je ne demanderais
pas à être traité autrement que les autres !

— Nous n'en sommes pas là, que diable! répondit le bosseman. L'ice-berg est solide et il n'y a pas danger qu'il fonde avant l'hiver...

— Non... affirma Jem West, et cela n'est pas à craindre... Ce qu'il faut, c'est, tout en veillant sur le canot, de veiller aussi sur les vivres...

— Et il est heureux, ajouta Hurliguerly, que nous ayons mis notre cargaison en sûreté!... Pauvre et chère *Halbrane!*... Elle sera restée dans ces mers comme la *Jane*... sa sœur aînée! »

Oui, sans doute, et pour des causes différentes, pensai-je, l'une détruite par les sauvages de Tsalal, l'autre par l'une de ces catastrophes que nulle puissance humaine ne peut prévenir...

« Tu as raison, Jem, reprit le capitaine Len Guy, et nous saurons empêcher nos hommes de se livrer au pillage. Les vivres nous sont assurés pour plus d'une année, sans compter ce que fournira la pêche...

— Et il est d'autant plus nécessaire de veiller, capitaine, répondit le bosseman, que j'ai déjà vu rôder autour des fûts de wisky et de gin...

— Et de quoi ces malheureux ne seraient-ils pas capables dans les folies et les fureurs de l'ivresse! m'écriai-je.

— Je prendrai des mesures à ce sujet, répliqua le lieutenant.

— Mais, demandai-je alors, n'est-il pas à prévoir que nous soyons forcés d'hiverner sur cet ice-berg?...

— Le ciel nous garde d'une si terrible éventualité!... répliqua le capitaine Len Guy.

— Après tout, s'il le fallait, dit le bosseman, on s'en tirerait, monsieur Jeorling. Nous creuserions des abris dans la glace, de manière à supporter les rigueurs du froid polaire, et tant que nous aurions de quoi apaiser notre faim... »

En ce moment se représentèrent à mon esprit les abominables scènes dont le *Grampus* fut le théâtre et dans lesquelles Dirk Peters frappa Ned Holt, le frère de notre maître-voilier... En viendrions-nous jamais à de telles extrémités?...

Cependant, avant de procéder aux installations d'un hivernage
pour sept à huit mois, est-ce que le mieux ne serait pas de quitter
l'ice-berg, si cela était possible?...

Ce fut sur ce point que j'appelai l'attention du capitaine Len Guy
et de Jem West.

La réponse à cette question était difficile et elle fut précédée d'un
long silence.

Enfin le capitaine Len Guy dit :

« Oui!... ce serait le meilleur parti, et si notre embarcation pouvait nous contenir tous avec les provisions nécessitées par un
voyage qui durerait au moins de trois à quatre semaines, je n'hési-
terais pas à reprendre dès maintenant la mer pour revenir vers
le nord...

— Mais, fis-je observer, nous serions obligés de naviguer contre
le vent et contre le courant, et c'est à peine si notre goélette eût pu
y réussir... tandis qu'à continuer vers le sud...

— Vers le sud?... répéta le capitaine Len Guy, qui me regarda
comme s'il eût voulu lire jusqu'au fond de ma pensée.

— Pourquoi pas?... répondis-je. Si l'ice-berg n'eût point été arrêté
dans sa marche, peut-être aurait-il dérivé jusqu'à quelque terre
dans cette direction, et, ce qu'il aurait fait, le canot ne pourrait-il
le faire?... »

Le capitaine Len Guy, secouant la tête, tandis que Jem West
gardait le silence, ne répondit pas.

« Eh ! notre ice-berg finira bien par lever l'ancre! répliqua Hurliguerly. Il ne tient pas au fond comme les Falklands ou les Kerguelen!... Donc, le plus sûr est d'attendre, puisque le canot ne peut
nous emmener à vingt-trois que nous sommes.

— Il n'est pas nécessaire de s'embarquer à vingt-trois, insistai-je.
Il suffirait que cinq ou six de nous allassent en reconnaissance au
large... pendant douze ou quinze milles... en se dirigeant vers le
sud...

— Vers le sud?... répéta le capitaine Len Guy.

— Sans doute, capitaine, ajoutai-je. Vous ne l'ignorez pas, les géographes admettent volontiers que les régions antarctiques sont constituées par une calotte continentale...

— Les géographes n'en savent rien et n'en peuvent rien savoir, répondit froidement le lieutenant.

— Aussi, dis-je, est-il regrettable que nous ne tentions pas de résoudre cette question du continent polaire, puisque nous sommes si près... »

Je ne crus pas devoir insister davantage, en ce moment du moins.

Au surplus, l'envoi de notre unique embarcation à la découverte présentait des dangers, soit que le courant l'entraînât trop loin, soit qu'elle ne nous retrouvât plus à cette place. En effet, si l'ice-berg venait à se détacher du fond, à reprendre sa marche interrompue, que deviendraient les hommes embarqués dans le canot?...

Le malheur était que l'embarcation fût trop petite pour nous recevoir tous avec des provisions suffisantes. Or, des anciens du bord, il restait dix hommes, en comprenant Dirk Peters, des nouveaux, il en restait treize — soit en totalité vingt-trois. Eh bien, de onze à douze personnes, c'était le maximum de ce que notre canot pouvait porter. Donc, onze de nous auraient dû être abandonnés sur cet îlot de glace... ceux que le sort eût désignés?... Et ceux qu'il y laisserait, que deviendraient-ils?...

A ce propos, pourtant, Hurliguerly fit une réflexion, qui valait la peine d'être méditée :

« Après tout, dit-il, je ne sais si ceux qui embarqueraient seraient plus favorisés que ceux qui n'embarqueraient pas... J'en doute tellement que, pour mon compte, je laisserais volontiers ma place à qui la voudrait! »

Peut-être avait-il raison, le bosseman?... Mais, dans ma pensée, lorsque je demandais que le canot fût utilisé, ce n'était que pour effectuer une reconnaissance au large de l'ice-berg. Enfin, comme conclusion, on décida de prendre les dispositions en vue d'un hivernage, quand bien même notre montagne de glace devrait se remettre en dérive.

« Voilà qui sera dur à faire accepter de nos hommes! déclara Hurliguerly.

— Il faut ce qu'il faut, répliqua le lieutenant, et, dès aujourd'hui, à la besogne! »

Triste journée que celle-ci, pendant laquelle furent commencés les préparatifs.

A vrai dire, je ne vis que le cuisinier Endicott à se résigner sans récrimination. En nègre peu soucieux de l'avenir, très léger de caractère, frivole comme tous ceux de sa race, il se résignait facilement à son sort, et, cette résignation, c'est peut-être la vraie philosophie. D'ailleurs, lorsqu'il s'agissait de cuisiner, que ce fût ici ou là, peu lui importait, du moment que ses fourneaux étaient installés quelque part.

Et il dit à son ami le bosseman, avec son large sourire de moricaud :

« Heureusement, ma cuisine ne s'est pas en allée par le fond avec notre goélette, et vous verrez, Hurliguerly, si je ne vous fais pas des plats aussi bons qu'à bord de l'*Halbrane* — tant que les provisions ne manqueront pas, s'entend!...

— Eh! elles ne manqueront pas de sitôt, maître Endicott! répliqua le bosseman. Ce n'est pas la faim que nous avons à redouter, c'est le froid... un froid qui vous réduit à l'état de glaçon dès qu'on cesse un instant de battre la semelle... un froid qui vous fait craquer la peau et peter le crâne!... Si encore nous avions quelques centaines de tonnes de charbon... Mais, tout bien compté, il n'y en a que ce qu'il faut pour faire bouillir la chaudière...

— Et celui-là est sacré! s'écria Endicott. Défense d'y toucher!... La cuisine avant tout!...

— Et voilà bien, satané négrino, pourquoi tu ne songes guère à te plaindre!... N'es-tu pas toujours sûr de te chauffer les pattes au feu de ton fourneau?...

— Que voulez-vous, bosseman, on est maître-coq ou on ne l'est pas... Quand on l'est, on en profite, et je saurai bien vous garder une petite place devant ma grille...

— C'est bon... c'est bon... Endicott!... Chacun aura son tour... Pas de privilège, même pour un bosseman... Il n'y en a que pour toi, sous prétexte que tu es préposé aux manipulations de la soupe... Somme toute, mieux vaut n'avoir point à craindre la famine... Le froid, cela peut se combattre et se supporter... On creusera des trous dans l'ice-berg... on s'y blottira... Et pourquoi n'habiterions-nous pas une demeure commune... une grotte qu'on se fabriquerait à coups de pioche?... Je me suis laissé dire que la glace conserve la chaleur... Eh bien, qu'elle conserve la nôtre, je ne lui en demande pas davantage! »

L'heure était venue de regagner le campement et de s'étendre sur les couchettes.

Dirk Peters, à son refus d'être relevé de faction, était resté à la garde du canot, et personne ne songea à lui disputer ce poste.

Le capitaine Len Guy et Jem West ne rentrèrent pas sous les tentes avant de s'être assurés que Hearne et ses camarades avaient repris leur place habituelle.

Je revins à mon tour, et me couchai.

Combien de temps avais-je dormi, je n'aurais pu le dire, ni quelle heure il était, lorsque je roulai sur le sol à la suite d'une violente secousse.

Que se passait-il donc? Était-ce une nouvelle culbute de l'ice-berg?...

Nous fûmes tous debout en une seconde, puis hors des tentes en pleine clarté de cette nuit polaire...

Une autre masse flottante, d'énorme dimension, venait de heurter notre ice-berg, qui avait « levé l'ancre ». comme disent les marins, et dérivait vers le sud.

Je ne cessais de parcourir l'horizon. (Page 356.)

X

HALLUCINATIONS.

Un changement inespéré s'était produit dans la situation! Quelles seraient les conséquences de ce que nous n'étions plus échoués à cette place?... Après avoir été immobilisés à peu près au point d'intersection du trente-neuvième méridien et du quatre-vingt-neuvième parallèle, voici que le courant nous entraînait dans la direction du pôle... Aussi, au premier sentiment de joie, venaient de succéder toutes les épouvantes de l'inconnu, — et quel inconnu !...

Seul, peut-être, Dirk Peters se réjouissait pleinement à la pensée d'avoir repris la route, sur laquelle il s'entêtait à retrouver les traces de son pauvre Pym !... Et quelles autres idées passaient par la tête de ses compagnons !

En effet, le capitaine Len Guy n'avait plus aucun espoir de recueillir ses compatriotes. Que William Guy et ses cinq matelots eussent abandonné l'île Tsalal depuis moins de huit mois, aucun doute à cet égard... mais où s'étaient-ils réfugiés?... En trente-cinq jours nous avions franchi une distance d'environ quatre cents milles sans avoir rien découvert. Lors même qu'ils auraient atteint ce continent polaire auquel mon compatriote Maury, dans ses ingénieuses hypothèses, attribue la largeur d'un millier de lieues, quelle partie de ce continent aurions-nous choisie pour théâtre de nos recherches?... Et, d'ailleurs, si c'est une mer qui baigne cette extrémité de l'axe terrestre, les survivants de la *Jane* n'étaient-ils pas maintenant engloutis dans ces abîmes qu'une carapace glacée allait bientôt recouvrir?...

Donc, toute espérance étant perdue, le devoir se fût imposé au capitaine Len Guy de ramener son équipage vers le nord, afin de franchir le cercle antarctique pendant que la saison le permettait, et nous étions emportés vers le sud...

Après le premier mouvement dont j'ai parlé, à la pensée que la dérive entraînait l'ice-berg dans cette direction, l'épouvante ne tarda pas à reprendre tout son empire.

Et, que l'on veuille bien tenir compte de ceci : c'est que si nous n'étions plus échoués, il n'en fallait pas moins se résigner à un long hivernage, renoncer à la chance de rencontrer un des baleiniers qui se livraient à la pêche entre les Orkneys, la Nouvelle-Georgie et les Sandwich.

A la suite de la collision qui avait remis notre ice-berg à flot, nombre d'objets avaient été précipités à la mer, les pierriers de l'*Halbrane*, ses ancres, ses chaînes, une partie de la mâture et des espars. Mais, en ce qui concernait la cargaison, grâce à cette pré-caution prise, la journée précédente, de l'emmagasiner, les pertes, après inventaire, purent être considérées comme insignifiantes. Et que serions-nous devenus, si toutes nos réserves eussent été anéan-ties dans cet abordage?...

Des relèvements obtenus dans la matinée, le capitaine Len Guy conclut que notre montagne de glace descendait vers le sud-est. Donc, aucun changement ne s'était établi relativement au sens du courant. En effet, les autres masses mouvantes n'avaient cessé de suivre cette direction, et c'était l'une d'elles qui nous avait heurtés sur le flanc de l'est. A présent, les deux ice-bergs n'en formaient plus qu'un seul, qui se déplaçait avec une vitesse de deux milles à l'heure.

Ce qui méritait réflexion, c'était la persistance de ce courant, lequel, depuis la banquise, entraînait les eaux de cette mer libre vers le pôle austral. Si, conformément à l'opinion de Maury, il existait un vaste continent antarctique, ledit courant le contournait-il, ou ce continent, séparé en deux parties par un large détroit, offrait-il une issue à de telles masses liquides et aussi aux masses flottantes qu'elles charriaient à leur surface?...

A mon avis, nous ne tarderions guère à être fixés sur ce point. Marchant avec cette vitesse de deux milles, trente heures suffiraient à atteindre ce point axial où viennent se rejoindre les méridiens terrestres.

Quant à ce courant, passait-il au pôle même, où se trouvait-il là une terre que nous pourrions accoster, c'était une autre question.

Et, comme je causais de cela avec le bosseman :

« Que voulez-vous, monsieur Jeorling, me répondit-il, si le courant

passe au pôle, nous y passerons, et, s'il n'y passe pas, nous n'y passerons pas!... Nous ne sommes plus les maîtres d'aller où il nous
plaît... Un glaçon n'est point un navire, et comme il n'a ni voilure
ni gouvernail, il va où la dérive le mène !

— J'en conviens, Hurliguerly. Aussi avais-je l'idée qu'en s'embarquant à deux ou trois... dans le canot...

— Toujours cette idée!... Vous y tenez à votre canot !...

— Sans doute, car, enfin s'il y a une terre quelque part, n'est-il
pas possible que les hommes de la *Jane*...

— L'aient accostée, monsieur Jeorling... à quatre cents milles de
l'île Tsalal?...

— Qui sait, bosseman?...

— Soit, mais permettez-moi de vous dire que ces raisonnements
seront à leur place, lorsque la terre se montrera, si elle se montre.
Notre capitaine verra ce qu'il conviendra de faire, en se rappelant
que le temps presse. Nous ne pouvons nous attarder dans ces parages, et, somme toute, que l'ice-berg ne nous ramène ni du côté
des Falklands ni du côté des Kerguelen, qu'importe si nous parve-
nons à sortir par un autre? L'essentiel est d'avoir franchi le cercle
polaire avant que l'hiver l'ait rendu infranchissable ! »

C'était le bon sens même qui dictait ces paroles à Hurliguerly, je
dois en convenir.

Tandis que s'exécutaient les préparatifs conformément aux ordres
du capitaine Len Guy, et surveillés par le lieutenant, il m'arriva plusieurs fois de monter au sommet de l'ice-berg. Là, assis sur son
extrême pointe, la longue-vue aux yeux, je ne cessais de parcourir
l'horizon. De temps en temps, sa ligne circulaire s'interrompait au
passage d'une montagne flottante ou se dérobait derrière quelque
lambeau de brumes.

De la place que j'occupais, à une hauteur de cent cinquante pieds
au-dessus du niveau de la mer, j'estimais à plus de douze milles la
portée de mon regard. Jusqu'alors, aucun contour lointain ne se
dessinait sur le fond du ciel.

A deux reprises, le capitaine Len Guy se hissa jusqu'à cette cime, afin de prendre hauteur.

Le résultat de l'observation, ce jour-là, 30 janvier, fut chiffré comme suit :

Longitude : 67°19 ouest.

Latitude : 89'21' sud.

Il y avait une double conclusion à tirer des données de cette observation.

La première, c'est que depuis le dernier relèvement de notre position en longitude, le courant nous avait rejetés d'environ vingt-quatre degrés dans le sud-est.

La seconde, c'est que l'ice-berg ne se trouvait plus qu'à une quarantaine de milles du pôle austral.

Pendant cette journée, la plus grande partie de la cargaison fut transportée à l'intérieur d'une large anfractuosité que le bosseman avait découverte dans le flanc est, où, même au cas d'une nouvelle collision, caisses et barils seraient en sûreté. Pour le fourneau de la cuisine, nos hommes aidèrent Endicott à l'installer entre deux blocs, de manière qu'il fût solidement maintenu, et ils entassèrent plusieurs tonnes de charbon à proximité.

Ces divers travaux s'exécutèrent sans provoquer aucune récrimination, aucun murmure. Visiblement, le silence que gardait l'équipage, était voulu. S'il obéissait au capitaine Len Guy et au lieutenant, c'est qu'on ne lui commandait rien qui ne fût à faire et sans retard. Or, avec le temps, le découragement ne finirait-il pas par ressaisir nos hommes?... Que l'autorité de leurs chefs ne fût point encore contestée, ne le serait-elle pas dans quelques jours?... On pourrait compter sur le bosseman, cela va de soi, sur le maître Hardie, sinon sur Martin Holt, peut-être sur deux ou trois des anciens... Quant aux autres, et surtout les recrues des Falklands, qui ne voyaient plus de terme à cette désastreuse campagne, résisteraient-ils au désir de s'emparer du canot et de s'enfuir?...

A mon avis, cependant, cette éventualité ne serait pas à redouter tant que notre ice-berg serait en dérive, car l'embarcation n'aurait pu le gagner de vitesse. Mais, s'il s'échouait une seconde fois, s'il venait à buter contre le littoral d'un continent ou d'une île, que ne feraient pas ces malheureux pour se soustraire aux horreurs de l'hivernage?...

Tel fut le sujet de notre conversation au diner de midi. Le capitaine Len Guy et Jem West partagèrent cette opinion qu'aucune tentative ne serait faite par le sealing-master et ses compagnons alors que la masse flottante continuerait à se déplacer. Néanmoins, il convenait que la surveillance ne se relâchât pas un seul instant. Hearne inspirait de trop justes méfiances pour ne pas être tenu en observation à toute heure.

L'après-midi, pendant l'heure de repos accordé à l'équipage, j'eus un nouvel entretien avec Dirk Peters.

J'avais été reprendre ma place habituelle au sommet, tandis que le capitaine Len Guy et le lieutenant étaient descendus à la base de l'ice-berg afin de relever des points de repères sur la ligne de flottaison. Deux fois par vingt-quatre heures, on devait examiner ces points dans le but de déterminer si le tirant d'eau croissait ou décroissait, c'est-à-dire si un exhaussement du centre de gravité ne menaçait pas de provoquer quelque nouveau renversement.

J'étais assis depuis une demi-heure, lorsque j'aperçus le métis qui gravissait les pentes d'un pas rapide.

Venait-il, lui aussi, observer l'horizon jusqu'à son extrême recul, avec l'espoir d'y relever une terre?... Ou, — ce qui me paraissait plus probable, — désirait-il me communiquer un projet, qui concernait Arthur Pym?

A peine avions-nous échangé trois ou quatre mots depuis la remise en marche de l'ice-berg.

Lorsque le métis fut arrivé près de moi, il s'arrêta, promena son regard sur la mer environnante, y chercha ce que j'y cherchais moi-même, et ce que je n'y avais point encore trouvé, il ne le trouva pas...

Deux à trois minutes s'écoulèrent avant qu'il m'adressât la parole, et telle était sa préoccupation que je me demandais s'il m'avait vu...

Enfin, il s'appuya sur un bloc, et je pensai qu'il allait me parler de ce dont il parlait toujours : il n'en fut rien.

« Monsieur Jeorling, me dit-il, vous vous souvenez... dans votre cabine de l'*Halbrane*... je vous ai appris l'affaire... cette affaire du *Grampus*... »

Si je me souvenais !... Rien de ce qu'il m'avait raconté de cette épouvantable scène, dont il avait été le principal acteur, n'était sorti de ma mémoire.

« Je vous l'ai dit, continua-t-il, Parker ne se nommait pas Parker... Il se nommait Ned Holt... C'était le frère de Martin Holt...

— Je le sais, Dirk Peters, répondis-je. Mais pourquoi revenir sur ce triste sujet?...

— Pourquoi, monsieur Jeorling?... N'est-ce pas... vous n'en avez jamais rien dit à personne?...

— A personne! affirmai-je. Comment aurais-je été assez mal-avisé, assez imprudent pour dévoiler votre secret... un secret qui ne doit jamais sortir de notre bouche... un secret qui est mort entre nous?...

— Mort... oui... mort! murmura le métis. Et... pourtant... comprenez-moi... il me semble... dans l'équipage... on sait... on doit savoir quelque chose... »

Et, à l'instant, je rapprochai de ce dire ce que m'avait appris le bosseman d'une certaine conversation surprise par lui et dans laquelle Hearne excitait Martin Holt à demander au métis en quelles conditions avait succombé son frère à bord du *Grampus*. Est-ce qu'une partie de ce secret avait transpiré, ou cette appréhension n'existait-elle que dans l'imagination de Dirk Peters?...

« Expliquez-vous, dis-je.

— Comprenez-moi, monsieur Jeorling... je ne sais guère m'exprimer... Oui... hier... je n'ai cessé d'y penser depuis... Hier, Martin

Holt m'a tiré à part... loin des autres... et m'a dit qu'il voulait me parler...

— Du *Grampus?*...

— Du *Grampus*... oui... et de son frère Ned Holt!... Pour la première fois... il a prononcé ce nom devant moi... le nom de celui que... et... pourtant... voici tantôt trois mois que nous naviguons ensemble... »

La voix du métis était si altérée, que je l'entendais à peine.

« Comprenez... reprit-il, il m'a semblé que, dans l'esprit de Martin Holt... non!... je ne m'y suis pas trompé... il y avait comme un soupçon...

— Mais parlez donc, Dirk Peters!... m'écriai-je. Que vous a demandé Martin Holt? »

Et je sentais bien que cette question de Martin Holt, c'était Hearne qui l'avait inspirée. Néanmoins, ayant lieu de penser que le métis ne devait rien savoir de cette intervention du sealing-master, aussi inquiétante qu'inexplicable, je me décidai à ne point la lui révéler.

« Ce qu'il m'a demandé, monsieur Jeorling?... répondit-il. Il m'a demandé... si je ne me souvenais pas de Ned Holt, du *Grampus*... s'il avait péri dans la lutte contre les révoltés ou dans le naufrage... s'il était un de ceux qui avaient été abandonnés en mer avec le capitaine Barnard... enfin... si je pouvais lui dire comment son frère était mort.... Ah! comment... comment... »

Avec quelle horreur le métis prononçait ces mots, qui témoignaient d'un si profond dégoût de lui-même!

« Et qu'avez-vous répondu à Martin Holt, Dirk Peters?...

— Rien... rien!

— Il fallait affirmer que Ned Holt avait péri dans le naufrage du brick...

— Je n'ai pas pu... comprenez-moi... je n'ai pas pu... Les deux frères se ressemblent tant!... Dans Martin Holt... j'ai cru voir Ned Holt!... J'ai eu peur... je me suis sauvé... »

« J'AI CRU VOIR NED HOLT!... J'AI EU PEUR... JE ME SUIS SAUVÉ. » (Page 360.)

Le métis s'était redressé d'un mouvement brusque, et moi, la tête entre les mains, je me mis à réfléchir... Ces tardives interrogations de Martin Holt relatives à son frère, je ne doutais pas qu'elles eussent été faites à l'instigation de Hearne... Était-ce donc aux Falklands que le sealing-master avait surpris le secret de Dirk Peters, dont je n'avais dit mot à personne?...

Au total, en poussant Martin Holt à interroger le métis, à quoi tendait Hearne?... Quel but visait-il?... Voulait-il uniquement satisfaire sa haine contre Dirk Peters, qui, seul des matelots falklandais, s'était toujours rangé au parti du capitaine Len Guy, qui avait empêché ses compagnons et lui de s'emparer du canot?... En excitant Martin Holt, espérait-il détacher le maitre-voilier, l'amener à se joindre à ses complices?... Et, de fait, lorsqu'il s'agirait de diriger l'embarcation à travers ces parages, n'avait-il pas besoin de Martin Holt, l'un des meilleurs marins de l'*Halbrane*, et qui aurait été capable de réussir alors que Hearne et les siens eussent échoué, s'ils avaient été réduits à eux-mêmes?...

On voit à quel enchaînement d'hypothèses s'abandonnait mon esprit, et quelles complications s'ajoutaient à une situation si compliquée déjà.

Lorsque je relevai les yeux, Dirk Peters n'était plus près de moi. Il avait disparu sans que je me fusse aperçu de son départ, ayant dit ce qu'il voulait me dire, et, en même temps, s'étant assuré que je n'avais point trahi son secret. L'heure s'avançant, je jetai un dernier regard sur l'horizon, et je redescendis, profondément troublé, et, comme toujours, dévoré de l'impatience d'être au lendemain.

Le soir venu, on prit les précautions d'usage, et personne n'eut la permission de rester en dehors du campement — personne, si ce n'est le métis, qui demeura à la garde du canot.

J'étais tellement fatigué au moral et au physique, que le sommeil m'envahissant, je dormis près du capitaine Len Guy, tandis que le lieutenant veillait au dehors, puis près du lieutenant, lorsque celui-ci eut été remplacé par le capitaine.

Le lendemain, 31 janvier, de bonne heure, je repoussai les toiles de notre tente...

Quel désappointement!

Partout, des brumes, — non pas de celles que dissolvent les premiers rayons solaires, et qui disparaissent sous l'influence des courants atmosphériques... Non! mais un brouillard jaunâtre, sentant le moisi, comme si ce janvier antarctique eût été le brumaire de l'émisphère septentrional. De plus, nous observâmes un abaissement notable de la température, symptôme avant-coureur peut-être de l'hiver austral. Du ciel caligineux suintaient d'épaisses vésicules de vapeurs entre lesquelles se perdait la cime de notre montagne de glace. C'était un brouillard qui ne se résoudrait pas en pluie, une sorte d'ouate appliquée sur l'horizon...

« Fâcheux contretemps, me dit le bosseman, car si nous passions au large d'une terre, nous ne pourrions l'apercevoir!

— Et notre dérive?... demandai-je.

— Elle est plus considérable qu'hier, monsieur Jeorling. Le capitaine a fait donner un coup de sonde, et il n'estime pas la vitesse à moins de trois ou quatre milles.

— Eh bien, qu'en concluez-vous, Hurliguerly?...

— J'en conclus que nous devons être dans une mer resserrée, puisque le courant y acquiert tant de force... Je ne serais pas étonné que nous eussions la terre tribord et bâbord, à quelque dix ou quinze milles...

— Ce serait donc un large détroit qui couperait le continent antarctique?...

— Oui... du moins notre capitaine a cette opinion.

— Et, avec cette opinion, Hurliguerly, il ne va pas tenter d'accoster l'une ou l'autre rive de ce détroit?

— Et comment?...

— Avec le canot...

— Risquer le canot au milieu de ces brumes! s'écria le bosseman en se croisant les bras. Y pensez-vous, monsieur Jeorling?... Est-ce

que nous pouvons jeter l'ancre pour l'attendre?... Non, n'est-ce pas,
et toutes les chances seraient pour qu'on ne le revît jamais!... Ah!...
si nous avions l'*Halbrane!*... »

Hélas! nous n'avions plus l'*Halbrane!*...

En dépit des difficultés que présentait l'ascension à travers ces
vapeurs à demi condensées, je montai au sommet de l'ice-berg. Qui
sait si une éclaircie ne me permettrait pas d'apercevoir des terres
à l'est ou à l'ouest?...

Lorsque je fus debout à la pointe, c'est en vain que j'essayai de
percer du regard l'impénétrable manteau grisâtre qui recouvrait ces
parages.

J'étais là, secoué par le vent du nord-est qui tendait à fraîchir et
déchirerait peut-être ces brouillards...

Cependant, de nouvelles vapeurs s'accumulaient, poussées par
cette énorme ventilation de la mer libre. Sous la double action des
courants atmosphériques et marins, nous dérivions avec une vitesse
de plus en plus grande, et je sentais comme un frémissement de
l'ice-berg...

Et c'est alors que je me trouvai sous l'empire d'une sorte d'hallucination, — une de ces étranges hallucinations qui avaient dû trou-
bler l'esprit d'Arthur Pym... Il me sembla que je me fondais dans son
extraordinaire personnalité!... Je croyais voir enfin ce qu'il avait
vu!... Cette indéchirable brume, c'était ce rideau de vapeurs tendu
sur l'horizon devant ses yeux de fou!.. J'y cherchais ces panaches de
raies lumineuses qui bariolaient le ciel du levant au couchant!... J'y
cherchais le surnaturel flamboiement de son sommet!... J'y cherchais
ces palpitations photogéniques de l'espace en même temps que celles
des eaux éclairées par les lueurs du fond océanien!... J'y cherchais
cette cataracte sans limites, roulant en silence du haut de quelque
immense rempart perdu dans les profondeurs du zénith!... J'y cherchais ces vastes fentes, derrière lesquelles s'agitait un chaos d'images
flottantes et indistinctes sous les puissants souffles de l'air!... J'y
cherchais le géant blanc, le géant du pôle!...

Enfin la raison reprit le dessus. Ce trouble de visionnaire, cet éga-
rement poussé jusqu'à l'extravagance, se dissipa peu à peu, et je
redescendis au campement.

La journée s'écoula tout entière dans ces conditions. Pas une
fois le rideau ne s'ouvrit devant nos regards, et si l'ice-berg, qui
s'était déplacé d'une quarantaine de milles depuis la veille, avait
passé à l'extrémité de l'axe terrestre, nous ne devions jamais le
savoir! [1].

[1]. Vingt-huit ans plus tard, ce que M. Jeorling n'avait pu même entrevoir, un autre
l'avait vu, un autre avait pris pied sur ce point du globe, le 21 mars 1868. La saison
était plus avancée de sept semaines, et l'empreinte de l'hiver austral se gravait déjà
sur ces régions désolées que six mois de ténèbres allaient bientôt recouvrir. Mais cela
importait peu à l'extraordinaire navigateur dont nous rappelons le souvenir. Avec son
merveilleux appareil sous-marin, il pouvait braver le froid et les tempêtes. Après
avoir franchi la banquise, passé sous la carapace glacée de l'océan Antarctique, il
avait pu s'élever jusqu'au quatre-vingt-dixième degré. Là, son canot le déposa sur un
sol volcanique, jonché de débris de basalte, de scories, de cendres, de laves, de roches
noirâtres. A la surface de ce littoral pullulaient les amphibies, les phoques, les
morses. Au-dessus volaient des bandes innombrables d'échassiers, les chionis, les
alcyons, les pétrels gigantesques, tandis que les pingouins se rangeaient en lignes
immobiles. Puis, à travers les éboulis des moraines et des pierres-ponces, ce mystérieux personnage gravit les raides talus d'un pic, moitié porphyre, moitié basalte, à
la pointe du pôle austral. Et, à l'instant où l'horizon, juste au nord, coupait en deux
parties égales le disque solaire, il prenait possession de ce continent en son nom
personnel et déployait un pavillon à l'étamine brodée d'un N d'or. Au large flottait
un bateau sous-marin qui s'appelait *Nautilus* et dont le capitaine s'appelait le capitaine Nemo. J. V.

« D'un coup... pan!.. les quatre fers en l'air... » (Page 570.)

XI

AU MILIEU DES BRUMES.

« Eh bien, monsieur Jeorling, me dit le bosseman, lorsque, le lendemain, nous nous retrouvâmes en face l'un de l'autre, il faut en faire
notre deuil!

— Notre deuil, Hurliguerly, et de quoi?...

— Du pôle sud, dont nous n'avons pas même aperçu la pointe!

— Oui... et qui doit être maintenant à quelque vingtaine de milles en arrière...

— Que voulez-vous, le vent à soufflé sur cette lampe australe, et elle était éteinte au moment où nous sommes passés...

— Voilà une occasion que nous ne rencontrerons plus guère, j'imagine...

— Comme vous dites, monsieur Jeorling, et nous pouvons renoncer à jamais sentir le bout de la broche terrestre tourner entre nos doigts!

— Vous avez d'heureuses comparaisons, bosseman.

— Et à ce que je viens de dire, j'ajoute que notre véhicule de glace nous charrie au diable, et pas précisément dans la direction du *Cormoran-Vert!*... Allons... allons... campagne inutile, campagne manquée... et qu'on ne recommencera pas de sitôt... En tout cas, campagne à finir, et sans flâner en route, car l'hiver ne tardera pas à montrer son nez rouge, ses lèvres gercées et ses mains crevassées d'engelures!... Campagne pendant laquelle le capitaine Len Guy n'a point retrouvé son frère, — ni nous nos compatriotes, — ni Dirk Peters son pauvre Pym!... »

Vrai, tout cela, et c'était le résumé de nos déboires, de nos déconvenues, de nos déceptions! Sans parler de l'*Halbrane* anéantie, cette expédition comptait déjà neuf victimes. De trente-deux qui avaient embarqué sur la goélette, nous étions réduits à vingt-trois, et à quel chiffre tomberions-nous encore?...

En effet, du pôle austral au cercle antarctique, on compte une vingtaine de degrés, soit douze cents milles marins, et il serait nécessaire de les franchir en un mois ou six semaines au plus, sinon la banquise se trouverait reformée et refermée!... Quant à un hivernage dans cette partie de l'Antarctide, personne de nous n'eût pu y survivre.

D'ailleurs, nous avions perdu tout espoir de recueillir les survivants de la *Jane* : et l'équipage ne formait plus qu'un vœu, traverser le plus rapidement possible ces effrayantes solitudes. De sud que notre dérive avait été jusqu'au pôle, elle était devenue nord, et, à la condition qu'elle persistât, peut-être serions-nous favorisés de quelques bonnes chances qui en compenseraient tant de mauvaises! Dans tous les cas, pour employer une locution familière, « il n'y avait qu'à se laisser aller ».

Qu'importe, si ces mers vers lesquelles se dirigeait notre ice-berg n'étaient plus celles de l'Atlantique méridional, mais celles de l'océan Pacifique, si les terres les plus rapprochées, au lieu des South-Orkneys, des Sandwich, des Falklands, du cap Horn, des Kerguelen, seraient l'Australie ou la Nouvelle-Zélande! C'est pourquoi Hurliguerly avait-il raison de le dire — et à son vif regret, — ce n'était pas chez le compère Atkins et dans la salle basse du *Cormoran-Vert* qu'il irait boire le coup du retour!

« Après tout, monsieur Jeorling, me répétait-il, il y a encore d'excellentes auberges à Melbourne, à Hobart-Town, à Dunedin... Le tout est d'arriver à bon port! »

La brume ne s'étant pas levée pendant les journées des 2, 3 et 4 février, il eût été difficile d'évaluer le déplacement de notre ice-berg depuis qu'il avait dépassé le pôle. Toutefois, le capitaine Len Guy et Jem West croyaient pouvoir l'estimer à deux cent cinquante milles.

En effet, le courant ne semblait avoir ni diminué de vitesse ni changé de direction. Que nous fussions engagés dans un bras de mer entre les deux moitiés d'un continent, l'une à l'est, l'autre à l'ouest, qui formaient le vaste domaine de l'Antarctide, cela ne paraissait pas douteux. Aussi trouvai-je très regrettable de ne pouvoir atterrir d'un côté ou de l'autre de ce large détroit, dont l'hiver ne tarderait pas à solidifier la surface!

Lorsque j'en causai avec le capitaine Len Guy, il me fit la seule réponse logique :

« Que voulez-vous, monsieur Jeorling, nous sommes impuissants, il n'y a rien à faire, et, où je reconnais bien cette malchance qui nous accable depuis quelque temps, c'est précisément dans la persistance de ces brumes... Je ne sais plus où nous sommes... Impossible de prendre hauteur, et cela au moment où le soleil va disparaître pour de longs mois...

— J'en reviens toujours au canot, dis-je une dernière fois. Avec le canot ne pourrait-on pas?...

— Aller à la découverte!... Y pensez-vous?... Ce serait une imprudence que je ne commettrai pas... et que l'équipage ne me laisserait pas commettre! »

Je fus sur le point de m'écrier :

« Et si votre frère William Guy, si vos compatriotes se sont réfugiés sur un point de cette terre... »

Mais je me contins. A quoi bon renouveler les douleurs de notre capitaine? Cette éventualité, il avait dû y songer; et, pour avoir renoncé à poursuivre ses recherches, c'est qu'il s'était rendu compte de l'inutilité en même temps que de l'inanité d'une dernière tentative.

Après tout, — et cela lui laissait encore une vague espérance, — peut-être s'était-il fait ce raisonnement, qui méritait quelque attention :

Lorsque William Guy et les siens avaient quitté l'île Tsalal, la saison d'été commençait. Devant eux s'ouvrait la mer libre, traversée par ces mêmes courants du sud-est dont nous avions subi l'action, d'abord avec l'Halbrane, ensuite avec l'ice-berg. En outre des courants, ils avaient dû être favorisés, comme nous l'avions été, par les brises permanentes du nord-est. De là cette conclusion que leur canot, à moins qu'il eût péri dans un accident de mer, devait avoir suivi une direction analogue à la nôtre, et, à travers ce large détroit, être arrivé jusqu'à ces parages. Et, dès lors, était-il illogique de supposer, ayant sur nous une avance de plusieurs mois, après avoir remonté au nord, franchi la mer libre, passé la banquise, que leur embarcation fût parvenue à sortir du cercle antarctique, enfin que

CHACUN APRÈS, AVOIR RÉPONDU A SON NOM... (Page 374.)

William Guy et ses compagnons eussent rencontré quelque navire qui les aurait déjà rapatriés?...

En admettant que notre capitaine se fût rangé à cette hypothèse, laquelle, je l'avoue, exigeait tant de bonnes chances — trop même! — il ne m'en avait jamais dit un mot. Peut-être, — car l'homme aime à conserver ses illusions, — peut-être craignait-il qu'on lui démontrât les côtés faibles de ce raisonnement?...

Un jour, je parlai dans ce sens à Jem West.

Le lieutenant, peu accessible aux entraînements de l'imagination, refusa de se rendre à mon avis. De prétendre que, si nous n'avions pas retrouvé les hommes de la *Jane*, cela tenait à ce qu'ils avaient quitté ces parages avant notre arrivée, qu'ils étaient déjà revenus dans les mers du Pacifique, cela ne pouvait entrer dans un esprit aussi positif que le sien.

Quant au bosseman, lorsque j'appelai son attention sur cette éventualité :

« Vous savez, monsieur Jeorling, répliqua-t-il, tout arrive... ou, du moins, ça se dit volontiers! Et pourtant, que le capitaine William Guy et ses hommes soient, à l'heure qu'il est, en train de boire un bon coup de brandevin, de gin ou de wisky dans un des cabarets de l'ancien ou du nouveau continent... non!... non!... C'est aussi impossible qu'à nous d'être attablés tous les deux demain au *Cormoran-Vert!* »

Durant ces trois jours de brumes, je n'avais point aperçu Dirk Peters, ou plutôt il n'avait point cherché à se rapprocher de moi, et était obstinément resté à son poste près de l'embarcation. Les questions de Martin Holt relativement à son frère Ned semblaient indiquer que son secret était connu, — du moins en partie. Aussi se tenait-il plus que jamais à l'écart, dormant pendant les heures de veille, veillant pendant les heures de sommeil. Je me demandais même s'il ne regrettait pas de s'être confié à moi, s'il ne s'imaginait pas avoir excité ma répugnance... Il n'en était rien, et j'éprouvais pour le pauvre métis une profonde pitié!...

Je ne saurais dire combien nous parurent tristes, monotones, interminables, les heures qui s'écoulèrent au milieu de ce brouillard dont le vent ne pouvait déchirer l'épais rideau. Même avec la plus minutieuse attention, on ne parvenait pas à reconnaître, n'importe à quelle heure, quelle place le soleil occupait au-dessus de l'horizon sur lequel l'abaissait peu à peu sa marche spiraliforme. La position de l'ice-berg en longitude et en latitude ne pouvait donc être relevée. Dérivait-il toujours vers le sud-est ou plutôt vers le nord-ouest, depuis qu'il avait dépassé le pôle, c'était probable, ce n'était pas sûr. Animé de la même vitesse que le courant, comment le capitaine Len Guy aurait-il pu déterminer son déplacement, alors que les vapeurs empêchaient de prendre aucun point de repère. Il eût été immobile qu'il n'y aurait eu pour nous aucune différence appréciable, car le vent avait calmi, — nous le supposions du moins, — et pas un souffle ne se faisait sentir. La flamme d'un fanal, exposée à l'air, ne vacillait pas. Des cris d'oiseaux, sortes de croassements affaiblis à travers cette atmosphère ouatée de brumes, interrompaient seuls le silence de l'espace. Des vols de pétrels et d'albatros rasaient la cime sur laquelle je me tenais en observation. En quel sens fuyaient ces rapides volateurs que les approches de l'hiver chassaient déjà peut-être vers les confins de l'Antarctide?...

Un jour, le bosseman qui, dans le but de s'en rendre compte, était monté au sommet, non sans risque de se rompre le cou, fut heurté à la poitrine si violemment par un vigoureux quebranta-huesos, sorte de pétrel gigantesque d'une envergure de douze pieds, qu'il tomba à la renverse.

« Maudite bête, me dit-il, lorsqu'il fut redescendu au campement, je l'ai échappé belle!... D'un coup... pan!... les quatre fers en l'air, comme un cheval qui se pomoye sur l'échine!... Je me suis rattrapé où j'ai pu... mais j'ai vu le moment où mes mains allaient larguer tout!... Des arêtes de glace, vous savez, ça vous glisse comme de l'eau entre les doigts!... Aussi lui ai-je crié, à cet oiseau : Tu ne peux donc pas regarder devant toi?... Il ne s'est même pas excusé, le fichu animal! »

Le fait est que le bosseman avait risqué d'être précipité de bloc en bloc jusqu'à la mer.

Dans l'après-midi, ce jour-là, nos oreilles furent atrocement écorchées par des braiements qui montaient d'en bas. Ainsi que le fit observer Hurliguerly, du moment que ce n'étaient pas des ânes qui poussaient ces braiements, c'étaient des pingouins. Jusqu'ici, ces innombrables hôtes des régions polaires n'avaient point jugé à propos de nous accompagner sur notre îlot mouvant, et, alors que la vue pouvait s'étendre au large, nous n'en avions pas aperçu un seul, — ni au pied de l'ice-berg ni sur les glaçons en dérive. A présent, nul doute qu'ils fussent là par centaines ou par milliers, car le concert s'accentuait avec une intensité qui témoignait du nombre des exécutants.

Or, ces volatiles habitent plus volontiers soit les marges littorales des continents et des îles de ces hautes latitudes, soit les ice-fields qui les avoisinent. Leur présence n'indiquait-elle pas la proximité d'une terre?...

Je le sais, nous étions dans une disposition d'esprit à nous raccrocher à la moindre lueur d'espoir, comme l'homme, en danger de se noyer, se raccroche à une planche, — la planche de salut!... Et que de fois elle s'enfonce ou se brise au moment où l'infortuné vient de la saisir!... N'était-ce pas le sort qui nous attendait sous ce terrible climat?...

Je demandai au capitaine Guy quelles conséquences il tirait de la présence de ces oiseaux.

« Ce que vous en pensez, monsieur Jeorling, me répondit-il. Depuis que nous sommes en dérive, aucun d'eux n'avait encore cherché refuge sur l'ice-berg, et, actuellement, les y voici en foule, si nous en jugeons par leurs cris assourdissants. D'où sont-ils venus?... A n'en pas douter, d'une terre dont nous sommes peut-être assez près...

— Est-ce aussi l'avis du lieutenant? demandai-je.

— Oui, monsieur Jeorling, et vous savez s'il est homme à se forger des chimères!

— Non, certes !

—Et puis, il y a autre chose qui l'a frappé comme moi, et qui ne semble pas avoir provoqué votre attention...

— De quoi s'agit-il?...

— De ces meuglements qui se mêlent aux braiements des pingouins... Prêtez l'oreille et vous ne tarderez pas à les entendre. »

J'écoutai, et, évidemment, l'orchestre était plus complet que je ne l'avais supposé.

« En effet... dis-je, je les distingue, ces mugissements plaintifs. . Il y a donc aussi des phoques ou des morses...

— C'est chose certaine, monsieur Jeorling, et j'en conclus que ces animaux, oiseaux et mammifères, très rares depuis notre départ de l'île Tsalal, fréquentent ces parages où nous ont portés les courants. Il me semble que cette affirmation n'a rien de hasardé...

— Rien, capitaine, pas plus que d'admettre l'existence d'une terre avoisinante. Oui! quelle fatalité d'être enveloppés de cet impénétrable brouillard, qui ne permet pas de voir à un quart de mille au large...

— Et qui nous empêche même de descendre à la base de l'iceberg! ajouta le capitaine Len Guy. Là, sans doute, nous aurions pu reconnaître si les eaux charrient des salpas, des laminaires, des fucus, — ce qui nous fournirait un nouvel indice... Vous avez raison... c'est une fatalité!...

— Pourquoi ne pas essayer, capitaine?...

— Non, monsieur Jeorling, ce serait s'exposer à des chutes, et je ne permettrai à personne de quitter le campement. Après tout, si la terre est là, j'imagine que notre ice-berg ne tardera pas à l'accoster...

— Et s'il ne le fait pas?... répliquai-je.

— S'il ne le fait pas, comment le pourrions-nous faire?... »

Et le canot, pensai-je, il faudra pourtant bien se décider à l'utiliser... Mais le capitaine Len Guy préférait attendre, et qui sait si, dans les circonstances où nous étions, ce n'était pas le parti le plus sage?...

Quant à la base de l'ice-berg, la vérité est que rien n'eût été plus dangereux que de s'engager en aveugles sur ces pentes glissantes. Le plus adroit de l'équipage, le plus vigoureux, Dirk Peters lui-même, n'aurait pu y réussir sans quelque grave accident. Cette funeste campagne comptait déjà trop de victimes dont nous ne voulions pas accroître le nombre.

Je ne saurais donner une idée de cette accumulation de vapeurs, qui s'épaissirent encore pendant la soirée. A partir de cinq heures, il devint impossible de rien distinguer à quelques pas du plateau où se dressaient les tentes. Il fallait se toucher de la main pour s'assurer que l'on était l'un près de l'autre. Se parler n'eût pas suffi, car la voix ne portait guère mieux que la vue dans ce milieu assourdi. Un fanal allumé ne laissait apercevoir qu'une sorte de lumignon jaunâtre, sans pouvoir éclairant. Un cri n'arrivait à l'oreille que très affaibli, et seuls les pingouins étaient assez vociférants pour se faire entendre.

Il n'y avait pas lieu, je le note ici, de confondre ce brouillard avec le frost-rime, la fumée gelée, que nous avions observée antérieurement. D'ailleurs, ce frost-rime, qui exige une assez haute température, se tient ordinairement au ras de la mer, et ne s'élève à une centaine de pieds que sous l'action d'une forte brise. Or, le brouillard dépassait de beaucoup cette altitude, et j'estime qu'on n'aurait pu s'en dégager qu'à la condition de dominer l'ice-berg d'une cinquantaine de toises.

Vers huit heures du soir, les brumes à demi condensées étaient si compactes que l'on sentait une résistance à la marche. Il semblait que la composition de l'air fût modifiée, comme s'il allait passer à l'état solide. Et, involontairement, je songeais aux étrangetés de l'île Tsalal, cette eau bizarre, dont les molécules obéissaient à une cohésion particulière...

Quant à reconnaître si ce brouillard avait une action quelconque sur la boussole, cela n'était pas possible. Je savais, au surplus, que le fait avait été étudié par les météorologistes et qu'ils se croient en

droit d'affirmer que cette action n'a aucune influence sur l'aiguille
aimantée.

J'ajoute que depuis que nous avions laissé le pôle sud en arrière,
aucune confiance ne pouvait plus être accordée aux indications du
compas, qui s'affolait aux approches du pôle magnétique vers lequel
nous marchions sans doute. Donc, rien ne permettait de déterminer
la direction de l'ice-berg.

A neuf heures du soir, ces parages furent plongés dans une assez
profonde obscurité, bien que le soleil, à cette époque, ne descendît
pas encore sous l'horizon.

Le capitaine Len Guy, voulant s'assurer que les hommes étaient
rentrés au campement et prévenir ainsi toute imprudence de leur
part, fit l'appel.

Chacun, après avoir répondu à son nom, vint prendre sa place sous
les tentes, où les fanaux embrumés ne donnaient que peu ou pas de
lumière.

Lorsque son nom fut prononcé, puis jeté à plusieurs reprises par
la voix éclatante du bosseman, le métis fut le seul à ne pas répondre
à cet appel.

Hurliguerly attendit quelques minutes...

Dirk Peters ne parut pas.

Était-il donc resté près du canot, c'était probable, mais inutile,
car notre embarcation ne risquait pas d'être enlevée par ce temps
de brouillard.

« Est-ce que personne n'a vu Dirk Peters de la journée?... demanda le capitaine Len Guy.

— Personne, répondit le bosseman.

— Pas même au dîner de midi?...

— Pas même, capitaine, et, cependant, il ne devait plus avoir de
provisions.

— Lui serait-il donc arrivé malheur?...

— N'ayez crainte! s'écria le bosseman. Ici, Dirk Peters est dans
son élément, et ne doit pas être plus embarrassé au milieu des

brumes qu'un ours polaire! Il s'est déjà tiré d'affaire une première fois... il s'en tirera une seconde! »

Je laissai dire Hurliguerly, sachant bien pourquoi le métis se tenait à l'écart.

Dans tous les cas, du moment que Dirk Peters s'obstinait à ne pas répondre, — et les cris du bosseman avaient dû parvenir jusqu'à lui, — il était impossible de se mettre à sa recherche.

Cette nuit-là, j'en ai la conviction, personne, — sauf Endicott peut-être, — ne put dormir. On étouffait sous le couvert des tentes où l'oxygène manquait. Et puis, tous, plus ou moins, nous subissions une impression très particulière, en proie à une sorte de pressentiment bizarre, comme si notre situation allait se modifier en meilleur ou en pire, — en admettant qu'elle pût empirer.

La nuit s'écoula sans alerte, et, à six heures du matin, chacun vint humer au dehors un air plus salubre.

Même état météorologique que la veille, avec brumes d'une densité extraordinaire. On constata que le baromètre avait remonté, — trop vite, il est vrai, pour que cette hausse fût sérieuse. La colonne de mercure marquait trente pouces deux dixièmes (767 millimètres), le maximum qu'elle eût atteint depuis le passage de l'*Halbrane* au cercle antarctique.

D'autres indices se révélaient aussi, dont nous avions à tenir compte.

Le vent qui fraîchissait, — vent de sud depuis que nous avions dépassé le pôle austral, — ne tarda pas à souffler en grande brise, — une brise à deux ris, comme disent les marins. Les bruits du dehors s'entendaient plus distinctement à travers l'espace balayé par les courants atmosphériques.

Vers neuf heures, l'ice-berg se décoiffa soudain de son bonnet de vapeurs.

Indescriptible changement de décor qu'une baguette magique n'eût pas accompli en moins de temps et avec plus de succès!

En peu d'instants, le ciel fut dégagé jusqu'aux dernières limites

de l'horizon, et la mer reparut, illuminée par les obliques rayons
du soleil, qui ne la dominait plus que de quelques degrés. Un tumultueux ressac baignait d'une écume blanche la base de notre ice-
berg, et il dérivait avec une multitude de montagnes flottantes sous
la double action du vent et du courant en s'infléchissant vers l'est-
nord-est.

« Terre! »

Ce cri fut jeté du sommet de l'îlot mouvant, et, à nos regards se
montra Dirk Peters, debout sur l'extrême bloc, la main tendue vers
le nord.

Le métis ne se trompait pas. La terre, cette fois... oui!... c'était la
terre, développant à trois ou quatre milles ses hauteurs lointaines
d'une teinte noirâtre.

Et, lorsque le point, obtenu par une double observation à dix
heures et à midi, eut été établi, il donna :

Latitude : 86° 12′ sud.

Longitude : 114° 17′ est.

L'ice-berg se trouvait à près de quatre degrés au delà du pôle
antarctique, et, des longitudes occidentales que notre goélette avait
suivies sur l'itinéraire de la *Jane*, nous étions passés aux longitudes
orientales.

« A terre!... A terre!.. » Page 381.

XII

CAMPEMENT

Un peu après midi, cette terre ne se trouvait plus qu'à un mille. La question était de savoir si le courant n'allait pas nous entrainer au delà.

Je dois l'avouer, si nous avions eu le choix ou d'accoster ce littoral ou de continuer notre marche, je ne sais trop ce qui eût été préférable.

J'en causais avec le capitaine Len Guy et le lieutenant, lorsque Jem West m'interrompit, disant :

« Je vous demanderai à quoi bon discuter cette éventualité, monsieur Jeorling?...

— Soit, à quoi bon, puisque nous n'y pouvons rien, ajouta le capitaine Len Guy. Il est possible que l'ice-berg vienne buter contre cette côte, comme il est possible qu'il la contourne, s'il se maintient dans le courant.

— Juste, repris-je, mais ma question n'en subsiste pas moins. Avons-nous avantage à débarquer ou à rester?...

— A rester, » répondit Jem West.

En effet, si le canot eût pu nous emmener tous avec des provisions pour une navigation de cinq à six semaines, nous n'aurions pas hésité à y prendre passage, afin de piquer, grâce au vent du sud, à travers la mer libre. Mais, étant donné que le canot ne suffirait qu'à onze ou douze hommes au plus, il aurait fallu les tirer au sort. Et ceux qu'il n'emporterait pas, ne seraient-ils pas condamnés à périr, par le froid sinon par la faim, sur cette terre que l'hiver ne tarderait pas à couvrir de ses frimas et de ses glaces?...

Or, si l'ice-berg continuait à dériver suivant cette direction, ce serait une grande partie de notre route faite dans des conditions acceptables, après tout. Notre véhicule de glace, il est vrai, pouvait nous manquer, s'échouer de nouveau, culbuter même, ou tomber dans quelque contre-courant qui le rejetterait hors de l'itinéraire, tandis que le canot, en obliquant sur le vent, lorsqu'il deviendrait contraire, eût pu nous conduire au but, si les tempêtes ne l'assaillaient pas et si la banquise lui offrait une passe...

Mais, ainsi que venait de le dire Jem West, y avait-il lieu de discuter cette éventualité?...

Après le dîner, l'équipage se porta vers le plus haut bloc sur lequel se tenait Dirk Peters. A notre approche, le métis descendit par le talus opposé, et, lorsque j'arrivai au sommet, je ne pus l'apercevoir.

Nous étions donc tous en cet endroit, — tous, moins Endicott, peu soucieux d'abandonner son fourneau.

La terre, aperçue dans le nord, dessinait sur un dixième de l'horizon son littoral frangé de grèves, coupé d'anses, dentelé de pointes, ses arrière-plans limités par le profil assez accidenté de hautes et peu lointaines collines. Il y avait là un continent ou tout au moins une île, dont l'étendue devait être considérable.

Dans le sens de l'est, cette terre se prolongeait à perte de vue, et il ne semblait pas que sa dernière limite fût de ce côté.

Vers l'ouest, un cap assez aigu, surmonté d'un morne, dont la silhouette figurait une énorme tête de phoque, en formait l'extrémité. Puis, au delà, la mer paraissait largement s'étendre.

Il n'était pas un de nous qui ne se rendît compte de la situation. Accoster cette terre, cela dépendait du courant, de lui seul : ou il porterait l'ice-berg vers un remous qui le drosserait à la côte, ou il continuerait à l'entraîner vers le nord.

Quelle était l'hypothèse la plus admissible?...

Le capitaine Len Guy, le lieutenant, le bosseman et moi, nous en parlions de nouveau, tandis que l'équipage, par groupes, échangeait ses idées à ce sujet. En fin de compte, le courant tendait plutôt à porter vers le nord-est de cette terre.

« Après tout, nous dit le capitaine Len Guy, si elle est habitable pendant les mois de la saison d'été, il ne semble point qu'elle possède des habitants, puisque nous n'apercevons aucun être humain sur le littoral.

— Observons, capitaine, répondis-je, que l'ice-berg n'est pas de nature à provoquer l'attention comme l'eût fait notre goélette!

— Évidemment, monsieur Jeorling, et l'*Halbrane* aurait déjà attiré des indigènes... s'il y en avait!

— De ce que nous n'en voyons pas, capitaine, il ne faudrait pas conclure...

— Assurément, monsieur Jeorling, répliqua le capitaine Len Guy. Vous conviendrez seulement que l'aspect de cette terre n'est point celui de l'ile Tsalal à l'époque où la *Jane* l'avait accostée. On y distinguait alors des collines verdoyantes, des forêts épaisses, des arbres en pleine floraison, de vastes pâturages... et ici, à première vue, il n'y a que désolation et stérilité !...

— J'en conviens, stérilité et désolation, c'est toute cette terre !... Je vous demanderai, cependant, si votre intention n'est pas d'y débarquer, capitaine ?...

— Avec le canot ?...

— Avec le canot, dans le cas où le courant en éloignerait notre ice-berg.

— Nous n'avons pas une heure à perdre, monsieur Jeorling, et quelques jours de relâche pourraient nous condamner à un hivernage cruel, si nous arrivions trop tard pour franchir les passes de la banquise...

— Et, étant donné son éloignement, nous ne sommes pas en avance, fit observer Jem West.

— Je l'accorde, répondis-je en insistant. Mais s'éloigner de cette terre sans y avoir mis le pied, sans nous être assurés si elle n'a pas conservé les traces d'un campement, si votre frère, capitaine... ses compagnons... »

En m'écoutant, le capitaine Len Guy secouait la tête. Ce n'était pas l'apparition de cette côte aride qui pouvait lui rendre l'espoir, ces longues plaines infertiles, ces collines décharnées, ce littoral bordé par un cordon de roches noirâtres... Comment des naufragés eussent-ils trouvé à y vivre depuis quelques mois ?...

D'ailleurs, nous avions arboré le pavillon britannique que la brise déployait à la cime de l'ice-berg. William Guy l'eût reconnu, et il se fût déjà précipité vers le rivage.

Personne... personne !

En ce moment, Jem West, qui venait de relever certains points de repère, dit :

« Patientons avant de prendre une décision. En moins d'une heure, nous serons fixés à ce sujet. Notre marche me paraît s'être ralentie, et il est possible qu'un remous nous ramène obliquement vers la côte...

— C'est mon avis, déclara le bosseman, et, si notre machine flottante n'est pas stationnaire, il s'en faut de peu !..., On dirait qu'elle tourne sur elle-même... »

Jem West et Hurliguerly ne se trompaient pas. Pour une raison ou pour une autre, l'ice-berg tendait à sortir de ce courant qu'il avait constamment suivi. Un mouvement de giration avait succédé au mouvement de dérive, grâce à l'action d'un remous qui portait vers le littoral.

En outre, quelques montagnes de glace, en avant de nous, venaient de s'échouer sur les bas-fonds du rivage.

Donc, il était inutile de discuter, s'il y avait lieu ou non de mettre le canot à la mer.

A mesure que nous approchions, la désolation de cette terre s'accentuait encore, et la perspective d'y subir six mois d'hivernage aurait rempli d'épouvante les cœurs les plus résolus.

Bref, vers cinq heures de l'après-midi, l'ice-berg pénétra dans une profonde échancrure de la côte, terminée à droite par une longue pointe, contre laquelle il ne tarda pas à s'immobiliser.

« A terre !... A terre !... »

Ce cri s'échappa de toutes les bouches.

L'équipage descendait déjà les talus de l'ice-berg, lorsque Jem West commanda :

« Attendez l'ordre ! »

Il se manifesta quelque hésitation, — surtout de la part de Hearne et de plusieurs de ses camarades. Puis l'instinct de la discipline domina, et finalement tous vinrent se ranger autour du capitaine Len Guy.

Il ne fut pas nécessaire de mettre le canot à la mer, l'ice-berg se trouvant en contact avec la pointe.

Le capitaine Len Guy, le bosseman et moi, précédant les autres, nous fûmes les premiers à quitter le campement, et notre pied foula cette nouvelle terre, — vierge sans doute de toute empreinte humaine...

Le sol volcanique était semé de débris pierreux, de fragments de laves, d'obsidiennes, de pierres-ponces, de scories. Au delà du cordon sablonneux de la grève, il allait en montant vers la base de hautes et âpres collines, qui formaient l'arrière-plan à un demi-mille du littoral.

Il nous parut indiqué de gagner l'une de ces collines, d'une altitude de douze cents pieds environ. De son sommet, le regard pourrait embrasser un large espace, soit de terre, soit de mer, dans toutes les directions.

Il fallut marcher pendant vingt minutes sur un sol rude et tourmenté, dépourvu de végétation. Rien ne rappelait les fertiles prairies de l'île Tsalal, avant que le tremblement de terre l'eût bouleversée, ni ces forêts épaisses dont parle Arthur Pym, ni ces rios aux eaux étranges, ni ces escarpements de terre savonneuse, ni ces massifs de stéatite où se creusait l'hiéroglyphique labyrinthe. Partout des roches d'origine ignée, des laves durcies, des scories poussiéreuses, des cendres grisâtres, et pas même ce qu'il aurait fallu d'humus aux plantes rustiques les moins exigeantes.

Ce n'est pas sans difficultés et sans risques que le capitaine Len Guy, le bosseman et moi, nous parvînmes à faire l'ascension de la colline, — ce qui nous prit une grande heure. Bien que le soir fût arrivé, il n'entraînait aucune obscurité à sa suite, puisque le soleil ne disparaissait pas encore derrière cet horizon de l'Antarctide.

Du sommet de la colline, la vue s'étendait jusqu'à trente ou trente-cinq milles, et voici ce qui apparut à nos yeux.

En arrière, se développait la mer libre, charriant nombre d'autres montagnes flottantes dont quelques-unes venaient de s'entasser récemment contre le littoral, et qui le rendaient presque inabordable.

A l'ouest, courait une terre très accidentée, dont on ne voyait pas l'extrémité, et que baignait à l'est une mer sans limites.

Étions-nous sur une grande île ou sur le continent antarctique, il eût été impossible de résoudre la question.

Il est vrai, en fixant plus attentivement dans la direction de l'est la lorgnette marine, le capitaine Len Guy crut apercevoir quelques vagues contours, qui s'estompaient entre les légères brumes du large.

« Voyez, » dit-il.

Le bosseman et moi, nous prîmes tour à tour l'instrument et nous regardâmes avec soin.

« Il me semble bien, dit Hurliguerly, qu'il y a là comme une apparence de côte...

— Je le pense aussi, répondis-je.

— C'est donc bien un détroit, à travers lequel nous a conduits la dérive, conclut le capitaine Len Guy.

— Un détroit, ajouta le bosseman, que le courant parcourt du nord au sud, puis du sud au nord...

— Alors ce détroit couperait donc en deux le continent polaire?... demandai-je.

— Nul doute à cet égard, répondit le capitaine Len Guy.

— Ah! si nous avions notre *Halbrane!* » s'écria Hurliguerly.

Oui... à bord de la goélette, — et même sur cet ice-berg, maintenant à la côte comme un navire désemparé, — nous aurions pu remonter encore de quelques centaines de milles... peut-être jusqu'à la banquise... peut-être jusqu'au cercle antarctique... peut-être jusqu'aux terres avoisinantes!... Mais nous ne possédions qu'un fragile canot, pouvant à peine contenir une douzaine d'hommes, et nous étions vingt-trois!...

Il n'y avait plus qu'à redescendre vers le rivage, à regagner notre campement, à transporter les tentes sur le littoral, à prendre toutes mesures en vue d'un hivernage que les circonstances allaient nous imposer.

Il va de soi que le sol ne portait aucune empreinte de pas humains, ni aucun vestige d'habitat. Que les survivants de la *Jane* n'eussent point mis les pieds sur cette terre, sur ce « domaine inexploré », comme le qualifiaient les cartes les plus modernes, nous pouvions désormais l'affirmer. J'ajouterai ni eux, ni personne, et ce n'était pas encore cette côte où Dirk Peters retrouverait les traces d'Arthur Pym !

Et cela résultait également de la quiétude que montraient les seuls êtres vivants de cette contrée qui ne s'effrayaient point de notre présence. Ni les phoques ni les morses ne plongeaient sous les eaux, les pétrels et les cormorans ne s'enfuyaient pas à tire-d'aile, les pingouins restaient en rangées immobiles, voyant, sans doute, en nous des volatiles d'une espèce particulière. Oui !... c'était bien la première fois que l'homme apparaissait à leurs regards, — preuve qu'ils n'abandonnaient jamais cette terre pour s'aventurer sous de plus basses latitudes.

De retour au rivage, le bosseman découvrit, — non sans une certaine satisfaction, — plusieurs spacieuses cavernes évidées dans les falaises granitiques, assez grandes, les unes pour nous loger tous, les autres pour abriter la cargaison de l'*Halbrane*. Quelle que fût la décision que nous aurions à prendre ultérieurement, nous ne pouvions faire mieux que d'y emmagasiner notre matériel et de procéder à une première installation.

Après avoir remonté les pentes de l'ice-berg jusqu'au campement, le capitaine Len Guy donna ordre à ses hommes de se réunir. Pas un ne manqua, — si ce n'est Dirk Peters, qui avait décidément rompu toute relation avec l'équipage. En ce qui le concernait, au surplus, il n'y avait, ni sur l'état de son esprit, ni sur son attitude en cas de rébellion, aucune crainte à concevoir. Il serait avec les fidèles contre les révoltés, et nous devions en n'importe quelles circonstances compter sur lui.

Lorsque le cercle eut été formé, le capitaine Len Guy s'exprima, sans laisser voir aucun symptôme de découragement. Parlant

ALORS QUE L'ON TRAVAILLAIT A CETTE INSTALLATION. (Page 387.)

à ses compagnons, il leur chiffra la situation... jusqu'aux décimales, pourrait-on dire. Nécessité qui s'imposait, d'abord, de descendre la cargaison à terre, et d'aménager une des cavernes du littoral. Sur la question de la nourriture, affirmation que les vivres, farine, viande de conserve, légumes secs, suffiraient à toute la durée de l'hiver, si long qu'il pût être, et quelle que fût sa rigueur. Relativement à la question du combustible, déclaration que le charbon ne manquerait pas, à la condition de ne point le gaspiller, et il serait possible de le ménager, puisque, sous le tapis de neige et le couvert des glaces, les hiverneurs peuvent braver les grands froids de la zone polaire.

Sur ces deux questions, le capitaine Len Guy donna donc des réponses de nature à bannir toute inquiétude. Son assurance était-elle feinte... je ne le crus pas, d'autant que Jem West approuva ce langage.

Restait une troisième question, — grosse, celle-là, de pour et de contre, bien faite pour provoquer les jalousies et les colères de l'équipage, et qui fut soulevée par le sealing-master.

Il s'agissait, en effet, de décider de quelle façon serait employée l'unique embarcation dont nous pouvions disposer. Convenait-il de la garder pour les besoins de l'hivernage, ou de s'en servir pour revenir vers la banquise?...

Le capitaine Len Guy ne voulut point se prononcer. Il demanda seulement que la décision fût remise à vingt-quatre ou à quarante-huit heures. On ne devait pas oublier que le canot, chargé des provisions nécessaires à une assez longue traversée, ne pouvait contenir que onze à douze hommes. Il y avait donc lieu de procéder à l'installation de ceux qui resteraient sur cette côte, si le départ du canot s'effectuait, et dans ce cas, on tirerait ses passagers au sort.

Le capitaine Len Guy déclara alors que ni Jem West, ni le bosseman, ni moi, ni lui, nous ne réclamerions aucun privilège et subirions la loi commune. L'un comme l'autre, les deux maîtres de l'*Halbrane*, Martin Holt ou Hardie, étaient parfaitement capables de

49

conduire le canot jusqu'aux lieux de pêche, que les baleiniers n'auraient peut-être pas encore quittés.

Au surplus, ceux qui partiraient n'oublieraient pas ceux qu'ils laisseraient en hivernage sur ce quatre-vingt-sixième parallèle, et, au retour de la saison d'été, ils enverraient un navire afin de recueillir leurs compagnons...

Tout ceci fut dit, — je le répète, — d'un ton aussi calme que ferme. Je dois lui rendre cette justice, le capitaine Len Guy grandissait avec la gravité des circonstances.

Lorsqu'il eut achevé, — n'ayant point été interrompu, pas même par Hearne, — personne ne fit entendre la moindre observation. A propos de quoi s'en fût-il produit, puisque, le cas échéant, on s'en remettrait au sort dans des conditions parfaites d'égalité?

L'heure du repos venue, chacun rentra au campement, prit sa part du souper préparé par Endicott, et s'endormit pour la dernière nuit sous les tentes.

Dirk Peters n'avait pas reparu, et ce fut vainement que je cherchai à le rejoindre.

Le lendemain, — 7 février, — on se mit courageusement à la besogne.

Le temps était beau, la brise faible, le ciel légèrement brumeux, la température supportable, quarante-six degrés (7°,78 C. sur zéro).

En premier lieu, le canot fut descendu à la base de l'ice-berg avec toutes les précautions que cette opération exigeait. De là, les hommes le tirèrent au sec sur une petite grève sablonneuse à l'abri du ressac. En parfait état, on pouvait compter qu'il se prêterait à un bon service.

Le bosseman s'occupa ensuite de la cargaison ainsi que du matériel provenant de l'*Halbrane*, mobilier, literie, voilure, vêtements, instruments, ustensiles. Au fond d'une caverne, ces objets ne seraient plus exposés au chavirement ou à la démolition de l'ice-berg. Les caisses de conserves, les sacs de farine et de légumes, les fûts de vin, de wisky, de gin et de bière, déhalés au moyen de palans du côté de la pointe, qui se projetait à l'est de la crique, furent transportés sur le littoral.

J'avais mis la main à l'ouvrage tout comme le capitaine Len Guy et le lieutenant, car ce travail de la première heure ne souffrait aucun retard.

Je dois mentionner que Dirk Peters vint, ce jour-là, donner un coup de main, mais il n'adressa la parole à personne.

Avait-il renoncé ou non à l'espoir de retrouver Arthur Pym... je ne savais que penser.

Les 8, 9 et 10 février, on s'occupa de l'installation qui fut achevée dans l'après-midi de ce dernier jour. La cargaison avait trouvé place à l'intérieur d'une large grotte, où l'on accédait par une étroite ouverture. Elle confinait à celle que nous devions habiter, et dans laquelle, sur le conseil du bosseman, Endicott établit sa cuisine. De cette façon, nous profiterions de la chaleur du fourneau, qui servirait à la cuisson des aliments et au chauffage de la caverne pendant ces longues journées ou plutôt cette longue nuit de l'hiver austral.

Déjà, depuis le 8 au soir, nous avions pris possession de cette caverne, aux parois sèches, au tapis de sable fin, suffisamment éclairée par son orifice.

Située près d'une source à l'amorce même de la pointe avec le littoral, son orientation devait l'abriter contre les redoutables rafales, les tourmentes de neige de la mauvaise saison. D'une contenance supérieure à celles qu'offraient les roufs et les postes de la goélette, elle avait pu recevoir, ainsi que la literie, divers meubles, tables, armoires, sièges, mobilier suffisant pour quelques mois d'hivernage.

Alors que l'on travaillait à cette installation, je ne surpris rien de suspect dans l'attitude de Hearne et des Falklandais. Tous firent preuve de soumission à la discipline et déployèrent une louable activité. Néanmoins, le métis fut maintenu à la garde du canot, dont il aurait été facile de s'emparer sur la grève.

Hurliguerly, qui surveillait particulièrement le sealing-master et ses camarades, paraissait plus rassuré au sujet de leurs dispositions actuelles.

Dans tous les cas, il ne fallait pas tarder à prendre une décision relativement au départ, — s'il devait avoir lieu, — de ceux qui seraient désignés par le sort. En effet, nous étions au 10 février. Encore un mois ou six semaines, la campagne de pêche serait terminée dans le voisinage du cercle antarctique. Or, s'il n'y rencontrait plus les baleiniers, en admettant qu'il eût heureusement franchi la banquise et le cercle polaire, notre canot n'aurait pu affronter le Pacifique jusqu'aux rivages de l'Australie ou de la Nouvelle-Zélande.

Ce soir-là, après avoir réuni tout son monde, le capitaine Len Guy déclara que la question serait discutée le lendemain, ajoutant que, si elle était résolue d'une manière affirmative, le sort serait immédiatement consulté.

Cette proposition n'amena aucune réponse, et, à mon avis, on n'aurait de sérieuse discussion que pour décider si, oui ou non, le départ s'effectuerait.

Il était tard. Une demi-obscurité régnait au dehors, car, à cette date, le soleil se traînait déjà au ras de l'horizon, sous lequel il allait bientôt disparaître.

Je m'étais jeté sur ma couchette tout habillé, et je dormais depuis plusieurs heures, lorsque je fus réveillé par des cris qui éclatèrent à petite distance.

D'un bond, je me relevai, et m'élançai hors de la caverne en même temps que le lieutenant et le capitaine Len Guy, tirés comme moi de leur sommeil.

» Le canot... le canot!... » s'écria tout à coup Jem West.

Le canot n'était plus à sa place, à l'endroit où le gardait Dirk Peters.

Après l'avoir lancé à la mer, trois hommes s'y étaient embarqués avec des fûts et des caisses, tandis que dix autres essayaient de maitriser le métis.

Hearne était là, et aussi Martin Holt, qui, me sembla-t-il, ne cherchait pas à intervenir.

Ainsi donc, ces misérables voulaient s'emparer de l'embarcation et partir avant que le sort eût prononcé!... Ils voulaient nous abandonner!...

En effet, ils étaient parvenus à surprendre Dirk Peters, et ils l'auraient tué, s'il n'eût défendu sa vie dans une lutte terrible.

En présence de cette révolte, connaissant notre infériorité numérique, ne sachant s'il pouvait compter sur tous les anciens du bord, le capitaine Len Guy et le lieutenant rentrèrent dans la caverne afin d'y prendre des armes pour réduire à l'impuissance Hearne et ses complices qui étaient armés.

J'allais faire comme eux, lorsque ces paroles me clouèrent soudain sur place.

Accablé par le nombre, le métis venait d'être enfin terrassé. Mais, à cet instant, comme Martin Holt, par reconnaissance envers l'homme qui lui avait sauvé la vie, s'élançait à son secours, Hearne lui cria :

« Laisse-le donc... et viens avec nous! »

Le maître-voilier parut hésiter...

« Oui... laisse-le, reprit Hearne... laisse Dirk Peters... qui est l'assassin de ton frère Ned!...

— L'assassin de mon frère!... s'écria Martin Holt.

— Ton frère tué à bord du *Grampus*...

— Tué... par Dirk Peters! ..

— Oui!... tué... et mangé... mangé... mangé!... » répéta Hearne, qui hurlait plutôt qu'il ne prononçait ces horribles mots.

Et, sur un signe, deux de ses camarades se saisirent de Martin Holt, et ils le transportèrent dans l'embarcation, prête à déborder.

Hearne s'y précipita à sa suite avec tous ceux qu'il avait associés à cet acte abominable.

En ce moment, Dirk Peters se releva d'un bond, s'abattit sur l'un des Faklandais à l'instant où cet homme enjambait le plat-bord du canot, l'enleva à bout de bras, et le faisant tournoyer au-dessus de sa tête lui brisa le crâne contre une roche.. ·

Un coup de pistolet retentit... Le métis, frappé à l'épaule par la balle de Hearne, tomba sur la grève, tandis que l'embarcation était vigoureusement repoussée au large.

Le capitaine Len Guy et Jem West sortaient alors de la caverne, — toute cette scène avait à peine duré quarante secondes, — et ils accoururent sur la pointe en même temps que le bosseman, le maître Hardie, les matelots Francis et Stern.

Le canot, que le courant entraînait, se trouvait déjà à une encablure, la marée descendant avec rapidité.

Jem West épaula son fusil, fit feu, et l'un des matelots fut renversé au fond de l'embarcation.

Un second coup, tiré par le capitaine Len Guy, effleura la poitrine du sealing-master et la balle alla se perdre contre les blocs, à l'instant où le canot disparaissait derrière l'ice-berg.

Il n'y avait plus qu'à se porter sur l'autre côté de la pointe, dont le courant rapprocherait sans doute ces misérables avant de les entraîner dans la direction du nord... S'ils passaient à portée de fusil, si un second coup de feu atteignait le sealing-master... lui mort ou blessé, peut-être ses compagnons se décideraient-ils à revenir?...

Un quart d'heure s'écoula...

Lorsque l'embarcation se montra au revers de la pointe, c'était à une telle distance que nos armes n'auraient pu l'atteindre.

Déjà Hearne avait fait hisser la voile, et, poussé à la fois par le courant et la brise, le canot ne fut bientôt plus qu'un point blanc qui ne tarda pas à disparaître.

« Venez... Venez donc!... » (Page 401.)

XIII

DIRK PETERS A LA MER.

La question de l'hivernage était tranchée. Des trente-trois hommes embarqués sur l'*Halbrane* à son départ des Falklands, vingt-trois étaient arrivés sur cette terre, et, de ceux-là, treize venaient de s'enfuir afin de regagner les parages de pêche au delà de la banquise... Et ce n'était pas le sort qui les avait désignés!... Non!... Afin d'échapper aux horreurs d'un hivernage, ils avaient déserté lâchement!

Par malheur, Hearne n'avait pas seulement entraîné ses camarades. Deux des nôtres, le matelot Burry et le maître-voilier Martin Holt s'étaient joints à lui, — Martin Holt, ne se rendant peut-être pas compte de ses actes sous le coup de l'effroyable révélation que le sealing-master venait de lui faire!....

En somme, la situation n'était pas changée pour ceux que le sort n'eût pas destinés à partir. Nous n'étions plus que neuf, — le capitaine Len Guy, le lieutenant Jem West, le bosseman Hurliguerly, le maître-calfat Hardie, le cuisinier Endicott, les deux matelots Francis et Stern, Dirk Peters et moi. Quelles épreuves nous réservait cet hivernage, alors que s'approchait l'effroyable hiver des pôles!... Quels terribles froids aurions-nous à subir, — plus rigoureux qu'en aucun autre point du globe terrestre, enveloppés d'une nuit permanente de six mois!... On ne pouvait, sans épouvante, songer à ce qu'il faudrait d'énergie morale et physique pour résister dans ces conditions si en dehors de l'endurance humaine!...

Et, cependant, tout compte fait, les chances de ceux qui nous avaient quittés étaient-elles meilleures?... Trouveraient-ils la mer libre jusqu'à la banquise?... Parviendraient-ils à gagner le cercle antarctique?... Et, au delà, rencontreraient-ils les derniers navires de la saison?... Les provisions ne leur manqueraient-elles pas au cours d'une traversée d'un millier de milles?... Qu'avait pu emporter ce canot déjà trop chargé de treize personnes?... Oui... lesquels étaient les plus menacés, d'eux ou de nous?... Question à laquelle seul l'avenir pouvait répondre!

Lorsque l'embarcation eut disparu, le capitaine Len Guy et ses compagnons, remontant la pointe, revinrent vers la caverne. Enveloppés de l'interminable nuit, c'était là que nous allions passer

tout ce temps pendant lequel il nous serait interdit de mettre le pied
au dehors !

Je songeai tout d'abord à Dirk Peters, resté en arrière, après le
coup de feu tiré par Hearne, tandis que nous nous hâtions à regagner
l'autre côté de la pointe.

Revenu à la caverne, je n'aperçus pas le métis. Avait-il donc
été blessé grièvement?... Aurions-nous à regretter la mort de cet
homme qui nous était fidèle comme il l'était à son pauvre Pym?...

J'espérais, — nous espérions tous — que sa blessure n'offrait pas
de gravité. Encore était-il nécessaire de la soigner, et Dirk Peters
avait disparu.

« Mettons-nous à sa recherche, monsieur Jeorling, s'écria le
bosseman...

— Allons... répondis-je.

— Nous irons ensemble, dit le capitaine Len Guy. Dirk Peters
était des nôtres... Jamais il ne nous eût abandonnés, et nous ne
l'abandonnerons pas !

— Le malheureux voudra-t-il revenir, fis-je observer, maintenant
que l'on sait ce que je croyais n'être su que de lui et de moi?... »

J'appris à mes compagnons pourquoi, dans le récit d'Arthur Pym,
le nom de Ned Holt avait été changé en celui de Parker et en quelles
circonstances le métis m'en avait informé. Et, d'ailleurs, je fis valoir
tout ce qui était à sa décharge.

« Hearne, déclarai-je, a dit que Dirk Peters avait frappé Ned
Holt !... Oui !... c'est vrai !... Ned Holt était embarqué sur le *Grampus*, et son frère, Martin Holt, a pu croire qu'il avait péri soit dans la
révolte, soit dans le naufrage. Eh bien, non !... Ned Holt avait survécu avec Auguste Barnard, Arthur Pym, le métis, et, bientôt, tous
quatre furent en proie aux tortures de la faim... Il fallut sacrifier
l'un d'eux... celui que le sort désignerait... On tira à la courte
paille... Ned Holt eut la mauvaise chance... Il tomba sous le couteau
de Dirk Peters... Mais si le métis eut été désigné par le sort, c'est
lui qui aurait servi de proie aux autres! »

Le capitaine Len Guy fit alors cette observation :

« Dirk Peters n'avait confié ce secret qu'à vous seul, monsieur Jeorling...

— A moi seul, capitaine...

— Et vous l'avez gardé?...

— Absolument.

— Je ne m'explique pas alors comment il a pu venir à la connaissance de Hearne...

— J'avais d'abord pensé, répondis-je, que Dirk Peters avait pu parler pendant son sommeil, et que c'était au hasard que le sealing-master devait de connaître ce secret. Après réflexions, je me suis rappelé la circonstance que voici : lorsque le métis me raconta cette scène du *Grampus*, lorsqu'il m'apprit que Parker n'était autre que Ned Holt, il se trouvait dans ma cabine dont le châssis latéral était relevé... Or, j'ai lieu de croire que notre conversation a été surprise par l'homme qui se trouvait alors à la barre... Et, cet homme, c'était précisément Hearne, qui, pour mieux entendre, sans doute, avait abandonné la roue, si bien que l'*Halbrane* fit une embardée...

— Je m'en souviens, dit Jem West, j'interpellai vivement le misérable et l'envoyai à fond de cale.

— Eh bien, capitaine, repris-je, c'est à partir de ce jour que Hearne se lia davantage avec Martin Holt, — Hurliguerly me l'avait fait remarquer...

— Parfaitement, répondit le bosseman, car Hearne, n'étant pas capable de diriger le canot dont il songeait à s'emparer, avait besoin d'un maître comme Martin Holt...

— Aussi, repris-je, ne cessa-t-il plus d'exciter Martin Holt à questionner le métis sur le sort de son frère, et vous savez dans quelles conditions il lui apprit cet effroyable secret... Martin Holt fut comme affolé par cette révélation... Les autres l'entraînèrent... et maintenant, il est avec eux ! »

Chacun fut d'avis que les choses avaient dû se passer de la sorte. En fin de compte, la vérité étant connue, n'avions-nous pas lieu de craindre que Dirk Peters, dans la disposition d'esprit où il était, eût voulu se soustraire à nos yeux?... Consentirait-il à reprendre sa place parmi nous?...

Tous, immédiatement, nous avons quitté la caverne, et, après une heure, nous rejoignîmes le métis.

Dès qu'il nous aperçut, son premier mouvement fut de s'enfuir. Enfin Hurliguerly et Francis parvinrent à l'approcher et il ne fit aucune résistance. Je lui parlai... les autres m'imitèrent... le capitaine Len Guy lui tendit la main... Tout d'abord il hésita à la prendre. Puis, sans prononcer un seul mot, il revint vers la grève.

De ce jour, il ne fut plus jamais question entre lui et nous de ce qui s'était passé à bord du *Grampus*.

Quant à la blessure de Dirk Peters, il n'y eut pas à s'en inquiéter. La balle n'avait fait que pénétrer dans la partie supérieure de son bras gauche, et, rien que par la pression de la main, il était parvenu à l'en faire sortir. Un morceau de toile à voile ayant été appliqué sur la plaie, il endossa sa vareuse, et, dès le lendemain, sans qu'il parût en être autrement gêné, il se remit à ses occupations habituelles.

L'installation fut organisée en vue d'un long hivernage. L'hiver menaçait, et, depuis quelques jours, c'est à peine si le soleil se montrait à travers les brumes. La température tomba à trente-six degrés (2°,22 C. sur zéro) et ne devait plus se relever. Les rayons solaires, en allongeant démesurément les ombres sur le sol, ne donnaient pour ainsi dire aucune chaleur. Le capitaine Len Guy nous avait fait prendre de chauds vêtements de laine, sans attendre que le froid devînt plus rigoureux.

Entre temps, les ice-bergs, les packs, les streams, les drifts, venaient du sud en plus grand nombre. Si quelques-uns se jetaient encore sur le littoral déjà encombré de glaces, la plupart disparaissaient dans la direction du nord-est.

« Tous ces morceaux-là, me dit le bosseman, c'est autant de matériaux pour consolider la banquise. Pour peu que le canot de ce gueux de Hearne ne les devance pas, j'imagine que ses gens et lui trouveront la porte fermée, et comme ils n'auront pas de clef pour l'ouvrir...

— Ainsi, Hurliguerly, demandai-je, vous pensez que nous courons moins de dangers à hiverner sur cette côte que si nous avions pris place dans l'embarcation?...

— Je le pense et l'ai toujours pensé, monsieur Jeorling! répondit le bosseman. Et puis, savez-vous une chose?... ajouta-t-il en employant sa formule habituelle.

— Dites, Hurliguerly.

— Eh bien, c'est que ceux qui montent le canot seront plus embarrassés que ceux qui ne le montent pas, et, je vous le répète, si le sort m'avait désigné, j'aurais cédé mon tour à un autre!... Voyez-vous, c'est déjà quelque chose que de sentir une terre solide sous son pied!... Après tout, bien que nous ayons été lâchement abandonnés, je ne veux la mort de personne... Mais si Hearne et les autres ne parviennent pas à franchir la banquise, s'ils sont condamnés à passer l'hiver au milieu des glaces, réduits à ces vivres dont ils n'ont que pour quelques semaines, vous savez le sort qui les attend!

— Oui... pire que le nôtre! répondis-je.

— Et j'ajoute, dit le bosseman, qu'il ne suffit pas d'atteindre le cercle antarctique, et si les baleiniers ont déjà quitté les lieux de pêche, ce n'est pas une embarcation chargée et surchargée qui pourra tenir la mer jusqu'en vue des terres australiennes! »

C'était bien mon avis, comme aussi l'avis du capitaine Len Guy et de Jem West. Servi par une navigation favorable, ne portant que ce qu'il pouvait porter, assuré de provisions durant plusieurs mois, enfin avec toutes les chances, peut-être le canot aurait-il été dans des conditions à effectuer ce voyage... En était-il ainsi?... Non, assurément.

Pendant les jours suivants, 14, 15, 16 et 17 février, on acheva l'installation du personnel et du matériel.

« Vivant... Vivant!... » cria Dirk Peters. (Page 404.)

Quelques excursions furent faites à l'intérieur du pays. Le sol présentait partout la même aridité, ne produisant que ces raquettes épineuses qui poussent dans le sable et dont les grèves étaient abondamment pourvues.

Si le capitaine Len Guy eût conservé un dernier espoir à l'égard de son frère et des matelots de la *Jane*, s'il s'était dit qu'après avoir pu quitter l'île Tsalal avec une embarcation, les courants les avaient conduits jusqu'à cette côte, il dut reconnaitre qu'il n'y existait aucune trace d'un débarquement.

Une de nos excursions nous amena environ à quatre milles au pied d'une montagne d'accès pas difficile, grâce à la longue obliquité de ses pentes, et dont l'altitude mesurait de six à sept cents toises.

De cette excursion que firent le capitaine Len Guy, le lieutenant, le matelot Francis et moi, il ne résulta aucune découverte. Vers le nord et vers l'ouest se déroulait la même succession de collines dénudées, capricieusement découpées à leur cime, et, lorsqu'elles disparaitraient sous l'immense tapis de neige, il serait difficile de les distinguer des ice-bergs immobilisés par le froid à la surface de la mer.

Cependant, à propos de ce que nous avions pris pour des apparences de terre à l'est, nous eûmes à constater qu'en cette direction s'étendait une côte dont les hauteurs, éclairées par le soleil de l'après-midi, apparurent assez nettement dans l'objectif de la longue-vue marine.

Était-ce un continent qui bordait ce côté du détroit, n'était-ce qu'une île?... Dans tous les cas, l'un ou l'autre devaient être frappés de stérilité comme la terre de l'ouest, et, comme elle, inhabités, inhabitables.

Et lorsque mes pensées revenaient à l'île Tsalal, dont le sol possédait une puissance de végétation si extraordinaire, lorsque je me reportais aux descriptions d'Arthur Pym, je ne savais qu'imaginer. Évidemment, cette désolation dont s'affligeaient nos regards, reproduisait mieux l'idée que l'on se fait des régions australes. Pourtant, l'archipel tsalalais, situé presque à la même latitude, était fertile et populeux, avant que le tremblement de terre l'eût détruit en presque totalité.

Le capitaine Len Guy, ce jour-là, fit la proposition de dénommer géographiquement cette contrée sur laquelle nous avait jetés l'iceberg. Elle fut appelée Halbrane-Land, en souvenir de notre goélette.

En même temps, afin de les associer dans un même souvenir, le nom de Jane-Sund fut donné au détroit qui séparait les deux parties du continent polaire.

On s'occupa alors de chasser les pingouins, qui pullulaient sur les roches, et aussi de capturer un certain nombre de ces amphibies qui s'ébattaient le long des grèves. Le besoin de viande fraîche se faisait sentir. Accommodée par Endicott, la chair de phoque et de morse nous parut très acceptable. En outre, la graisse de ces animaux pouvait, à la rigueur, servir au chauffage de la caverne et à la cuisson des aliments. Ne point oublier que notre plus redoutable ennemi serait le froid, et tous les moyens propres à le combattre devaient être utilisés. Restait à savoir si, aux approches de l'hiver, ces amphibies n'iraient pas chercher sous de plus basses latitudes un climat moins rigoureux...

Par bonne chance, il y avait encore des centaines d'autres animaux, qui auraient garanti notre petit monde contre la faim, et, au besoin, contre la soif. Sur les grèves rampaient nombre de ces tortues galapagos, auxquelles on a donné le nom d'un archipel de l'océan équinoxial. Telles étaient celles dont parle Arthur Pym et qui servaient à la nourriture des insulaires, telles celles que Dirk Peters et lui trouvèrent au fond du canot indigène, lors de leur départ de l'île Tsalal.

Énormes, ces chéloniens, à marche mesurée, lourde, lente, au cou grêle long de deux pieds, à la tête triangulaire de serpent, et qui peuvent rester des années sans manger. Ici, d'ailleurs, à défaut de céleri, de persil et de pourpier sauvage, ils s'alimentaient des raquettes qui végétaient entre les pierres du littoral.

Si Arthur Pym s'est permis de comparer aux dromadaires les tortues antarctiques, c'est que, comme ces ruminants, elles ont, à la naissance du cou, une poche remplie d'eau fraîche et douce, d'une contenance de deux à trois gallons. D'après son récit, avant la scène de la courte paille, c'était à l'une de ces tortues que les naufragés du *Grampus* devaient de n'avoir succombé ni à la soif ni à la faim.

A l'en croire, il est de ces tortues de terre ou de mer qui pèsent de douze à quinze cents livres. Si celles d'Halbrane-Land ne dépassaient pas sept à huit cents, leur chair n'en était pas moins aussi nourrissante que savoureuse.

Donc, et bien que nous fussions à la veille d'hiverner à moins de cinq degrés du pôle, la situation, quelque rigoureux que dût être le froid, n'était pas de nature à désespérer des cœurs fermes. La seule question, — dont je ne nie pas la gravité, — était celle du retour, dès que la mauvaise saison serait passée. Pour que cette question fût résolue, il fallait : 1° que nos compagnons, partis dans le canot, eussent réussi à se rapatrier; 2° que leur premier soin eût été d'envoyer un bâtiment à notre recherche. Et, sur ce point, à défaut des autres, nous pouvions espérer que Martin Holt ne nous oublierait pas. Mais ses camarades et lui parviendraient-ils à atteindre les terres du Pacifique à bord d'un baleinier ?... Et puis, la prochaine saison d'été serait-elle propice à une navigation si avancée à travers les mers de l'Antarctide?...

Nous causions le plus souvent de ces bonnes et mauvaises chances. Entre tous, le bosseman continuait à se montrer confiant, grâce à son heureuse nature et à sa belle endurance. Le cuisinier Endicott partageait sa confiance, ou du moins ne s'inquiétait guère des éventualités à venir, et cuisinait comme s'il eût été devant le fourneau du *Cormoran-Vert*. Les matelots Stern et Francis écoutaient sans rien dire, et qui sait s'ils ne regrettaient pas de n'avoir point accompagné Hearne et ses compagnons!... Quant au maître-calfat Hardie, il attendait les événements, sans chercher à deviner quelle tournure ils prendraient dans cinq ou six mois.

Le capitaine Len Guy et le lieutenant, comme d'habitude, étaient unis dans les mêmes pensées, les mêmes résolutions. Tout ce qui devrait être tenté pour le salut commun, ils le tenteraient. Peu rassurés sur le sort réservé au canot, peut-être songeaient-ils à essayer d'un voyage vers le nord en traversant à pied les ice-fields, et pas un de nous n'eût hésité à les suivre. Au surplus, l'heure d'une pareille tentative n'était pas encore arrivée, et il serait temps de se décider, lorsque la mer serait solidifiée jusqu'au cercle antarctique.

Telle était donc la situation, et rien ne semblait devoir la modifier, lorsque, à la date du 19 février, se produisit un incident — incident providentiel, dirai-je, pour ceux qui admettent l'intervention de la Providence au cours des choses humaines.

Il était huit heures du matin. Le temps était calme, le ciel assez clair, le thermomètre à trente-deux degrés Fahrenheit (zéro C.).

Réunis dans la caverne, — moins le bosseman, — en attendant le déjeuner que venait d'apprêter Endicott, nous allions nous asseoir à table, lorsqu'une voix appela du dehors.

Ce ne pouvait être que la voix d'Hurliguerly, et comme ses appels se renouvelaient, nous sortîmes en toute hâte.

Dès qu'il nous aperçut :

« Venez... venez donc !... » cria-t-il.

Debout sur une roche, au pied du morne qui terminait Halbrane-Land au delà de la pointe, il nous montrait la mer.

« Qu'y a-t-il donc ?... demanda le capitaine Len Guy.

— Un canot.

— Un canot ?... m'écriai-je.

— Serait-ce celui de l'*Halbrane* qui reviendrait ?... demanda le capitaine Len Guy.

— Non... ce n'est pas lui !... » répondit Jem West.

En effet, une embarcation, que sa forme et ses dimensions ne permettaient pas de confondre avec celle de notre goélette, dérivait sans avirons ni pagaies.

Il semblait bien qu'elle fût abandonnée au courant...

Nous n'eûmes qu'une même idée — s'emparer à tout prix de cette embarcation qui assurerait peut-être notre salut... Mais comment l'atteindre, comment la ramener à cette pointe d'Halbrane-Land ?...

Le canot était encore à un mille, et, en moins de vingt minutes, il arriverait par le travers du morne, puis il le dépasserait, car aucun remous ne s'étendait au large, et en vingt autres minutes, il serait hors de vue...

Nous étions là, regardant l'embarcation qui continuait à dériver sans se rapprocher du littoral. Au contraire, le courant tendait à l'en éloigner.

Soudain, un jaillissement d'eau se produisit au pied du morne, comme si un corps fût tombé à la mer.

C'était Dirk Peters qui, débarrassé de ses vêtements, venait de se précipiter du haut d'une roche, et, lorsque nous l'aperçûmes à dix brasses déjà, il nageait dans la direction du canot.

Un hurrah s'échappa de nos poitrines.

Le métis tourna un instant la tête, et, d'une coupe puissante, bondit, — c'est le mot, — à travers le léger clapotis des lames, ainsi que l'eût fait un marsouin dont il possédait la force et la vitesse. Je n'avais jamais rien vu de pareil, et que ne devait-on pas attendre de la vigueur d'un tel homme !

Dirk Peters parviendrait-il à atteindre l'embarcation avant que le courant l'eût emportée vers le nord-est?...

Et s'il l'atteignait, parviendrait-il, sans avirons, à la ramener vers la côte dont elle s'écartait, ainsi que le faisaient en passant la plupart des ice-bergs?...

Après nos hurrahs, un encouragement jeté au métis, — nous étions restés immobiles, nos cœurs battant à se rompre. Seul, le bosseman criait de temps en temps :

« Va... Dirk... va! »

En quelques minutes, le métis eut gagné de plusieurs encablures dans un sens oblique vers le canot. On ne voyait plus sa tête que comme un point noir à la surface des longues houles. Rien n'annonçait que la fatigue commençât à le prendre. Ses deux bras et ses deux jambes repoussaient l'eau méthodiquement, et il maintenait sa vitesse sous l'action régulière de ces quatre puissants propulseurs.

Oui !... cela ne paraissait plus douteux, Dirk Peters accosterait l'embarcation... Mais, ensuite, ne serait-il pas entraîné avec elle, à moins que — tant sa force était prodigieuse, — il ne pût, en nageant, la remorquer jusqu'à la côte?...

« Après tout, pourquoi n'y aurait-il pas d'avirons dans ce canot?... » fit observer le bosseman.

Nous verrions bien, lorsque Dirk Peters serait à bord, et il fallait qu'il y fût en quelques minutes, car le canot ne tarderait pas à le dépasser.

« Dans tous les cas, dit alors Jem West, portons-nous en aval... Si l'embarcation atterrit, ce ne sera que très au-dessous du morne.

— Il l'a... il l'a !... Hurrah... Dirk... hurrah !... » cria le bosseman, incapable de se contenir et auquel Endicott joignit son formidable écho.

En effet, le métis, ayant accosté, venait de s'élever à mi-corps le long du canot. Son énorme main le saisit, et, au risque de le faire chavirer, il se hissa sur le plat-bord, l'enjamba, puis s'assit pour reprendre haleine.

Presque aussitôt un cri retentissant arriva jusqu'à nous, poussé par Dirk Peters...

Qu'avait-il donc trouvé au fond de cette embarcation?... C'étaient des pagaies, car on le vit s'installer à l'avant, et, se mettant en direction du rivage, pagayer avec une nouvelle vigueur afin de sortir du courant.

« Venez ! » dit le capitaine Len Guy.

Et, dès que nous eûmes contourné la base du morne, nous voilà courant à la lisière de la grève entre les pierres noirâtres dont elle était semée.

A trois ou quatre cents toises, le lieutenant nous fit arrêter.

En effet, le canot avait rencontré l'abri d'une petite pointe qui se projetait en cet endroit, et il fut évident qu'il viendrait y atterrir de lui-même.

Or, il n'était plus qu'à cinq ou six encablures et le remous l'en rapprochait, lorsque Dirk Peters, abandonnant les pagaies, se baissa vers l'arrière, puis se redressa, tenant un corps inerte.

Quel cri déchirant se fit entendre!...

« Mon frère... mon frère !... »

Len Guy venait de reconnaître William Guy dans ce corps que soulevait le métis.

« Vivant... vivant!... » cria Dirk Peters.

Un instant plus tard, le canot avait accosté, et le capitaine Len Guy pressait son frère entre ses bras...

Trois de ses compagnons gisaient inanimés au fond de l'embarcation...

Et ces quatre hommes, c'était tout ce qui restait de l'équipage de la *Jane!*

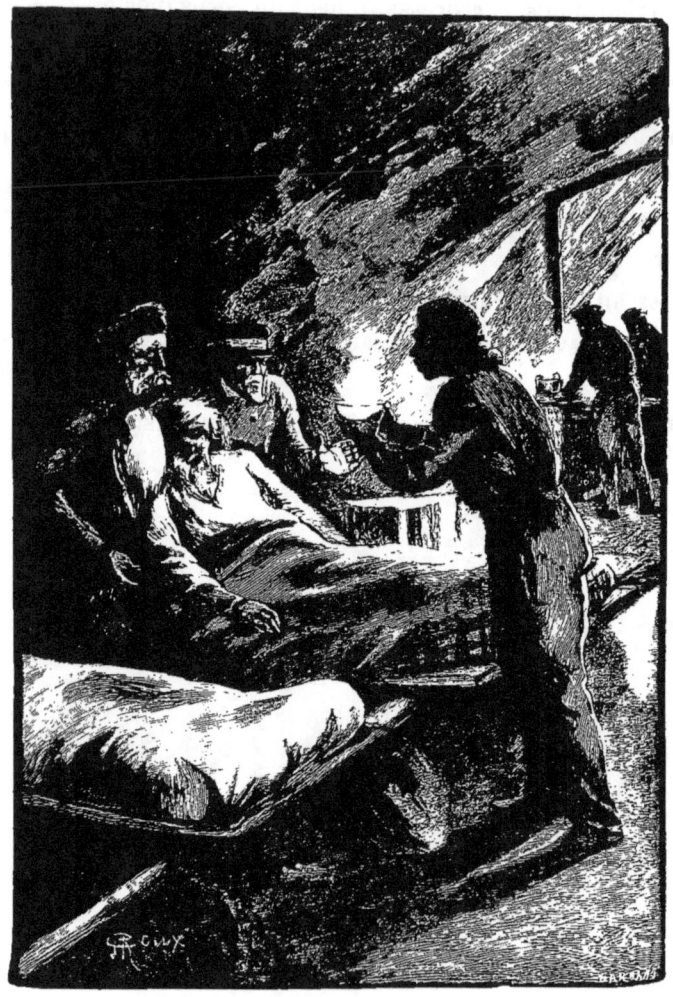

Quelques tasses de thé brûlant... (Page 406.)

XIV

ONZE ANS EN QUELQUES PAGES.

Le titre donné à ce chapitre indique que les aventures de William Guy et de ses compagnons après la destruction de la goélette anglaise, les détails de leur existence sur l'île Tsalal depuis le départ d'Arthur Pym et de Dirk Peters, vont être très succinctement racontés.

Transportés à la caverne, William Guy et les trois autres matelots, Trinkle, Roberts, Covin, avaient pu être rappelés à la vie. En réalité, c'était la faim, — rien que la faim, — qui avait réduit ces malheureux à un état de faiblesse voisin de la mort.

Un peu de nourriture prise avec modération, et quelques tasses de thé brûlant additionné de wisky, leur rendirent presque aussitôt des forces.

Je n'insiste pas sur la scène d'attendrissement dont nous fûmes émus jusqu'au fond de l'âme, lorsque William reconnut son frère Len. Les larmes nous vinrent aux yeux en même temps que les remerciements envers la Providence nous venaient aux lèvres. Ce que nous réservait l'avenir, nous n'y songions même pas, tout à la joie du présent, et qui sait si notre situation n'allait pas changer, grâce à l'arrivée de cette embarcation au rivage d'Halbrane-Land?...

Je dois dire que William Guy, avant d'entamer son histoire, fut mis au courant de nos propres aventures. En peu de mots, il apprit ce qu'il avait hâte d'apprendre, — la rencontre du cadavre de Patterson, le voyage de notre goélette jusqu'à l'île Tsalal, son départ pour de plus hautes latitudes, son naufrage au pied de l'ice-berg, enfin la trahison d'une partie de l'équipage qui nous avait abandonnés sur cette terre.

Il connut également ce que Dirk Peters savait de relatif à Arthur Pym, et aussi sur quelles hypothèses peu fondées reposait l'espoir du métis de retrouver son compagnon, dont la mort ne faisait pas plus doute pour William Guy que celle des autres marins de la *Jane*, écrasés sous les collines de Klock-Klock.

A ce récit, William Guy répondit par le résumé des onze ans qu'il avait passés sur l'île Tsalal.

On ne l'a point oublié, le 8 février 1828, l'équipage de la *Jane*, n'ayant aucunement lieu de soupçonner la mauvaise foi de la population tsalalaise et de son chef Too-Wit, débarqua, afin de se rendre au village de Klock-Klock, non sans avoir mis en état de défense la goélette à bord de laquelle six hommes étaient restés.

L'équipage, en comptant le capitaine William, le second Patterson, Arthur Pym et Dirk Peters, formait un groupe de trente-deux hommes armés de fusils, de pistolets et de couteaux. Le chien Tigre l'accompagnait.

Arrivée à l'étroite gorge qui conduisait au village, précédée et suivie des nombreux guerriers de Too-Wit, la petite troupe se divisa. Arthur Pym, Dirk Peters et le matelot Allen s'engagèrent à travers une fissure de la colline. A partir de ce moment, leurs compagnons ne devaient plus les revoir.

En effet, à peu de temps de là, une secousse se fit sentir. La colline opposée s'abattit d'un bloc, ensevelissant William Guy et ses vingt-huit compagnons.

De ces malheureux, vingt-deux furent écrasés du coup, et leurs cadavres ne furent jamais retrouvés sous cette masse de terre.

Sept, miraculeusement abrités au fond d'une large déchirure de la colline, avaient survécu. C'étaient William Guy, Patterson, Roberts, Covin, Trinkle, — plus Forbes et Lexton, morts depuis. Quant à Tigre, avait-il péri sous l'éboulement ou avait-il échappé, ils l'ignoraient.

Cependant William Guy et ses six compagnons ne pouvaient demeurer en cet endroit étroit et obscur, où l'air respirable ne tarderait pas à manquer. Ainsi que l'avait tout d'abord pensé Arthur Pym, ils s'étaient crus victimes d'un tremblement de terre. Mais, ainsi que lui, ils allaient reconnaître que si la gorge était comblée par les débris chaotiques de plus d'un million de tonnes de terre et de pierre, c'est que cet éboulement avait été artificiellement préparé par Too-Wit et les insulaires de Tsalal. Comme Arthur Pym, il leur fallut, le plus vite possible, échapper à la noirceur des ténèbres, au défaut d'air, aux exhalaisons suffocantes de la terre humide, — alors que, pour employer les expressions du récit, « ils se trouvaient exilés au delà des confins les plus lointains de l'espérance et qu'ils étaient dans la condition spéciale des morts ».

De même que dans la colline de gauche, il existait des labyrinthes à travers la colline de droite, et ce fut en rampant le long de ces sombres couloirs que William Guy, Patterson et les autres atteignirent une cavité où le jour et l'air pénétraient en abondance.

C'est de là qu'ils virent, eux aussi, l'attaque de la *Jane* par une soixantaine de pirogues, la défense des six hommes demeurés à bord, les pierriers vomissant boulets ramés et mitraille, l'envahissement de la goélette par les sauvages, enfin l'explosion finale qui causa la mort d'un millier d'indigènes en même temps que la destruction complète du navire.

Too-Wit et les Tsalalais furent d'abord épouvantés des effets de cette explosion, mais peut-être encore plus désappointés. Leurs instincts de pillage ne pourraient être satisfaits, puisque, de la coque, du gréement, de la cargaison, il ne restait plus que des épaves sans valeur. Comme ils devaient supposer que l'équipage avait également péri dans l'éboulement de la colline, ils n'avaient pas eu la pensée que quelques-uns eussent survécu. De là vint que Arthur Pym et Dirk Peters, d'une part, William Guy et les siens, de l'autre, purent, sans être inquiétés, séjourner au fond des labyrinthes de Klock-Klock, où ils se nourrirent de la chair de ces butors dont il était facile de s'emparer à la main, et du fruit des nombreux noisetiers qui poussaient sur les flancs de la colline. Quant au feu, ils s'en procurèrent en frottant des morceaux de bois tendre contre des morceaux de bois dur, dont il y avait quantité autour d'eux.

Enfin, après sept jours de séquestration, si Arthur Pym et le métis parvinrent, — on le sait, — à quitter leur cachette, à descendre au rivage, à s'emparer d'une embarcation, à abandonner l'île Tsalal, William Guy et ses compagnons n'avaient pas trouvé jusqu'alors l'occasion de s'enfuir.

A vingt et un jours de là, le capitaine de la *Jane* et les siens, toujours enfermés dans le labyrinthe, voyaient arriver le moment où ces oiseaux dont ils vivaient leur feraient défaut. Afin d'échapper à la faim, — sinon à la soif, puisqu'une source intérieure leur procurait une eau limpide, — il n'y avait qu'un moyen : c'était de gagner le littoral, puis de s'aventurer au large dans une embarcation indigène... Il est vrai, où les fugitifs iraient-ils et que deviendraient-ils sans provisions?... Néanmoins, ils n'eussent pas hésité à tenter l'aventure s'ils avaient pu profiter de quelques heures de nuit. Or, à cette époque, le soleil ne se couchait pas encore derrière l'horizon du quatre-vingt-quatrième parallèle.

Il est donc probable que la mort fût venue mettre un terme à tant de misères, si la situation n'eût changé dans les circonstances que voici.

Un matin, — c'était le 22 février, — dans la matinée, William Guy et Patterson, dévorés d'inquiétude, causaient à l'orifice de la cavité qui donnait sur la campagne. Ils ne savaient plus comment subvenir aux besoins de sept personnes, réduites, alors, à se nourrir uniquement de noisettes, ce qui leur causait de violentes douleurs de tête et d'intestins. Ils apercevaient bien de grosses tortues rampant sur le rivage. Mais comment se fussent-ils risqués à les rejoindre, puisque des centaines de Tsalalais occupaient les grèves, allant, venant, vaquant à leurs occupations, en poussant leur éternel cri de *tékéli-li*.

Soudain, cette foule parut en proie à une extraordinaire agitation. Hommes, femmes, enfants, se dispersèrent de tous les côtés. Quelques sauvages se jetèrent même dans leurs canots comme si un terrible danger les menaçait...

Que se passait-il?...

William Guy et ses compagnons eurent bientôt l'explication du tumulte qui se produisait sur cette partie du littoral de l'île.

Un animal, un quadrupède, venait d'apparaître, et, se précipitant au milieu des insulaires, il s'acharnait à les mordre, il leur sautait à la gorge, tandis que sa bouche écumante vomissait de rauques hurlements.

Et cependant il était seul, ce quadrupède, et on pouvait l'accabler de pierres ou de flèches... Pourquoi donc des centaines de sauvages manifestaient-ils une pareille épouvante, pourquoi prenaient-ils la fuite, pourquoi paraissaient-ils ne pas oser se défendre contre l'animal qui s'élançait sur eux?...

L'animal était blanc de poil, et, à sa vue, se produisait ce phénomène observé déjà, cette inexplicable horreur du blanc commune à tous les indigènes de Tsalal... Non! on ne saurait se figurer avec quelle frayeur ils poussaient, avec leur *tékéli-li*, ces cris d'*anamoo-moo* et de *lama-lama!*

Et, quelle fut la surprise de William Guy et de ses compagnons, lorsqu'ils reconnurent le chien Tigre!...

Oui! Tigre, qui, échappé à l'effondrement de la colline, s'était sauvé à l'intérieur de l'ile... Et, après avoir rôdé aux alentours de Klock-Klock pendant quelques jours, le voici qui était revenu, jetant l'effroi parmi ces sauvages...

On se souvient que le pauvre animal avait déjà éprouvé les atteintes de l'hydrophobie dans la cale du *Grampus?*... Eh bien, cette fois, il était enragé... oui! enragé et menaçait de ses morsures toute cette population affolée...

Voilà pourquoi la plupart des Tsalalais avaient pris la fuite, et aussi leur chef Too-Wit et aussi les Wampos, qui étaient les principaux personnages de Klock-Klock!... Ce fut dans ces extraordinaires circonstances qu'ils abandonnèrent non seulement le village, mais l'ile, où nulle puissance n'aurait pu les retenir, où ils ne devaient point remettre le pied!...

Cependant, si les canots suffirent à en transporter le plus grand nombre sur les îles voisines, plusieurs centaines d'indigènes avaient dû rester à Tsalal, faute de moyens de s'enfuir. Quelques-uns ayant été mordus par Tigre, des cas de rage s'étaient déclarés, après une assez courte période d'incubation. Alors, — spectacle dont il est impossible de retracer l'horreur, — ils s'étaient précipités les uns sur les autres, ils s'étaient déchirés à coups de dents... Et, les ossements que nous avions rencontrés aux environs de Klock-Klock, c'étaient ceux de ces sauvages, qui, depuis onze années, blanchissaient à cette place !...

Quant au malheureux chien, il était allé mourir en un coin de ce littoral, où Dirk Peters avait retrouvé son squelette, auquel tenait encore un collier gravé du nom d'Arthur Pym...

Ainsi, c'est à cette catastrophe, — et la puissance géniale d'un Edgar Poe était certes capable de l'imaginer, — que fut dû l'abandon définitif de Tsalal. Réfugiés dans l'archipel du sud-ouest, les indigènes avaient pour jamais quitté cette île, où « l'animal blanc » venait d'apporter l'épouvante et la mort...

Puis, après que ceux qui n'avaient pu s'enfuir eussent péri jusqu'au dernier dans cette épidémie de rage, William Guy, Patterson, Trinkle, Covin, Roberts, Forbes, Lexton, se hasardèrent à sortir du labyrinthe, où ils étaient à la veille de mourir de faim.

Durant les années qui suivirent, quelle fut l'existence des sept survivants de cette expédition ?...

En somme, elle avait été moins pénible qu'on ne l'aurait dû croire. Leur vie leur était assurée par les productions naturelles d'un sol extrêmement fertile et la présence d'un certain nombre d'animaux domestiques. Il ne leur manquait que les moyens d'abandonner Tsalal, de revenir vers la banquise, de franchir ce cercle antarctique dont la *Jane* avait forcé le passage au prix de mille dangers, menacée par la furie des tempêtes, le choc des glaces, les rafales de grêle et de neige !

Quant à construire un canot capable d'affronter un aussi long et aussi périlleux voyage, comment William Guy et ses compagnons l'auraient-ils fait, faute d'outils nécessaires, et lorsqu'ils en étaient réduits à leurs seules armes, fusils, pistolets et coutelas ?...

Donc, il n'y avait à se préoccuper que de s'installer du mieux possible, en attendant une occasion de quitter l'île. Et d'où pourrait-elle venir, si ce n'est de l'un de ces hasards dont dispose seule la Providence ?...

Et, en premier lieu, sur l'avis du capitaine et du second, on résolut d'établir un campement sur la côte du nord-ouest. Du village de Klock-Klock, on n'apercevait pas le large. Or, il importait d'être constamment en vue de la mer, pour le cas — si improbable, hélas! — où quelque bâtiment apparaîtrait sur les parages de Tsalal!...

Le capitaine William Guy, Patterson et leurs cinq compagnons redescendirent donc à travers le ravin à demi rempli des décombres de la colline, au milieu des scories friables, des blocs de granit noir et de marne grenaillée, où scintillaient des points métalliques. Tel s'était présenté aux yeux d'Arthur Pym l'aspect de ces lugubres régions, « qui, dit-il, marquaient l'emplacement de la Babylone en ruines!... ».

Avant de quitter cette gorge, William Guy eut la pensée d'explorer la faille de droite où Arthur Pym, Dirk Peters et Allen avaient disparu. Cette faille étant obstruée, il lui fut impossible de pénétrer à l'intérieur du massif. Aussi ne connut-il jamais l'existence de ce labyrinthe naturel ou artificiel, qui faisait le pendant de celui qu'il venait d'abandonner, lesquels communiquaient peut-être l'un avec l'autre sous le lit desséché du torrent.

Après avoir franchi cette barrière chaotique qui interceptait la route du nord, la petite troupe se dirigea rapidement vers le nord-ouest.

Là, sur le littoral, à trois milles environ de Klock-Klock, on procéda à une installation définitive au fond d'une grotte à peu près semblable à celle que nous occupions actuellement sur la côte d'Hal-brane-Land.

Et c'est en cet endroit que, pendant de longues et désespérantes années, les sept survivants de la *Jane* vécurent, comme nous allions le faire nous-mêmes, — il est vrai, dans des conditions meilleures, puisque la fertilité du sol de Tsalal offrait des ressources qui manquaient à celui d'Halbrane-Land. En réalité, si nous étions condamnés à périr, lorsque nos provisions seraient épuisées, eux ne l'étaient pas. Ils pouvaient indéfiniment attendre... et ils attendirent...

Et ils attendirent   (Page 412.)

Ce qui ne faisait aucun doute dans leur esprit, c'est qu'Arthur
Pym, Dirk Peters et Allen avaient péri dans l'éboulement — et ce
n'était que trop certain pour ce dernier. En effet, auraient-ils jamais imaginé qu'Arthur Pym et le métis, après s'être emparés d'un
canot, avaient pu prendre la mer?...

Ainsi que nous le dit William Guy, aucun incident, ne vint rompre
la monotonie de cette existence de onze années, aucun, — pas même

l'apparition des insulaires, auxquels l'épouvante interdisait l'approche de l'île Tsalal. Nul danger ne les avait menacés pendant cette
période. D'autre part, à mesure qu'elle se prolongeait, ils perdaient
de plus en plus l'espoir d'être jamais recueillis. Au début, avec le
retour de la belle saison, quand la mer redevenait libre, ils s'étaient
dit qu'un navire serait envoyé à la recherche de la *Jane*. Mais,
lorsque quatre ou cinq ans se furent écoulés, ils perdirent toute
espérance...

En même temps que les produits du sol, — et parmi eux ces pré-
cieuses plantes antiscorbutiques, le cochléaria, le céleri brun, qui
abondaient aux environs de la caverne, — William Guy avait ramené du village une certaine quantité de volatiles, des poules, des
canards d'espèce excellente, et aussi nombre de ces porcs noirs, très
multipliés sur l'île. En outre, sans avoir besoin de recourir aux
armes à feu, il fut aisé d'abattre des butors au plumage d'un noir
de jais. A ces diverses ressources alimentaires, il convenait d'ajouter les centaines d'œufs d'albatros et de tortues galapagos, enfouis
sous le sable des grèves, et, rien que ces tortues de dimensions
énormes, d'une chair salubre et nourrissante, auraient suffi aux
hiverneurs de l'Antarctide.

Restaient encore les inépuisables réserves de la mer, de ce Jane-
Sund, où foisonnaient toutes sortes de poissons jusqu'au fond des criques, — des saumons, des morues, des raies, des antoys, des soles,
des rougets, des mulets, des carrelets, des scares, et aussi, sans
parler des mollusques, ces savoureuses biches de mer, dont la goélette anglaise comptait prendre une cargaison afin de la vendre sur
les marchés du Céleste-Empire.

Il n'y a pas lieu de s'étendre sur cette période, qui va de l'année 1828
à l'année 1839. Certes, les hivers furent très durs. En effet, si l'été
faisait généreusement sentir sa bienfaisante influence aux îles du
groupe Tsalal, la mauvaise saison, avec son cortège de neiges, de
pluies, de rafales, de tourmentes, ne lui épargnait pas ses rigueurs.
Le terrible froid régnait en maître sur tout le domaine des terres

antarctiques. La mer, encombrée de glaces flottantes, se solidifiait pour six à sept mois. Il fallait attendre la réapparition du soleil avant de retrouver ces eaux libres, telles que les avait vues Arthur Pym, telles que nous les avions rencontrées depuis la banquise.

En somme, l'existence avait été relativement facile à l'île de Tsalal. En serait-il ainsi sur ce littoral aride d'Halbrane-Land que nous occupions? Si abondantes qu'elles fussent, nos provisions finiraient par s'épuiser, et, l'hiver venu, les tortues ne regagnaient-elles pas de plus basses latitudes?...

Ce qui est certain, c'est que, sept mois auparavant, le capitaine William Guy n'avait pas encore perdu un seul de ceux qui s'étaient tirés sains et saufs du guet-apens de Klock-Klock, et cela, grâce à leur robuste constitution, à leur remarquable endurance, à leur grande force de caractère... Hélas! le malheur allait bientôt s'abattre sur eux.

Le mois de mai arrivé, — qui correspond en ces contrées au mois de novembre de l'hémisphère septentrional, — déjà commençaient à dériver, au large de Tsalal, les glaces que le courant entraînait vers le nord.

Un jour, l'un des sept hommes ne rentra pas à la caverne. On l'appela, on l'attendit, on se mit à sa recherche... Ce fut en vain... Victime de quelque accident, noyé sans doute, il ne reparut pas... il ne devait pas reparaître.

C'était Patterson, le second de la *Jane*, le fidèle compagnon de William Guy.

Quelle douleur causa à tous ces braves gens cette disparition de l'un d'eux, de l'un des meilleurs?... Et n'était-ce pas le présage de prochaines catastrophes?...

Or, ce que William Guy ignorait, ce que nous lui apprîmes alors, c'est que Patterson, — dans quelles circonstances, on ne le saurait jamais, — avait été emporté à la surface d'un glaçon sur lequel il allait mourir de faim. Et c'était sur ce glaçon, parvenu à la hauteur des îles du Prince-Édouard, rongé par les eaux plus chaudes, et près de se dissoudre, que le bosseman avait découvert le cadavre du second de la *Jane*...

Lorsque le capitaine Len Guy eut raconté comment, grâce aux notes trouvées dans la poche de son malheureux compagnon, l'*Halbrane* s'était dirigée vers les mers antarctiques, son frère ne put retenir de grosses larmes...

A la suite de ce premier malheur, d'autres survinrent.

Les sept survivants de la *Jane* n'étaient plus que six, et bientôt ils n'allaient plus être que quatre, après avoir été réduits à chercher leur salut dans la fuite.

En effet, la disparition de Patterson ne datait que de cinq mois, lorsque, au milieu d'octobre, un tremblement de terre vint bouleverser l'ile Tsalal de fond en comble, en même temps qu'il anéantissait presque entièrement le groupe du sud-ouest.

On ne saurait se figurer avec quelle violence s'accomplit ce bouleversement. Nous avions pu en juger, lorsque le canot de notre goélette avait accosté la falaise rocheuse indiquée par Arthur Pym. Assurément, William Guy et ses cinq compagnons n'eussent pas tardé à succomber, s'ils n'avaient eu le moyen de fuir cette île qui maintenant se refusait à les nourrir.

Deux jours après, à quelques centaines de toises de leur caverne, le courant amena un canot qui avait été entrainé au large de l'archipel du sud-ouest.

Charger cette embarcation d'autant de provisions qu'elle en pouvait contenir, s'y embarquer pour abandonner l'ile devenue inhabitable, c'est ce que William Guy, Roberts, Covin, Trinkle, Forbes et Lexton voulurent faire sans attendre même vingt-quatre heures.

Par malheur, il régnait alors une brise d'une violence extrême, due aux phénomènes sismiques qui avaient troublé les profondeurs du sol comme les profondeurs du ciel. Résister à cette brise ne fut pas possible, et elle rejeta l'embarcation vers le sud, livrée à ce courant auquel obéissait notre ice-berg, lorsqu'il dérivait jusqu'au littoral d'Halbrane-Land.

Pendant deux mois et demi, les malheureux allèrent ainsi à travers la mer libre, sans parvenir à modifier leur direction. Ce fut seule· ment le 2 janvier de la présente année 1840, qu'ils aperçurent une terre, — celle précisément que baignait à l'est le Jane-Sund.

Or, ce que nous avions reconnu déjà, c'est que cette terre n'était pas éloignée de cinquante milles d'Halbrane-Land. Oui! telle était la distance, relativement faible, qui nous séparait de ceux que nous avions cherchés si loin à travers les régions antarctiques, et que nous n'espérions plus revoir!

C'était beaucoup plus dans le sud-est, par rapport à nous, que l'embarcation de William Guy avait atterri. Mais, là, quelle différence avec l'île Tsalal, ou, plutôt, quelle ressemblance avec Halbrane-Land! Un sol impropre à la culture, rien que du sable et des roches, ni arbres, ni arbustes, ni plantes d'aucune sorte! Aussi, leurs provisions presque épuisées, William Guy et ses compagnons furent-ils bientôt réduits à l'extrême misère, et deux succombèrent, Forbes et Lexton...

Les quatre autres, William Guy, Roberts, Covin et Trinkle ne voulurent pas demeurer un jour de plus sur cette côte où ils étaient condamnés à mourir de faim. Avec le peu de vivres qui leur restait, ils s'embarquèrent dans le canot, et se livrèrent une seconde fois au courant, sans avoir été à même, faute d'instruments, de relever leur position.

Or, comme ils naviguèrent vingt-cinq jours dans ces conditions, leurs ressources s'épuisèrent, et ils étaient à la veille de succomber, n'ayant pas mangé depuis quarante-huit heures, lorsque l'embarcation, au fond de laquelle ils gisaient inanimés, parut en vue d'Halbrane-Land.

C'est à cet instant que le bosseman l'aperçut, et Dirk Peters s'était jeté à la mer, pour la rejoindre, et avait manœuvré de manière à la ramener vers le rivage.

Au moment où il mettait le pied dans le canot, le métis avait reconnu le capitaine de la *Jane* et les matelots Roberts, Trinkle,

53

Covin. Après s'être assuré qu'ils respiraient encore, il prit les pagaies, nagea vers la terre, et, lorsqu'il ne fut plus qu'à une encablure, soulevant la tête de William Guy :

« Vivant... vivant! » avait-t-il crié d'une voix si puissante qu'elle arriva jusqu'à nous.

Et, maintenant, les deux frères étaient enfin réunis sur ce coin perdu d'Halbrane-Land.

Le canot gisait a cette place. (Page 432.)

XV

LE SPHINX DES GLACES.

A deux jours de là, sur ce point du littoral antarctique, il ne restait plus un seul des survivants des deux goélettes.

Ce fut le 21 février, à six heures du matin, que l'embarcation, dans laquelle nous étions au nombre de treize, quitta la petite crique et doubla la pointe d'Halbrane-Land.

Dès l'avant-veille nous avions discuté la question du départ. Si elle devait être résolue affirmativement, il ne fallait pas différer d'un jour à prendre le large. Pendant un mois encore, — un mois au plus, — la navigation serait possible sur cette portion de mer comprise entre les quatre-vingt-sixième et soixante-dixième parallèles, c'est-à-dire jusqu'aux latitudes ordinairement barrées par la banquise. Puis, au delà, si nous parvenions à nous dégager, peut-être aurions-nous la chance de rencontrer quelque baleinier finissant la saison de pêche, ou, — qui sait? — un bâtiment anglais, français ou américain, achevant une campagne de découvertes sur les limites de l'océan austral?... Passé la mi-mars, ces parages seraient délaissés des navigateurs comme des pêcheurs, et tout espoir d'être recueilli devrait être abandonné.

On s'était d'abord demandé s'il n'y aurait pas avantage à hiverner là où nous eussions été contraints de le faire avant l'arrivée de William Guy, à s'installer pour les sept ou huit mois d'hiver de cette région que les longues ténèbres et les froids excessifs ne tarderaient pas d'envahir. Au commencement de l'été prochain, alors que la mer serait redevenue libre, l'embarcation aurait fait route vers l'océan Pacifique, et nous aurions eu plus de temps pour franchir le millier de milles qui nous en séparaient. N'eût-ce pas été acte de prudence et de sagesse?...

Cependant, si résignés que nous fussions, comment ne pas s'effrayer à la pensée d'un hivernage sur cette côte, bien que la caverne nous offrit un suffisant abri, bien que les conditions de la vie y fussent assurées, du moins en ce qui concernait la nourriture?... Oui! résignés... on l'est tant que la résignation est commandée par les circonstances... Mais, à présent que l'occasion se présentait de partir, comment ne pas faire un dernier effort en vue d'un prochain rapatriement, comment ne pas tenter ce qu'avait tenté Hearne avec ses compagnons et dans des conditions infiniment plus favorables?...

Le pour et le contre de la question furent examinés de très près. Après avis demandé à chacun, on fit valoir que, à la rigueur, si quelque obstacle arrêtait la navigation, l'embarcation pourrait toujours regagner cette partie de côte, dont nous connaissions l'exact gisement. Le capitaine de la *Jane* se montra très partisan d'un départ immédiat, dont Len Guy et Jem West ne redoutaient point les conséquences. Je me rangeai volontiers à leur avis que partagèrent nos compagnons.

Seul, Hurliguerly opposa quelque résistance. Il lui semblait imprudent de laisser le certain pour l'incertain... Trois ou quatre semaines seulement pour cette distance comprise entre Halbrane-Land et le cercle antarctique, serait-ce assez?... Et comment, s'il le fallait, revenir contre le courant qui portait au nord?... Enfin le bosseman fit valoir certains arguments qui méritaient d'être pesés. Toutefois, je dois le dire, il n'y eut qu'Endicott à se ranger de son bord, par l'habitude qu'il avait d'envisager les choses sous le même angle que lui. D'ailleurs, tout cela discuté et bien discuté, Hurliguerly se déclara prêt à partir, puisque nous étions tous de cet avis.

Les préparatifs furent achevés à bref délai, et c'est pourquoi, le 21, dès sept heures du matin, grâce à la double action du courant et du vent, la pointe d'Halbrane-Land nous restait à cinq milles en arrière. Dans l'après-midi s'effacèrent graduellement les hauteurs qui dominaient cette partie du littoral, dont la plus élevée nous avait permis d'apercevoir la terre sur la rive ouest du Jane-Sund.

Notre canot était une de ces embarcations qui sont en usage dans l'archipel de Tsalal pour la communication entre les îles. Nous savions, d'après le récit d'Arthur Pym, que ces canots ressemblaient les uns à des radeaux ou à des bateaux plats, les autres à des pirogues à balancier, — la plupart très solides. A la dernière catégorie appartenait celui que nous montions, long d'une quarantaine de pieds, large de six, l'arrière et l'avant de même forme relevée, — ce qui permettait d'éviter les virages, — et il se manœuvrait avec plusieurs paires de pagaies.

Ce que je dois faire particulièrement observer, c'est que dans la construction de ce canot, il n'entrait pas un seul morceau de fer, — ni clous, ni chevilles, ni semelles, pas plus à l'étrave qu'à l'étambot, ce métal étant absolument inconnu des Tsalalais. Des ligatures faites d'une sorte de liane, ayant la résistance d'un fil de cuivre, assuraient l'adhérence du bordé avec autant de solidité que le plus serré des rivetages. L'étoupe était remplacée par une mousse sur laquelle s'appliquait un brai de gomme, qui prenait une dureté métallique au contact de l'eau.

Telle était cette embarcation, à laquelle nous donnâmes le nom de *Paracuta*, — celui d'un poisson de ces parages, qui était assez grossièrement sculpté sur le plat-bord. ·

Le *Paracuta* avait été chargé d'autant d'objets qu'il en pouvait contenir, sans trop' gêner les passagers destinés à y prendre place, — vêtements, couvertures, chemises, vareuses, caleçons, pantalons de grosse laine et capotes cirées, quelques voiles, quelques espars, grappin, avirons, gaffes, puis des instruments pour faire le point, des armes et des munitions dont nous aurions peut-être l'occasion de nous servir, fusils, pistolets, carabines, poudre, plomb et balles. La cargaison se composait de plusieurs barils d'eau douce, de wisky et de gin, de caisses de farine, de viande au demi-sel, de légumes secs, d'une bonne réserve de café et de thé. On y avait joint un petit fourneau et plusieurs sacs de charbon pour alimenter ce fourneau pendant quelques semaines. Il est vrai, si nous ne parvenions pas à dépasser la banquise, s'il fallait hiverner au milieu des ice-fields, comme ces ressources ne tarderaient pas à s'épuiser, tous nos efforts devraient alors tendre à revenir vers Halbrane-Land, où la cargaison de la goélette devait assurer notre existence pendant de longs mois encore.

Eh bien, — même si nous n'y réussissions pas, — y aurait-il lieu

de perdre tout espoir?... Non, et il est dans la nature humaine de
se rattacher à la moindre de ses lueurs. Je me souvenais de ce
qu'Edgar Poe dit de l'Ange du bizarre, « ce génie qui préside aux
contretemps dans la vie, et dont la fonction est d'amener ces acci-
dents qui peuvent étonner, mais qui sont engendrés par la logique
des faits... » Pourquoi ne verrions-nous pas apparaître cet ange à
l'heure suprême?...

Il va de soi que la plus grande part de la cargaison de l'*Halbrane* avait été laissée dans la caverne, à l'abri des intempéries de
l'hiver, à la disposition de naufragés, si jamais il en venait sur cette
côte. Un espars, que le bosseman avait dressé sur le morne, ne manquerait pas d'attirer leur attention. D'ailleurs, après nos deux goélettes, quel navire oserait s'élever à de telles latitudes?...

Voici quelles étaient les personnes embarquées sur le *Paracuta* :
le capitaine Len Guy, le lieutenant Jem West, le bosseman Hurliguerly, le maître-calfat Hardie, les matelots Francis et Stern, le cuisinier Endicott, le métis Dirk Peters et moi, tous de l'*Halbrane*, —
puis, le capitaine William Guy et les matelots Roberts, Covin, Trinkle
de la *Jane*. Au total, treize, le chiffre fatidique.

Avant de partir, Jem West et le bosseman avaient eu soin d'im-
planter un mât à peu près au tiers de notre embarcation. Ce mât,
maintenu par un étai et des haubans, pouvait porter une large misaine qui fut découpée dans le hunier de la goélette. Le *Paracuta*
mesurant six pieds de largeur au maître-bau, on avait pu donner un
peu de croisure à cette voile de fortune.

Sans doute, ce gréement ne permettrait pas de naviguer au plus
près. Mais, depuis le vent arrière jusqu'au grand largue, cette voile
nous imprimerait une vitesse suffisante pour enlever en cinq semaines, avec une moyenne de trente milles par vingt-quatre heures,
le millier de milles qui nous séparaient de la banquise. Compter sur
cette vitesse n'avait rien d'excessif, si le courant et la brise conti-
nuaient à pousser le *Paracuta* vers le nord-est. En outre, les pagaies nous serviraient, lorsque le vent viendrait à refuser, et quatre

paires, maniées par huit hommes, assureraient encore une certaine vitesse à l'embarcation.

Je n'ai rien de particulier à mentionner pendant la semaine qui suivit le départ. La brise ne cessa de souffler du sud. Aucun contre-courant défavorable ne se manifesta entre les rives du Jane-Sund.

Autant que possible et tant que la côte d'Halbrane-Land ne s'écarterait pas trop à l'ouest, les deux capitaines entendaient la longer à une ou deux encablures. Elle nous eût offert refuge en cas qu'un accident eût mis notre canot hors d'usage. Il est vrai, sur cette terre aride, au début de l'hiver, que serions-nous devenus?... Mieux valait, je pense, n'y point songer.

Durant ces premiers huit jours, en pagayant dès que la brise venait à mollir, le *Paracuta* n'avait rien perdu de la moyenne de vitesse indispensable pour atteindre l'océan Pacifique en ce court laps de temps.

L'aspect de la terre ne changeait pas, — toujours le même sol infertile, des blocs noirâtres, des grèves sablonneuses semées de rares raquettes, des hauteurs abruptes et dénudées en arrière-plan. Quant au détroit, il charriait déjà quelques glaces, des drifts flottants, des packs longs de cent cinquante à deux cents pieds, les uns de forme allongée, les autres circulaires, — et aussi des ice-bergs que notre embarcation dépassait sans peine. Ce qu'il y avait de peu rassurant, c'est que ces masses se dirigeaient vers la banquise, et n'en fermeraient-elles point les passes, qui devaient être encore libres à cette époque?...

Inutile de noter que l'entente était parfaite entre les treize passagers du *Paracuta*. Nous n'avions plus à craindre la rébellion d'un Hearne. Et, à ce propos, on se demandait si le sort avait favorisé ces malheureux entraînés par le sealing-master. A bord de leur canot surchargé, que le moindre coup de mer mettrait en péril, comment s'était accomplie cette navigation si dangereuse?... Et qui sait, cependant, si Hearne ne réussirait pas, alors que nous échouerions, pour être partis dix jours après lui?...

Je mentionnerai, en passant, que Dirk Peters, à mesure qu'il s'éloignait de ces lieux où il n'avait retrouvé aucune trace de son pauvre Pym, était plus taciturne que jamais, — ce que je n'aurais pas cru possible, — et il ne me répondait même plus, lorsque je lui adressais la parole.

Cette année 1840 étant bissextile, j'ai dû porter sur mes notes la date du 29 février. Or, ce jour étant précisément l'anniversaire de la naissance d'Hurliguerly, le bosseman demanda que cet anniversaire fût célébré avec quelque éclat à bord du canot.

« C'est bien le moins, dit-il en riant, puisqu'on ne peut me le fêter qu'une année sur quatre ! »

Et l'on but à la santé de ce brave homme, un peu trop bavard, mais le plus confiant, le plus endurant de tous, et qui nous ragaillardissait par son inaltérable bonne humeur.

Ce jour-là, l'observation donna 79°17' pour la latitude et 118°37' pour la longitude.

On le voit, les deux rives du Jane-Sund couraient entre le cent dix-huitième et le cent dix-neuvième méridien, et le *Paracuta* n'avait plus qu'une douzaine de degrés à franchir jusqu'au cercle polaire.

Après avoir fait ce relèvement, très difficile à obtenir à cause du peu d'élévation du soleil au-dessus de l'horizon, les deux frères avaient déployé sur un banc la carte si incomplète alors des régions antarctiques. Je l'étudiais avec eux, et nous cherchions à déterminer approximativement quelles terres déjà reconnues gisaient dans cette direction.

Depuis que notre ice-berg avait dépassé le pôle sud, il ne faut pas oublier que nous étions entrés dans la zone des longitudes orientales, comptées du zéro de Greenwich au cent quatre-vingtième degré. Donc, tout espoir devait être abandonné soit d'être rapatriés aux Falklands, soit de trouver des baleiniers sur les parages des Sandwich, des South-Orkneys ou de la Georgie du Sud.

En somme, voici ce qu'il était permis de déduire, eu égard à notre position actuelle.

Il va de soi que le capitaine William Guy ne pouvait rien savoir des voyages antarctiques entrepris depuis le départ de la *Jane*. Il ne connaissait que ceux de Cook, de Krusenstern, de Weddell, de Belling-shausen, de Morrell, et ne pouvait être au courant des campagnes ultérieures, la deuxième de Morrell et celle de Kemp, qui avaient quelque peu étendu le domaine géographique en ces lointaines contrées. Par suite de ce que lui apprit son frère, il sut que, depuis nos propres découvertes, on devait tenir pour certain qu'un large bras de mer, — le Jane-Sund, — partageait en deux vastes continents la région australe.

Une remarque que fit, ce jour-là, le capitaine Len Guy, c'est que si le détroit se prolongeait entre les cent dix-huitième et cent dix-neuvième méridiens, le *Paracuta* passerait près de la position attribuée au pôle magnétique. C'est à ce point, — on ne l'ignore pas, — que se réunissent tous les méridiens magnétiques, point situé à peu près aux antipodes de celui des parages arctiques, et sur lequel l'aiguille de la boussole prend une direction verticale. Je dois dire qu'à cette époque, le relèvement de ce pôle n'avait pas été fait avec la précision qu'on y a apportée plus tard [1].

Cela n'avait pas d'importance, d'ailleurs, et cette constatation géographique ne pouvait avoir aucun intérêt pour nous. Ce qui devait nous préoccuper davantage, c'est que le Jane-Sund se rétrécissait sensiblement, et se réduisait alors à dix ou douze milles de largeur. Grâce à cette configuration du détroit, on apercevait distinctement la terre des deux côtés.

« Eh! fit observer le bosseman, espérons qu'il y restera assez de

---

1. Les calculs, d'après Hansteen, placent le pôle magnétique austral par 128°30′ de longitude et 69°17′ de latitude. Après les travaux de Vincendon Dumoulin et Coupvent Desbois, lors du voyage de Dumont d'Urville à bord de l'*Astrolabe* et de la *Zélée*, Duperrey donne 136°15′ pour la longitude, et 76°30′ pour la latitude. Il est vrai, tout récemment, de nouveaux calculs ont établi que ce point devait se trouver par 106°16 de longitude est et 72°20′ de latitude sud. On voit que l'accord à ce sujet n'est pas encore fait entre les hydrographes, comme il l'est en ce qui concerne le pôle magnétique boréal.

J. V.

large pour notre embarcation!... Si ce détroit-là allait finir en cul-de-sac...

— Ce n'est pas à craindre, répondit le capitaine Len Guy. Puisque le courant se propage dans cette direction, c'est qu'il trouve une issue vers le nord, et, à mon avis, nous n'avons rien autre chose à faire qu'à le suivre. »

C'était l'évidence même. Le *Paracuta* ne pouvait avoir un meilleur guide que ce courant. Si, par malheur, nous l'eussions eu contre nous, il aurait été impossible de le remonter, sans être servi par une très forte brise.

Peut-être, cependant, quelques degrés plus loin, ce courant s'infléchirait-il vers l'est ou vers l'ouest, étant donnée la conformation des côtes? Néanmoins, au nord de la banquise, tout permettait d'affirmer que cette partie du Pacifique baignait les terres de l'Australie, de la Tasmanie ou de la Nouvelle-Zélande. Peu importait, on en conviendra, quand il s'agissait d'être rapatriés, que le rapatriement se fît ici ou là...

Notre navigation se prolongea dans ces conditions une dizaine de jours. L'embarcation tenait bien l'allure du grand largue. Les deux capitaines et Jem West n'en étaient plus à apprécier sa solidité, quoique, je le répète, aucun morceau de fer n'eut été employé à sa construction. Il n'avait pas été une seule fois nécessaire de reprendre ses coutures, d'une parfaite étanchéité. Il est vrai, nous avions la mer belle, à peine ridée d'un léger clapotis à la surface de ses longues houles.

Le 10 mars, avec même longitude, l'observation donna 76° 13′ pour latitude.

Puisque le *Paracuta* avait franchi environ six cents milles depuis son départ d'Halbrane-Land, et que ce parcours s'était opéré en vingt jours, il avait obtenu une vitesse de trente milles par vingt-quatre heures.

Que cette moyenne ne faiblît pas durant trois semaines, et toutes les chances seraient pour que les passes ne fussent point fermées ou que la banquise pût être contournée, — et aussi que les navires n'eussent pas abandonné les lieux de pêche.

Actuellement, le soleil se traînait presque au ras de l'horizon, et l'époque approchait où tout le domaine de l'Antarctide serait enveloppé des ténèbres de la nuit polaire. Fort heureusement, à s'élever vers le nord, nous gagnions des parages d'où la lumière n'était pas bannie encore.

Nous fûmes alors témoin d'un phénomène aussi extraordinaire que ceux dont est rempli le récit d'Arthur Pym. Pendant trois à quatre heures, de nos doigts, de nos cheveux, de nos poils de barbe, s'échappèrent de courtes étincelles, accompagnées d'un bruit strident. C'était une tempête de neige électrique, aux gros flocons peu serrés, dont le contact produisait des aigrettes lumineuses. Le *Paracuta* fut plusieurs fois à l'instant d'être englouti, tant la mer déferlait avec fureur, mais on s'en tira sains et saufs.

Cependant, l'espace ne s'éclairait déjà plus que d'une manière imparfaite. De fréquentes brumes réduisaient à quelques encablures seulement l'extrême portée de la vue. Aussi la surveillance dut-elle être établie de manière à éviter toute collision avec les glaces flottantes, dont la vitesse de déplacement était inférieure à celle du *Paracuta*. Il y a également lieu de noter que, du côté du sud, le ciel s'illuminait souvent de larges lueurs, dues à l'irradiation des aurores polaires.

La température s'abaissait d'une manière assez sensible, et n'était plus que de vingt-trois degrés (5° C. sous zéro).

Cet abaissement ne laissait pas de causer de vives inquiétudes. S'il ne pouvait influencer les courants dont la direction restait favorable, il tendait à modifier l'état atmosphérique. Par malheur, pour peu que le vent mollît avec l'accentuation du froid, la marche du canot serait diminuée de moitié. Or, un retard de deux semaines suffirait à compromettre notre salut en nous obligeant à hiverner au pied de la banquise. Dans ce cas, ainsi que je l'ai dit, mieux vaudrait essayer de revenir au campement d'Halbrane-Land. Serait-il libre alors,

C'était une tempête de neige électrique (Page 4).

ce Jane-Sund, que le *Paracuta* venait de remonter si heureusement?... Plus favorisés que nous, Hearne et ses compagnons, qui
nous devançaient d'une dizaine de jours, n'avaient-ils pas déjà
franchi la barrière de glaces?...

Quarante-huit heures après, le capitaine Len Guy et son frère
voulurent fixer notre position par une observation que le ciel, dégagé de brumes, allait rendre possible. Il est vrai, c'est à peine si

le soleil débordait l'horizon méridional, et l'opération présenterait de réelles difficultés. Cependant on parvint à prendre hauteur avec une certaine approximation, et les calculs donnèrent les résultats suivants :

Latitude : 75°17' sud.

Longitude : 118°3' est.

Donc, à cette date du 12 mars, le *Paracuta* n'était plus séparé que par la distance de quatre cents milles des parages du cercle antarctique.

Une remarque qui fut faite alors, c'est que le détroit, très restreint à la hauteur du soixante-dix-septième parallèle, s'élargissait à mesure qu'il se développait vers le nord. Même avec les longues-vues, on n'apercevait plus rien des terres de l'est. C'était là une circonstance fâcheuse, car le courant, moins resserré entre deux côtes, ne tarderait pas à diminuer de vitesse, et finirait par ne plus se faire sentir.

Durant la nuit du 12 au 13 mars, une brume assez épaisse se leva après une accalmie de la brise. Il y avait lieu de le regretter, car cela accroissait les dangers de collision avec les glaces flottantes. Il est vrai, l'apparition des brouillards ne pouvait nous étonner en de tels parages. Toutefois, ce qui eut lieu de surprendre, c'est que, loin de décroître, la vitesse de notre canot s'augmenta graduellement, bien que la brise eût calmi. A coup sûr, cette accélération n'était pas due au courant, puisque le clapotis des eaux à l'étrave prouvait que nous marchions plus vite que lui.

Cet état de choses dura jusqu'au matin, sans que nous pussions nous rendre compte de ce qui se passait, lorsque, vers dix heures, la brume commença à se dissoudre dans les basses zones. Le littoral de l'ouest reparut — un littoral de roches, sans arrière-plan de montagnes, que longeait le *Paracuta*.

Et alors se dessina, à un quart de mille, une masse qui dominait la plaine d'une cinquantaine de toises sur une circonférence de deux à trois cents. Dans sa forme étrange, ce massif ressemblait volontiers à un énorme sphinx, le torse redressé, les pattes étendues, accroupi dans l'attitude du monstre ailé que la mythologie grecque a placé sur la route de Thèbes.

Était-ce un animal vivant, un monstre gigantesque, un mastodonte de dimension mille fois supérieure à ces énormes éléphants des régions polaires dont les débris se retrouvent encore?... Dans la disposition d'esprit où nous étions, on l'aurait pu croire, — croire aussi que le mastodonte allait se précipiter sur notre embarcation et la broyer sous ses griffes...

Après un premier moment d'inquiétude peu raisonnée et peu raisonnable, nous reconnûmes qu'il n'y avait là qu'un massif de conformation singulière, dont la tête venait de se dégager des brumes.

Ah! ce sphinx!... Un souvenir me revint, c'est que, la nuit pendant laquelle s'effectua la culbute de l'ice-berg et l'enlèvement de l'*Halbrane*, j'avais rêvé d'un animal fabuleux de cette espèce, assis au pôle du monde, et dont seul un Edgar Poe, avec sa génialité intuitive, eût pu arracher les secrets!...

Mais de plus étranges phénomènes allaient attirer notre attention, provoquer notre surprise, notre épouvante même!...

J'ai dit que, depuis quelques heures, la vitesse du *Paracuta* s'accroissait graduellement. Maintenant elle était excessive, celle du courant lui restant inférieure. Or, voici que, tout à coup, le grappin de fer, qui provenait de l'*Halbrane* et placé à l'avant de notre canot, s'échappe hors de l'étrave, comme s'il eût été attiré par une puissance irrésistible, et la corde qui le retient est tendue à se rompre... Il semble que ce soit ce grappin qui nous remorque, en rasant la surface des eaux, vers le rivage...

« Qu'y a-t-il donc?... s'écria William Guy.

— Coupe, bosseman, coupe, ordonna Jem West, ou nous allons nous briser contre les roches! »

Hurliguerly s'élance vers l'avant du *Paracuta* pour couper la corde. Soudain le couteau qu'il tenait à la main lui est arraché, la corde casse, et le grappin, comme un projectile, file dans la direction du massif.

Et, en même temps, ne voilà-t-il pas que tous les objets de fer déposés dans l'embarcation, les ustensiles de cuisine, les armes, le fourneau d'Endicott, nos couteaux arrachés de nos poches, prennent le même chemin, pendant que le canot, courant sur son erre, va buter contre la grève!...

Qu'y avait-il donc, et, pour expliquer ces inexplicables choses, fallait-il admettre que nous étions dans la région des étrangetés que j'attribuais aux hallucinations d'Arthur Pym?...

Non! c'étaient des faits physiques dont nous venions d'être témoins, non des phénomènes imaginaires!...

D'ailleurs, le temps de la réflexion nous manqua, et, dès que nous eûmes pris terre, notre attention fut détournée par la vue d'une embarcation échouée sur le sable.

« Le canot de l'*Halbrane!* » s'écria Hurliguerly.

C'était bien le canot volé par Hearne. Il gisait à cette place, les bordages disjoints, la membrure larguée de la quille, en complète dislocation... Plus rien que des débris informes — en un mot, ce qui reste d'une embarcation, à la suite d'un coup de mer qui l'a écrasée contre les roches!...

Ce qui fut aussitôt remarqué, c'est que les ferrures de ce canot avaient disparu... oui! toutes... les clous du bordé, la semelle de la quille, les garnitures de l'étrave et de l'étambot, les gonds du gouvernail...

Que signifiait tout cela?...

Un appel de Jem West nous ramena vers une petite grève, à droite de l'embarcation.

Trois cadavres étaient couchés sur le sol, — celui de Hearne, celui du maître-voilier Martin Holt, celui de l'un des Falklandais... Des treize qui accompagnaient le sealing-master, il ne restait que ces trois-là, dont la mort devait remonter à quelques jours...

LE SPHINX DES GLACES.

Qu'étaient devenus les dix manquants?... Avaient-ils été entraînés au large?...

Des perquisitions furent faites le long du littoral, au fond des criques, entre les écueils... On ne trouva rien, — ni les traces d'un campement, ni même les vestiges d'un débarquement.

« Il faut, dit William Guy, que leur canot ait été abordé en mer par un ice-berg en dérive... La plupart des compagnons de Hearne se seront noyés, et, ces trois corps sont venus à la côte, déjà privés de vie...

— Mais, demanda le bosseman, comment expliquer que l'embarcation soit dans un tel état...

— Et, surtout, ajouta Jem West, que toutes ses ferrures lui manquent?...

— En effet, repris-je, il semble qu'elles ont été violemment arrachées... »

Laissant le *Paracuta* à la garde de deux hommes, nous remontâmes vers l'intérieur, afin d'étendre nos recherches sur un plus large rayon.

Nous approchions du massif, maintenant sorti des brumes et dont la forme s'accusait avec plus de netteté. C'était, je l'ai dit, à peu près celle d'un sphinx, — un sphinx de couleur fuligineuse, comme si la matière qui le composait eût été oxydée par les longues intempéries du climat polaire.

Et alors, une hypothèse surgit dans mon esprit, — une hypothèse, qui expliquait ces étonnants phénomènes.

« Ah! m'écriai-je, un aimant... Il y a là... là... un aimant... doué d'une force d'attraction prodigieuse!... »

Je fus compris, et, en un instant, la dernière catastrophe dont Hearne et ses complices avaient dû être victimes, s'illumina d'une terrible clarté.

Ce massif n'était qu'un aimant colossal. C'est sous son influence que les ligatures de fer du canot de l'*Halbrane* avaient été arrachées et projetées, comme si elles eussent été lancées par le ressort d'une catapulte!... C'est lui qui venait d'attirer avec une force irrésistible tous les objets de fer du *Paracuta!*... Et notre embarcation aurait eu le sort de l'autre, si sa construction eût employé un seul morceau de ce métal!...

Était-ce donc la proximité du pôle magnétique qui produisait de tels effets?...

L'idée nous en vint tout d'abord. Puis, réflexion faite, cette explication dut être rejetée...

Du reste, à l'endroit où se croisent les méridiens magnétiques, il n'en résulte d'autre phénomène que la position verticale prise par l'aiguille aimantée en deux points similaires du globe terrestre. Ce phénomène, déjà expérimenté aux régions arctiques par des observations faites sur place, devait être identique dans les régions de l'Antarctide.

Ainsi donc, il existait un aimant d'une intensité prodigieuse dans la zone d'attraction duquel nous étions entrés Sous nos yeux s'était produit un de ces surprenants effets, qui avaient été jusqu'alors relégués au rang des fables. Qui donc a jamais voulu admettre que des navires pussent être irrésistiblement attirés par une force magnétique, leurs ligatures de fer larguant de toutes parts, leurs coques s'entr'ouvrant, la mer les engloutissant dans ses profondeurs?... Et cela était pourtant!...

En somme, voici quelle explication de ce phénomène me paraît pouvoir être donnée :

Les vents alizés amènent d'une façon constante, vers les extrémités de l'axe terrestre, des nuages ou des brumes dans lesquels sont emmagasinées d'immenses quantités d'électricité, que les orages n'ont pas complètement épuisées. De là une formidable accumulation de ce fluide aux pôles, et qui s'écoule vers la terre d'une manière permanente.

Telle est la cause des aurores boréales et australes, dont les lumineuses magnificences s'irradient au-dessus de l'horizon, surtout pendant la longue nuit polaire, et qui sont visibles jusqu'aux zones tempérées, lorsqu'elles atteignent leur maximum de culmination. Il est même admis, — fait non constaté, je le sais, — qu'au moment où une violente décharge d'électricité positive s'opère dans les régions arctiques, les régions antarctiques sont soumises aux décharges d'électricité de nom contraire.

Eh bien, ces courants continus aux pôles, qui affolent les boussoles, doivent posséder une extraordinaire influence, et il suffirait qu'une masse de fer fût soumise à leur action pour qu'elle se changeât en un aimant d'une puissance proportionnelle à l'intensité du courant, au nombre de tours de l'hélice électrique, et à la racine carrée du diamètre du massif de fer aimanté.

Précisément, on pouvait chiffrer par des milliers de mètres cubes, le volume de ce sphinx, qui se dressait sur ce point des terres australes.

Or, pour que le courant circulât autour de lui et en fît un aimant par induction, que fallait-il?... Rien qu'un filon métallique, dont les innombrables spires, sinuant à travers les entrailles de ce sol, fussent souterrainement reliées à la base dudit massif.

Je pense aussi que ce massif devait être placé dans l'axe magnétique, comme une sorte de calamite gigantesque, d'où se dégageait le fluide impondérable et dont les courants faisaient un inépuisable accumulateur dressé aux confins du monde. Quant à déterminer s'il se trouvait précisément au pôle magnétique des régions australes, notre boussole ne l'aurait pu, car elle n'était pas construite à cet effet. Tout ce que j'ai à dire, c'est que son aiguille, affolée et instable, ne marquait plus aucune orientation. Peu importait, d'ailleurs, pour ce qui concernait la constitution de cet aimant artificiel et la manière dont les nuages et le filon entretenaient sa force attractive.

C'est de cette façon très plausible que je fus conduit à expliquer ce phénomène, — par instinct. Il n'était pas douteux que nous fussions à proximité d'un aimant, dont la puissance produisait ces effets aussi terribles que naturels.

Je communiquai mon idée à mes compagnons, et il leur parut que cette explication s'imposait en présence des faits physiques dont nous venions d'être témoins.

« Il n'y a aucun danger pour nous à gagner le pied du massif, je pense? demanda le capitaine Len Guy.

— Aucun, répliquai-je.

— Là... oui... là ! »

Je ne saurais peindre l'impression que nous causèrent ces trois mots, qui furent jetés comme trois cris venus des profondeurs de l'ultra-monde, eût dit Edgar Poe.

C'était Dirk Peters qui avait parlé, et le corps du métis était tendu dans la direction du sphinx, comme si, devenu de fer, il eût été lui aussi attiré par l'aimant...

Puis, le voilà qui court dans cette direction, et ses compagnons le suivirent à la surface d'un sol où s'entassaient des pierres noirâtres, des éboulis de moraines, des débris volcaniques de toutes sortes.

Le monstre grandissait à mesure que nous en approchions, sans rien perdre de ses formes mythologiques. Je ne saurais peindre l'effet qu'il produisait, isolé à la surface de cette immense plaine. Il y a de ces impressions que ni la plume ni la parole ne peuvent rendre... Et, — ce ne devait être qu'une illusion de nos sens, — il semblait que nous fussions attirés vers lui par la force de son attraction magnétique...

Lorsque nous eûmes atteint sa base, nous retrouvâmes les divers objets de fer sur lesquels s'était exercée sa puissance. Armes, ustensiles, grappin du *Paracuta*, adhéraient à ses flancs. Là, également, se voyaient ceux qui provenaient du canot de l'*Halbrane,* et aussi les clous, les chevilles, les tolets, les semelles de la quille, les ferrures du gouvernail.

Il n'y avait donc plus de doute possible sur la cause de destruction du canot qui portait Hearne et ses compagnons. Brutalement déclinqué, il était venu se briser contre les roches, et tel eût été le sort du *Paracuta*, si, par sa construction même, il n'eût échappé à cette irrésistible attraction magnétique...

Quant à rentrer en possession des objets qui adhéraient au flanc du massif, fusils, pistolets, ustensiles, telle était leur adhérence qu'il fallut y renoncer. Et Hurliguerly furieux de ne pouvoir rattraper son couteau, collé à la hauteur d'une cinquantaine de pieds, de s'écrier en montrant le poing à l'impassible monstre :

« Voleur de sphinx ! »

On ne sera point étonné qu'il n'y eût pas à cette place d'autres objets que ceux qui provenaient soit du *Paracuta*, soit du canot de l'*Halbrane*. Assurément, jamais navire ne s'était élevé à cette latitude de la mer antarctique. Hearne et ses complices, d'abord, le capitaine Len Guy et ses compagnons ensuite, nous étions les premiers qui eussions foulé ce point du continent austral. Pour conclure, tout bâtiment qui se fût approché de ce colossal aimant, eût couru à sa complète destruction, et notre goélette aurait eu le même sort que son canot, dont il ne restait plus que d'informes débris.

Cependant Jem West nous rappela qu'il était imprudent de prolonger notre relâche sur cette Terre du Sphinx — nom qu'elle devait conserver. Le temps pressait, et un retard de quelques jours nous eût imposé d'hiverner au pied de la banquise.

L'ordre de regagner le rivage venait donc d'être donné, lorsque la voix du métis retentit encore, et ces trois mots ou plutôt ces trois cris furent de nouveau jetés par Dirk Peters :

« Là !… là !… là !… »

Après avoir contourné le revers de la patte droite du monstre, nous aperçûmes Dirk Peters agenouillé, les mains tendues devant un corps ou plutôt un squelette revêtu de peau, que le froid de ces régions avait conservé intact, et qui gardait une rigidité cadavérique. Il avait la tête inclinée, une barbe blanche qui lui tombait jusqu'à la ceinture, des mains et des pieds armés d'ongles longs comme des griffes…

Comment ce corps était-il appliqué contre le flanc du massif à deux toises au-dessus du sol ?…

En travers du torse, maintenu par sa bretelle de cuir, nous vîmes le canon d'un fusil tordu, à demi rongé par la rouille...

« Pym... mon pauvre Pym! » répétait Dirk Peters d'une voix déchirante.

Alors il essaya de se relever pour s'approcher... pour baiser les restes ossifiés de son pauvre Pym...

Ses genoux fléchirent... un sanglot lui serra la gorge... un spasme lui fit éclater le cœur... et il tomba à la renverse... mort...

Ainsi donc, depuis leur séparation, le canot avait entraîné Arthur Pym à travers ces régions de l'Antarctide!... Comme nous, après avoir dépassé le pôle austral, il était tombé dans la zone d'attraction du monstre!... Et là, tandis que son embarcation s'en allait avec le courant du nord, saisi par le fluide magnétique avant d'avoir pu se débarrasser de l'arme qu'il portait en bandoulière, il avait été projeté contre le massif...

A présent, le fidèle métis repose sur la Terre du Sphinx, à côté d'Arthur Gordon Pym, ce héros dont les étranges aventures avaient trouvé dans le grand poète américain un non moins étrange narrateur!

L'éclat de ces opulentes draperies... (Page 442.)

XVI

DOUZE SUR SOIXANTE-DIX !

Ce jour même, dans l'après-midi, le *Paracuta* abandonnait le littoral de la Terre du Sphinx que nous avions toujours eue à l'ouest depuis le 21 février.

Il y avait quatre cents milles environ à parcourir jusqu'à la limite du cercle antarctique. Arrivés sur ces parages de l'océan Pacifique, aurions-nous, je le répète, l'heureuse chance d'être recueillis par un baleinier attardé aux derniers jours de sa saison de pêche, ou même par quelque navire d'une expédition polaire?...

Cette seconde hypothèse avait sa raison d'être. En effet, lorsque la goélette se trouvait en relâche aux Falklands, n'était-il pas question de l'expédition du lieutenant Wilkes de la marine américaine? Sa division, composée de quatre bâtiments, le *Vincennes*, le *Peacock*, le *Porpoise*, le *Flying-Fish*, n'avait-elle pas quitté la Terre-de-Feu en février 1839, avec plusieurs conserves, en vue d'une campagne à travers les mers australes?...

Ce qui s'était passé depuis lors, nous l'ignorions. Mais, après avoir essayé de remonter les longitudes occidentales, pourquoi Wilkes n'aurait-il pas eu la pensée de chercher le passage en remontant les longitudes orientales?[1]. Dans ce cas, il eût été possible que le *Paracuta* fît la rencontre de l'un de ses bâtiments.

En somme, ce qui devait être le plus difficile, c'était de devancer l'hiver de ces régions, de profiter de la mer libre, où toute navigation ne tarderait pas à devenir impraticable.

La mort de Dirk Peters avait réduit à douze le chiffre des passagers du *Paracuta*. Voilà ce qui restait du double équipage des deux goélettes, la première comprenant trente-huit hommes, la seconde en comprenant trente-deux, — en tout soixante-dix! Mais, qu'on ne l'oublie pas, l'expédition de l'*Halbrane* avait été entreprise pour remplir un devoir d'humanité, et quatre des survivants de la *Jane* lui devaient leur salut.

Et maintenant, allons au plus vite. Sur le voyage de retour, qui fut favorisé par la constance des courants et de la brise, il n'y a pas lieu de s'étendre. D'ailleurs, les notes qui servirent à rédiger mon

---

1. C'est précisément ce qui était arrivé : le lieutenant James Wilkes, après avoir été contraint de rétrograder treize fois, était parvenu à conduire le *Vincennes* jusqu'à 56°57 de latitude par 105°20 de longitude est. — J. V.

récit ne furent point renfermées dans une bouteille jetée à la mer, recueillie par hasard sur les mers de l'Antarctide. Je les ai rapportées moi-même, et, bien que la dernière partie du voyage ne se soit pas accomplie sans grandes fatigues, grandes misères, grands dangers, terribles inquiétudes surtout, cette campagne a eu notre sauvetage pour dénouement.

Et d'abord, quelques jours après le départ de la Terre du Sphinx, le soleil s'était enfin couché derrière l'horizon de l'ouest, et ne devait plus reparaitre de tout l'hiver.

C'est donc au milieu de la demi-obscurité de la nuit australe que le *Paracuta* poursuivit sa monotone navigation. Il est vrai, les aurores polaires apparaissaient fréquemment, — ces admirables météores que Cook et Forster aperçurent pour la première fois en 1773. Quelle magnificence dans le développement de leur arc lumineux, leurs rayons qui s'allongent ou se raccourcissent capricieusement, l'éclat de ces opulentes draperies qui augmente ou diminue avec une soudaineté merveilleuse en convergeant vers le point du ciel indiqué par la verticalité de l'aiguille des boussoles! Et quelle prestigieuse variété de formes dans les plis et replis de leurs faisceaux, qui se colorent depuis le rouge clair jusqu'au vert émeraude!

Oui!... mais ce n'était plus le soleil, ce n'était pas cet astre irremplaçable qui, durant les mois de l'été antarctique, avait sans cesse illuminé nos horizons. De cette longue nuit des pôles se dégage une influence morale et physique dont personne ne peut s'abstraire, une impression funeste et accablante à laquelle il est bien difficile d'échapper.

Des passagers du *Paracuta*, il n'y avait guère que le bosseman et Endicott à conserver leur habituelle bonne humeur, insensibles aux ennuis comme aux périls de cette navigation. J'excepte aussi l'impassible Jem West, prêt à faire face à n'importe quelles éventualités, en homme qui est toujours sur la défensive. Quant aux deux frères Guy, le bonheur de s'être retrouvés leur faisait le plus souvent oublier les préoccupations de l'avenir.

En vérité, je ne saurais trop faire l'éloge de ce brave homme d'Hurliguerly, et l'on se réconfortait rien qu'à l'entendre répéter de sa voix rassurante :

« Nous arriverons à bon port, mes amis, nous arriverons!... Et, si vous comptez bien, vous verrez que pendant notre voyage, le chiffre des bonnes chances l'a emporté sur celui des mauvaises!... Oui!... je le sais... il y a la perte de notre goélette!... Pauvre *Halbrane*, enlevée dans les airs comme un ballon, puis précipitée dans l'abîme comme une avalanche!... Mais, par compensation, il y a l'iceberg qui nous a conduits à la côte, et le canot tsalalais qui nous a rejoints avec le capitaine William Guy et ses trois compagnons!... Et soyez sûrs que ce courant et cette brise, qui nous ont poussés jusqu'ici, nous pousseront plus loin encore!... Il me semble bien que la balance est en notre faveur!... Avec tant d'atouts dans son jeu, il n'est pas possible de perdre la partie!... Un seul regret, c'est que nous allons être rapatriés en Australie ou à la Nouvelle-Zélande, au lieu d'aller jeter l'ancre aux Kerguelen, près du quai de Christmas-Harbour, devant le *Cormoran-Vert!*... »

Gros désappointement, en effet, pour l'ami de maître Atkins, bien fâcheuse éventualité, dont nous prendrions aisément notre parti, cependant!

Durant huit jours, cette route a été maintenue sans aucun écart, ni à l'ouest ni à l'est, et ce fut seulement à la date du 21 mars, que le *Paracuta* perdit sur bâbord la vue d'Halbrane-Land.

Je donne toujours ce nom à cette terre, puisque son littoral se prolongeait sans discontinuité jusqu'à cette latitude, et il n'était pas douteux pour nous qu'elle constituait un des vastes continents de l'Antarctide.

Il va sans dire que si le *Paracuta* cessa de la suivre, c'est que le courant portait au nord, alors qu'elle s'écartait, en s'arrondissant vers le nord-est.

Bien que les eaux de cette portion de mer fussent libres encore, elles charriaient néanmoins une véritable flottille d'ice-bergs ou d'ice-fields, — ceux-ci semblables aux morceaux d'une immense vitre rompue, ceux-là d'une étendue superficielle ou d'une altitude déjà considérables. De là sérieuses difficultés et aussi dangers incessants de navigation au milieu des sombres brumes, lorsqu'il s'agissait de manœuvrer à temps entre ces masses mouvantes, ou pour trouver des passes ou pour éviter que notre canot fût écrasé comme le grain sous la meule.

Actuellement, d'ailleurs, le capitaine Len Guy ne pouvait plus re lever sa position ni en latitude ni en longitude. Le soleil absent, les calculs par la position des étoiles étant trop compliqués, il était impossible de prendre hauteur. Aussi le *Paracuta* s'abandonnait-il à l'action de ce courant qui portait invariablement au nord, d'après les indications de la boussole. Toutefois, en tenant compte de sa moyenne vitesse, il y avait lieu d'estimer que, à la date du 27 mars, notre canot se trouvait entre le soixante-huitième et le soixante-neuvième parallèles, c'est-à-dire, sauf erreur, à quelque soixante-dix milles seulement du cercle antarctique.

Ah! si au cours de cette périlleuse navigation, il n'eût existé aucun obstacle, si le passage eût été assuré entre cette mer intérieure de la zone australe et les parages de l'océan Pacifique, le *Paracuta* aurait pu atteindre en peu de jours l'extrême limite des mers australes. Mais encore quelque centaine de milles, et la banquise déroulerait son immobile rempart de glaces, et, à moins qu'une passe fût libre, il faudrait la contourner par l'est ou par l'ouest. Une fois franchie, il est vrai...

Eh bien, une fois franchie, nous serions, à bord d'une frêle embarcation, sur ce terrible océan Pacifique, à l'époque de l'année où redoublent ses tempêtes, où les bâtiments ne supportent pas impunément ses coups de mer...

Nous n'y voulions pas songer... Le ciel nous viendrait en aide... Nous serions recueillis... Oui!... nous serions recueillis par quelque navire... Le bosseman l'affirmait, et il n'y avait qu'à écouter le bosseman!...

Cependant la surface de la mer commençait à se prendre, et, il fallut plusieurs fois rompre des ice-fields afin de se frayer un passage. Le thermomètre n'indiquait plus que quatre degrés (15°,56 C. sous zéro). Nous souffrions beaucoup du froid et des rafales à bord de cette embarcation non pontée, quoique nous fussions pourvus d'épaisses couvertures.

Par bonheur, il y avait en quantité suffisante, et pour quelques semaines, des conserves de viande, trois sacs de biscuit et deux fûts de gin intacts. Quant à l'eau douce, on s'en procurait avec de la glace fondue.

Bref, pendant six jours, jusqu'au 2 avril, le *Paracuta* dut s'engager entre les hauteurs de la banquise, dont la crête se profilait à une altitude comprise entre sept et huit cents pieds au-dessus du niveau de la mer. On n'en pouvait voir les extrémités ni au couchant ni au levant, et si notre canot ne rencontrait pas une passe libre, nous ne parviendrions pas à la franchir.

Grâce à la plus heureuse des chances, il la trouva à cette date, il la suivit, au milieu de mille dangers. Oui! on eut besoin de tout le zèle, de tout le courage, de toute l'habileté de nos hommes et de leurs chefs pour se tirer d'affaire. Aux deux capitaines Len et William Guy, au lieutenant Jem West, au bosseman, nous devons une éternelle reconnaissance.

Nous étions enfin sur les eaux du Sud-Pacifique. Mais, pendant cette longue et pénible traversée, notre embarcation avait gravement souffert. Son calfatage usé, ses bordages menaçant de se disjoindre, elle faisait eau par plus d'une couture. On s'occupait sans cesse à la vider, et c'était assez, c'était déjà trop de la houle qui embarquait par-dessus le plat-bord.

Il est vrai, la brise était molle, la mer plus calme qu'on eût pu l'espérer, et le véritable danger ne tenait pas aux risques de la navigation.

Non! il venait de ce qu'il n'y avait aucun navire en vue sur ces parages, aucun baleinier parcourant les lieux de pêche. Aux premiers

« Navire ! » (Page 446.)

jours d'avril, ces lieux sont déjà abandonnés, et nous arrivions trop tard de quelques semaines...

Or, ainsi que nous devions l'apprendre, il aurait suffi d'être là deux mois plus tôt pour rencontrer les bâtiments de l'expédition américaine.

En effet, le 21 février, par 95°50′ de longitude et 64°17′ de latitude, le lieutenant Wilkes explorait ces mers avec l'un de ses navires, le

Vincennes, après avoir reconnu une étendue de côtes, qui se développait sur soixante-dix degrés de l'est à l'ouest. Puis, comme la mauvaise saison s'approchait, il avait viré de bord et regagné Hobart-Town en Tasmanie.

La même année, l'expédition du capitaine français Dumont d'Urville, partie en 1838, dans une seconde tentative pour s'élever vers le pôle, avait, le 21 janvier, reconnu la terre Adélie par 66° 30′ de latitude et 38° 21′ de longitude orientale, puis, le 29 janvier, la côte Clarie par 64° 30′ et 129° 54′. Leur campagne terminée après ces importantes découvertes, l'*Astrolabe* et la *Zélée* avaient quitté l'océan Antarctique et mis le cap sur Hobart-Town.

Aucun de ces bâtiments ne se trouvait donc dans ces parages. Aussi, lorsque le *Paracuta*, cette coquille de noix, fut seul au delà de la banquise, sur une mer déserte, nous dûmes croire que le salut n'était plus possible.

Quinze cents milles nous séparaient alors des terres les plus voisines, et l'hiver datait d'un mois déjà...

Hurliguerly lui-même voulut bien reconnaître que la dernière heureuse chance, sur laquelle il comptait, venait de nous manquer...

Le 6 avril, nous étions à bout de ressources, le vent commençait à fraîchir, et le canot, violemment secoué, risquait d'être englouti à chaque lame.

« Navire ! »

Ce mot fut jeté par le bosseman, et, à l'instant, nous distinguâmes un bâtiment, à quatre milles dans le nord-est, au-dessous des brumes qui venaient de se lever.

Immédiatement, signaux faits, signaux aperçus. Après s'être tenu en panne, le navire mit son grand canot à la mer pour nous recueillir.

C'était le *Tasman*, un trois-mâts américain de Charleston, où nous fûmes reçus avec empressement et cordalité. Le capitaine traita mes compagnons comme s'ils eussent été ses propres compatriotes...

Le *Tasman* venait des îles Falklands, où il avait appris que, sept mois auparavant, la goélette anglaise *Halbrane* avait fait route pour les mers australes à la recherche des naufragés de la *Jane*. Mais la saison s'avançant, la goélette n'ayant pas reparu, on avait dû penser qu'elle s'était perdue corps et biens dans les régions antarctiques.

Cette dernière traversée fut heureuse et rapide. Quinze jours après, le *Tasman* débarquait à Melbourne, province de Victoria de la Nouvelle-Hollande, ce qui avait survécu de l'équipage des deux goélettes, et c'est là que furent payées à nos hommes les primes qu'ils avaient bien gagnées !

Les cartes nous indiquèrent alors que le *Paracuta* avait débouqué sur le Pacifique entre la terre Clarie de Dumont d'Urville et la terre Fabricia, reconnue par Balleny en 1838.

Ainsi s'est terminée cette aventureuse et extraordinaire campagne, qui coûta trop de victimes, hélas ! Et, pour tout dire, si les hasards, si les nécessités de cette navigation nous ont entraînés vers le pôle austral plus loin que nos devanciers, si nous avons même dépassé le point axial du globe terrestre, que de découvertes de grande valeur il reste à faire encore en ces parages !

Arthur Pym, le héros si magnifiquement célébré par Edgar Poe, a montré la route... A d'autres de la reprendre, à d'autres d'aller arracher au Sphinx des Glaces les derniers secrets de cette mystérieuse Antarctide !

FIN DE LA SECONDE ET DERNIÈRE PARTIE.

TABLE

PREMIÈRE PARTIE.

DEUXIÈME PARTIE.

5479 B. — Paris. Imp. Gauthier-Villars et fils, 55, quai des Grands-Augustins.

 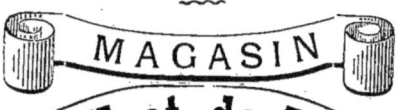

PRINCIPALES ŒUVRES

contenues dans le

Magasin illustré d'Éducation et de Récréation

Première Série. — *Tomes I à LX, années 1864 à 1894*

JULES VERNE: Les Voyages extraordinaires (24 ouvrages). — JULES VERNE et ANDRÉ LAURIE: L'Épave du Cynthia. — P.-J. STAHL: La Morale familière, La Famille Chester, Histoire d'un Ane et de deux jeunes Filles, Maroussia, Les Quatre filles du docteur Marsch, La première cause de l'avocat Juliette, Jack et Jane, La Petite Rose, etc., etc. — ANDRÉ LAURIE: La Vie de collège dans tous les temps et dans tous les pays (6 ouvrages), L'Héritier de Robinson, De New-York à Brest, Le Secret du Mage, Le Rubis du grand Lama. — JULES SANDEAU: La Roche aux Mouettes. — STAHL et MULLER: Le Nouveau Robinson suisse. — HECTOR MALOT: Romain Kalbris. — VIOLLET-LE-DUC: Histoire d'une Maison. — JEAN MACÉ: Les Serviteurs de l'Estomac, La Grammaire de Mˡˡᵉ Lili, Les Soirées de Tante Rosy, etc. — E. LEGOUVÉ: Le Denier de la France, Le Travail et la Douleur, La Fée Béquillette, Sur la Politesse, Lettre à Mˡˡᵉ Lili, Leçons de lecture, Une Élève de seize ans, etc., etc. — V. DE LAPRADE: Le Livre d'un Père. — MULLER: La Jeunesse des Hommes célèbres. — LUCIEN BIART: Aventures d'un jeune Naturaliste, Entre Frères et Sœurs, Voyage de deux enfants dans un parc, Les Voyages involontaires. — ALFRED RAMBAUD: L'Anneau de César. — MAURICE BLOCK: Causeries d'Économie pratique. — Dʳ CANDÈZE: Les Aventures d'un Grillon, La Gileppe, Périnette. — LACOME: La Musique au foyer. — S. BLANDY: Le Petit Roi, Les Pupilles de l'Oncle Philibert. — A. DEQUET: Histoire de mon Oncle et de ma Tante. — CH. DICKENS: L'Embranchement de Mugby, Histoire de Bebelle. — BENTZON: Geneviève Delmas. — GENNEVRAYE: Le Théâtre de famille, La petite Louisette, Marchand d'Allumettes, Un Château où l'on s'amuse. — J. LERMONT: Les jeunes Filles de Quinnebasset, L'Aînée, Kitty et Bo. — RIDER-HAGGARD: Les Mines de Salomon. — PERRAULT: Les Lunettes de grand'maman, Pas pressé, Les Exploits de Mario. — E. DIÉNY: La Patrie avant tout. — H. DE NOUSSANNE: Jasmin Robba.

Nombreuses séries de scènes enfantines dessinées par FRŒLICH, FROMENT, DÉTAILLE, CHAM, GEOFFROY, etc., etc., avec textes de P.-J. STAHL, UN PAPA, etc.

Nouvelle série. — Tomes 1 à 6, années 1895 à 1897

Œuvres principales parues :

JULES VERNE: L'Ile à hélice, Face au drapeau, Clovis Dardentor, Le Sphinx des glaces. — ANDRÉ LAURIE: Atlantis, l'Écolier d'Athènes, Gérard et Colette. — GENNEVRAYE: Les Petits Robinsons du Rocher. — AIMÉ GIRON: La Famille de la Marjolaine. — NEUKOMM: Les Normands en Amérique en l'an mille. — P. PERRAULT: Ma sœur Thérèse. — TH. BENTZON: La Rose blanche. — DUPIN DE SAINT-ANDRÉ: Double conquête. — MOUANS: Frisonne l'Engourdie. — Contes, nouvelles, scènes enfantines diverses.

Illustrations par ATALAYA, BAYARD, BENETT, BECKER, CHAM, DESTEZ, GEOFFROY, L. FRŒLICH, FROMENT, LAMBERT, LALAUZE, LIX, ADRIEN MARIE, MEISSONIER, DE NEUVILLE, PHILIPPOTEAUX, RIOU, G. ROUX, TH. SCHULER, etc., etc.

Jules Verne

VOYAGES EXTRAORDINAIRES

Aventures du capitaine Hatteras.
Voyage au centre de la Terre.
Cinq Semaines en ballon.
Les Enfants du capitaine Grant.
De la Terre à la Lune.
Vingt mille lieues sous les Mers.
Autour de la Lune.
Une Ville flottante.
Aventures de trois Russes et de trois Anglais.
Le Tour du monde en 80 jours.
Le Pays des Fourrures.
Le Docteur Ox.
Le Chancellor.
L'Ile mystérieuse.
Michel Strogoff.
Les Indes-Noires.
Hector Servadac.
Un Capitaine de quinze ans.
Les Cinq cents millions de la Bégum.
Les Tribulations d'un Chinois en Chine.
La Maison à vapeur.
La Jangada.

Le Rayon-Vert.
L'École des Robinsons.
Kéraban-le-Têtu.
L'Étoile du sud.
L'Archipel en feu.
Mathias Sandorf.
Robur le Conquérant.
Un Billet de Loterie.
Nord contre Sud.
Le Chemin de France.
Deux ans de Vacances.
Famille sans Nom.
Sans dessus dessous.
César Cascabel.
Mistress Branican.
Le Château des Carpathes.
Claudius Bombarnac.
P'tit Bonhomme.
Mirifiques Aventures de Maître Antifer.
L'Ile à hélice.
Face au drapeau.
Clovis Dardentor.
† Le Sphinx des glaces.

L'ŒUVRE de Jules Verne est aujourd'hui considérable. La collection des *Voyages extraordinaires*, que l'Académie française a couronnés, se compose déjà de trente-quatre volumes (contenant 45 ouvrages), et tous les ans Jules Verne donne au *Magasin d'Éducation et de Récréation* un roman inédit.

Ces livres de voyage, ces contes d'aventures ont une originalité propre, une clarté et une vivacité entrainantes. C'est très français.

CLARETIE.

Découverte de la Terre

Les Premiers Explorateurs. — Les Grands Navigateurs du XVIIIe siècle.
Les Voyageurs du XIXe siècle.

Ces trois ouvrages se vendent aussi réunis en un seul volume.

BIBLIOTHÈQUE D'ÉDUCATION ET DE RÉCRÉATION

Volumes grand in-8° jésus ou colombier, illustrés

BIART (L.) . . . . Don Quichotte *(adaptation pour la jeunesse)*.
— . . . . Les Voyages involontaires.
CLÉMENT (CH.) . . . . Michel-Ange, Raphaël, Léonard de Vinci.
ERCKMANN-CHATRIAN . . . . Romans nationaux. — Contes et Romans populaires. — Contes et Romans alsaciens. — Histoire d'un Paysan.
GRANDVILLE . . . . Les Animaux peints par eux-mêmes.
LA FONTAINE . . . . Fables, illustrées par EUG. LAMBERT.
LAURIE (A.) . . . . Les Exilés de la Terre.
MALOT (HECTOR) . . . . 🕮 Sans Famille.
MAYNE-REID . . . . Aventures de Terre et de Mer. ⎫ Ces deux ouvrages se vendent aussi
— . . . . Avent. de Chasses et de Voyages. ⎭ réunis en un fort volume.
RAMBAUD (ALFRED) . . . . . 🕮 L'Anneau de César.
VERNE (J.) ET LAVALLÉE . . . . Géographie illustrée de la France.

Bibliothèque d'Éducation et de Récréation

Q UELS souvenirs agréables et charmants ce titre général ne rappelle-t-il pas aux hommes jeunes d'aujourd'hui, à ceux qui entraient dans la vie au moment même où une révolution complète s'opérait, en leur faveur, dans la littérature! Car il n'y a pas beaucoup plus de vingt-cinq ans que les jeunes gens lisent, c'est-à-dire qu'ils ont des livres conçus pour eux, écrits pour eux, et dont le succès est tel qu'on n'aurait pas osé l'attendre.

« C'est une innovation que l'introduction de la lecture dans les plaisirs de la jeunesse. Elle date presque d'hier : mettons vingt-cinq ans, c'est tout le bout du monde. Pendant ces vingt-cinq années, l'éditeur Hetzel a su publier 500 volumes de premier ordre.

« Le titre trouvé par l'éditeur constitue à lui seul un programme : ÉDUCATION et RÉCRÉATION. Et, en effet, tout est là. Ces beaux et bons livres instruisent et ils amusent. »

Volumes in-8° raisin, illustrés

BADIN (A.). . . . . Jean Casteyras (Aventures de trois Enfants en Algérie).
BARBIER (M. J.) . . . . Contes blancs (avec musique inédite de C. Gounod, E. Guiraud, H. Maréchal, J. Massenet, G. Nadaud, E. Reyer, Rubinstein, Saint-Saëns, H. Salomon, A. Thomas).
    —   . . . . Bempt. Nouveaux Contes blancs (avec musique de E. Boulanger, Th. Dubois, V. Joncières).
BENTZON (TH.) . . . . Contes de tous les pays
    —   . . . . Geneviève Delmas.
BOISSONNAS (B.). . . . . 🌿 Une Famille pendant la guerre.
CORNEILLE . . . . Chefs-d'œuvre (Édition F. Brunetière).
DAUDET (ALPHONSE) . . . . . Histoire d'un Enfant.
    . . . . . Contes choisis à l'usage de la jeunesse.
DESNOYERS (L.) . . . . Aventures de Jean-Paul Choppart.
DUBOIS (FÉLIX) . . . . La Vie au Continent noir.
DUPIN DE SAINT-ANDRÉ . . Ce qu'on dit à la maison.
FAUQUEZ (H.). . . . . Les Adoptés du Boisvallon.
GRIMARD. . . . . Le Jardin d'Acclimatation.
HUGO (VICTOR). . . . . Le Livre des Mères.
LAPRADE (V. DE). (de l'Acad. franç.) Le Livre d'un Père.

ANDRÉ LAURIE

La Vie de Collège dans tous les Temps et dans tous les Pays

Mémoires d'un Collégien. (Un Lycée de département.)
Une Année de Collège à Paris.
Mémoires d'un Collégien russe.

L'Écolier d'Athènes.
La Vie de Collège en Angleterre.
Un Écolier hanovrien.

Tito le Florentin.
Autour d'un Lycée japonais.
Le Bachelier de Séville.
Axel Ebersen. (Le Gradué d'Upsala.)

M. FRANCISQUE SARCEY a consacré à chacun des livres qui composent cette série une étude spéciale.
   « Notre ami Hetzel, écrivait-il il y a quelques années, a commencé une collection bien curieuse et dont le titre générique suffit à indiquer l'intérêt. Chaque année, il paraît un volume qui nous transporte dans un pays différent. Il y a quatre ans, nous étions en France ; l'année suivante, on nous a menés en Angleterre ; l'an d'après, en Allemagne. L'ensemble des volumes dont cette série doit se composer formera une étude assez complète des divers systèmes d'éducation suivis par chaque nation.

« Tous ces volumes partent de la même main ; ils sont de M. André Laurie, qui me parait être un universitaire fort au courant des questions pédagogiques, et qui n'en est pas moins un conteur agréable et un écrivain élégant. C'est chaque année un régal attendu par moi de recevoir et de déguster son volume. »

FRANCISQUE SARCEY.

LES ROMANS D'AVENTURES

ANDRÉ LAURIE

Le Capitaine Trafalgar.
De New-York à Brest en sept heures.
Le Secret du Mage.

Le Rubis du Grand Lama.
Atlantis.
† Gérard et Colette (in-8° jésus).

J. VERNE ET A. LAURIE. . . . L'Épave du Cynthia.
RIDER-HAGGARD . . . . Découverte des Mines du roi Salomon.

A PROPOS de l'*Épave du Cynthia*, M. Ulbach écrivait les lignes suivantes :
« La collaboration de MM. Jules Verne et André Laurie ne pouvait être que féconde. La science de l'un, l'observation de l'autre, les qualités littéraires des deux collaborateurs font de ce livre un des plus émouvants de la collection nouvelle. »

Volumes in-8° illustrés (SUITE)

« Il y a peu de livres plus nourris de faits, plus substantiels, et d'un intérêt mieux soutenu que l'*Épave du Cynthia*, » a écrit M. Dancourt dans la *Gazette de France*.

LEGOUVÉ (E.) (de l'Académie française). Nos Filles et nos Fils. — La Lecture en famille.
— . . . . Une Élève de seize ans. — Épis et Bleuets.
MACÉ (JEAN) . . . . Histoire d'une Bouchée de Pain.
NOUSSANNE (H. DE) . . . . . Jasmin Robba.
RATISBONNE (LOUIS) . . . . ⚙ La Comédie enfantine.
SANDEAU (J.) (de l'Académie française). La Roche aux Mouettes. — ⚙ Madeleine.
— . . . . Mademoiselle de la Seiglière.
— . . . . La petite Fée du village.
ULBACH (L.). . . . . Le Parrain de Cendrillon.
VALDES (ANDRÉ). . . . . . . Le Roi des Pampas.

ŒUVRES de P.-J. STAHL

⚙ Contes et Récits de Morale familière.
Les Histoires de mon Parrain.
⚙ Histoire d'un Ane et de deux jeunes Filles.
⚙ Maroussia.

⚙ Les Patins d'argent (in-8° jésus).
⚙ Les Quatre Peurs de notre Général.
Les Contes de l'Oncle Jacques.
Les Quatre Filles du Docteur Marsch.

S TAHL a voulu enseigner familièrement la morale, la mettre en action pour tous les âges. De chacun des livres de Stahl se dégage une morale présentée avec toute la séduction et cette forme spirituelle qui donne à la fiction les apparences de la réalité.
Peu d'hommes ont plus et mieux fait pour la jeunesse, qui lui doit sa libération littéraire.
                                        Ch. CANIVET. (*Le Soleil.*)

TOLSTOI (COMTE L.) . . . . . . Enfance et Adolescence.

Volumes in-8° jésus ou avec illustrations en couleurs

BIART (LUCIEN) . . . . Aventures d'un Jeune Naturaliste (in-8° jésus).
DUPIN DE SAINT-ANDRÉ . . . † Double Conquête (in-8° jésus).
ERCKMANN-CHATRIAN . . . . Histoire d'un Paysan (grand in-8° jésus).
LAURIE (ANDRÉ). . . . . *Les Romans d'Aventures :*
                                Atlantis (illustrations en couleurs).
                                ‡ Gérard et Colette. (Les Chercheurs d'or de l'Afrique australe) (in-8° jésus).
— . . . . *La Vie de Collège dans tous les pays :*
                                L'Écolier d'Athènes (illustrations en couleurs).
NEUKOMM (EDMOND). . . . . Les Dompteurs de la mer (illustrations en couleurs)
PERRAULT (PIERRE). . . . . Ma sœur Thérèse (illustrations en couleurs).
STAHL (P.-J.) . . . . Les Patins d'argent (in-8° jésus).
STAHL ET MULLER. . . . . . . Le Nouveau Robinson suisse (in-8° jésus).
VIOLLET-LE-DUC. . . . . . . Histoire d'une Forteresse (illustrations en couleurs).
— . . . . Histoire de l'Habitation humaine (illustrations en couleurs).
— . . . . Histoire d'un Hôtel de Ville et d'une Cathédrale (illustrations en couleurs).

Bibliothèque d'Éducation et de Récréation

Volumes in-8° cavalier, illustrés

PETITE BIBLIOTHÈQUE BLANCHE

Volumes grand in-16 colombier, illustrés

ALDRICH (Traduction Bentzon) . . Un Écolier américain.
AUSTIN . . . . Boulotte.
BEAULIEU (DE). . . . . Mémoires d'un Passereau.
BENTZON . . . . Yette.
BERTIN (M.). . . . . Les Douze. — Voyage au Pays des défauts.
— . . . . Les deux côtés du Mur.
BIGNON. . . . . Un singulier petit Homme.
BREHAT (A. DE). . . . . Aventures de Charlot et de ses sœurs.
CHATEAU-VERDUN (M. DE). . Monsieur Roro.
CHERVILLE (M. DE). . . . . . Histoire d'un trop bon Chien.
DICKENS (CH.) . . . . L'Embranchement de Mugby.
DIENY (F.) . . . . La Patrie avant tout.
DUMAS (A.) . . . . La Bouillie de la comtesse Berthe.
DUPIN DE SAINT-ANDRÉ. . . Petit Jean.
FEUILLET (O.). . . . . La Vie de Polichinelle.
GÉNIN (M.). . . . '. . . . . Un petit Héros. — Les Grottes de Plémont.
GIRON (AIMÉ). . . . . La Famille de la Marjolaine.
LA BÉDOLLIÈRE (DE) . . . . Histoire de la Mère Michel et de son chat.
LEMAIRE-CRETIN . . . . Le Livre de Trotty.
LEMONNIER (C.) . . . . Bébés et Joujoux.—Hist. de huit Bêtes et d'une Poupée.
— . . . . Les Joujoux parlants.
LERMONT (J.). . . . . Mes Frères et moi.
LOCKROY (S.). . . . . Les Fées de la Famille.
MARSHALLS. . . . . Le Petit Jack.
MAYNE-REID . . . . Les Exploits des jeunes Boërs.
— . . . . † Les Chasseurs de Girafes.
MOUANS . . . . † Frisonne l'Engourdie.
MULLER (E.). . . . . Récits enfantins.
MUSSET (P. DE) . . . . Monsieur le Vent et Madame la Pluie.
NODIER (CHARLES). . . . . . Trésor des Fèves et Fleur des Pois.
OURLIAC (E.) . . . . Le Prince Coqueluche.
PERRAULT (P.). . . . . Les Lunettes de Grand'Maman.—Les Exploits de Mario.
SAND (GEORGE) . . . . Le Véritable Gribouille.
SPARK. . . . . Fabliaux et Paraboles.
STAHL (P.-J.) . . . . Les Aventures de Tom Pouce. — Le Sultan de Tanguik.
STAHL et W. HUGHES . . . . . Contes de la Tante Judith.
VERNE (JULES) . . . . Un Hivernage dans les glaces.

BIBLIOTHÈQUE DES JEUNES FRANÇAIS

Volumes grand in-16 colombier

BLOCK (M.). *Entretiens familiers sur l'administration de notre pays.*
La France. — Le Département. — La Commune.
Paris, Organisation municipale. — Paris, Institutions administratives. — L'Impôt. — Le Budget.
— L'Agriculture. — Le Commerce. — L'Industrie.
Petit Manuel d'Économie pratique.

ERCKMANN-CHATRIAN. Avant 89 *(illustré)*.

LECOMTE (MAXIME) . . . . La Vocation d'Albert.
MACÉ (J.) . . . . La France avant les Francs *(illustré)*.
PONTIS. . . . . Petite Grammaire de la prononciation.
TRIGANT-GENESTE. . . . . Le Budget communal.

LES CONTES DE PERRAULT

Illustrés de 40 grandes compositions de Gustave DORÉ

1 volume in-4°, cartonnage riche.

(1ᵉʳ Âge)

ALBUMS STAHL IN-8° ILLUSTRÉS

I L y a des lecteurs qui ne sont pas hommes encore et à qui il faut des lectures et des images pour leurs premières curiosités. Ce public innombrable et frêle n'a pas été oublié. Les *Albums Stahl* leur donnent de piquants ou de jolis dessins accompagnés d'un texte naïf. La naïveté est celle qu'un ingénieux esprit, comme Stahl, peut offrir. Elle a ses malices légères et sa gaieté tendre. Les dessins ont de la fantaisie dans la vérité. Bégayements heureux, rires argentins, ce sont là les effets que produisent ces albums caressants. Il y a beaucoup de gros livres et de travaux ambitieux qui n'ont pas la même utilité.

GUSTAVE FRÉDÉRIX. (*Indépendance Belge.*)

FRŒLICH

Les trois Chiens de Mˡˡᵉ Lili.	Jujules le Chasseur.	Cerf-Agile.
Maman en voyage.	Les petits Bergers.	Journée de Mˡˡᵉ Lili.
La Vocation de Jujules.	Pierre et Paul.	Les Caprices de Manette.
La Mère Bontemps.	La Poupée de Mˡˡᵉ Lili.	Un drôle de Chien.
Papa en voyage.	La Journée de M. Jujules.	Voyage de Mˡˡᵉ Lili autour
Une grande journée de Mˡˡᵉ Lili	L'A perdu de Mˡˡᵉ Babet.	du monde.
Mˡˡᵉ Lili aux Champs-Élysées.	Alphabet de Mˡˡᵉ Lili.	Voyage & découvertes de Mˡˡᵉ Lili.
Mˡˡᵉ Lili à Paris.	Arithmétique de Mˡˡᵉ Lili.	La Révolte punie.

DETAILLE . . . . Les bonnes Idées de Mademoiselle Rose.
FROMENT . . . . Michel et Suzon. — Petites Tragédies enfantines.
    — . . . . Nouvelles petites Tragédies enfantines.
    — . . . . : . Le petit Acrobate.
    — . . . . Scènes familières. — Nouvelles Scènes familières.
    — . . . . La Chasse au volant.
GEOFFROY . . . . Le Paradis de M. Toto.
    — . . . . L'Age de l'École.
    — . . . . Proverbes en action.
    — . . . . Fables de La Fontaine en action.
GRISET . . . . La Découverte de Londres
    — . . . . Pierre le Cruel.
HUMBERT . . . . Le Roi des Pingouins.
JUNDT . . . . L'École buissonnière.
LALAUZE . . . . Le Rosier du petit Frère.
    — . . . . † Scènes de la vie enfantine.
LAMBERT . . . . Chiens et Chats.
MEAULLE . . . . Petits Robinsons de Fontainebleau.
PIRODON . . . . : . Histoire de Bob aîné.
SCHULER (T.) . . . . Le premier Livre des petits Enfants.

ALBUMS STAHL en COULEURS, IN-4°

L. FRŒLICH : *Chansons & Rondes de l'Enfance (Chaque chanson forme un album).*

Sur le Pont d'Avignon.	Giroflé-Girofla.	Le bon Roi Dagobert.
La Tour, prends garde.	Il était une Bergère.	Compère Guilleri.
La Marmotte en vie.	M. de La Palisse.	Malbrough s'en va-t-en guerre.
La Boulangère a des écus.	Au Clair de la Lune.	Nous n'irons plus au bois.
La Mère Michel.	Cadet-Roussel.	

L. FRŒLICH
Pommier de Robert. — La Revanche de François. — Les Frères de Mˡˡᵉ Lili.

BECKER . . . . Une drôle d'École.
CASELLA . . . . Les Chagrins de Dick. — Un Déjeuner sur l'herbe.
FROMENT . . . . Tambour et Trompette.
    — . . . . Le Plat mystérieux.
GEOFFROY . . . . Don Quichotte. — Gulliver. — L'Ane gris.
KURNER . . . . Une Maison inhabitable.
DE LUCHT . . . . L'Homme à la Flûte. — Les 3 montures de John Cabriole.
    — . . . . La Leçon d'Équitation. — La Pêche au Tigre.
    — . . . . Les Animaux domestiques. — Robinson Crusoé.
MATTHIS . . . . Métamorphoses du Papillon.
MÉRY . . . . Autour d'un Cerisier.
TINANT . . . . Du haut en bas. — Un Voyage dans la neige.
    — . . . . La Revanche de Cassandre. — Les Pêcheurs ennemis.
    — . . . . Machin et Chose. — Le Berger ramoneur.
    — . . . . Un Colin-Maillard accidenté.
    — . . . . † Jean-Jean en vacances.
TROJELLI . . . . Alphabet musical de Mˡˡᵉ Lili.

www.ingramcontent.com/pod-product-compliance
Lightning Source LLC
Chambersburg PA
CBHW052349020726
47503CB00001B/175